肖复兴 著

肖复兴

散文 100 篇

新华出版社

费城浪漫曲 / 67

女人花 / 71

客厅里的鲜花 / 75

芝加哥奇遇 / 78

君子一生总是诗 / 82

大自然的情感 / 86

自行车咏叹调 / 90

风中华尔兹 / 96

大合唱 / 99

他将长生草留给水 / 102

老友如发妻 / 106

亲笔信 / 109

鱼鳞瓦 / 113

面包房 / 117

翡翠如意 / 122

三月扔书 / 126

佛手之香 / 128

太阳味道的西红柿 / 132

翻毛月饼 / 134

塑料袋 / 136

早春二月
　　——怀念孙道临先生 / 139

阳光的三种用法 / 143

阳光的感觉 / 146

曲线是上帝的 / 150

花布和苹果 / 153

以诗代药 / 157

雪被城市带坏了 / 159

肖复兴 著

肖复兴

散文 100 篇

新华出版社

图书在版编目（CIP）数据

肖复兴散文100篇 / 肖复兴著. —— 2版.
—— 北京：新华出版社, 2023.4
ISBN 978-7-5166-6772-9

Ⅰ.①肖⋯ Ⅱ.①肖⋯ Ⅲ.①散文集－中国－当代
Ⅳ.①I267

中国国家版本馆CIP数据核字（2023）第050896号

肖复兴散文100篇

作　　者：肖复兴

出 版 人：匡乐成		出版统筹：许　新	
责任编辑：李　宇　陈君君		封面设计：李尘工作室	

出版发行：新华出版社
地　　址：北京石景山区京原路8号　　　　邮　　编：100040
网　　址：http://www.xinhuapub.com
经　　销：新华书店、新华出版社天猫旗舰店、京东旗舰店及各大网店
购书热线：010－63077122　　　中国新闻书店购书热线：010－63072012

照　　排：六合方圆
印　　刷：北京明恒达印务有限公司

成品尺寸：170mm×240mm　1/16
印　　张：24.75　　　　　　　　字　　数：390千字
版　　次：2023年10月第二版　　　印　　次：2023年10月第一次印刷

书　　号：ISBN 978-7-5166-6772-9
定　　价：68.00元

目 录

CONTENTS

小市莺花时痛饮 / 1

吴小如和马连良 / 5

等那一束光 / 9

萧疏听晚蝉 / 12

青春还债期 / 15

萤火虫 / 17

老编辑老吴 / 20

汀州去看瞿秋白 / 23

一个都不能少 / 27

甪直春行 / 31

孤单的雪人 / 36

在蚂蚁的隔壁，在蜗牛的对门 / 39

暮年放翁和晚年雷诺阿 / 43

重读史铁生 / 48

除夕的荸荠 / 53

冬日四食 / 55

上一碗米饭的时间 / 59

大白菜心理学 / 63

费城浪漫曲 / 67

女人花 / 71

客厅里的鲜花 / 75

芝加哥奇遇 / 78

君子一生总是诗 / 82

大自然的情感 / 86

自行车咏叹调 / 90

风中华尔兹 / 96

大合唱 / 99

他将长生草留给水 / 102

老友如发妻 / 106

亲笔信 / 109

鱼鳞瓦 / 113

面包房 / 117

翡翠如意 / 122

三月扔书 / 126

佛手之香 / 128

太阳味道的西红柿 / 132

翻毛月饼 / 134

塑料袋 / 136

早春二月

——怀念孙道临先生 / 139

阳光的三种用法 / 143

阳光的感觉 / 146

曲线是上帝的 / 150

花布和苹果 / 153

以诗代药 / 157

雪被城市带坏了 / 159

铁板的呼吸 / 162

北京的树 / 166

北大荒的教育诗 / 169

街上连狗的目光都变了 / 171

腾冲，腾冲 / 174

超重 / 178

豆秸垛 / 181

地理课 / 183

草是怎样一点点绿的 / 186

春天温暖的水 / 188

一场戏的工夫 / 192

草帽歌 / 196

美丽的脆弱 / 198

杜鹃，杜鹃 / 201

华梅西餐厅 / 203

喝得很慢的土豆汤 / 206

借书奇遇记 / 210

年轻时去远方漂泊 / 214

青木瓜之味 / 218

甜的尴尬 / 222

钟和表 / 226

苹果寓言 / 230

明信片 / 234

美丽的手语 / 239

忆秦娥 / 242

忧郁的孙犁先生 / 257

颠簸的记忆 / 262

西门町印象 / 267

与石共舞 / 272

寂寞不是一个漂亮的标签 / 275

简洁是最美的生活 / 277

泡影 / 281

下午茶 / 287

花间补读未完书 / 291

楼前的黄昏 / 295

树的敬畏 / 299

白桦林 / 302

浪漫的丧失 / 304

母亲的学问 / 307

夜曲 / 310

栗子杂忆 / 313

细雨台儿庄 / 317

忽然想起了棉花 / 321

林荫路 / 323

花边饺 / 327

蓖麻籽 / 330

水之经典 / 334

表叔和阿婆 / 337

丁香结 / 340

孤独的普希金 / 343

那片绿绿的爬山虎 / 347

母亲和莫扎特 / 351

荔枝 / 354

最后的海菲兹 / 357

母亲 / 363

小市莺花时痛饮

晚年放翁的日子，过得并不那么舒心，北望中原，王师之梦未竟，又多病在身，甚至缺吃少穿。但是，放翁却过得比一般人都要潇洒、优雅。这和他面对人生和生活的态度相关。放翁晚年诗作，就是这样人生与生活真切的写照。读放翁晚年诗，非常有意思，即使已经过去了800多年，依然可以镜鉴，让人思味。

对于年轻时候曾经"三万里河东入海，五千仞岳上摩天"之类的功名追逐，他说"薄技雕虫尔，虚名画饼如"，这是他的清醒；他说"试看大醉称贤相，始信常醒是鄙夫"，这是他的自嘲。以往再如何风光，到了晚年，洗尽铅华，都是平常人一个。心态的平衡，将曾经有过再辉煌的自己，归于鄙夫而非贤相或名士，是平易却优雅姿态和思想的支持。

对于人老之后身体渐多的疾病，放翁有一首《示村医》："玉函肘后了无功，每寓奇方啸傲中。衫袖玩橙清鼻观，枕囊贮菊愈头风。"前半联说的是他不信那些奇方妙方，后半联说他相信橙子药菊之类的民间素朴的偏方，对于头痛鼻塞这样的小病是一种轻松和放松的态度。

他还有一句"屏除金鼎药，糠秕玉函方"，更显示他对于名贵药方的一贯态度。他还说"养生妙理本平平，未可常谈笑老生"。他不像我们如今将养生学置于老年生活中那么显著的位置。将生老病死看淡看轻看透，是平易而优雅生活的心理依托。

对于饮食起居，他的态度更是一种放松，这种放松，是先将欲望稀释清淡，再加随遇而安。对于住房，他没有今天人们越来越大的居住面积的需求与占有的渴望，他只求茅屋可住，说是"茅屋三间已太宽""故应高卧有余欢"。

对于穿戴，他喜欢粗布，说是"溪柴胜炽炭，黎布敌纯棉"。即便布衣单薄，他说是"漫道布衾如铁冷，未妨鼻息自雷鸣"。

对于饮食，他崇尚喝粥，说是"熊蹯驼峰美不如"。他写过一首《菜羹》的小诗："地炉篝火煮菜香，舌端未享鼻先尝"，一副自足自乐的样子。

当然，他不是什么时候都只是以喝粥为标榜，遇到美食美味，他也兴奋异常："蟹束寒浦大盈尺，鲈穿细柳重兼斤。"遇到肥鱼和大闸蟹，他一样不客气。而且，他还喜欢喝酒，他写有一首诗："社日淋漓酒满衣，黄鸡正嫩白鹅肥。弟兄相顾无涯喜，扶得吾翁烂醉归。"这便是一种放松的态度，不是我们现在常见的老年人过于讲究的养生。重要的是，对于日常起居日子期望值降低，其实就是对生活欲望的降低。欲望，可以助人生奋争进取，也可以让人生渐失真正的乐趣与真谛，而陷入欲望编织的各种华丽的罗网。欲望的消解，是平易而优雅生活的价值标准的重新调试，是喜欢素朴的棉衣布履而不再崇尚华美绫罗绸缎价值观的校正。

作为普通人、饮食男女，我们谁都要面对这样日复一日庸常的生活。而且，随着儿女长大成人，远离了我们，我们面对的不仅是日子的庸常，还有日子的寂寞孤独和老来多病之身。如何让这样庸常琐碎寂寞孤独和多病的日子，过得不仅平易，还能有点儿意思，进而稍稍优雅一点儿，放翁的做法值得借鉴。

"团团箬笠偏宜雨，策策芒鞋不怕泥"，不怕的不仅是风雨泥水，更是箬笠芒鞋布衣的被人乃至被自己也瞧不起的普通庸常，这是对于生活一种达观的态度。

"敲门赊酒常酣醉，举网无鱼亦浩歌"，如此潇洒，也许我们一般人，很难做到，或者觉得没有捕到鱼还傻呵呵在那儿"浩歌"，有点阿Q。不过，这也是放翁对于不如意生活一种旷达的表示。我们谁都曾经有过这样那样的不如意，学一点儿放翁这样的旷达，也许能够在不如意面前尽可能不失态，尽可能多少保持一点儿优雅。

放翁晚年，常有逛附近小市或适逢小担过门而即兴写下的诗句，写得那么平常，那么随意，那么像如今我们的生活日常图景。我非常喜欢放翁这样接地气的诗句。"邻家人喜添新犊，小市奴归得早蔬""小担过门尝冷粉，微风解箨看新篁"，写得真是好，这里的奴，可不是奴隶，是仆人之谓。小市带露的早蔬，小担送上门的凉粉，配以邻居新添的小牛犊，随微风冒出的新竹做背景，是一幅多么清新而富有生气的画面，市井、家常、烟火气，又富有诗意。难怪放翁要说"小市莺花时痛饮，故宫禾黍亦闲愁"，就是皇宫也难比呢。这便不仅是放翁的平易，更是放翁的优雅了，即便是庸常琐碎的日子，也可以过出属于自己的优雅来。

正因为在庸常艰辛的日子里有这样平易优雅的心态和姿态，放翁才能做到"家事贫尤简，诗情老未阑"，才会从心底涌出这样的诗句，"身处江湖如富贵，心亲鱼鸟等朋侪"。即便家中贫寒，即便门前冷落，他是这样认知富贵和朋友的，心情就大不一样，他才能够超越贫寒与寂寞，过得如此自得："不饥不寒万事足，有山有水一生闲。"我们可以说他有点儿阿Q，却不能说他是故作潇洒而自欺欺人。

当然，作为读书人，读书更显示放翁日常生活中平易的状态和心情的优雅。晚年的放翁，写读书的诗句颇多，"插架图书娱晚暮，满滩鸥鹭伴清闲""架上有书吾已矣，甑中无饭亦陶然""暮年于书更多味""醉里心宽梦里闲""梦好定知行路健，书来深慰倚门情"……这是他暮年真实的生活场景和内心写照。读这样的诗句时，我常想如果那时候也有了无所不能的手机，放翁还能有这样的心思读那些插架以慰心情的图书吗？会不会和我们一样，也用拇指阅读代替纸质阅读呢？会不会和我们一样"两耳不闻窗外事，一心只读朋友圈"，来代替书中的"多味"和"深慰"之情呢？

或许不会，看放翁那么大的年纪，即使身体颓萎、老眼昏花再如何，他说"岂知鹤发残年叟，犹读蝇头细字书""读书有味聊忘老，赋禄无多亦代耕"。他强调、讲究以及自得和坚持的，依然是读书。晚年的放翁，放弃了功名的追求，满足于薄禄的无多，更多谈到的是读书之味和心境之闲，这是有意淡漠与隔离以往他熟悉的、排场热闹的官场与文坛的一种达观放松的时代心态。这里说的闲与味，是只有晚年的放翁才体会到的，是心与书主客观相辅相成、相互交融达到的读书境界。只有闲，才能读书读出味道；读出了味道，才能让自己的心境滤就得清净而舒展放松。这里的闲，不是有钱之后故作风雅的闲适，而是静与净，面对物欲翻腾、市声喧嚣、名利官位，艳羡而能独守的一份心静气定魂清神闲。这是书独能给予他的。所谓闲或静或净，是放翁在多病多灾艰辛生活中，练就的平易而优雅的一种生命表现形式和气韵。

关于读书，放翁还有这样一句诗，特别有意思："独居漫受书狐媚。"

年说"马"》，最后一篇为2010年《在京剧大师马连良艺术百年座谈会上的讲话》，这也是《吴小如戏曲文集全编》收录的最后一篇文章。近七十年的时间跨度，串联了马连良艺术实践的轨迹，也见证了小如先生对马连良艺术与人生感知的心路历程，我还真没见过其他人对马连良有如此不离不弃、真心实意的追踪描摹与取心析骨的评价研究。

小如先生说："武生行有杨小楼，旦行有梅兰芳，老生行除余叔岩外，马连良一人而已。"这样的评价，不可谓不高。小如先生认为马连良"挑帘红"是在1929年和1930年，此前人们听老生，只听谭派和余派。

论及马连良成功的原因，我读小如先生的论述后，归纳为如下几点：

一、底子打得好。马连良始学谭派，也学刘鸿升，如《辕门斩子》；后又拜孙菊仙，在《三娘教子》中融进孙派的风格。他从艺坚持博采众长，为此转益多师。

二、二次坐科，刻苦深造，好学精进。二次坐科期间，马连良求学于萧长华诸师，特别注意学习"边边沿沿的那些戏，比如说'八大拿'的施公怎么演，哪些戏里不相干的角色，二路也好，三路也好，只要是老生的角色，只要是这个戏以前不熟的，凡是老生能动的戏，甚至有武生应工的戏，马先生即学。他这种好学不拘一格的精神，实在是非同一般"。

三、扬长避短。马连良年轻时嗓子不行，他便学余叔岩（小如先生特别强调余派对马连良的影响）演做工戏、白口戏，在表演上下足功夫。他还演过靠把老生戏，如《定军山》《阳平关》，发挥自己的特长，从唱腔到身段再到念白，形成一套独有的表演程式。

四、力图创新。小如先生以《斩龙袍》为例，马连良饰演的苗顺尽管只是配角，但他加了一段垛板，听起来新鲜又有韵味："在传统的框架里面他总想找点新东西来充实。"小如先生还详细分析了马连良的唱念功夫，总结出三个特点：念白京字多，演员接近真实，观众听得明白，容易感受；唱念鼻音重，形成个人艺术特色；气口抑扬顿挫，有助于演员表达感情，引起观众共鸣。

五、秉承传统。在处理新与旧的关系上，小如先生认为"'新'和'旧'不一定同优劣、美丑、善恶、是非、粗精这一组组相对性的概念完全成正比，即新的未必一定就优美，旧的一定就丑劣。马本身在艺术上也并非一味在锐意求新""马不像一班人想象的那样，以为凡是'新'的就是'好'的"。小如先生又举例，就传统装扮而言，《假金牌》和《三娘教子》的装束打扮乃至扮相，都是"按照传统旧戏班的惯例"；就传统台词而言，《王佐断臂》中的念白"他乡遇故知"的"他"字，余叔岩改念现代汉语的 tā，而马连良念作中古音的"拖"——"王佐是南宋王朝湖广潭州人，读一个中古音不更显出他具有的乡土特色吗？"

六、台风好，艺术严谨。上世纪六十年代，小如先生在长安大戏院看马连良的《南天门》，这是一出描写冬天的戏，讲一个老头是怎么冻死的。当时正值三伏天，戏院内没有空调，非常热，但一出戏演下来，马连良竟然没出汗，"演到最后，剧中人把衣服脱了，冻得直哆嗦，我在台下看，觉得脊梁背上都有点儿怕冷的感觉了"。小如先生接着写看另外一场演出的情景，也是在长安大戏院，也是三伏天，一位青年演员演《痴梦》里的朱买臣，他一边哆嗦着叫好冷啊，一边不住地冒汗、抹汗。对比之中，自有褒贬，这是小如先生的风格。

即便对马连良推崇有加，小如先生也毫不留情地指出马连良的不足，这是他最为人称道的地方。他不止一次说马连良"腔贫味俗打扮太新颖"。1943年他写《从马连良说到谭富英》，又一次指出马连良的缺点在于"纤巧"，而失之"浑厚"；"连良其病在俗"。对其"俗"，他举例："如《十老安刘》《春秋笔》中之流水，几乎一句三闪板，两字一换气，真有些贫中透俗。"这"板子"打得稳准狠，不做高蹈虚空或水过地皮湿的客情批评。

同时，他也指出马连良的表演"有时嫌太小巧，太妩媚，太潇洒，反而过犹不及"。比如《借东风》里马连良演的鲁肃水袖子抄起下场的动作，不符合鲁肃的性格。

他还批评马连良因为"松懈太不负责，很好的一出戏，来上两个噱头之类的讨厌动作，精彩全失。《盗卷宗》《打严嵩》都犯这个毛病"。对《断臂》里"摔得不忠实"、《火牛镇》里"摔得拖泥带水"，他一针见血地说："不负责一件事是不容恕的，原因就是偷懒。"这样尖锐的批评，是诤友之言，如今很难见到了。

马派刚刚兴起时，有人对马派持否定态度，刻意将马连良和周信芳、雷喜福放在一起比较，以此贬斥马连良。小如先生站出来，说人们所做的比较，并非一点道理没有，"但他（马连良）能做得格外俏，格外媚，格外灵活，这是他的特长处"。一连三个"格外"，说得在情、在理、在实。

当然，小如先生也将马连良和周信芳、雷喜福做了一番比较，但他说的真实客观、有理有据，并非完全站在马连良一边。他觉得马连良的《清风亭》《四进士》等戏，"终须让喜福一头"；《打严嵩》《审头》等戏，"也是抵不过周信芳的"；但是《战樊城》《打登州》诸戏，"连良虽非十全十美，以自己的眼光看，周、雷是不及的"。小如先生总结这三家时，用极简洁的一两个字概括其艺术特点——马连良：巧、熟、柔；周信芳：老、辣、狠；雷喜福：遒劲、地道、清楚。概括得准确而精妙。

对马连良一生经历的重要事件和节点，小如先生都有所论及。1941年5月在天津中国戏院演出《八大锤》时，马连良将王佐的断臂弄反了，引得现场观众的一片倒好声。对这场众目睽睽之下的演出事故，小如先生没有回避，对马连良的失误进行了批评，但他也看到事后马连良的自省——马连良说作为演员"不能只爱听彩声，不爱听倒'通'声（指倒彩声）""不能因为唱砸了一次，就记恨观众一辈子；相反，演员自己倒应该记一辈子，永以为戒"。小如先生本以为马连良不会再演出《八大锤》了，但马连良不仅在京沪两地多次演出此戏，还专门跑到天津去演出，小如先生感慨道："这种如今人所谓的'人从哪儿摔倒还从哪儿爬起来'，马先生这种败不馁的精神实在令人无比钦佩。"

关于世人格外称道的马连良的"三白"——护领白、水袖白、鞋底白，小如先生说："那都是外在的。"他以《假金牌》的蓝官衣和《三娘教子》的老斗衣为例，说这都是普通的衣服，并没有特别的讲究，"所以，不在于那些行头，而在于艺术，在于演员本身的艺术修养，达到那个境界，演出来就好"。

只可惜天不假年，马连良过世得太早，对马派艺术的研究与传承，似乎远不如梅派、程派、谭派那样热乎。所以小如先生近七十年来追踪马派艺术所写的文字，对今天热爱马派艺术并有意继承、发展马派艺术的人来说，无疑是一笔宝贵的财富。

2021年6月25日端午于北京细雨中

等那一束光

　　老顾是我的中学同学，又一起插队到北大荒，一起当老师回北京，生活和命运轨迹基本相同。不同的是，他欢喜浪迹天涯，喜欢摄影，在北大荒时，他就想有一台照相机，背着它，就像猎人背着猎枪、没有缰绳和笼头的野马一样到处游逛。攒钱买照相机，成了那时的梦。

　　如今，照相机早不在话下，专业成套的摄影器材，以及各种户外设备包括衣服、鞋子和帐篷，应有尽有。退休之前，又早早买下一辆四轮驱动的越野车，连越野轮胎都已经备好。万事俱备，只欠东风，只要退休令一下，立刻动身去西藏。这是这些年早就盘算好的计划，成了他一个新的梦。

　　他就是这样一个人，我说他总是活在梦中，而不是现实中，但总事与愿违。现实是，他在单位当第一把手，因为后任总难以到位，过了退休年龄两年了，还不让他退。他不是恋栈的人，这让他非常地难受。终于，今年春节过后，让他退休了。这时候，我们北大荒要编一本回忆录，请他写写自己的青春回忆，他婉言拒绝，说他不愿意回头看，只想往前走，他现在要做的事不是怀旧，而是摩拳擦掌准备夏天去西藏。等到夏天，他开着他的越野车，一猛子去了西藏，扬蹄似风，如愿以偿。

　　终于来到了他梦想中的阿里，看见了古格王朝遗址。这个 700 年前就消失的王朝，如今只剩下了依山而建的土黄色古堡的断壁残垣，立在那里，无语诉沧桑般，和他对视，仿佛辨认着彼此的前生今世的因缘。正是黄昏，高原的风有些料峭，古堡背后的雪山模糊不清，主要是天上的云太厚，遮挡住了落日的光芒。凭着他摄影的经验和眼光，如果能有一束光透过云层，打在古堡最上层的那一座倾圮残败的宫殿顶端，在四周一片暗色古堡的映衬下，将会是一幅绝妙的摄影作品。他禁不住抬起头又望了望，发现那不是宫殿，而是一座寺庙，白色青色和铅灰色云彩下，显得几分幽深莫测，分外神秘。这增加了他的渴望。

他等候云层破开，有一束落日的光照射在寺庙的顶上。可惜，那一束光总是不愿意出现。像等待戈多一样，他站在那里空等了许久。天色渐渐暗下来，他只好开着车离开了，但是，开出了二十多分钟，总觉得那一束光在身后追着他，刺着他，恋人一般不舍他，鬼使神差，他忍不住掉头把车又开了回来。他觉得那一束光应该出现，他不该错过。果然，那一束光好像故意在和他捉迷藏一样，就在他离开不久时出现了，灿烂地挥洒在整座古堡的上面。他赶回来的时候，云层正在收敛，那一束光像是正在收进潘多拉的瓶口。他大喜过望，赶紧跳下车，端起相机，对准那束光，连拍了两张，等他要拍第三张的时候，那束光肃穆而迅速地消失了，如同舞台上大幕闭合，风停雨住，音乐声戛然而止。

往返整整一万公里，他回到北京，让我看他拍摄的那一束光照射古格城堡寺庙顶上的照片，第二张，那束光不多不少，正好集中打在了寺庙的尖顶上，由于四周已经沉淀一片幽暗，那束光分外灿烂，不是常见的火红色、橘黄色或琥珀色，而是如同藏传佛教经幡里常见的那种金色，像是一束天光在那里明亮地燃烧，又像是一颗心脏在那里温暖地跳跃。

不知怎么，我想起了音乐家海顿，晚年时他听自己创作的清唱剧《创世纪》，听到"天上要有星光"那一段时，他蓦地从座位上站起来，指着上天情不自禁地叫道："光就是从那里来的！"那声音长久地在剧场中回荡，震撼着在场的所有人。在一个越发物化的世界，各种资讯焦虑和欲望膨胀，搅拌得心绪焦灼的现实面前，保持青春时分拥有的一份梦想和一份相对的神清思澈，如海顿和我的同学老顾一样，还能够看到那一束光，并为此愿意等候那一束光，是幸福的，令人羡慕的。

2011 年 11 月 2 日于北京

萧疏听晚蝉

读帖、习字、抄诗，是孙犁先生晚年常做的事情，既是功课，也是消遣。晚年孙犁先生最喜欢抄录的是杜甫的诗，而且不少是杜甫的五排。这里面有什么生活思想和写作方面的原因，或更为内在的微妙曲折的心理，我常觉好奇，期待着有心人的研究。

这里，我对孙犁先生晚年抄录的一首杜诗，说一点自以为是的浅陋理解，就教于方家。这首诗是我在孙犁先生的女儿孙晓玲的新书《布衣：我的父亲孙犁》前面的插页看到的。准确地说，是 1994 年 11 月 18 日孙犁先生 81 岁时抄录杜诗中的一小节。这首诗的全名为《秋日夔府咏怀奉寄郑监审李宾客之芳一百韵》。是首五排长诗，共一百韵。这首诗在杜甫一生创作的一千四百余首诗中，地位极其重要。清人浦起龙解释："古今百韵诗，自此篇始。"这也是杜甫自己唯一一首百韵诗。就是说，是杜甫最长的一首诗。

浦起龙还说："予观是诗制局运机之妙，在于独来独往，乍离乍合，使人不可端倪。""千古惟龙门有此笔法。"

同时，它是杜甫临终前三年，即大历二年秋天写的。

指出这样两点，也许是必要的，它可以帮助我们捕捉孙犁先生和这首诗某些内在的联系。晚年的孙犁阅读并抄录的杜甫晚年最长的一首诗中一小节，即百韵中的五韵。或许，能让我看到相隔一千多年两位诗人某些命定相连的心理谱线。孙犁先生探究杜甫在艺术与人生都充满奇妙笔法的这首诗，我们也来探究孙犁先生这样的心理谱线上共振或共鸣之处。

杜甫写这首诗要送的郑审和李之芳这两位朋友，彼时都在三峡外做官，离京城不远，而杜甫自己却在川内的夔州。久稽夔府，空想京华，三峡天堑，天远水长，无法归家，只能聊寄诗翰书札，思与远游。这是一首客在他乡的漂泊之作，是一首阻归困顿的思乡思友之作。特别是由于杜甫此时已到衰暮之年，在这首诗中他明白无误地写道："唤起搔头急，扶行几屦穿。"前半句搔头踟蹰而急切的心情袒露，后半句用现在的话说就是"今天能穿上鞋，就不知道明天还能不能再穿上了。"正因为如此，杜甫在这首诗中特别写道："吊影夔州僻，回肠杜曲煎。"思乡之情格外浓郁。这里的"煎"字，可以和前面的"急"字相对应。可以看出，此时的杜甫由于年老而不得归又极其渴望归乡的心情与心境，是悲伤的，甚至是颓唐的，也是急切的，浓烈的。弥漫全诗的这种调子和气氛，是明显的。

孙犁先生选择的全诗中间部分的一节。按照浦起龙的分析，这首诗一共分为十段，孙犁先生掐头去尾留中段，抄录的是其中第六段的后半部分："共谁论昔事，几处有新阡。富贵空回首，喧争懒争鞭。兵戈尘漠漠，江汉月娟娟。局促看秋燕，萧疏听晚蝉。雕虫蒙记忆，烹鲤问沉绵。"

从诗句本身而言，可以说是这首诗中最精彩的部分。可以看出孙犁先生老道的眼光。从诗意所蕴含的感情而言，则是这首诗中最沉郁的部分，可以看出孙犁先生敏感的心地。

回首往事，朋友不是已经去世，就是如郑李二位一样山水远隔。一首诗选择从这里抄起，猜想抄录时已经是孙犁先生自己的心境了吧？"局促看秋燕，萧疏听暮蝉。"恐怕就更是孙犁先生自己的心情。"富贵空回首，喧争懒争鞭。"则分明是孙犁先生自己的内心的写照。"雕虫蒙记忆，烹鲤问沉绵。"则更是准确无误地表达了孙犁先生对朋友的思念，文章既可以是经天纬地的大事，也可以是雕虫小技，蒙得朋友的记忆，便足可慰藉；书信往来，历来是孙犁先生恪守的交友之道，即便到了病魔缠身的垂暮之年，也是如此。清人仇兆鳌说这一节是"伤故里难归"，是"喜知交足慰"。还应加上："叹文事喧争"，"哀旧友凋谢"。孙犁先生所抄录的这五韵，紧握杜甫这首诗坚硬又湿润的核心，又委婉地道出了自己回顾自己一生淡薄名利场耻于争官于朝争利于市的心灵守则，同时，表达出晚年之际思想思友的深情厚谊，借杜诗浇胸中之块垒，镜像互映。

在孙犁先生抄录的这五韵前面，即第六段还有另外五韵："每欲孤飞去，徒为百虑牵。生涯已寥落，国步乃迍邅。衾枕成芜没，池塘作弃捐。别离忧怛怛，伏腊泪涟涟。露菊斑丰镐，秋菰影涧瀍。"浦起龙注解这三韵时说："'每欲'以下，忽接自己，局阵迷离。"在我看来，这三韵，第一句表达的是内心的孤独与忧虑，第二句表达的是对国家的牵挂，第三句表达了对家乡的思念。第四五句，西京之露菊，东京之秋菰，都是让杜甫最为怀念的故乡之物。尘戈漠漠，江月娟娟，却阻挠杜甫无法出川。从忧到泪，从国到家到家乡具体的影像，鲜明而多重意思的叠加，如同溪水从山崖层层流淌而下，气韵沛然，并没有浦起龙说的那样局阵迷离。它是这一段的总括，是下面孙犁先生抄录的那五韵的铺垫和大的背景，就像山有了云彩和天空的衬托，才有了自己明显的轮廓。

在这里，要特别说的是，杜诗中那种孤独而忧郁的情绪，我以为最和孙犁先生晚年吻合。记得孙犁先生逝世周年的时候，我写过一篇文章《忧郁的孙犁先生》，有朋友向我提出意见，说孙犁先生的一生是战斗的一生，怎么会忧郁呢？其实，晚年孙犁的忧郁心情与情怀，比他前期越发地明显。从他所抄录的杜甫的五排长诗，就可以触摸得到那委婉有致的律动。

2011 年 10 月 8 日写毕于北京

青春还债期

频繁地从医院里出来，我真的感到老了。准确地说，是频繁地从医院住院处的手术室里出来，明显地感到老了，不仅我自己，我们一代人都已经无可奈何地老了。

好几个老朋友频繁地被全身麻醉后推进了手术室，坐在手术室外的长椅上，焦急地等待，漫长难熬的时间后，看到朋友从手术室里被推了出来，失血的脸惨白又有些变形的样子，让我惨不忍睹。脑子里幻化的还是年轻时朋友生龙活虎的样子，即使是在田间或工地繁重的劳作后累得直不起腰，脸上淌的依然是青春的汗珠。仿佛一眨眼的工夫，便到了日落时分，手术室是帮助岁月催人变老的催化剂和定影液，逼迫得让我真真切切地看到了变老是一种什么样子。

一位朋友做的是腰椎手术，腰椎的二三四节都出现了问题，要在这三节腰椎之间打上六根以钛合金的钉子，重新支撑起腰来了。一位朋友做的是喉癌的手术，手术后发现食道出了问题，"二进宫"，再做食道手术。一个从后背开了刀，一个从前胸开了刀。都是从早上八点多被推进手术室，又都是到下午一点多才被推出来，昏迷之中，麻药还没有消退，身后拉长的是岁月缥缈而悠悠的影子。

想起青春时节，这两个人，一个在场院干活，麦收和豆收龙口夺粮的紧张时候，200多斤装满麦子或大豆的麻袋，要一个人扛起来，上颤颤悠悠的三级跳板入囤，一天不知要扛多少麻袋。年轻稚嫩的腰伤就是那时候埋下了种子，在日后发芽，到如今开出恶之花。一个在工地上干活，天寒地冻，荒无人烟，方圆百里，连一个女人都见不到，是号称"母猪都能赛貂蝉"的遥远而偏僻的地方。唯一的消遣和打发时光，就是收工之后喝酒，一醉方休。他从来没喝过酒，老师傅咕咚咚给他倒了满满一搪瓷缸白酒，对他说你把这缸子酒喝进肚，就学会了。他咬牙一仰脖喝进去，从此酒伴随他整个青春期。喉和食道包括胃，都这样喝坏了。

过去在北大荒，当地老乡流传这样一句谚语：傻小子睡凉炕，全凭火气壮。其实，那时候，我们都是这样的傻小子，凭着青春那点吃凉不管酸的火气，自以为是在接受工农兵的再教育，就能够解放全世界和全人类。膨胀的心，激活虚无的激情，让力不胜任的腰支撑起来，扛起那样沉重的麻袋；让年轻没见过世面的喉咙食道和胃被撑起来，灌输进那样苦涩的味道。

不是埋下的种子不发芽，不是吼出的声音没有回声，不是飘来的云彩不下雨，是时候没有到。那时候在北大荒场院里拉起幕布放映的露天电影《小兵张嘎》，里面有句台词：别看你现在闹得欢，小心将来拉清单。清单要到现在才会一并拉出，我们已经彻底地老了。

是的，现在到了拉清单的时候了，这是我们的青春还债期到了。连本还息，一并清算。对于一代已经走进尾声的知青，这是残酷的现实。青春时期，我们付出的是精神的代价；老了，我们要付出的是身体的报应。想到这里的时候，我的心里不是滋味。也许，每一代到老的时候都喜欢怀旧，但这一代人尤其喜欢怀旧。在怀旧的心理作用下，青春的以往容易被诗化、美化和戏剧化。如今痛彻骨肉的还债期，或许可以帮助我们认清一些当年我们的青春期。无论这一代人性格顽强的塑造和精神执着的抵达，是多么的值得我们自己骄傲和留恋，但是，我们真的已经老了，心情留恋着青春，岁月却在报复着身体，也在提醒着我们，珍重自己的同时，要正视自己的青春和历史。在热闹中回忆，在时尚中怀旧，让回忆和怀旧联手，很容易为我们的青春和今天蒙上一层雾帐，为我们的心境涂上一层防水漆，只能够起到自我按摩的作用，加重并延长我们的青春还债期。

2011 年 9 月 25 日于北京

萤火虫

想起去年夏天，在美国普林斯顿一个社区里，我和一对来自上海的老夫妇聊天，都是来看望孩子的，便格外聊得来，家长里短，上至天文地理，下至鸡毛蒜皮，聊得兴致浓郁，竟然忘记了时间，从夕阳落山到了繁星满天时分。那时，我们坐在一泓小湖旁边的长椅上，面前是一片开阔的草坪，一直连到湖边。当夜色如雾完全把草坪染成墨色的时候，抬头一看，忽然看见草坪中有光一闪一闪在跳跃，再往远看，到处闪烁着这样一闪一闪的光亮。由于四周幽暗，那一闪一闪的光显得格外明亮，最开始的感觉，它们是上下在跳，高低不一，但跳跃得非常有节奏，仿佛带着音乐一般，让人觉得有种置身童话世界的感觉。

起初，我没有反应过来那光亮是什么东西，感到非常惊讶，竟然傻乎乎地叫道：这是什么呀？老夫妇去年就来过这里，早见过这情景，已经屡见不鲜，笑着告诉我：是萤火虫。我不好意思地对他们说：我都有好几十年没有见过萤火虫了。他们连声道：是啊，是啊，在我们的城市里，已经见不到萤火虫了。

想想，真的是久违了，我以前看见的萤火虫，还是童年，住在北京胡同里的大院的时候。算算日子，至少有五十年的光阴了。那时，我住在一个叫粤东会馆的三进三出的大院里，在花草中和墙角处，不仅能见到萤火虫，还能听得见蟋蟀、油葫芦和纺织娘的叫声。夏天的夜晚，满院子里疯跑捉萤火虫，然后把萤火虫放进透明的玻璃小瓶里，制作我们自认为的"手电筒"，再满院子里疯跑，是我们孩子最爱玩的游戏。

如今，在北京，不仅这样的四合院越来越少，就是有这样的四合院硕果仅存，孩子们也再见不到萤火虫，玩不成这样的游戏了。如今的城市，有霓虹灯和电子游戏，比萤火虫的闪烁要明亮甚至炫得神奇，但是，那些毕竟是人工的，不是来自大自然的光亮。如今，童话般的心理感觉和视觉冲击，往往来自电脑制作或 3D 电影。其实，对于孩子，乃至成年人，那种童话般的感觉和感动，更多的应该是来自大自然。越来越高科技现代化的城市，隔膜住了大自然，让我们远离了大自然。

之所以想起了去年和萤火虫重逢的事情，是前两天在报纸上看到一则这样的消息：如今，在淘宝网上可以买到萤火虫。每只萤火虫卖 3 元到 4 元，一般批量出售是一百只萤火虫为单位的。接到订单之后，商家指派人到野外去捉萤火虫，但大多数是在人工仿生态的环境下人工饲养的。把萤火虫捉到后，把它们装进扎了小孔的塑料瓶里，空运过来。这些活体萤火虫用来情侣放飞、婚庆气氛的营造。网上的广告上说：送她可爱的萤火虫，可以营造出非常温馨浪漫的情调。

心里不禁有些感慨。曾经伴我们儿时游戏的萤火虫，如今被发现了身上具有的商业价值。是什么让它们具有了商业价值？城市赶走了它们，再把它们请回来的时候，它们就摇身一变。这样坐着飞机千里迢迢而来的萤火虫，不再是我们的朋友，而成了我们花钱买来的商品，放飞的还是以前我们曾经拥有过的童话感觉或浪漫感觉吗？

想起了法国作家于·列那尔写过的一首题为《萤火虫》的散文诗，只有一句话："有什么事情呢？晚上九点钟了，他屋里还点着的灯。"如今，他屋里还能够为我们点着灯吗？

2011 年 7 月 17 日写于北京雨中

老编辑老吴

在我最初写作的时候，曾经得到过很多编辑的帮助，如今，我都退休，他们更早已经退休，有的去世多年了。我常常会想起他们。在北京出版社，最让我想起的有两位，一位是胡容，一位便是老吴。

老吴叫吴光华，年长我11岁，平常我都叫他老吴，不像如今见到编辑就叫老师。我是在上个世纪80年代初结识老吴的，那时，北京出版社出版了我的第一本书《国际大师和他的妻子》，责编是胡容，在胡容大姐那里认识的他。那时，我家住得离出版社很近，常常到那里聊天，顺便蹭几本新出的书。我们两人还曾经一起去过深圳、沙头角和南昌。真正熟悉起来，是1986年的年初，偶然聊天中我说起如今中学里早恋已经不是个别的现象。他一下子很敏感，他知道我当过好几年的中学老师，一直和学校都有来往，便对我说：这是个好题材，你应该写个长篇小说，现在还真没有这样的长篇小说。我有些犹豫，因为在当时这是个禁区。他用一种激将法鼓励我说：正因为是禁区，你才应该闯闯。只要你敢写，我就敢出！

可以说，《早恋》这部长篇小说就是在老吴的激将法下出笼的。为了让我有时间写这部长篇小说，他还特意骑着自行车跑到当时我的工作单位替我请假。写了八个月，用了老吴送给我的300字一页的稿纸一千好几百页，捧着送到老吴的面前。老吴很快就看完了，找到我，摊开好几页写满密密麻麻有他特点的一边倒的斜体字的纸，谈了好几点意见，包括最重要的结尾处理，让我拿回去修改。改完之后，他从头到尾又替我修改了一遍。二审、三审，都很顺利地通过了。三审是当时出版社的副总编田耕先生，二审是老西南联大高才生刘文先生，我都认识，他们给予了这部长篇小说很高的评价，认为拓展了题材的新领域。稿子发到了印刷厂，那时还是铅字印刷，排版，三校都完成了，清样也出来了，就要上机开印了。却听说停机了。过了不多久，又开机了，老吴把新书送到我手里的时候，我知道这事情闹得沸沸扬扬，因为当时早恋在教育界还是一个敏感的话题，谁都知道现状是怎么回事，谁都不愿意去碰，自找这个麻烦，却不知道这一停一印之间，老吴所付出的昂贵代价。只记得老吴当时一脸轻松地对我说：书终于出来了！

　　事情已经过去了 25 年。一本《早恋》，头版就印了 8 万册，以后一版再版，直到今天还有出版社找我要重新再版这本书。它成了我印刷册数最多的一本书。我却从不知道当初为了它的出版，老吴所付出的代价。一直到最近，收到老吴新出版的自传《岁月·人生·挽歌》，读到其中题为《"穿小鞋"的滋味——出版〈早恋〉引发的风波》一章，才知道事情一波三折，即使说不上惊心动魄，今天看来也让人感喟不已。

　　当时，得知《早恋》在印刷厂突然停机的消息之后，老吴在办公室和出版社当时的第一把手吵了一架。他对他的顶头上司说："你没有调查就没有发言权！你下令停机之前，起码应该把书稿翻一下吧？"当时，他就把他的顶头上司惹翻了脸，怒气冲冲地对他说："这是我的决定，你们有意见，可以去市委告我！"说罢，摔门而去。

　　说老实话，如果不是看到书，我真想象不出老吴居然也有这样的脾气和举动。平常，老吴给我的印象是温文尔雅，说话都是吴侬软语，很缓慢的样子，凡是和带"长"的官碰面都是要绕道走的人，怎么突然吃了豹子胆怒发冲冠起来？

　　泥人也有个土性，第二天，他和刘文一起还真跑到了市委，找到市委宣传部主管出版的副部长陈昌本，拿出《早恋》的清样，请部长断案。部长还真就接下了清样，答应三天之后答复。三天之后，陈昌本说这书没问题，《早恋》才又得以重印。事情由于上一级出面过问，表面是老吴的胜利，却不知暗藏玄机。老吴在他的自传里说："《早恋》的出版，给我的人生之旅埋下了一颗'钉子'。"这钉子，便是在他被推举市劳模、提名邹韬奋出版奖、提拔文艺编辑室的副主任等一系列坎上显露出扎人的锋芒，而让他节节败北。

　　读完这一章，我的心里很不是滋味。老吴所付出的一切，都是为了我，为了一本普通的书。我不知道如今还能不能够找到这样的编辑了，在上个世纪 80 年代，却有老吴这样的编辑，无私而真诚地奉献自己，没有任何如今明目张胆的功利，只是纯粹的为了一本书，为了一个作者。那时候，编辑和文学和那时候的天空一样，还没有什么污染，还那么值得让人怀念和感动。

其实，曾经得到老吴这样无私而真诚帮助的，不仅我一人。李准获茅盾奖的长篇小说《黄河东流去》，老吴找李准十几次交流意见，增补了整整一章；浩然的长篇小说《苍生》，老吴提出了十余条修改意见，致使浩然增写了十六七万字；唐人的《金陵春梦》第八卷，老吴自己为书加写了 20 万字，却不要求署名和一分钱稿费。上个世纪 70 年代末，老吴编辑的第一部书《领队的大雁》，他亲自跑到作者在凉山的部队，出的详细构架提纲，作者写完初稿，他调整、修改、定稿，最后署名人家要求写"解越京"，"解"是解放军的意思，"越"是当地越西县的意思，"京"是他来北京向他表示谢意，他却把最后这个"京"字去掉了。他说：编辑就是编辑，编辑出力是应该的。

真的，如今还有这样的编辑吗？记得浩然在世的时候曾经说老吴是"无名的英雄编辑"，老吴担当得起这样的称谓。

在老吴的这本自传里，老吴写到对作家的认识："一个作家可以不是哲学家，不是思想家，但他必须是真诚的，必须有良知，必须忠实于生活。否则就没有资格当作家。"在这里，把作家改为编辑，同样适合。老吴就是有这样的资格的编辑。

我只是对老吴自传书名有"挽歌"一词不解，老吴来信对我说：这是一首挽歌，是我们这一代"过了时"的"过去时代"的挽歌。其实，有些恒定的东西是永远不会过时的。我写了一首小诗寄老吴：

> 几番风雨落书中，旧忆穿心暗自惊。
> 一怒冲冠因早恋，千言飞笔为新情。
> 老来谁记棋杆事，闲去空思庙里僧。
> 莫唱挽歌悲楚曲，烹茶夜火月华明。

2011 年 7 月 13 日写于北京

汀州去看瞿秋白

车过福建连江，本来要西去永定，在我的一再坚持下，车终于北上拐到了汀州。去汀州，主要为看瞿秋白。

想起"文革"串联，从北京乘火车南下，从衡阳到韶山再到南昌和瑞金，离汀州越来越近，近得只有一箭之遥，却没有去成。不敢？还是不忍？真的说不清楚。那时候，红卫兵的小报上正在整版的刊载《多余的话》，批判瞿秋白为共产党的叛徒的文章和标语铺天盖地。瞿秋白的死难地汀州，自然没有韶山或瑞金那样的令人趋之若鹜，热血沸腾。

在中国，不知会有多少人和我一样，内心深处是对不起瞿秋白的。不要说那些曾经无情抛弃过他、批判过他的人，就是如我一样已经走近了他却和他擦肩而过转身奔向时髦别处的人，其实，离真正的革命意义都很远，便也离秋白很远。我一直相信，作为一名坚信共产主义的革命者，瞿秋白是曾遭共产党误会的一个人，但现在受到了共产党的敬仰。

"话既然是多余的，又何必说呢？"《多余的话》里的这第一句话，始终在我的耳畔盘桓。那时候，真的不明白，既然明明知道话是多余的，而且很可能遭到误解乃至对自己全盘的否定，为什么偏要去说呢？好长一段时间，总觉得《多余的话》更多的是文人式的表白，是文人与革命的矛盾和纠葛，是对自己内心坦荡如砥的审视和解剖，是对于残酷路线斗争的厌倦和彷徨。没有多少人能够做到他这样的坦然面对历史与现实，以及生死和他坚信的信仰。

但是，这么多年过去了，真的就明白这句话的含义了吗？明白瞿秋白当时写下这句话的心情了吗？车子在高速公路上奔驰如飞，离汀州越来越近，心里沉甸甸的。天阴着，蒙蒙的小雨如雾如烟。不知怎么搞的，忽然想起瞿秋白未到红区前在上海时写过的一首诗：万郊怒绿斗寒潮，检点新泥筑旧巢。我是江南第一燕，为衔春色上云梢。那时的心情，和写《多余的话》时的心情，是多么的不一样。历史虽然从来不允许假设，但从心里还是忍不住一次次地假设过，如果当时瞿秋白能够随大部队一起长征，会是一种什么样子？

以前读书的时候，曾经读到过这样一个细节，红军北上之际，瞿秋白把自己的强壮马夫，换给了徐特立。这个细节一直没有忘怀。这是一个革命者的情怀，他把困难乃至危险留给了自己。我一直想，也许，从那一刻，他已经预料到自己的命运。革命没有想着他，他却依然想着革命。

车子越过已经污染的汀江，驶进喧嚣的汀州城，残败的老城墙掩映在新楼与旧房之间，和我想象中的汀州城完全不一样。唯一相似的，是建于宋代的试院，试院里的两株唐柏，还能够有资格诉说当年的沧桑与苍皇。这里一度是福建省苏维埃政府，又一度是国民党36师的师部。试院最后一道院，最东边偏厦的两小间房屋，就是当年关押瞿秋白的地方。是36师的师长当年黄埔军校瞿秋白的学生宋希濂的特别照顾，让瞿秋白多了外面一间小屋，做会客用，很多劝降、诱降和威逼，走马灯般都是在这里轮番上演。

走进这两间小屋，不知为什么心怦怦地跳得厉害。墙的四围用棕色的木板围起，像乡间的木屋；靠墙是简单的一张木床，靠窗是一张写字台和一把木椅。虽然窗子朝南，但因外面有高墙遮挡，屋子里照不进来什么光，潮湿阴暗的感觉，和乡间木屋立刻拉开了距离。写字台上放着砚台、毛笔和油灯，我坐在木椅上，望见窗外有一座四方形的小小天井，天井里种着一株石榴，一株桂树，树龄都已经很老了。桂花尚未到开花的季节，那一株石榴花却开得正艳。瞿秋白被枪毙的时候，是76年前的6月18日，和我来时的时间相近，想应该也是榴花似火吧？

瞿秋白就是坐在这里写下《多余的话》，还有那些诗词，那些篆印，包括写给妻女的信。临终之前，如此的从容，又如此文气沛然。说起他写给妻女的信，我想起赴苏区前，他和妻子杨之华在上海分手之际，曾经买过10本黑漆布的笔记本，给妻子5本，对妻子说：这5本是你的，这5本是我的，我们离别了，不能通信，就把要说的话都写在这里吧，到再见面的时候交换着看。如今，坐在这里，想想，心里都会柔肠寸断。望断南窗，遥想妻子，自己将要命尽天涯，那时他是什么心情？

当然，最难忘的是，临终那天早晨，他坐在这里写下他的绝命诗，特务连长走进来，他没有停笔，接着写下了这样一段话："方欲提笔录出，而毕命之令已下，甚可念也。秋白曾有句'眼底烟云过尽时，正我逍遥处。'此非词谶，乃狱中言志耳。"最后写下了"秋白绝笔"四个字。每逢想到这里的时候，总会忍不住想起雨果在《九三年》里写朗德纳克从悬梯上走下来，对团团围住他的荷枪实弹的士兵说：我允许你们逮捕我！尽管革命内容与阵营不同，但那种贵族式的高傲气质，让人肃然。

解说员告诉我，当年瞿秋白就是从这里被带走，从后门走出，到中山公园的凉亭饮酒照相，然后出西门赴刑场的。我请她带我看看那后门的样子，我很想顺着瞿秋白就义的原路走过去。她带我来到一条黑暗的走廊，后门被锁，她告诉我即使走出后门，前面建起了一所小学校，也走不过去了。

如今汀州城的西门，以及中山公园，还有被后人称之为"秋白亭"的那座八角凉亭，都早已经不在，那地方建起了一座汀州宾馆。顺着府前街往西走不远，看见一座高耸入云的纪念碑，上书"瞿秋白烈士纪念碑"几个大字。旁边有一座花岗岩石，上刻"瞿秋白就义处"。当年，他就是站在这里用俄文高唱着《国际歌》和《红军歌》，用清亮的常州语音高呼着"中国共产党万岁"和"共产主义万岁"，然后说了一句"此地甚好！"坦然坐下，慷慨就义。

今年，正好是中国共产党建党 90 周年。瞿秋白是自 1921 年中国共产党建党以来牺牲的第一位领袖。作为中国共产党早期主要领导人之一，我们实在应该记住他。我们实在应该记住他在《多余的话》里曾经说过的话："这个世界对于我仍然是非常美丽的。一切新的，斗争的，勇敢的都在前进。那么好的花朵，果子，那么清秀的山河水，那么宏伟的工厂和烟囱，月亮的光似乎也比从前更光明了。但是，永别了，美丽的世界！"

当地人告诉我，此地纪念碑后被书中称之为罗汉岭的山，他们叫作卧龙山。关押瞿秋白的地方为龙首，枪毙他的地方为龙尾，他用 36 岁短短的生命，擎起了整个一条龙。听完他的话，我转过身去，眼泪怎么也止不住地淌了下来。

2011 年 6 月 6 日端午节写毕于北京

2006.4.25

一个都不能少

王瑗东老师今年 81 岁，鹤发童颜，还敢骑着自行车，在北京城越发拥挤的大街小巷里"游龙戏凤"。

在我的印象中，王老师是我们汇文中学里最漂亮的女老师，即使穿着简单朴素的白衬衫，也显得风姿绰约。她教高三毕业班的语文。1966 年，我读高三。想想那时她还不到 36 岁，正是风华绝代的年龄。我永远不会忘记，1966 年所谓的"红八月"。那个炎热的夏天，在下午毒辣辣的太阳底下，王老师站在了学校操场的领操台上，几个红卫兵也是她的学生，挥动着武装带，让她躬身九十多度弯腰，接受批斗。她的罪名是修正主义教育路线的红人，其实，不过是她的语文课教得好，当然也包括她长得漂亮，漂亮的姿容，在当时也属于了资产阶级的范畴。领操台下是黑压压的人群，不少也是她的学生，其中包括我。我挤进人群，想对王老师轻轻地说几句话，但我挤到她的身边时，看见红卫兵手里的武装带和眼睛里的凶光，一下子卡了壳。这时候，红卫兵用武装带打了她一下，让她继续弯腰。那一瞬间，我看见她穿着半袖的白衬衫完全湿透，一副胸罩的带子从袖口里掉了出来，如同一条蚯蚓，显得格外突兀刺目。

那个镜头像定格一样，一直在我的眼前突兀着。当时，我赶紧扭转身，泥鳅钻沙一样挤出人群。很久的一段时间里，我都在想，一个不到 36 岁的漂亮女教师，受到这样的屈辱。当时，以及后来，她会是什么样的心情？尤其是面对她的那些向她挥舞武装带的学生，包括我这样想安慰她又胆怯得那么不争气的学生？

1971 年的冬天，我从北大荒探亲回京，到学校看老师，看见了王老师。

她还是那样的漂亮，似乎过往岁月都不曾在她的身上留下什么痕迹。她把我拉到一边悄悄地说到她家借我书看，说到什么时候都还要读书。我到东单的新开路她家，她借给我《约翰·克里斯多夫》《红楼梦》和《人间词话》。特别是《约翰·克里斯多夫》，几乎成为我走上写作道路的启蒙书。

那个寒冷的冬天，因为有了王老师的书，让我感到温暖。只是有一次我到她家还书，看见屋子里坐着好几个同学，其中有一个当年站在领操台上挥舞武装带批斗过她的红卫兵。我像是吞进一只苍蝇那样的恶心，我实在不理解，为什么王老师对他和其他同学一样的谈笑风生。我甚至认为，王老师变得一锅糊涂没有了豆儿一样没有了立场。记得那一天，把书还给王老师，我就匆匆离开了。

这件事，和领操台上弯腰九十多度胸罩带掉了出来的情景，常常如同对比醒目的两个镜头，悬挂在我的记忆里。一直到今年的春天，我才明白了，这前后两个镜头是属于王老师人生的两个明喻，以德报怨，让她的心清澈透明，她一直以为面对的都是自己的学生，不能让学生背负本该属于历史的那么沉重的责任。她不止一次对我说：你们那时候才多大呀，还都是孩子。

今年，是我们汇文中学建校140周年的日子。从两年前开始，王老师就打算把原来高三4班的同学都汇聚齐整。这是王老师"文革"前教过的最后一届学生，由于和她一起经历了那场"文化大革命"，她和我们学生弥笃情深。

过了春节，王老师非常高兴，因为高三4班45名同学，她已经找到其中44名。这44名同学，有出息的，有落魄的，有在外地的，有在国外的……在王老师的眼里，都没有了身份的焦虑，都是她的学生；依然是有教无类。说实在的，这44名同学，如今都和我一样早过了退休的年龄，王老师年过八十，还要跑远路，一部电话，一台电脑，一辆自行车，她要付出多少心血和代价。但是，她渴望这次全班同学的聚齐，就像当年她走进教室进行早点名一样，她不愿意看见一名同学缺席。

这最后一名没有找到的学生，叫刘泓，初中和我就是同学，他哥哥当年是中央乐团的小提琴手，他的小提琴在我们学校里拉得也很出名。1981年，他是我们班最早出国的先行者，因为他的姑姑在美国。怀揣着梦想，骚动着盲目，他开始了洋插队，却一下子泥牛入海一般，和大家都没有了联系。王老师最大的愿望，就是找到她最后的一名学生刘泓。她以为在汇文中学建校

140 周年的日子里，这件事最有意义。她就像一只母鸡，要把她所有的学生像鸡雏一样都揽在她的翅膀下。对于校庆，每个人都有自己的庆祝方法，作为王老师，她认为这是最好的庆祝了，胜过什么隆重的大会或觥筹交错的晚宴。

五一节前夕，我和王老师一起到长安大戏院看京戏。说起王老师的这一努力了两年的心愿，我笑着说王老师这符合传统老戏里的大团圆的结尾。王老师却兴奋地告诉我：刘泓终于找到了！前两天，他给我打来电话，我一耳朵就听出来了，还是三十年前的他那憨厚的声音。

戏也没好好看，听王老师说，知道了刘泓在美国的经历不凡，至今独身，一直做维修工，64 岁了还在干活。不过，他很乐观，有一个美国的女朋友，日子过得挺好。我问王老师：您多大的本事，是怎么找到刘泓的？王老师笑着说，该找的地方都去了，该问的人都问了，她说起在美国我的一个同学的名字，他的爱人的朋友知道刘泓，你说这不是踏破铁鞋无觅处吗，怎么那么巧？我说，这不是巧，是您心诚则灵。

如今，高三 4 班 45 名同学终于都聚齐了，可以让王老师点名了，45 声嘹亮的回声：到！

2011 年 5 月 12 日于北京

甪直春行

1977 年的 5 月，叶圣陶先生有过一次难忘的故乡之行。在这一年 5 月 16 日的日记里，他这样写道："宝带桥、黄天荡、金鸡湖、吴淞江，旧时惯经之水程，仿佛记之。蟹簖渔舍，亦依然如昔。驶行不足三小时而抵甪直。"

那是一艘小汽轮，早晨 8 点从苏州出发。

今年的 4 月，我也是清早 8 点从苏州出发，也是沿旧路而行，不到一个小时就直抵甪直了。我很奇怪，那一次先生是 55 年后的重返故地，55 年了，那里居然"依然如昔"，难以想象。如今，先生所说的"惯经之水程"没有了，代之而起的是宽敞的高速公路。宝带桥和黄天荡看不到了，金鸡湖还在，沿湖高楼林立，已经成为和新加坡合作开发的新园区。江南水乡，变得越来越国际大都市化，在这个季节里本应该看到的大片大片平铺天际的油菜花，被公路和楼舍切割成了一小块一小块，如同娇小的蜡染的方头巾了。

先生病危在床的时候，还惦记着这里，听说通汽车了，说等病好了自己要再回甪直看看呢。不知如果真的回来看看，看到这样大的变化，会有何等感想。

这是我第一次到甪直。来苏州很多次了，往来于苏州上海的次数也不少了，每次在高速路上看到甪直的路牌，心里都会悄悄一动，忍不住想起先生。我总是把这里当作先生的家乡，尽管先生在苏州和北京都有故居，但我总是先入为主地认为这里才是他的故居。先生是吴县人，甪直归吴县管辖，更何况年轻的时候，先生和夫人在甪直教过书，一直都是将甪直当作自己的家乡。

照理说，先生长我两辈，位高德尊，离我遥远得很，但有时候却又觉得亲近得很，犹如街坊和蔼可亲的老爷爷。其实，只源于 1963 年，我读初三的时候写过一篇作文，参加了北京市少年儿童作文比赛而获奖，先生亲自为我的作文进行了逐字逐句的批改和点评。那一年的暑假，又特意请我到他家做客，给予我很多的鼓励。我便和先生成了忘年之交，一直延续到"文革"之中，一直到先生的暮年。记得那时我在北大荒插队，每次回来，先生总要请我到他家吃一顿饭，还把我当成大人一样，喝一点儿先生爱喝的黄酒。

先生去世之后，我写过一篇文章《那片绿绿的爬山虎》，记录初三那年暑假我第一次到先生家做客的情景。可以说，没有先生亲自批改的那篇作文，没有充满鼓励的那次谈话，也许我不会成为一个以笔墨为生的人，少年时候的小船，有人为你轻轻一划，日后的路会有意想不到的变化。后来，这篇文章被收入小学语文课本。无疑，强化了这样变化的意义，渲染了少年的心。

能够去甪直看看先生留在那里的踪迹和影子，便成了我一直的心愿。阴差阳错，好饭不怕晚似的，竟然一推再推，迟到了今日。密如蛛网的泽国水路，变成了通衢大道，甪直变成了门票一张50元的旅游景点。

和周围同里、黎里这样的江南古镇相比，甪直没有什么区别，可以说是大同小异。一条穿镇而过的小河，河上面拱形的石桥，两岸带廊檐的老屋……如果删除掉老屋前明晃晃的商家招牌和旗幌，以及不伦不类的假花装饰的秋千，也许，和原来的甪直没有什么两样，甚至和1917年先生第一次到甪直时的样子一样呢。

叶至善先生在他写的先生的传记《父亲长长的一生》中，提到先生最主要的小说《倪焕之》时，曾经写道："小说开头一章，小船在吴淞江上逆风晚航，却极像我父亲头一次到甪直的情景。"尽管《倪焕之》不是先生的自传，但那里的人物有太多先生的影子，而里面所描写的保圣寺和老银杏树，更是实实在在甪直的景物。

1917年，先生22岁，年轻得如同小鸟向往新天地，更何况正值包括教育在内的一切变革的时代动荡之交。先生接受了在甪直教书的同学宾若和伯祥的邀请，也来到了这里的第五高等小学里当老师。人生的结局会有不同的方式，但年轻时候的姿态甚至走路的样子，都是极其相似的。或许，可以说这是属于青春时的一种理想和激情吧。否则，很难理解，当年，先生的孙女小沫要去北大荒，母亲舍不得，最后出面做通她的思想工作的是先生本人。先生说：年轻人就想过一种全新的生活，就让小沫自己去闯一闯，如果我年轻五十几，也会去报名呢。或者，这就是当年先生角直青春版的一种昔日重现吧。

穿过窄窄的如同笔管一样的小巷，进入古色古香的保圣寺，眼前豁然开朗，保圣寺旁边是轩豁的园林，前面是唐代诗人陆龟蒙的墓和他的斗鸭池、清风亭，后面便是当年五高小学的地盘了，女子部的教室小楼、作为阅览室的四面亭，和生生农场，都还健在。特别是先生曾经多次描写过的那三株千年老银杏树，依然枝叶参天。有了这些旧物，就像有了岁月的证人证言一般，逝者便不再如斯，而有了清晰的可触可摸的温度和厚度。

生生，即学生和先生的意思。原来这里是一片瓦砾堆，杂草丛生，是学生和先生共同把它建成了农场。那时候，先生注重教学的改革，注重学生的实践活动。其实，农场很小，远不如鲁迅故居里的百草园，说是农场，不过是一小块田地，现在还种着各种农作物，如古镇里的隐士一般，只问耕耘不问收获似的，杂乱而随意的长着。

教室楼和四面亭的门都锁着，透过窗户可以看到教室里面的课桌课椅，当年先生的妻子胡墨林就在这里当教员，还兼着预备班的主任。四面亭则有先生临终的面模。四面亭的前面是后建的一排房，作为叶圣陶先生的纪念馆，空荡荡的，陈列的实物不多，主要是一些图片文字的展板，介绍着先生的一生。中间立有先生的一尊胸像，脖子上系着一条鲜艳的红领巾。

五高小学应该是当时中国教育改革的先驱学校了。看到它，我想起了春晖中学，那是叶至善先生的岳父夏丏尊先生创办的学校，年头比五高要晚一些。五四时期，中国文人身体力行参与教育的变革实践，可以说是空前绝后了，和我们如今的坐而论道，指手画脚，或事不关己高高挂起的无力感的形象大相径庭。

先生在五高教书一共九个学期，四年半的时间，时间不算长。但这是青春期间的四年半，青春季节的时间长短概念和日后不能用同样数学公式来计算的，它在人的一生中的作用常常会被放大或延长。更何况，在这四年半中，先生的父亲故去，五四运动爆发，文学研究会成立，这样几桩大事发生的时候，先生都在角直，却一样心事浩茫连天宇，便让这个青春之地，不仅仅属于偏远的古镇，也染上了异样的时代光影与色彩。

先生在事后曾经在文章里说过："当了几年教师，只感到这一途的滋味是淡的，有时甚至是苦的；但到了角直以后，乃恍然有悟，原来这里也有甜甜的味道。"在我看来，这其实就是青春的味道。难怪以后无论走到哪里，先生都会说甪直是我的第二故乡，都会在自己的履历表上填写自己是小学教师。

先生的墓地在四面亭和生生农场的一侧，墓道前有一座小亭，叫未厌厅，显然是后盖的，取自先生的一本文集的名字。墓前有几级矮矮的台阶，有一围矮矮的大理石栏杆，没有雕像，也没有墓志铭之类的文字说明，长长的墓碑如一面背景墙，上面只有赵朴初先生题写的"叶圣陶先生之墓"几个大字。

这里原来是五高的男生部楼，后来变成了校办厂。先生弥留之际，口中断断续续吐露出的话，是生生农场、银杏树、保圣寺、斗鸭池、清风亭……他把自己埋在了自己的青春之地。

我走到墓前向他鞠躬，看见一旁是甪直的叶圣陶小学送的花圈，鲜花还很鲜艳。清明节刚过不久。另一旁是老银杏树，正吐出新叶，绿绿的，明亮如眼，好像先生就站在旁边。那一年，先生重回到这里的时候，手里攥着一片从树上落下的银杏叶，久久舍不得放下。

2011 年 4 月 20 日写于甪直归来

孤单的雪人

  北京今年一冬天没有雪，开春了却一连下了三场雪，纷纷扬扬的，还挺大，仿佛憋足了气，赶来赴什么约会，有什么最后的晚餐似的，过了这村就没这个店的感觉。

  下最大的那场春雪的那天上午，我刚出楼门口，看见楼前的空地上一个四五岁的小男孩，拿着一个玩具小铁锹铲雪堆雪人，他的身旁是两位老人，爷爷奶奶，或者姥姥姥爷，帮助他一起堆。不过那雪人堆得很小，两老一小，总也堆不起来太多的雪。我对他们喊了句：滚雪球呀！那样多快！可老太太对我说：不知今年的雪怎么了，不怎么成个儿，雪球滚不起来！也是，今年的雪松散得很，有人说是春雪的缘故，也有人说是人工降雪的缘故。

  正说着话，孩子的父母从楼里出来了，爸爸脖子上挎着一台单反相机，一看就是尼康 D700，妈妈手里拿着一根胡萝卜和一张画报纸叠的帽子，是准备给雪人的装束。然后，就看见妈妈边给雪人插鼻子戴帽子边喊着：快来，宝贝儿，照张相！就看见几个大人开始摆弄孩子，孩子站在、蹲在雪人的身前身后，伸着小手，歪着脑袋，笑着摆出各种姿势，和显得有些瘦弱得营养不良的雪人合影。不用说，在妈妈爸爸的带领下，孩子常照相，已经是老手，习惯的姿势，轻车熟路，久经沧海。

  我心想，堆雪人真的是经典的儿童游戏，时代再怎么变，游戏的内容和方式再怎么变，堆雪人如同经年不化的琥珀，是大自然送给孩子们一款最老也是最好的礼物了。不过，想想我小时候，堆雪人之前总要滚一个好大的雪球，孩子们用冻成胡萝卜一样的小手一边滚雪球，呼叫着，一边用攥起来的雪球瞅不冷子打别的孩子或塞进脖领子里找乐，闹成一团，把雪球越滚越大的时候，最为快乐。如今却是难以把雪球再滚起来了，孩子的乐趣也少了好多，就好像做鱼少腌制的那一道程序，鱼还是那条鱼，做出来却不怎么入味。

回头看时，看到那孩子噼里啪啦一通照，已经照完了，四个大人正领着一个孩子回家呢。心里更想，雪人还是雪人，堆的过程简化了，堆完后玩的过程也简化了，最后就成了照相，雪人只是一个陪衬。

走不远，看到一个小姑娘，大约也就三岁的样子，她的身旁一个小小的雪人已经堆好了。同样，一对父母正在给她拍照，几乎和那个小男孩子一样，也摆着各种熟练的姿势，大多相同，是那种歪着脑袋伸出两根手指，做出 V 字形的样子。数码相机的普及，使可怜的雪人的功能就剩下了一种——孩子照相时候的一个道具或背景，就像儿童照相馆里那些一样。留念，比玩本身重要了。

还想，这个女孩，和那个男孩，各堆各的雪人，各照各的相，两条平行线一样，很难交叉。也许都是独生子女的缘故吧，又各住各的楼，即使住同一栋楼，各家防盗大铁门一关，老死不相往来，雪人跟着他们一起孤单起来。想起我小时候，大院的孩子从各家的窗户玻璃里就看见有人在堆雪人了，呼叫着跑出屋，香仨臭俩的，天天上房揭瓦疯玩在一起，拉都拉不开，不凑在一起都不行。忽然明白了，这也是那时候的雪人大的一个原因吧。

中午回来时候，雪已经停了，毕竟是春天，再大的雪化得也快。走进小区，看见那两个孤单的小雪人，已经如巧克力一样黑乎乎地坍塌一地。我想起曾经看过的一部叫作《雪孩子》的动画片，那里的雪人充满想象，变化无穷，活的或者说陪伴孩子们的时间那样长久，发生过那样多美好的故事。当然，那是个童话。如今的雪人，还属于孩子，却难有属于孩子的童话了。

2011 年 3 月 4 日北京

在蚂蚁的隔壁，在蜗牛的对门

亮相今年春晚之后，草根歌手"旭日阳刚"迅速走红，各种关心和议论纷至沓来，特别是汪峰收回自己《春天里》的演出权，致使"旭日阳刚"一时出现无歌可唱的窘状，其前景也跟着一起莫测纷纭。

我想起另外几位草根歌手。

一位是美国的柴斯纳特，他不仅是一位草根歌手，而且还是残疾人。他一直坚持自编自唱，坐在轮椅上，云游僧一样四处游荡，从来没有大红大紫过，却从来都受到喜爱他的歌迷的喜爱。

十多年前，我曾经从唱盘里听到他唱的一首叫作《海绵》的歌，很动听，便记住了这个名字。他这样唱道："快乐像巧克力一样溶化，我那带着蓝丝带的勇气也已不在。肮脏的阶梯，冰冷的混凝土，脚下虚伪的土地，街道里沉浮的气息……是的，这世界是一块海绵……在这一次丑陋的出行中，我喃喃自语我本该大吼出的东西，但我马上就会安静了，你将什么都听不见，因为这个世界是一块海绵！这个世界，这个世界，这个世界是一块海绵！"

现在想起来，最后柴斯纳特反复唱的"这世界是一块海绵"非常像"旭日阳刚"唱《春天里》最后反复大吼出来的"有一天我老无所依，请把我埋在这春天里"，一样的历经人生沧桑、看遍春秋演绎之后的苍凉。不同的是，唱完《海绵》之后，这十几年里，柴斯纳特一直有新歌在唱，每一首都是他自己的创作，都给人以感动，让人能看到他生活的耐性、生命的韧劲，以及对现实和世界独特的带有哲理性的看法和态度。一般都是他坐在轮椅上唱，人们站在他的四周听，表达对他的敬意。那情景不是电视上豪华舞台上，而像是在工地或地铁通道的感觉。

另一位是来自我国宁夏的歌手苏阳，他来自草根，到北京唱歌之后，最想是回到银川西门桥头为那里的农民工唱歌。他说："那样的音乐很纯粹，没有社会角度的批判，没有音乐门类、知名度、舞台灯光的暗示……"他渴望走的是一条回归的路，而不是很多草根歌手梦寐以求的央视的舞台特别是春晚。于是，我们的歌手和我们的歌，很容易变得像软壳蛋一样，或者精致点儿，像蛋壳上雕刻画一样，已经孵不出新的生命来了。

我听过苏阳唱的《劳动与爱情》，刚开头引子部分的板胡，听得就让我心动，有种想哭的感觉。那是只有西北的音乐元素，苍凉，粗放，随意，漫不经心，赤裸着脊梁，晒黑了脸庞，云一样四处流浪，风一样无遮无拦，草一样无拘无束，紫外线一样，刺青一般暗暗的刺进你的肤色之中。

《劳动与爱情》是首唱农民工的歌："太阳出来照街上，街上走着一个吊儿郎，卷起铺盖我盖起这楼，楼高十层我住在地上。东到平罗麦子香，西到银川花儿漂亮，人说那蜜蜂最勤劳，我比那蜜蜂更繁忙……"特别是那句"卷起铺盖我盖起这楼，楼高十层我住在地上"听得让我感动，虽然只是楼和人浅显的对比，无奈的辛酸，残酷的现实，唱得那样的朴素而真切，就像他唱的花儿一样，就像西北的土地一样，质朴却真实、真诚。

他在另一首歌里这样唱："我要带你们去我的家乡，那里有很多人活着和你们一样，花儿开在粪土之上，像草一样，像草一样。"他最后反复吟唱的"像草一样"，有些像"旭日阳刚"唱《春天里》最后反复大吼出来的"有一天我老无所依，请把我埋在这春天里"。"花儿开在粪土之上"，就应该是草根歌手的特征和特质，来自直露的美学和民间逻辑，是电视或舞台上矫情乔装或商业包装之后所没有的。

还有一位草根歌手，也曾在路边卖唱，他是我国盲人歌手周云蓬。周云蓬出道多年，却从来没有上过春晚，甚至没有上过任何的电视节目，但他和柴斯纳特一样，游吟诗人一样自编自唱，背着一把吉他，云游四方，走遍大江南北，到处流浪卖唱，唱着那动人的歌谣，唱得年头那样久远。

前几年，我偶然听到他的一张唱盘《中国孩子》，这是他出版的第二张唱盘。其中听了《中国孩子》《煮熟的鸭子飞跑了》《买房子》之后，非常感动。特别是《中国孩子》，真的让我非常感动，他哀恸地唱克拉玛依那场大火中"死到临头让领导先走"的大人们，唱那些"火烧伤皮肤让娘心焦"的孩子们。

他最后反复吟唱着"中国孩子！中国孩子！"和旭日阳刚唱《春天里》最后反复大吼出来的"有一天我老无所依，请把我埋在这春天里"一样，唱得我心里发热，再也忘不了这位歌手。

对于这个世界的现实，他有着自己的发言，不仅拥有一腔正义与真情，还有那样独特而敏感的艺术感觉。他的歌和我们的电视屏幕上制作的一批又一批的晚会歌曲、我们的唱片公司孵化的那种千篇一律的爱情歌曲，真的大不相同。他不愿意走宏大叙事的路子，不愿意吃别人嚼过的馍，去屈膝于市场和时尚。

后来我又听到了他的《一个人三次来北京》，又是同样的感动。在叙事的唱风和幽默的语调中，这首歌同样让我感受到他对于生活独特的发现和感受，他将一个外乡人北京梦的艰辛、心酸、执着和爱恨交加，唱的那样别致，又撕心裂肺。他的音乐不是别人的，他唱的不是别人为他编织好的哪怕是更精致的花环，而是属于自己的心和情感的延伸，坚持的依然是"草根"。

在他出版的《中国孩子》的唱盘的前言里，我抄录过他说的这样的话："音乐不在空中，它在泥土里，在蚂蚁的隔壁，在蜗牛的对门。当我们无路可走的时候，当我们说不出来的时候，音乐，愿你降临。"这样的话，特别适合同样作为草根歌手的"旭日阳刚"。所以我说，电视特别是春晚，是一把双刃剑，既可成也草根，亦可败也草根。有眼光有志气的草根歌手，真正的舞台不在春晚，不在商演，而在广阔的民间。用你歌唱的真心，用你创作的能力，用你对这个世界独特的音乐发言，未来的路才可以一路花开，走得长远。

没错，"音乐不在空中，它在泥土里，在蚂蚁的隔壁，在蜗牛的对门"。

2011 年 3 月 3 日写毕于北京

暮年放翁和晚年雷诺阿

放翁晚景颇惨。同为诗人，和我们如今写着"羊羔体"拿着"鲁迅奖"、戴着纱帽翅唱着女明星的诗人，毕竟不同。"医不可招惟忍病，书犹能读足忘穷"，面对疾病和贫穷，他以笔写心，聊以用读书和写作维持着清贫的自尊。

82岁在一首题为《家风》的诗中，放翁写过这样一联："四海交情残梦里，一生心事断编中。"他把"交情"和"心事"作为自己的家风来对待，所以他才有绝笔《示儿》那样撼人心魄之作。只是，看《剑南诗稿》末几卷，这样的诗，所占比例并不多，多的是他面对暮年贫病交加的生活和苍凉孤寂的心境的抒怀与遣兴。他并非有那样多铁马冰河的激昂，也少有我们想象和误读中老愤青的激愤，更多的是平常之心，以及用这种平常之心感受生活日常情景、风情与心情，平常得就像一位我们邻家爱喝点儿小酒的老头儿。

虽然自称"已开九秩是陈人"，年迈体衰，"出寻还得杖青藜"，但他还是很有几分得意地说："九十衰翁心尚孩，幅巾随处一悠哉，偶扶拄杖登山去，却唤孤舟过渡来。"他依然兴趣盎然不断地杖藜外出（他还不断地为他的各种杖藜写诗呢）。他说："团团箬笠偏宜雨，策策芒鞋不怕泥。"他说："寻僧竹院逢茶熟，引鹤溪桥及雪残。"前者看得出他的性格和心态，后者看得出他的情致与心境。他还有一句诗："买进烟波不用钱"，则看得出他那时对外出接触世风民情与大自然的理解与认知，和我们如今豪华的夕阳红旅游大相径庭。

所以，他从司空见惯中看出"山从树外参差出，水自城阴曲折来"，看出其中我们容易忽略不计的迂回有致的曲线；他从屡见不鲜里看到"片月又生红蓼岸，孤舟常占白鸥波"，看到其中我们常常视而不见的斑斓色彩。

同时，在外出的时候，他并非纯文人式的风花雪月，而是躬身看到农事稼穑，体味到乡间情味："蚕房已裹清明种，茶户新收谷雨芽""邻父筑场收早稼，溪姑负笼卖新茶"。还有一句诗我特别喜欢："茶煎小鼎初翻浪，灯映寒窗自结花"，尤其是后半联，一个八十多岁的老人了，外出那么劳累，居然观察得那样细腻入微，存有如此年轻的心性，让摇曳在寒窗上的烛光绽放出属于他自己的花来。

如果在家，"羹煮野菜元足味，屋茨生草亦安居"，看来他安贫气全，知足常乐，没有换一处大房子的心思，更没有非要住别墅的欲望。如此家门口日复一日平淡单调的生活，他却能够捕捉到生趣和意趣来，这实在是本事。有一首诗他这样写道："小担过门尝冷粉，微风解箨看新篁；旁篱邻妇收鱼钩，叩门村医送药方。"偶然过门的小贩卖的凉粉，微风之中钻出土的新竹，邻居女人收起了钓鱼的鱼钩，村里的赤脚医生送来了治病的药方，这些不起眼琐碎的生活，被放翁一一入诗，让人感到平易中的温馨，还看得到放翁自己并非随年龄一起老得心如枯井，而是那样年轻湿润。

我想，如果我活到放翁那样的年纪，能够像他一样吗？我不敢肯定，心里底气不足。看到他有一句诗："敲门赊酒常酣醉，举网无鱼亦浩歌"，我找到了和他的差别，我不能做到"举网无鱼亦浩歌"，我更看重的是网里得有鱼，且是大鱼，起码是古老故事《渔夫和金鱼》里的那个老渔夫，怎么也得打上一条金鱼来，便不会做他那样的无用功，傻了吧唧地吼着嗓子去唱歌。

在家里，除生性耽酒，他还有乐趣无穷的事要做，便是读书和写诗，那才真的是把读书和写作当成了自己生活和生命的一部分，而从来没有见他考虑过码洋、印数、转载、评论或获奖。"挂墙多汉刻，插架半唐诗""浅倾家酿酒，细读手抄书""古纸硬黄临晋帖，矮笺匀碧录唐诗""细考虫鱼笺尔雅，广收草木续离骚"……在暮年放翁诗作中，这样的诗，比比皆是。书不再是安身立命的功名之事，而是一种惯性的生活和心情的轨迹，就像蛇走泥留迹，蜂过花留蜜一样，自然而然，甚至是天然一般。他不止一次这样写道："引睡书横犹在架""体倦尚凭书引睡"。能够想象着那时的放翁，一定是看着看着书，眼皮一打，书掉在地上，书成了他的安眠药和贴身知己。

读暮年放翁，总想起钱钟书先生的论述。钱先生说其特点有两方面，一方面，钱先生称其为"忠愤"；另一方面，钱先生特别强调："咀嚼出日常生活的深永的滋味"，并说"陆游全靠这第二方面去打动后世好几百年的读者"。真的信服钱先生这样的判断，这在暮年放翁的诗作里体现得尤为明显。

读暮年放翁，还让我忍不住想起晚年时的雷诺阿。作为画家的雷诺阿，也许是作为诗人的放翁在几世纪过后的一个拷贝、镜像或回声，或者说，是放翁诗作的一个富有画面感的形象的描摹。

去年的夏天，美国费城专门举办了一个叫作"晚年雷诺阿"的画展，从全世界的美术馆里收集到了雷诺阿晚年几乎所有的作品。我特意赶去看，发现晚年的雷诺阿已经半身不遂，坐在轮椅上，把画笔绑在手臂上，画出的画面，大多是女人的身影和裸体，那里的女人无一不是肥硕的，健康的，美丽的；不是像小孩子一样天真的，清纯的，活泼的。特别是画展的最后一幅画，题目叫作《音乐会》，音乐会在画面之外，雷诺阿画了两个肥硕的女人正在穿衣打扮，准备去听音乐会，那两个女人占天占地，占满整幅画框，满怀的喜悦之情几乎要把画框冲破。那种对日常平易而琐碎生活的热爱和憧憬，晚年的雷诺阿和暮年的放翁是多么的相似。或许，纯粹的艺术家和诗人的心是相通的，越是艰难的生计和不如意的生活，越是老迈的病身和苍凉的心态，越是让他们在自己的作品中彰显他们敏感而张扬的心。

看画展时候，看到满满几个展厅里雷诺阿晚年的画作，想一个老迈残病之躯创作力那么旺盛。回国之后，我翻开《剑南诗稿》，看看放翁的暮年写了多少诗稿。雷诺阿活了 78 岁，放翁活了 86 岁，是那一年腊月二十九去世了，第二天就是年三十了。在他 86 岁这整整一年时光里，我数了一下，写了长短不一的诗 481 首。他的活力和雷诺阿真的很像，几乎每一天都在写诗，而且有时不止一首。

82 岁时，放翁写过一组《戏遣老怀》，一共 5 首，他特意写道已是"年垂九十时"。看过这一组诗，我更觉得放翁和雷诺阿心的相似。其中有这样两联："狂放泥酒都忘老，厚价收书不似贫""花前骑竹强名马，阶下埋盆便作池"，看放翁高价买到一本喜欢的旧书就忘记了贫穷的那种天真的喜悦；特别是后一联，鲜花前骑了根竹子，就把竹子当成了名马；台阶下埋了个盆儿，就把盆儿当成了水池，这是一种什么心境和心情，哪里像是一个快九十岁的老人，整个就是一个孩子啊。返老还童，是和雷诺阿把女人都画成肥硕的、画成孩子一样的童心，一样的赤子之心呀。

　　我不知道我能够活到多大年纪，即使活不到放翁和雷诺阿那样的年纪，也要向往那样的心情和心境。其实，那是一种遥远的境界。

2011 年 3 月 2 日写于北京

重读史铁生

史铁生离开我们已经快两个月了。在史铁生刚刚去世时，人民文学出版社出版了他的《我与地坛》，恰逢其时。我想，对他最好的怀念，莫过于认真重读他的作品。

好的文字，从来都是能够保持长久不灭的感情和生命的温度的，其魅力便也在于此。这两个月来，一直在重新读史铁生的作品，我边读边想，再没有一位作家赶得上他一样是在用感情、用心灵，用生命写作的了；我边读边想，他就还在我的面前，还在地坛的一隅。

在《我与地坛》的开篇中，他先是这样写了一段地坛的景物："四百多年里，它一面剥蚀了古殿檐头浮夸的琉璃，淡褪了门壁上炫耀的朱红，坍圮了一段段高墙又散落了玉砌雕栏，祭坛四周的老柏树愈见苍幽，到处的野草荒藤也都茂盛得自在坦荡。"然后，他紧接着说："这时候想必是我该来了。"

他来了。他去了，又来了。每一次读到这里，我都格外的心动。总觉得像电影一样，在地坛颓败而静谧的空镜头之后，他摇着轮椅出场了。或者，恰如定音鼓响彻在寂静的地坛古园里一样，将悠扬的回音荡漾在我的心里，注定了他与地坛命中契合难舍的关系。当代作家中，哪一位有如此一个和自己撕心裂肺打断了骨头连着筋的特定场景，从而使得一个普通的场景具有了文学和人生超拔的意义，而成了一个独特的意象？就像陆放翁的沈园，就像鲁迅的百草园，就像约翰·列侬的草莓园，就像凡·高的阿尔？

在史铁生的作品里，母亲是一个最动人和感人的形象。母亲49岁的时候过早地离开了人世后，在《我与地坛》中，有这样两段描写。

一段是——

摇着轮椅在园中慢慢走，又是雾罩的清晨，又是骄阳高照的白昼，我只想着一件事：母亲已经不在了。在老柏树旁停下，在草地上在颓墙边停下，又是处处虫鸣的午后，又是鸟儿归巢的傍晚，我心里只默念着一句话：可是母亲已经不在了。把椅背放倒，躺下，似睡非睡挨到日没，坐起来，心神恍惚，呆呆地直坐到古祭坛上落满黑暗然后再渐渐浮起月光，心里才有点儿明白：母亲已经不能再来这园中找我了。

一段是——

有一年，十月的风又翻动起安详的落叶，我在园中读书，听见两个散步的老人说："没想到这园子有这么大。"我放下书，想，这么大一座园子，要在其中找到他的儿子，母亲走过了多少焦灼的路。多年来我头一次意识到，这园中不单是处处有过我的车辙，有过我车辙的地方也都有过母亲的脚印。

后一段，体现了史铁生的心地的敏感，从两个散步老人的一句简单而普通的话语里，涌出对母亲由衷的感恩和悔恨之情。敏感的前提，是善感。也就是说，是海绵才有可能吸附水分，水泥板花岗岩，哪怕是再华丽的水磨石方砖，是无法吸附水分的，而只能让哪怕再晶莹剔透的水珠凭空流逝。缺乏这样善感的心地与真情，使得不少写作成为搭积木和变魔术的技术活儿，或者化装舞会上和摆满座签的领奖席上花红柳绿的邀宠或争宠般的热闹。

前一段，排比句式的景物中几次慨叹"可是母亲已经不在了"都会让我心情沉重。在这样重复的喟然长叹中，那些景物：老柏树、草地、颓墙、虫鸣的午后、鸟儿归巢的傍晚以及古祭坛上的黑暗与月光，才一一都有了意义，这意义便是这一切附着上母亲的身影。因此可以说，地坛是史铁生的，也是母亲的，因有这样的一位母亲而让地坛具有伤感无奈却又坚韧伟大的别样情怀。

每次读到这里，我都会忍不住想起史铁生在他的《记忆与印象》中的《一个人形空白》里的一段："我双腿瘫痪后悄悄地学写作，母亲知道了，跟我说：她年轻时的理想也是写作。这样说时，我见她脸上的笑……那样惭愧地张望四周，看窗上的夕阳，看院中的老海棠树。但老海棠树已经枯死，枝干上爬满豆蔓，开着单薄的豆花。"

如今，重读这一段，我想起史铁生，也想起他的母亲，窗上的夕阳，枯死的老海棠树，老海棠树枝干上爬满的豆蔓，开着单薄的豆花，便一下子都成了母亲那一刻百感交集又无法诉说的心情与感情的对应物，好像它们就是为了衬托母亲的心情与感情，故意立在院子里，帮助史铁生点石成金。这是怎样的一位母亲呀，可以这样说，如果没有这样一位母亲，就没有史铁生，我说的并不是母亲生养了史铁生，而是说母亲的悲惨命运和与生俱来的气质与情怀，造就了作家的史铁生。我坚定地认为，没有母亲，便没有史铁生的地坛。

由生活具象而思考为带有哲理性的抽象，是史铁生愿意做的，也是史铁生作品的魅力，更是和我们一般写作者的区别，如同真正的大海一步迈过了貌似精致却雕琢的蘑菇泳池。他便从一己的命运扩大为更为轩豁的世界，而使得他的作品融有了思想的含量，不像我们的一样轻飘飘、甜腻腻、或皮相的花里胡哨。他爱说人间戏剧，而不是像我们那样自恋得只会舔自己的尾巴、弄自己的发型、扭自己的腰身和新书的腰封。

在人文社这本《我与地坛》里，最后选的是《想念地坛》。这是一个很好的选择。在这则文章里，史铁生想念地坛里的那些老柏树，他从它们"历无数春秋寒暑依旧镇定自若，不为流光掠影所迷"中，将其品质出人意料的抽象为"柔弱"。他进而说："柔弱是爱者的独信""柔弱，是信者仰慕神恩的心情，静聆神命的姿态"。他说："倘若那老柏树无风自摇岂不可怕？要是野草长得比树还高，八成是发生了核泄漏——听说契尔诺贝利附近有这现象。"

由老柏树的"柔弱"，他写到世风的喧嚣，他说："唯柔弱是爱愿的识别，正如放弃是喧嚣的解剂。"之所以由"柔弱"写到"喧嚣"，还是要写地坛，因为地坛曾经可以是销蚀喧嚣回归宁静的一块宝地，一个解剂——"我说的是当年的地坛"，他特意补充道。

于是，他由"柔弱"到"喧嚣"，又回到"安静"："回望地坛，回望它的安静"。而如今的"安静"只能回望了，正如地坛只可以想念一样了。因为如今的地坛已经和我们一起卷入喧嚣的漩涡。

可以看出，人生的悖论，世风的无奈，以柔弱对抗喧嚣，以想念回归安静，这是一种怎样的哲思！对于写作，他比我们纯粹；对于生活，他比我们单纯；对于世界，他比我们深入。无论什么样的现实，无论什么样的命运，他利钝不计，操守不易，明不规暗，直不辅曲，一直以这样的心智，和我们，和这个世界对话。

在这篇文章最后，他写道："靠想念去迈过它，只要一迈过它便有清纯之气扑面而来。我已不在地坛，地坛在我。"这两句话，特别是最后一句"我已不在地坛，地坛在我"如一支沉稳的铁锚，将地坛如一艘古船一样牢牢地停泊在新时期文学的岸边，和不止一代读者的心里。

2011 年 2 月 21 日于北京

除夕的荸荠

在老北京，除夕的黄昏时分，是街上最清静的时候。店铺早打烊关门，胡同里几乎见不到人影，除了寒风刮得电线杆上的线和树上的枯树枝子呼呼的响，听不到什么喧哗。只有走进大小四合院或大杂院里，才能够听到乒乒乓乓在案板上剁饺子馅的声音从各家里传出来，你应我和似的，嘈嘈切切错杂弹，像是过年的序曲，是待会儿除夕夜轰鸣炸响的鞭炮声的前奏。

就在这时候，胡同里会传来一声声"买荸荠喽！买荸荠喽！"的叫喊。由于四周清静，这声响便显得格外清亮，在风中荡漾着悠扬的回声，各家都能够听得见。如果除夕算作奏响辞旧迎新的一支曲子的话，前奏是剁饺子馅欢快的声响，高潮是放鞭炮，那么，这寒风中传来的一声声"买荸荠喽！买荸荠喽！"的叫喊，则像是中间插进来的一段变奏，或者像是在一片剁饺子馅的敲打乐中突然升起的一支长笛的悠扬回荡。

这时候，各家的大人一般都会自己走出家门，来到胡同里，招呼卖荸荠的："买点儿荸荠！"卖荸荠会问："买荸荠哟？"大人们会答："对，荸荠！"卖荸荠的再问："年货都备齐了？"大人们会答："备齐啦！备齐啦！"然后彼此笑笑，点头称喏，算是提前拜了年。

荸荠，就是取这个"备齐"之意。那时候，卖荸荠的，就是专门来赚这份钱的。买荸荠的，就是图这个荸荠的谐音，图这个吉利的。那时候卖的荸荠一般分生荸荠和熟荸荠两种，都很便宜。也有大人手里忙着有活儿，出不来，就让孩子跑出来买，总之，各家是一定要几个荸荠的。对于小孩子，不懂得什么"荸荠"就是"备齐"的意思，只知道吃。那年月，冬天里没有什么水果，就把荸荠当成了水果，特别是生荸荠，脆生生，水灵灵，有点儿滋味呢。

　　记忆中，我小时候，除夕的黄昏，已经很少听到胡同里有叫卖荸荠的声响了。但是，这一天，或者这一天之前，父亲总是会买一些荸荠回家，他恪守着老北京这一份传统，总觉得是有个吉利的讲究。一般，父亲会把荸荠用水煮熟，再放上一点白糖，让我和弟弟连荸荠带水一起喝，说是为了去火。这已经是除夕之夜荸荠的另一种功能，属于实用，而非民俗，就像把供果拿下来吃掉了一样。我们的民俗，一般都是和吃有关的，所以尤其受小孩子的欢迎。

　　如今，这样的民俗传统早就失传了。人们再也听不到除夕的黄昏那一声声"买荸荠喽！买荸荠喽！"的叫喊了，也听不到大人们像小孩子一样正儿八经的"备齐啦，备齐啦！"的回答了。我现在想，大人们之所以在那一刻返老还童似地应答，是因为那时候的人们对于年还真的存在一种敬畏，或者说，年真的能够给人们带来乐趣和欢喜。现在，即使还能够听到这样的叫卖荸荠的声响，还有几个大人相信并且煞有其事出门买几粒荸荠然后答道"备齐啦，备齐啦"呢？更何况，如今人们大多住进了高楼，封闭的围墙，厚厚的防盗门和带双层隔音的玻璃窗，哪里又能够听得到这遥远的呼喊声呢？

　　如今，这样的声音，只存活在老人的记忆里，或在发黄的书页间。前辈作家翁偶虹先生在《北京话旧》一书中，便有这样的记载："除夕黄昏时叫卖'荸荠'之声，过春节并不需要吃荸荠，取'荸荠'是'毕齐'的谐音，表示自己的年货已然毕齐。"只是和我小时候的记忆稍有区别，我父亲说是"备齐"的意思，相比较"毕齐"，我觉得父亲的解释更大众化。

2011年春节前夕于北京

冬日四食

　　数九寒冬又到了。在老北京，即使到了冬天，街头卖各种吃食的小摊子也不少，不是那时候的人不怕冷，是为了生计，便也成全了那时候我们一帮馋嘴的小孩子。那时候，普遍的经济拮据，物品匮乏，说起吃食来，就像在上个世纪 70 年代曾经流行过被称之为"穷人美"的假衣领一样，不过是穷人螺蛳壳里做道场的一种自得其乐的选择罢了。

　　如今，冬天里白雪红炉吃烤白薯已经不新鲜，这几年还引进了台湾版的电炉烤箱的现代化烤白薯。在老北京，冬天里卖烤白薯永远是一景，但还有一种白薯的吃法，今天已经见不着了，便是煮白薯。在街头支起一口大铁锅，里面放上水，把洗干净的白薯放进去一起煮，一直煮到把开水耗干。因为白薯里吸进了水分，所以非常的软，甚至绵绵得成了一滩稀泥。民国时徐霞村写《北平的巷头小吃》，写他吃烤白薯的味道时用了"肥、透、甜"三字，真是传神，特别是前两个字，我是从来没有听说过谁会用"肥"和"透"来形容烤白薯的。不过，那一个"透"字，恐怕用在煮白薯上更合适。白薯皮已经被煮成一层纸一样薄，朱红色，能透亮，才是一个"透"字承受得了的。煮白薯的皮有点儿像葡萄皮，包着里面的肉简直就成了一兜蜜，一碰就破。因此，吃这种白薯，一定得用手心托着吃，大冬天的站在街头，小心翼翼地托着这样一块白薯，噘起小嘴嘬里面的白薯肉，那劲头只有和吃喝了蜜的冻柿子有一拼。

　　老北京人又管它叫作"烀白薯"。懂行的老北京人，最爱吃锅底的烀白薯，那样的白薯因锅底的水烧干让白薯皮也被烧糊，便像熬糖一样，把白薯肉里面的糖分也熬了出来，常常会在白薯皮上挂一层黏糊糊的糖稀，吃起来，是一锅白薯里都没有的味道。一锅白薯里就那么几块，便常有好这一口的人站在寒风中专门等候着，一直等到一锅白薯卖到了尾声，那几块锅底的白薯终于水落石出般出现为止。民国有竹枝词专门咏叹："应知味美惟锅底，饱啖残余未算冤。"只可惜，如今的北京城找不到一个地方卖这种"烀白薯"的了。

萝卜也是老北京人冬天里常见的一种吃食。那时候，水果在冬天里少见，萝卜便成了水果的替代品。所以一到冬天，特别是夜晚，常见卖萝卜的小贩挑着担子穿街走巷地吆喝："萝卜赛梨！萝卜赛梨！"老北京人管这叫作"萝卜挑"。一般卖心里美和卫青两种萝卜，卫青是从天津那边进来的萝卜，皮青瓤也青，瘦长得如同现在说的骨感美人。北京人一般爱吃心里美，不仅圆乎乎的像唐朝的胖美人，而且切开里面的颜色也五彩鲜亮，透着喜气，这是老北京人几辈传下来的饮食美学，没有办法。

"萝卜挑"一般爱在晚上出没，担子上点一盏煤油灯或电火石灯。他们是专门为那些喝点小酒的人准备的酒后开胃品。朔风纷纷的胡同里，听见他们脆生生的吆喝声，就知道脆生生的萝卜来了。那是北京冬天里温暖而清亮的声音，和北风的呼啸呈混声二重唱。民国竹枝词里也有专门唱这种"萝卜挑"的："隔巷声声唤赛梨，北风深夜一灯低，购来恰值微醺后，薄刃新剖妙莫题。"

人们出门到他们的挑担前买萝卜，他们会帮你把萝卜皮削开，但不会削掉，萝卜托在手掌上，一柄萝卜刀顺着萝卜头上下挥舞，刀不刃手，萝卜皮呈一瓣瓣莲花状四散开来，然后再把里面的萝卜切成几瓣，你便可以托着萝卜回家了。如果是小孩子去买，他们可以把萝卜切成一朵花或一只鸟，让孩子们开心。萝卜在那瞬间成了一种老北京人称之的"玩意儿"，"玩意儿"可就是现在我们所说的可以把玩的艺术品呢。

卖萝卜的不把萝卜皮削掉，是因为萝卜皮有时候比萝卜还要好吃，爆腌萝卜皮，撒点儿盐、糖和蒜末，再用烧开的花椒油和辣椒油一浇，最后点几滴香油，喷一点儿醋，又脆又香，又酸又辣，是老北京的一道物美价廉的凉菜。这是老北京人简易的泡菜，比韩国和日本的泡菜萝卜好吃多了。

金糕，也是老北京冬天里必不可少的一种吃食。这是用山楂去核熬烂冷凝成的一种小吃。为了凝固成型并色泽光亮，里面一般加了白矾，所以过不了开春。这东西以前叫作山楂糕，是下里巴人的一种小吃，后来慈禧太后好这一口，赐名为金糕，意思是金贵，不可多得。因是贡品而摇身一变成为了老北京人过年送礼匣子里的一项内容。清朝时很是走俏，曾专有竹枝词咏叹："南楂不与北楂同，妙制金糕属汇丰。色比胭脂甜如蜜，鲜醒消食有兼功。"

这里说的汇丰，指的是当时有名的汇丰斋，我小时候已经没有了，但离我家很近的鲜鱼口，另一家专卖金糕的老店泰兴号还在。就是泰兴号当年给慈禧太后进贡的山楂糕，慈禧太后为它命名金糕，还送了一块"泰兴号金糕张"的匾（泰兴号的老板姓张）。泰兴号在鲜鱼口一直挺立到上个世纪50年代末，到我上中学的时候止。那时候，家里让我去那里买金糕，一般是把它切成条，拌白菜心或萝卜丝当凉菜吃。金糕一整块放在玻璃柜里，用一把细长的刀子切，上秤称好，再用一层薄薄的江米纸包好。江米纸半透明，里面胭脂色的山楂糕朦朦胧胧，如同半隐半现的睡美人，馋得我没有回到家就已经把江米纸舔破了。

还有一种吃食，没见清末民初的竹枝词里有记载，也没见《北平风物类征》一类的书里有过描述，但在我小时候的记忆里却印象颇深，便是芸豆饼。那时，特别是春节前的那些天，在崇文门护城河的桥头，常常有卖这种芸豆饼的。一般都是女人，蹲在地上，摆一只竹篮，上面用布帘遮挡着，布帘下便是煮好的芸豆。我到现在也弄不清，腊月底的寒风中，她们是用什么法子，能让芸豆一直那么热乎乎的？什么时候买，只要打开布帘，都冒着腾腾的热气，一粒粒，个大如指甲盖，玛瑙般红灿灿的，很得我们小孩子的心。几分钱买一份，她们用干净的豆包布把芸豆包好，在芸豆上面撒点儿花椒盐，然后把豆包布拧成一个团，用双手击掌一般上下夸张的使劲一拍，就拍成了一个圆圆的芸豆饼。也许是童年的记忆总是天真而美好，也没有吃过什么好吃的东西吧，至今依然觉得那芸豆饼的滋味无与伦比。

2011 年元旦试笔北京

上一碗米饭的时间

　　入冬后北京最冷的那天晚上，我在一家小饭馆里。家里的人都出了远门，没有饭辙儿，要不我是不会在这么冷的天跑出来到这里吃晚饭的。正是饭点儿，小饭馆里顾客盈门，只剩下靠门口的一张桌子空着，虽然只要一开门冷风就会乘机呼呼而入，但别无选择，我只好坐在那儿了。

　　服务员是位模样儿俊俏的小个子姑娘，拿着个小本子，笑吟吟地站在我的面前，一口外地口音问我：您吃点儿什么？我要了三两茴香馅的饺子和一盆西红柿牛腩锅仔。很快，饺子和锅仔都上了来，热气腾腾的扑面撩人，呼啸寒风，便都挡在了窗外了。

　　埋头吃得热乎乎的，忽然觉得有一股冷风吹来，抬头一看，一位老头已经走到我的桌前，也是别无选择地坐了下来。在我的对面坐下来之后，大概看见我正在望着他，老头冲我笑了笑，那笑有些僵硬，不大自然。也许是为自己一身油渍麻花的破棉袄感到有些羞涩，和这一饭馆衣着光鲜的红男绿女对应得不大谐调。我看不出他有多大年纪，或许还没有我大，只是胡子拉碴的显得有些苍老。我猜想他可能是位农民工，或者刚刚来到北京找活儿的外乡人。

　　他坐在那里，半天也没见服务员过来，便没话找话的和我搭话，指指饺子，问我饺子怎么卖？我告诉他一两三块钱吧。他立刻应了声：这么贵！这时候，那个小个子姑娘拿着小本子走了过来，走到老头的身边，问道：你吃什么？老头望了望她，多少有点儿犹豫，最后说：我要一碗米饭。姑娘弯下头在小本子上记下来，又抬起头问：还要什么？老头说：就一碗米饭！姑娘有些奇怪：不再要点儿什么菜？老头这回毫不犹豫地说：一碗米饭就够了。然后补充句，要不麻烦你再给我倒碗开水！姑娘不耐烦了，一转身冲我眉毛一挑，撇了撇嘴，风摆柳枝般走了。

过了好长时间，也没见姑娘把一碗米饭上来，更不要说那一碗开水了。在这样一个势利眼长得比鸡眼还多的社会里，人们的眼睛都容易长到了眼眉毛上面，很多饭馆都会这样，不会把只要一碗米饭的顾客放在心上，更何况是一个衣衫褴褛的老头，在他们眼里几乎是乞丐一样呢。姑娘来回走了几次，大概早忘了这一碗米饭。

我悄悄地望了一眼对面的老头，看得出来，老头有些心急，也有些尴尬，又不知道如何是好，如坐针毡。如果有钱，谁会只要一碗白米饭呢？但如果不是真的饿了，谁又会非得进来忍受白眼和冷漠而只要一碗白米饭呢？

我很想把盘子里的饺子让给老头先垫补一下，但把剩下小半盘的饺子给人家吃，总显得不那么礼貌，有些居高临下，就像电影《青春之歌》里的余永泽打发要饭的似的。那锅仔我还没有动，可以先让他喝几口，但一想饭还没吃，先让人家喝汤，恐怕也不合适，而且也容易被老头拒绝。

因此，当姑娘又向这边走来的时候，我远远地冲她招招手，她走了过来，老头看见了她，张着嘴动了动，一定是想问她：我那一碗米饭呢？但如今的小姑娘哪一个好惹？看人下菜碟已是常态，势利的现实和势力的城市，早完成了她活生生的青春期教育。为了避免尴尬，我先把话抢了过来，对她说：姑娘，你给我上碗米饭！话音刚落，怕她同样嫌弃我也只要一碗米饭，便又加了句：再来三两饺子。姑娘在小本子上记了下来，转身走了。我冲着她的背影喊了句：快点儿呀！她头没有回，扬扬手中的小本说道：行哩！

老头望了望姑娘走去的背影，又望了望我，什么话没有说，似乎是想看看，同样一碗米饭，到底谁的先上来。一下子，让我忽然感觉偌大的饭馆里，仿佛主角只剩下了老头、姑娘和我三个人，三个人彼此的心思颠簸着，纠结着，一时无语却有着不少的潜台词。

我望了望老头，也没有说话。我是想等这一碗米饭和三两饺子上来，一起给老头，谁家都有老人，谁都有老的时候，谁都有饿的时候，谁都有钱紧甚至是一分钱让尿憋死的时候。

老头垂下头，不再看我。我埋下头来，吃那小半盘的剩饺子，也不敢再望他，我不知道此刻他在想什么，但生怕我的目光总落在他的身上会让他觉得尴尬。

有时候，只能让人感慨生活现实的冷漠，比窗外的寒风还要厉害，人与人之间的隔膜，如今是越来越深了，并不是一碗米饭几两饺子就能够化解的。

很快，也就是那小半盘剩饺子快要吃完的工夫，只听姑娘一声喊：您的米饭和饺子来了，便把一碗米饭和三两热腾腾的饺子端在我的桌子上，同时也把老头的那一碗米饭端在桌上。可是，抬头的时候，我和姑娘都发现，对面的老头已经不在了。

其实，只是上一碗米饭的时间。

2010 年岁末写于北京

大白菜心理学

　　正是大白菜上市的季节，早市上卖大白菜的多得是。过去的年月里，这时候北京每家都要买好多，叫作冬储大白菜，要吃到来年的开春。现在不用了，菜市场随时都有，不必一下子买那么多，但还是要买一些的，因为这时候的大白菜一来新鲜好吃，二来也便宜。清水白菜，从来是老百姓的看家菜。

　　我到早市上，也是为买两棵大白菜。货比三家，走了一圈，走到快出门的时候，忽然看见前面的菜摊上人山人海，便也挤了过去。不能怪人们都有从众的心理，现实生活教育了大家，如果大家都愿意买的东西或去的地方，一般都是不错的。我到饭馆里吃饭，一般也选择同样的原则，凡是人多的饭馆，都差不了哪儿去，门可罗雀的地方，一般不敢去。人们脚的选择，代表着心的走向，脚便是心的外化，是心的延长线呢。

　　这个菜摊有些特别，菜摊上几乎全是蓬头散发一般的菜叶，喧宾夺主，大白菜显得没有菜叶多。仔细看，大白菜都被凌乱的菜叶挡着或掩埋了，有一批则索性被挤到了摊子的后面。一般买大白菜的人，都愿意把菜帮子掰掉，这是北京人的一种买菜心理，无论到哪里买，都得随手掰下几片菜帮子，再上秤约，省的菜帮子压分量，更是为了心里踏实，看着也舒服一些。说实在的，我买大白菜也这样，仿佛习惯成自然，不掰掉几片白菜帮子，像是吃了老大的亏似的。所以一般卖大白菜的小贩，都是一边卖菜一边用眼睛四下扫视掰菜帮子的人，一边挥动着手臂大声地嚷嚷：别揪菜帮子呀！在超市里，索性用塑料胶条把大白菜绑上，事先秤好分量，贴上标签，上面标明了价钱，任你再撕菜帮子。这也叫作道高一尺魔高一丈吧，算是大白菜买卖双方心理学的斗法。

看来，这个菜摊有些与众不同，采取的是无为而治的法子，放任自流，让人们随便掰菜帮子。难怪这里拥挤着这么多人。

再细一看，这里还有特别的呢。一般卖菜的大嫂，不是站在摊前，就是站在摊后，或者老公母俩一个摊前一个摊后，照顾着摊子滴水不漏。这里的卖菜大嫂却是独自一人坐在摊子旁的一个小马扎上面，手里拿着一把刀，威风凛凛，有点儿一览众山小的劲儿。

开始，我奇怪，又不是夏天卖西瓜，干吗要耍一把大菜刀？听旁边买菜的大妈情不自禁地议论：这个卖菜的实在，你不掰菜帮子，人家就帮你都掰掉了。果然，看着人们递给她已经掰掉了几片菜帮子的大白菜，她还要帮你再掰掉好多片菜叶，然后用刀把菜头再一刀削掉。原来沾着泥土乍着帮子蓬头垢面的大白菜，在她的手中像跳脱衣舞似的，一下子出落得白白净净的，清爽了许多。

其实，人们买大白菜，即使习惯随手掰几片菜帮子，但也不大好意思掰得太多，掰的时候总有做贼心虚的感觉，人家卖菜的大嫂却在大刀阔斧替你把菜帮子毫不吝啬地掰掉了，你还有什么话说？在人家大嫂面前，自己替大嫂纷纷落地的大白菜叶忍不住心疼起来。

旁边买菜的大妈们，个个都是早市上身经百战的老手，见多识广，在比较中自然辨得出哪一家卖菜的实诚，她们的议论无形中成了卖菜大嫂的活广告，不想买的主儿，忍不住都买两棵回家。而卖菜大嫂听到这些热辣辣的表扬话，也不抬头，倒有些羞涩，垂着头，更加卖力地替人掰菜帮子，砍菜头。这样一来，更加赢得人缘，买主儿越发多了起来。

其实，从来都是买的没有卖的精。这位卖菜大嫂是以表面的损失赢得了实在的收益，以局部的让利换来了整体的效益。早市上，谁的菜摊也没有她的菜摊上的大白菜多，谁也没有她卖得快。况且，一般菜摊上是 5 毛钱一斤，她卖的是 6 毛钱一斤，即使掰下的菜帮子和砍下的菜头，让她损失了一些分量，整体她亏的并不多。

她对我说：其实北京人都实在，觉得你卖菜卖得实在了，人家就不在乎你每斤多这一毛钱了。她还对我说：你还得算这样一笔账，我来卖菜，就我一个人，我家里的老头子可以在家里干别的活儿，不还节省下一个劳力嘛！最后，她忍不住向我笑笑，又说：我家还养着好几头猪呢，这些白菜帮子我拉回去，可以和猪食烱在一起，不是一笔钱？

　　我觉得她说得很实在。同样卖大白菜，这位大嫂卖出了水平，别看不过只是替你掰下几片菜帮子，砍下了菜头，但就是这简单的几下子，让她区别于其他像防贼一样防买菜大妈们的菜贩，而赢得了买菜大妈们的心。她正经懂得卖大白菜的心理学呢。

2010 年 11 月 27 日于北京

费城浪漫曲

　　费城市中心有座公园，颇有点像巴黎的卢森堡公园，特别是一方水池很像卢森堡公园里的美第奇喷泉，只是更小巧袖珍。紧邻费城寸土寸金的商业街，能有这样一块闹中取静的公园，要归功于当初城市的规划者。

　　夏天的公园里，绿荫如盖，一下子凉快了许多。是个周末的黄昏，我走进公园的时候，发现人比往日多，今年夏季费城奇热无比，人们都到这里来乘凉了。沿着甬道走进去，一路看见好几位街头艺人，或演奏萨克斯和吉他，或自弹自唱，他们的身边放着一个小纸盒或自己的帽子，供游人往里面放钱。这算是这座公园的一景吧。附近居住的人，逛商业街逛累的人，都愿意到这里来，顺便听听他们的卖唱，他们的技艺正经不错呢。

　　走到公园深处这座水池前的时候，看见两个华人小伙子正在那里演奏小提琴，听不出是什么乐曲，旋律如怨如诉，格外幽婉抒情，二重奏的效果非常好听，如起伏的鸽子一样，在身边翩飞萦绕。忍不住坐在水池边倾听，才发现四周已经坐着不少人。好听的音乐总能如磁铁一样吸引人。

　　起初，我以为和刚才看到的卖艺者一样，也是两个街头艺人，但我很快否认了自己的这个猜测。两个小伙子都穿着笔挺的西装，白衬衫配黑裤子、黑皮鞋，非常正规的演出服，根本不像刚才看见的卖艺者穿戴随便，有的简直就像嬉皮士。而且，他们的身边也没有纸盒或帽子，如果是卖艺者，人们往哪里给他们放钱呢？

　　那么，他们为什么要到这里演奏？便猜想或许是音乐学院的学生，利用周末到这里来练练手，为将来的成功先奏响一支序曲？

　　就在这时候，忽然看见一男一女两个白人走到演奏者前面小小的空场里。

小提琴声如此缠绵悱恻，谁都想跳进乐曲旋律的漩涡里，就像这样炎热的天气里跳进身后的水池中清凉一番，所有的观赏者没有任何反应，仍然关注于小提琴。我仔细打量了他们一下，两人都很年轻，男的长相英俊，女的身材秀丽，只是和两个演奏者相比，他们的穿戴实在太随意了，男的穿着短裤和人字凉鞋，女的穿着豆青色抹胸连衣裙，他们每人的手里还各牵着一条小狗。心里想，一定和我一样，也是来逛公园的，听到这样迷人的音乐，忍不住跳进去翩翩起舞。

小提琴声还在轻柔地飘荡着，仿佛因为有人走到他们面前捧场而拉得格外来情绪，声音显得越发柔肠绕指，拉得人心里都跟着一起绵软得要融化了。只看那一对男女手牵着手，来回转着圈，轻轻地随着乐曲舞动了起来。由于节奏很舒缓，他们的步子如同踩在云朵里，轻柔得几乎看不出来。然后，女的把自己的牵狗绳交给了男的，本来一边一只的小狗，聚拢在一块，和它们的主人一样欢快地亲热起来。女的则腾出了两只手，伸了出来，娥菲丽娅的花环一样，轻轻地环绕在男的脖子上，一双天蓝色的眼睛，那么近地望着男的。

人群里有人叫了一声：吻一个！

男的很矜持，微微地笑了，弯下了头，吻了一下女的。人群里响起了掌声。女的忍不住紧紧地拥抱着男的，头靠在他肩上，一头金色的长发如金色的瀑布一样流泻下肩头。

如果是一般人，这时候是恰到好处的高潮，有音乐，有掌声，有热辣辣的夕阳，该退场了。谁想到他们两个人却有些恋恋不舍，就像两只戏水的鸳鸯，舍不得离开这样清澈的水池。当女的头从男的肩头上抬起来，男的扶着她纤纤细腰，轻轻地兜了一圈，长摆的连衣裙兜起一个漂亮的弧。然后，他们紧紧地拥抱，又密密地接吻。掌声再一次响起。那一刻，我以为周围的观众在起哄，我甚至以为是不是在拍摄电影。但我看了一下，人们很真诚地望着他们，不像我们这里爱起哄架秧子，树丛中也没有摄影或摄像机。而两位小提琴手似乎没有受到任何干扰，一如既往地拉着小提琴，琴声没有中断，如同两泓长长的泉水潺潺的流淌。

这一对男女如此往复了好多次旋转、拥抱和接吻之后，男的把自己手指上的一枚铂金戒指戴在女的手指上时候，最后一次掌声响起来。我和在场的所有人此刻都明白了，一切是他们的安排，地点是他们选定的，琴手是他们请来的，效果是他们设想的，只有夕阳和我们是不请自来的。他们把自己的求婚仪式别出心裁地放在了这里，放在了小提琴幽幽的旋律里，一定让他们自己感动了。我都有些感动，对比我们这里豪华宴席、高档名车，乃至九百九十九朵玫瑰式的奢靡却千篇一律的示爱求婚或结婚的仪式，他们的朴素和新颖，需要智慧，更需要对爱的理解。

    我看到，他们手挽着向两位小提琴手走去，琴手收弓了，他们笑着向琴手握手致谢。夕阳的余晖，正打在他们的脸上，还有那枚戒指和两把小提琴上，跳跃着金子般的光亮。

2010 年 9 月 1 日写于新泽西

女人花

　　这次来美国住的时间久，萍水相逢，认识了好多人，主要是在小区的花园里认识的。花园里种着樱桃和玉兰，春天开满了花，夏天遮满阴凉，在变化的两个季节之中，认识的人越来越熟悉了起来。

　　早晨在小区的花园里散步，这里空旷寂静得很，年轻的孩子们都去上班了，老人们便如鸟出笼了，花园里成了最好的去处。有意思的是，我很难碰见美国老人，碰到的总会是那几个中国人。本来住在这个小区里的中国人就不多，这时候就跟到点儿开会似的，在这里聚齐。渐渐熟悉了，大家都有一种他乡遇故知的感觉，脸上拘着的面子松开了，家长里短的话便稠了起来，用这样咸的淡的话，相互打发着来美国寂寞的时光。

　　几乎每天早晨八点钟，准时能碰到那位浙江老太太，推着一辆婴儿车来了。说是老太太，是她自己的称谓，其实，她才五十多岁，一副精力充沛的样子，说话跟蹦豆儿一样的快。每次见到我，她几乎都是同一套嗑儿，头一句话准会说："烦都烦死了，我一天都不要住了！"烦的原因，不是孩子，不是女儿，而是女婿。女婿是福建人，但来美国时间长，已经是美国公民。生活习惯完全美国化，特别是饮食，牛肉鸡鸭只吃烤的，蔬菜只吃生的，而且必须是有机的，吃完之后，喝咖啡和工夫茶，一顿饭下来要吃三个多小时。她好心好意给他炒两个杭州菜换换口味吧，女婿对女儿说："你妈炒的肉在哪里呢？"这话不爱听还在其次，关键是后一句话刺激了她，气得她要命："中国吃的东西都是垃圾。"难道我们一辈子吃的都是垃圾？

　　她是来给女儿看孩子的，孩子没有出生前她就来了，好在现在孩子4个多月了，签证的日子快到了，快回家了。有一次，她对我说："你说我来这里算什么？算主人，主人是人家女儿女婿；算客人，客人还得整天地干活；算仆人，又不拿工钱！这样的日子可算快熬到头了！"

小孩子睡着了，她要推着车回家了。一般这时候，山东女人会领着一个快两周岁孩子出现在公园，和她交接上下半场。她也是为女儿看孩子的，她的女儿嫁给了一个美国人。美国人和我们的观念不一样，老人不会如我们的老人一样亲自躬身帮助子女带孩子，于是，孩子只好她一人忙活，她已经来回奔波美国好几次了，把孩子带到快两岁了，心想可以把孩子送到幼儿园了，自己的任务就完成了。前些日子刚回国，没出两个月，屁股还没有坐热，女儿来电话了，让她再回来，幼儿园要排队，一时半会儿进不去，孩子在家里满地跑，按下葫芦起了瓢，实在是没办法。心疼女儿，也想念外孙子，便又杀了个回马枪。山东女人不爱讲话，没有那么多牢骚，外孙子长得像个小洋人，活泼可爱，她是心甘情愿。

最后来的是那位云南老太太，是名副其实的老太太了，已经年过七十了。和前两位女人一样，也是来给女儿带孩子的，稍微不大一样的是，她带的孩子已经十岁了。这十年来都是她和亲家轮流来，把孩子一手带大。现在孩子上学了，她也轻松多了，每天帮助做做饭，打扫打扫房间，放学后陪孩子玩玩，说说中国话，认认汉字，孩子和她很亲。我们都说她是苦尽甜来，功德圆满，可以尽享天伦之乐了。她呵呵乐着，看得出挺满足。

前几天，碰见了浙江女人，她的脸拉得很长。我问她怎么啦？她说："烦都烦死了。女儿替我办理了签证延长半年，把返程的机票废了，又多花了八百多美金买了新机票。"我说那是女儿舍不得你走。她说："她有那样的孝心？是为了让我帮她带孩子。女婿在南方工作，每两周回来一趟，女儿一个人侍弄孩子，实在玩不转。"

那天，孩子睡着了，她要走的时候，山东女人来了，她忍不住把这番牢骚对山东女人又唠叨了一遍。山东女人叹口气对她说："父母为儿女一辈子当马牛。我一直没对你讲呢，我的女儿又怀孕了，我还得接着伺候下一个，比你日子还难熬！"浙江女人不说话了，两人惺惺相惜了一番。

一连好些天，没见到云南老太太了，担心她不会是病了吧？昨天傍晚在小区的路上遇见了她，忙问她怎么啦？她一脸愁云惨淡，对我说："这个星期天，女儿对我说，妈，现在小孩子已经十岁了，也大了，这次您回国就不用再来了。"

说完之后，她还张着嘴，像被撂到旱地上的鱼，愣愣地望着我。

女儿这话说得可是够绝的。我不知道该如何安慰老太太，想起了浙江女人对我说过的关于"主人、客人、仆人"的话，当时觉得不过是玩笑或气话，此刻却心头暗惊，云南老太太算什么呢？连仆人都算不上了，像块用过的抹布，用过十年，随手可以抛掉了。

想起梅艳芳的那首《女人花》，里面有这样一句歌词："女人花，随风轻轻飘动，只盼望一双温柔的手，能抚慰内心的寂寞。"虽然是情歌，不是唱给老太太的，但老太太特别是千里迢迢来国外替女儿照看孩子的老太太，在异国他乡忍受了多少寂寞，吃过了多少苦楚，不需要报答，只盼望儿女温柔的手抚慰她们一下，就都可以化解了。

女人花，女人花，做女儿的以为自己才是女人花，母亲老了，已经不是了。

2010 年 8 月 10 日记于费城

客厅里的鲜花

朋友丹晨夫妇在美国新买了一套单体别墅，靠近普林斯顿老镇，临达拉维尔河，我笑着打趣说是亲水豪宅呢。她也笑了，说是二手房，上下两层，小巧玲珑，特别是花园，不是面积奢华的那种，但收拾得花是花，草是草的，错落有致，四周一圈柏树，中间几株雪松，靠餐厅落地窗的一面，特意种了一株修剪得矮小的五叶枫，两侧栽的是书带草和玉簪。朋友一看就喜欢上了，本来已经订下了另外一套别墅，且交付了订金，却喜新厌旧得当场决定退掉那套，选择了这一套。

这一套的房主是一对退休的白人老夫妇。在美国，老年人大多不跟子女一起居住，他们的房子，一般是越住越小，因为退休收入减少，也因为体力减弱，收拾房间和花园已经力不可支，便卖掉大房子，搬进老年公寓，拿到卖掉房子的那一笔钱，舒舒服服，手头宽裕的安度晚年了。

拿到钥匙的那一天，朋友约我和其他几位朋友一起看房子。花径缘客扫，先看见花园收拾得干干净净，草坪上新剪的草，剪草机留下的整齐痕迹很明显。走进房间，已经四壁一空，家具都搬走了，但墙壁、地毯、楼梯、壁灯、落地窗和白纱窗帘，都还显得簇新，真想象不出这是住了十多年的老房子。

我对丹晨说，这对老夫妇还真不错，临搬走之前，把这里收拾得干干净净。丹晨说，这对老夫妇和这套房子很有感情，他们对我们说你们搬进来一定要好好爱护，特别是这个小花园，从一开始的设计到后来的维护，有这一对老夫妇这十多年太多的心思。

更让我没有想到的是，丹晨指给我看，客厅吧台上摆着一个瓷花瓶，花瓶里插着几枝天蓝色的绣球花和几枝金黄色的太阳菊，四围还点缀着几簇各种颜色的我叫不出名字的小花。丹晨告诉我，这花瓶和鲜花，都是主人留下的，显然是在搬走的这一天特意买来的。丹晨说上午他们来交接房子拿钥匙的时候，一对老人还在忙着把最后几个大箱子搬上卡车。但他们没有忘记买下一瓶鲜花，留给新主人。

那一刻，那一瓶鲜花，在空荡荡的客厅里显得格外醒目，漂亮鲜艳的如同雷诺阿笔下的鲜花。

花瓶旁边，立着一张精美的对折贺卡。我拿起来一看，上面密密麻麻写满了钢笔字，这张贺卡，竟然也是原来的主人留下来的。丹晨大声地对我说：念一念，上面都写着什么？我说：是在考我吗？我英语拙劣，但贺卡上的这些字大致还认得，大意是：房间的新主人，今天你们就搬进了这个新家，希望你们能够喜欢它，也希望你们在这里度过你们一生中美好的时光，让这里伴随你们一直到老，到生命的尽头。我大声地念了起来，回声在挑高客厅回荡着。看得出，一起来看新房的人，都有些感动了。

那一刻，我的心头也忽然一热，同样为这对老夫妇感动。因为我实在不知道，在我们这里买二手房的时候，会有多少人能够如这对老夫妇一样，在临搬走之前，不仅为你整理好花园、打扫干净房间，还为你留下一瓶鲜花和这样一帧写满感人肺腑词语的贺卡？我们这里只有疯狂的二手房交易，房子的老主人和新主人，已经完全成为赤裸裸的金钱关系，而房间便只剩下了居住面积和建筑面积以及疯长的价格和锱铢必较或水涨船高的心理斗法，少了人居住的人的气味，更别说人情味和鲜花的芬芳气味了。

丹晨的老公这时候从厨房的壁橱里拿来一瓶香槟和几支玻璃杯，跑进客厅高兴地叫了起来：快来开香槟，咱们来庆祝庆祝乔迁之喜。香槟的泡沫如雪花一样从瓶口喷涌出来的时候，我才知道，这香槟和玻璃杯也是这对老夫妇特意留下来的。

2010 年 7 月 28 日普林斯顿

芝加哥奇遇

我觉得，那应该算是一次奇遇。

那天，去芝加哥交响大厅听他们演奏海顿的大提琴音乐会，在芝加哥大学前的海德公园那站赶公共汽车，紧赶慢赶，还是眼睁睁着车门旁若无人般"砰"的一声关上，车屁股冒出一股白烟跑走了。只好等下一辆，心里多少有些懊恼。就在这时候，慢悠悠地走过来一位老太太，满头银发，身板挺括，精神矍铄。我没有想到，下面是音乐会演出之前，老天特意为我加演的一支序曲。我应该感到庆幸没有赶上那辆车，否则，将和这位老太太失之交臂，便也没有了这次奇遇。

等车的只有我和老太太，闲来无事，便和老太太聊起天，偏巧老太太也是爱说的人，一起打发漫长的等车时间。老太太是德国人，开始和丈夫在爱沙尼亚工作，二战之后，爱沙尼亚被苏联占领，一直到 1952 年才有机会离开那里，她和丈夫来到美国。丈夫研究生物学，在芝加哥大学当教授，后来又当了系主任。老太太便落地生根一般，一直住在了芝加哥，再没有动窝。

一边听着，心里一边暗暗算着，老太太得有多大年纪了？从来芝加哥到现在就已经过去了 58 年，再加上在爱沙尼亚工作的时间，起码有八十多岁了。可看老太太的样子，哪里像呀。我们这里八十多岁的老太太，谁还敢再挤公共汽车？尽管一般不问外国女人的年龄，我心里的疑问还是忍不住问出了口。老太太的回答，让我叹为观止，老天，她竟然整整 90 岁了，这简直有点儿像是老树成精了。

她看出来我的惊讶，连说我是 1920 年生人，天真地证明着自己，绝对没有错。我忙说没想到您的身体保养得这样好。她笑着摆摆手说，不是保养，是常常听音乐会的结果。

原来，我们是同道，都是去听芝加哥交响乐团的海顿大提琴音乐会。一下子涌出"同是天涯爱乐人，相逢何必曾相识"的感觉，心里一个劲儿地想，这个世界上还有几个90岁的老太太，能够有如此的兴致，身板如此硬朗，大老远地挤公共汽车去听一场音乐会？不敢说是绝无仅有的奇迹，也实在是难得一遇的奇遇。

车一直没有来，让我们多了一些交谈的机会。我知道了，老太太一生中最大的爱好就是音乐，芝加哥交响乐团是陪伴她半个世纪的朋友，从库贝利克到索尔蒂到巴伦博依姆，几任指挥走马灯一样轮换，她对乐团却葵花向阳一般始终如一，每年在它的演出季里挑选自己钟爱的音乐会，挤公共汽车去听，是她这些年的坚持。听到这里，我对老太太肃然起敬，无论什么事情，能够坚持这么长时间，就都不是一件简单的事情了。许多的经历，一次两次，也许说明不了什么问题，但坚持下来，放在人生的长河里，能随着时间一直流淌至今，即使串不起一串珍珠，也串起了属于自己最珍贵的记忆。尤其到了老太太这样的年纪，人和人之间显现出来的差别，不在于地位、房产或儿孙的荣耀，除了身体，最主要的就是能够拥有属于自己的回忆，这是一笔无人企及的最大财富。

不过，老太太也有属于自己的遗憾，那就是丈夫的工作忙，这辈子没有陪她听过一次音乐会。如今，丈夫早已经先她而去，她依然坚持自己一个人去听音乐会。她对我说，丈夫虽然没法陪她听音乐会，但一直都特别高兴她去听音乐会，每一次去完听音会回到家里的时候，丈夫总会听她讲讲音乐会的情景，便也和她一起分享了美妙的音乐，成了最难忘的时光。本来说好的，丈夫要陪她听一次音乐会的，票都提前订好了，丈夫却住进了医院，再也没有起来。

是莫扎特。老太太没有告诉我是哪年的事情，只告诉我听的是莫扎特的音乐，话音里并没有什么特别的哀伤，核桃皮一样皱纹覆盖的眼睛里闪着亮光，那里面也许更多的是回忆和怀念吧。我猜想，在没有丈夫的日子里，听音乐会不仅成了老太太爱乐的一种习惯，也成了她和丈夫相会的一种方式。

车来了，我要搀扶她，她却很硬朗地一个人上了车。这一晚的音乐会，是我听过的音乐会中最奇特的一次。因为有了老太太奇特年龄和奇特经历的加入，就像在乐谱里加入了奇特的配器，在乐队里加入了奇特的乐器一样，让海顿的大提琴多了一层与众不同的韵味。特别是觉得低沉的大提琴，那么像是一位饱经沧桑却又保持一腔幽怀的老人。

2010 年 6 月 17 日于新泽西

君子一生总是诗

　　到美国一个多月，国内文坛的消息闭塞，一直到昨天才听说韩少华去世了。看他走的那天，是 4 月 7 日，恰是我乘飞机离开北京的日子，真的是莫名其妙的巧合，心里不觉暗惊，眼前浮现出少华那温柔敦厚的身影和他的夫人冯玉英大姐，还有他的女儿韩晓征。那是一家多么好的人。

　　少华年长我 14 岁，我却一直叫他少华，总觉得这样叫亲切。他没有架子，是那种纯正古典派的文人，对于我，他亦师、亦兄、亦友，我们是君子之交，清淡如水，却也清澈如水。

　　我和少华于上个世纪 80 年代相识，但他的名字我早就熟悉。大约是 1962年或者是 1963 年，我买了一本由周立波主编的那年的散文特写选，里面选有韩少华的散文《序曲》。和如今几乎泛滥的年选本大不一样，那时候编选认真，而且编选者写了认真读后的序言。周立波写下的长篇序言中，特别提到了《序曲》，给予了热情的赞扬和希望。我记住了韩少华这个名字，以后他所有的散文我都看过。

　　那时候，我读初三和高一。在描写校园生活的散文中，我喜欢两个人，一个是李冠军，一个便是韩少华。我买了李冠军的散文集《迟归》，整篇整篇抄下了韩少华的《序曲》《花的随笔》和《第一课》，每篇散文的题目，都特意用红笔写成美术字。至今还清晰地记得，《序曲》里那个演出前对镜理装心情紧张的舞蹈少女，和那位为少女描眉慈爱的老院长；记得序曲响起，大幕拉开，少女以轻盈的舞步迈进了芬芳的月色中的情景，有些如梦如幻。那时候，我迷上了他的散文，自觉得和当时一些散文名家的写作姿态不大一样，他似乎更重视散文的意境，更仔细经营散文的叙事而多于那时常见的抒情和结尾的升华。他几乎都是用富于诗意的笔触，细腻而温馨地书写生活和情感，我心里猜想这样的一个人是什么样子的呢？

第一次见到他的时候，比我想象中的要高大和英俊。那时候，他已经稍稍发胖。如果他在写《序曲》的年代风华正茂，那时应该更是仪态万千。他能唱单弦和大鼓书，我和他一起开过几次会，听过他的发言，我从来没有听过一个作家的发言如他这样，水银泻地，一气呵成，仿佛是对着讲稿一字不错的朗读，不带一个多余的字，充满韵律和感情，还有内在的逻辑。这是他多年教师生涯的锤炼，也是他才华横溢的表征。我曾对他说你的发言不用修改就是一篇稿子。他笑笑摆手。我心想，如果站在舞台上，他就像濮存昕；在讲台上这样漂亮的讲述，只有我们汇文中学的特级数学老师阎述诗（歌曲《五月的鲜花》的作曲者，和少华一样的才华横溢），和他为并蒂莲。

忘记了什么时候，我曾经对他讲起我中学这段学习经历。他认真地听我讲完，笑着对我说那都应该感谢袁鹰和周立波当时对我的扶植和鼓励。然后，他告诉我李冠军是他北京二中的同学，后来到天津当中学老师。接着说，在二中教书的时候曾经收到他寄来的《迟归》，可惜英年早逝。讲完，少华和我都替李冠军惋惜。我一直惊讶二中曾经涌现出那样多的作家，其中在上个世纪 60 年代校园散文创作我最喜欢的两个人，竟然同出一门，便一直猜想这样两位才子是如何惺惺相惜，又是如何彼此砥砺的。

1990 年底，有出版社愿意出版我的报告文学选集。我上个世纪 70 年代末写报告文学，到了 80 年代末就洗手不干了，居然还有出版社愿意为我的过去了这十年报告文学结集出版，对我自然是鼓励。我想得认真对待，便在一次开会的空隙找到少华说起了这事，他替我高兴，说好啊，你应该有一本完整的报告文学选集了。他就是这样一个敦厚的人，没有文人相轻的旧习气或针鼻儿大的小心眼，真心替朋友高兴，如同待他自己的事情一样，特别是对待晚辈，他有真正长兄的气质和心地。我想请他为我的这本书写序，他一口答应下来，说你先编，我一定认真拜读，好好写这篇序，和你一起总结这十年。谁知道，第二年，少华外出讲课归来的途中，在火车上中风，一病不起。

记得那时候，我的好友赵丽宏正从上海来北京开会，我们两人相约一起去新源里少华家看望他。病来如山倒，看到那么一个风流倜傥的人突然倒下，我的心里非常不好受。从他家出来，冷风扑面，我和丽宏都很难过，彼此久久没有说话。

我听说，这突然一病，需要用的一些药不能报销，少华的经济有些拘谨，心情也受些影响，便给当时中华文学基金会的会长张锲写了封信，我知道他们基金会那里有一笔钱，专门帮助作家用的，我希望他能够伸出援手，雪里送炭。没几天，张锲给我回了信，告诉我他已经派人去了少华家，给予了一些帮助。但是，我心里清楚，这只是杯水车薪，是精神大于物质的帮助。我知道，少华为人低调，蜗居一隅，羞于名利，无意争春，只希望能够写东西，写作是他生命存在的方式。我常常想起少华曾经写过的文章，他说新中国成立以后散文的兴旺有两个时期，一个新中国成立初期，一个60年代初期。他没有想到，在他病倒后不久，即上个世纪90年代后期一直到新世纪初，散文的兴旺远超过前两次。少华病的真不是时候，才58岁，正值壮年，正是可以大展才华的时候，在散文领域里，他绝对是独树一帜而不可或缺的一家。而且，我心里一直悄悄在说，散文的稿费，特别是报纸的稿费，也大大高于以前，起码少华的经济可以更好些。

文坛是个名利场，也是个势利场。都说久病床前无孝子，其实，久病床前车马稀，是世态炎凉和人生况味的凹凸镜。不少文人趋于争官争名争利，不少媒体热衷有新闻价值的新人，而领导们即使偶尔关心作家也只是关心那些年龄老的或头衔带"长"的，无意冷落于久病床前的少华，是再正常不过的事情。少华只是一名老师，一官莫名；而年龄处于夹心层，他上下够不着。虽然，后来在人民日报、中华读书报、北京晚报等报刊上读到少华用左手艰难写出的新作，我替他高兴的同时，知道他的内心一定是寂寞的，是不甘的。我更知道，他心里还装着多少东西没有来得及写而且是那么的想写呀！

我一直为少华不平，我以为对少华的文学成就一直没有认真的评价和总结。在延续上一个时代（即上个世纪60年代）和下一个时代（即新时期之后）的散文创作中，少华所起到的衔接、传承和发展的作用，无人可以企及。特别是在散文创作关于情与思、形与神、诗与文、史与今、浪漫情怀和现实精神等方面，少华都做出了富于前瞻性的努力和探索。

四年前，也是在美国，我在芝加哥大学的图书馆里借到少华写的中篇小说《少管家前传》。以前，我读过他的小说《红靛颏儿》，听他说过这篇，一直没有读过，正好补了课。读后，我非常兴奋，觉得这是少华多年心底的积累，将会是一本写老北京生活的大书。既然有了"前传"，必应有"正传"和"后传"才是。在写老北京生活的小说中，我还从来没有看过写得这样讲究的，每个人物，每个情节，每个细节，每个场景，每句语言……严丝合缝，曲径回环，气象万千。都说少华散文写得好，其实他的小说写得同样漂亮呀。当时，我抄了好多笔记，准备回北京和少华好好探讨一番，甚至想即使他再无法动笔写这鸿篇巨制，可以让女儿晓征帮忙，一起完成。可是，回到北京不久，我腰伤住院半年，出院后总觉得时间还有，也是人懒心懒，把事情拖了下来，便也失去了和少华交流的最后机会。

我想起了少华刚刚搬到崇文区四块玉的时候，在四块玉街口和他巧遇，因为那里离天坛东门不远。他的夫人冯大姐推着轮椅正要带他去天坛，我对他说搬到这里好，离着天坛进，可以天天来天坛呼吸呼吸新鲜空气。那天是个黄昏，望着冯大姐推着轮椅走进夕阳的影子里，心里一阵发酸，然后漾起感动和感慨。想想少华一病近 20 年，都是冯大姐精心照料，事无巨细，所有的苦楚，都悄悄咽进自己的肚子里。如果没有冯大姐的陪伴，简直无法想象。少华真的好福气。或者说，好人必有好报吧。

记得少华曾经写过一篇《君子兰》的散文，他实际写的是对君子的礼赞和向往，他把君子怀德、君子喻于义、君子不忧不惧，称之为"君子之风"。如今，不要说文坛，整个社会"君子之风"都稀薄得可以了，便让我越发地怀念君子少华。

手头没有别的资料，只有两本台湾版的《读杜心解》，便仿老杜之句，写了一首打油，遥寄我对少华迟到的怀念——

病来霜落发如丝，到老少华是我师。
万里悲伤难追日，百年沧桑却逢时。
无痕秋水犹能忘，有伴春山岂可思。
自古文人多寂寞，一生君子总为诗。

2010 年 5 月 28 改毕于美国新泽西

大自然的情感

可能是虚构越发远离真实，脂粉过重让美人日渐打折，我现在对作家笔下的文字心存怀疑。便自立法门，其中之一，看他们对大自然的态度和描写，来衡量其真伪与深浅。这是一张 pH 试纸，灵验得很。普里什文说过："在大自然中，谁也无法隐藏自己的心迹。"

一直喜欢普里什文。在这个始乱终弃的时代，没有一个人能够如普里什文倾其一生的情感和笔墨，专注书写大自然。

"我以为是微风过处，一张老树叶抖动了一下，却原来是第一只蝴蝶飞出来了。我以为是自己眼冒金花，却原来是第一朵花开放了。"谁能够有这样的眼睛？"在一支支春水流过的地方，如今是一条条花河。走在这花草似锦的地方，我感到心旷神怡，我想：'这么看来，浑浊的春水没有白流啊！'"谁能够有这样情感？"春天暖夜河边捕鱼，忽然看见身后站着十几个人，生怕又是偷渔网的，急奔过去，原来是十来株小白桦，夜来穿上春装，人似的站在美丽的夜色中……"谁能够有这样的心思？

只有普里什文有。这样的眼睛，是大自然的眼睛；这样的情感和心思，和大自然相通。也可以说，这样的眼睛、情感和心思，属于大自然，也属于童话和赤子之心。

我信任的另一位作家是于·列那尔，源于他曾经这样写过一棵普通的树，他把树枝树叶和树根称为一家人："他们那些修长的枝柯相互抚摸，像盲人一样，以确信大家都在。"就是这一句，让我感动并难忘。他还曾经这样描写一只普通的燕子，他把它看作和自己一样写文章的人："如果你懂得希腊和拉丁文，而我，我认识烟囱上的燕子在空中写出来的希伯来文。"他以平

等的视角和姿态，视树和燕子与人一样。确实，我们不比一棵树和一只燕子
高贵和高明，甚至有时还不如。

中国作家里，我信服萧红。她把她家的菜园写活了："花开了，就
像花睡醒了似的，鸟飞了，就像鸟上天了似的，虫子叫了，就像虫子在
说话似的，一切都活了。都有无限的本领，要做什么就做什么。倭瓜愿
意爬上架就爬上架，愿意爬上房就爬上房。黄瓜愿意开一朵谎花就开一
朵谎花，愿意结一个黄瓜就结一个黄瓜，如果都不愿意，就一个黄瓜也
不结，一朵花也不开，也没人问他。玉米愿意长多高就长多高，他愿意
长到天上去也没人管，蝴蝶随意飞，一会从墙上飞过来一对黄蝴蝶，一
会儿又飞走一只白蝴蝶，他们从谁家来的，又到谁家去，太阳也不知道。"
原因在于那倭瓜也好，黄瓜也好，已经和她命牵一线，情系一心，写的
就是自己。

很多年前，读迟子建的小说《逆行精灵》，里面有一段雨过天晴后阳光
的描写，至今记忆犹新："阳光在森林中高高低低的寻找着栖身之处，落脚
于松树上的阳光总是站不稳，因为那些针叶太细小了，因而它们也就把那针
叶照得通体透明。"

更多年以前，读苇岸《大地上的事情》，说到他曾经在一次候车的时候
看到一只麻雀，发现麻雀并不是平常所说的只会蹦跳，不会迈步，只不过是
移动步幅大时蹦跳，步幅小时才迈步。这一发现，让他激动，他说："法布
尔经过试验推翻了过去昆虫学家'蝉没有听觉'的观点，此时我感到我获得
了一种法布尔式的喜悦和快感。"

如今，谁还会在意落在松树上的阳光，因为松针细小而"站不稳"这样
的小事？谁又会为注意麻雀和其他小鸟一样会迈步，而涌出"一种法布尔式
的喜悦和快感"？观察的细致，来自心地的入微。眼睛视而不见或熟视无睹
的粗心麻木，源于心已经粗糙如搓脚石一般千疮百孔了。

去年，读一篇作者叫李娟的文章，名字不大熟悉，文字却打动我。她说
花的形状和纹案"只有小孩子们的心里才能想象得出来，只有他们的小手才
画得出"；她说花开成的样子"一定有着它自己长时间的，并且经历相当曲
折的美好想法吧"；她说花散的香气"多么像一个人能够自信地说出爱情呢"。
她还说那些没有花开也没有名字的平凡的植物："哪一株都是不平凡的。它

们能向四周抽出枝条，我却不能；它们能结出种子，我却不能；它们的根深入大地，它们的叶子是绿色的，并且能生成各种无可挑剔的轮廓，它们不停地向上生长……所有这些我都不能……植物的自由让长着双腿的任何一人都自愧不如。"

感动的原因，是她和上述那些值得信赖的作家一样，有这种本事，平心静气，又气定神闲，内心里充满平等，又充满真诚，把大自然中这些最为普通的一切，能够细腻而传神告诉给我。只有他们才有这种本事，信手拈来，又妙手回春一般，将这些气象万千的瞬间捕捉到手，然后定格在大自然的日历上，辉映成意境隽永的诗篇、生命永恒的乐章。

谁能够做到这样？这样对待大地上一朵普通的花、一条普通的河、一棵普通的树，或一只普通的燕子或麻雀？我们会吗？我们可以把花精致地剪成情人节里的礼物，可以在河里捞鱼或游泳，可以到原始森林里去旅游或野炊，可以在落满雪花的大树前或爬到树上去拍照片，但我们不会有春天里第一朵花开时瞬间的感觉，不会注意到阳光在松针上"站不稳"、麻雀会迈步、燕子会写希伯来文字这样区区小事，更不会面对平凡不知名的植物而心怀自愧之感。

想起英国的作家乔治·吉辛。几乎和这位李娟一样，他也曾经注意并欣赏过平凡的小花和无数不知名的植物，认为那是世界上最美妙的事情。在《四季笔记》一书里，他这样说："世界间还有什么比这更美妙的呢？在阳光普照的春晨，世上有多少人能这样宁静，会心地欣赏天地间的美景呢？每五万人中能否有一人如此呢？"

我是吗，是这每五万中的一个吗？

2010 年 3 月 16 日于北京

自行车咏叹调

　　自行车是外国人的发明，却绝对是中国人的专用。普及率，除了筷子，大概就得数自行车了。走在中国的任何地方，无论是再大的城市，还是再偏僻的乡村，哪怕只是一条羊肠小道，都可以看得见自行车。如果赶上北京或上海这样大城市的上下班的高峰期，大街上自行车车轮滚滚所汇成的汹涌洪流，赛得过钱塘江涨涌起的一浪高过一浪的潮水，是极富有中国特色的一大壮观，在世界其他地方难得见到。

　　即使车轮不滚动，那么多的自行车安静地放在一旁，黑压压一片，也会是一种壮观。那些由圆和线组成的图案，像画家蒙德里安用几何图形所画成的画面，在不动声色中吐露着威严，显示着富有中国特色的美学。

　　小孩子稍稍大了一点，要学的第一件事情就是学骑自行车。对于孩子，自行车不是玩具，孩子的小腿还够不着脚镫子，大人就开始让孩子学骑自行车了。大人在车前扶着车把，在后面扶着车座，一边使劲地呼喊着孩子眼睛往前看，一边使劲地跟着车跑，再怎样辛苦，也要帮助孩子从小学会自行车，这几乎是所有孩子逃脱不了的人生第一课。道理很简单，自行车将要开始伴随他们的终身，从他们上学到工作，甚至到终老。有的老人就是死在用自行车推往医院的路上，有的老人就是从自行车上跌下来，在闭上了眼睛的那一瞬间，看见自己自行车的车轮子还在身边不停地转。

　　有一段时间，自行车、手表和收音机，是人们向往的三大件，自行车点名要"飞鸽""永久""凤凰"牌的，就像现在人们买汽车要本田、别克或奥迪的劲头一样。结婚的时候，自行车往往是娘家的陪嫁，扎上了大红绸，气派地摆在醒目的地方。自行车便和现在的汽车一样，成为全家最珍贵的物件，和家庭琐碎的日子关系最为密切，充满辛酸，也充满温馨。成了家之后，自行车往往会在前面加一个车筐，下班后到菜市场买菜买鱼买肉，都要靠它拖回家。有了孩子之后，自行车往往要在后面加一个小座儿，或在大梁上安放一个下靠背椅，为的是把孩子从幼儿园里接回家；即使孩子上了学，自行车依然是大家接送孩子最便捷的交通工具。丈夫骑着自行车，前面带着孩子，后面驮着老婆，永远是清晨出门或黄昏归家最动人的画面，自行车就如同一只大鸟，用有力的翅膀载着一家人早出晚归，品味着人生百味，游走在生活的角角落落。

那时候，不止一处房子越盖越挤的院子里，两墙之间的夹缝窄得犹如韭菜叶，只能容一个人推一辆自行车勉强过去。我会常常看到下班的人推着自行车艰难挤过夹缝的情景，车后座上往往驮着孩子，车把前的车筐里放着下班路上顺手买来的一束湛清汪绿的青菜。这样的一幅幅归家图，融化在各家小蜂窝煤炉渐渐冒出的袅袅炊烟里，那一抹绿色，像是奔波了一天的自行车身上冒出的缕缕的汗气，更是从自行车身上摇曳出来的精神气，有了它，再疲惫的一家人和自行车，都显得有了生气。

都说人与人之间相濡以沫，其实，自行车和人之间也是相濡以沫的，彼此慰藉，相互走过了人生。真的，还有什么别的物件赶得上自行车对普通人日复一日持之以恒的扶助的吗？人们对自行车的感情，就像古代壮士对于自己心爱的坐骑一样。不兴养宠物的时候，自行车就是大家的宠物，要给它拾掇得干干净净，利利索索，它才能够追风马一样，为你风入四蹄轻，轻快的四九城的驰骋。我们大院里，有一位年轻的单身工程师，下班后，首先要干的两件事，一是脱掉上衣为自己洗身，一是把自行车翻个个儿，为车洗身。他把一身健壮的肌肉洗得油光水滑，把一辆自行车擦得锃光瓦亮，然后，他和自行车相看两不厌，像一对马上要登台演出的角儿，有精彩的对手戏等着呢。那时候，他家的窗帘永远不会拉上，他好像就是有意要让全院人看看他的肌肉和他的爱车，他觉得自己这一身腱子肉和永远崭新的自行车是绝配，就像英雄配美人，宝马配雕鞍，葡萄美酒配夜光杯。

如今，私家车越来越多，在马路上，自行车被挤得只能黄花鱼溜边儿，还不停地听汽车的喇叭和司机的训斥，属于自行车的地盘越来越小，自行车的地位也跌落千丈，再难找回我们大院里年轻工程师的感觉。但是，自行车依然顽强地存在着，和私家车做着虽力不胜负却颇有些悲壮的抗衡，就像遥远时代里的民谣，依然有着打动人心的力量。更何况，更多的普通人依靠的是自行车，低碳生活更需要自行车，自行车就像传统节日里的鞭炮，缺少了它的声音，还叫火爆的日子吗？

如今，常会在黄昏的街头看见半大小伙子在玩车，他们以马路牙子为障碍，让自行车的前轱辘翘起，旱地拔葱似的拔到马路牙子上面，再拔出萝卜带出泥把后车轱辘连带拔上来，往返循环，乐此不疲。自行车白天用来上学，笔管条直，像是他们自己见到老师一副乖仔的模样；到了黄昏就变了脸，一下子活跃起来，成了他们锻炼身体的工具，消遣时光的玩具，也成了他们发挥想象创造想象的平台。一身几用，恨不得把压抑了一白天的心气都释放出来。他们是不到天黑不会收车回家的，当然，他们在这里会赢得围观者尤其是女孩子的阵阵喝彩，他们臭汗淋淋回家后，是少不了挨一顿家长的臭骂的。

在城里，除了丢车（几乎没有人没丢过自行车），最怕的是骑车回到家找不到放车的地方。楼外面如今被越来越多的私家汽车气宇轩昂神气十足地占领着，楼道里已经被捷足先登的自行车挤得横七竖八，走道连个下脚的地方都没有了。实在不行，只好把车顺在楼梯上，四仰八叉地和楼梯把手绑在一起。也有把车吊在房顶上的，像是吊腊肉似的，吊得人眼晕。

如果你仅仅把自行车当作交通工具，可就错了。在中国，自行车的用途大了去啦。无论是在城里还是在乡下，自行车首先又是家庭最常用运输工具。在城里，小到买个米买个面，大到买个椅子买个电视机，一直到换个煤气罐，什么地方都得用得着自行车的。自行车就像个任劳任怨的仆人，无论什么活儿都得伸出自己的肩膀头来。

在乡下，用自行车的地方比用牛的地方还要多。运菜运粮运筐运一切要到城里去卖的东西，都用得着自行车，自行车比骡马要好使唤，而且要不惜力气得多。好不容易进一次城，车前车后要装得满满的。光装那些东西，就是艺术，就跟编鸟笼或盖房子一样，不用一钉一锤，却装得密密实实，结结实实，得要一双巧手妙心。我见过这样一幅摄影作品：自行车运草帽，从前看草帽成了鸟一样呼扇扇的羽翼，从后看草帽成了一座会移动的小山，骑车人只露出头顶的草帽，和山一样的草帽连成一体，童话似的长出脚来在动在跑在飞。

在城里，骑车带人，和"打的"的人差不多一样的多。这是因为骑车带人上下方便，到哪儿去也方便，自行车就是自家的"的"。而且，也比"打的"

省钱，更重要的一点，是情人坐在身后，搂着情人的后腰，奔驰在大街小巷，有"打的"无法体会的味道，彼此的心跳都听得清清爽爽，身上的香水味儿和汗味儿混合在一起呛鼻子却无比的好闻，自行车让他们成了连体人，在大街的众目睽睽之下敞亮地展示着他们爱情的雕塑。

有一次，我见到一对年轻人骑着一辆自行车，是个风天，又是顶风，男的在前面骑，弓身若虾，女的身穿旗袍，足蹬凉鞋，十个脚趾涂抹着豆蔻鲜艳地亮在外面，香艳四溢。女的偏偏跷着二郎腿，双手扶也不扶那男的，画着曲线，穿梭在车水马龙之间，游龙戏凤一般，潇洒得劲头十足，惹得众人侧目相看，好不得意。一看就知道若不是多日的配合，哪能如此艺高人胆大，默契得你呼我应，融为一体。

大多数的大人骑车带人还是为了带孩子，为了接送孩子到学校和幼儿园。所以在中国的任何一座城市里，都可以看到许多这样骑车带孩子的大人，风雨无阻。不过，骑车带孩子带的法子不尽相同。在南方，大人是把孩子绑在自己的后背上，孩子竖立在身后，成了大人的守护神；在北方，则是让孩子坐在前面的横梁上，大人用胸膛保护着孩子。竖着或横着的孩子，常常歪着小脑袋睡着了，而大人却全然不知，依然骑着车奋然前行，便常常有过路的行人冲着大人高喊："留神呀，孩子可睡着了！"

记得32年前，我刚刚考入中央戏剧学院上学，一天出门骑车带着一个同学，刚拐出胡同，便和迎面而来的一个警察叔叔窄路相逢。因为那时候北京不许骑车带人，警察叔叔把我们拦了下来，要罚款，严厉地问我们："你们是哪儿的呀？"我赶紧回答："我们是戏剧学院的学生。"这位警察叔叔把戏剧学院听成戏曲学院了，就问："哦，学哪派的呀？"我一听，满拧，忙说："我们，没派……"他又听差了，脸色却明显地好了起来，说道："梅派呀？梅派，梅兰芳，好……"没罚款，放了我们一马，敢情这位警察叔叔是个戏迷。

对于自行车，我从心里充满感情。很难设想有一天没有了自行车的北京城会是什么样子，会不会和没有了四合院全部都是高楼大厦一样，让人无法想象，无法辨别，无法找到回自己家的路？自行车不仅是北京而且是全国的一种最带有中国特色的生活乃至文化的符号，它几乎和我们每个人的生命休戚相关，和我们国家的发展密切相连。非常遗憾的是，这样一种从抽象上说是醒目非常的符号，从具象上说是个性十足的物件，却没有见到有什么艺术专门去为它描摹为它张目为它张扬。除了看过一部电影《十七岁的单车》，我没有听到过一首歌曲是专门唱它的，没有看到过一幅画是专门画它的，也没有一部小说，就像意大利的作家皮蓝德娄充满情感专门用他故乡的《西西里柠檬》为他的小说命名。我们对它有些熟视无睹。越是熟悉的，越是亲近的，越是须臾不可或缺的，越是我们相濡以沫的，越是陪伴我们走过艰辛岁月的，我们往往越容易视而不见，熟视无睹。

记得路德维希在他的《尼罗河传》里说："朝代来了，使用了它，又过去了，但是，它，尼罗河——那土地之父却留了下来。"自行车，也曾经在朝代的更迭中在时代的变迁中被我们使用，它是我们的生活之子，也应该留下来，留下来作为我们青春与岁月，成长和发展的见证。我们也应该为它作传。

2010 年 2 月 18 日大年初五改毕于北京

风中华尔兹

　　那天的晚上，风很大，公共汽车站上没几个人等车，车好久没有来，着急的人打的早走了，剩下的人有些无奈。这时候，走过来一个姑娘，黑暗中看不清她的面孔，但个头高挑，身材苗条，穿着一条长摆裙子，还是很养眼。但公共汽车并没有因养眼的姑娘的到来而提前进站，等车的人们还在焦急的望眼欲穿，有人在骂街了。

　　不知这位高个的姑娘是刚逛完商厦，还是刚赴完晚宴，或是刚刚下班，总之，她显得神情愉悦，一点儿也不着急，竟然伸展修长的手臂，在站牌下转了两圈。是几步华尔兹，风兜起她的长裙，旋转成了一朵盛开的花，汽车站仿佛成了她的舞台。

　　这一幕，留给我的印象很深，记得那一晚的站牌下，对这位突然情不自禁地跳起华尔兹的姑娘，有人欣赏，有人侧目，有人悄悄说：神经病！我当时想，同样的夜晚，同样的大风，同样的焦急，人家姑娘的华尔兹，能够在自娱自乐之中化解焦灼，是本事，也是一种平和的心态。

　　有一天，我路过我家附近不远的一个小区，小区的大门口有一间不大的收发室，收发室的窗前挂着一块小黑板，黑板上密密麻麻地写着几门几号有挂号信，几门几号有汇款单，无论是阿拉伯数字，还是汉字，都写成斜体的美术体，分外醒目。一笔一画，一丝不苟，写得正经不错。走过那么多的小区，还从没见过哪里的收发室前的小黑板上有这样好看的美术字呢。

　　有意思的是，我看见收发室里坐着的一个小伙子，正拿着笔，正襟危坐，往纸上写着什么。好奇心驱使我走了过去，和小伙子打招呼，一看他正在练美术字，双线镂空的美术字，满满地写在了一张废报纸上。我夸他写得真好，他笑着说天天坐在这里没事，练练字解闷呗！

其实，解闷的方法有多种，喝喝小酒，看看电视，下下棋，都可以解闷。小伙子选择了写美术字，即使往小黑板上写邮件通知，也要用美术字写得那样整齐，那样好看，就像学校里出板报一样正规。我对这个小伙子心生敬意，因为并不是什么人都有他这样的本事，能够将日常琐碎的事情做成如此赏心悦目，让自己看着，也让别人看着，那么的舒服。

曾经在网上看到浙江湖州一位叫作李云舟的小伙子，和我见过的这个写美术字的收发室的小伙子有异曲同工之妙。李是一个小区的保安，他向他的主管提了好多建议，都没有被采纳，一气之下，不干了。不干了，他的辞职信写的不同一般，竟然是用文言文的赋体形式写成。你可以说他怀才不遇，你也可以指出他的赋有这样那样的毛病，但你不得不承认，那赋古风悠悠，洋洋洒洒，有典故，有文采，还有他的抑制不住的心情，或者那么一点自尊和自命不凡。于是，这篇赋体的辞职信迅速在网上走红，而李被称之"湖州第一神保"。也可以这样说，这是中国第一篇赋体的辞职信呢，简称"中国第一赋辞"。

生活中，并不是每天都会下雨，也不是每晚都出星星；花好月圆总是属于少数人，月白风清总是属于幸运儿。大多数的人，大多数的日子，却是庸常琐碎、寡淡无味，甚至会有许多苦涩和不如意，怀才不遇的折磨会更多。能够如这两位小伙子，即使写再平常不过的邮件通知，也要写成与众不同的斜体美术字；即使写再卑微不过的辞职信，也要写成一唱三叹的赋体。我想，这也许就是我们常常说的一种对生活的态度吧？是古诗里说的：行到水穷处，坐看云起时；是罗大佑唱过的：胜利让给英雄们去轮替，真情要靠我们凡人自己努力；是那位大风里焦急候车的姑娘，将生活化为了华尔兹，让哪怕是滋生出来那一点点儿的艺术，也会有一点点快乐，温暖我们自己的心吧？

2010 年春节于北京

大合唱

　　对于大合唱，我一直都是格外的倾心，有一种神圣的感觉会随着那么多人整齐洪亮的声音里发出，而一起如浪一样的连天涌来。总觉得那声音来自心底，也来自天宇之间，人的声音伴随着天风猎猎，让人声升华，那种回荡在四周的声音，真的会让人感到人的内心原来是可以和天空一样浩荡无边的呀。

　　第一次见到合唱团，是 1960 年的 9 月 1 日。之所以记得如此清楚，是因为那天是开学的日子，我刚刚小学毕业，考入了北京汇文中学。那时，我 13 岁。

　　学校开迎新会，有学校合唱团和慕贞女中合唱团联合演唱的全本《黄河大合唱》，指挥是我们学校的音乐教师，叫纪恒，是一位口琴演奏家，和当时颇为有名的口琴家石人旺同辈齐名。那时，我见识很少，第一次见到这样庞大的合唱团，站满了整个舞台，声音灌满礼堂，回荡着，如惊涛拍岸，真的颇为震撼。

　　我一直认为，合唱的传统来自宗教，中世纪教堂里的格里高利圣咏，开合唱之先河，很多人从童年就参加教堂的唱诗班，据说那时各种各样的合唱曲就有一千六百多首。文艺复兴时期最有名的音乐家帕勒斯特里那，小时候就是唱诗班的成员，成年后所作的五百余首作品，其中大部分是合唱曲。

　　老作家林希先生也格外钟情合唱，从小也是合唱团的团员，他曾经说过："站在合唱队列里，立即有了神圣感。"我特别赞同他的这个说法。这种神圣感，让合唱区别于其他形式的演唱。因为无论西洋或民间或流行的独唱重唱，可以有属于私人化或宏大叙事的种种丰富的情感在内，却难有这样来自天外之音的神圣感。神圣感需要有一定的人数和空间。

　　最喜欢的大合唱，是《听妈妈讲那过去的故事》和《五月的鲜花》。

第一次听到《五月的鲜花》，是我们学校和慕贞女中合唱团的演唱。这首大合唱在我们的汇文中学的校园里听到，和在别处听来，感受和意味绝对不一样。不仅因为曲子太哀婉动人了，而且作曲者是我们学校里的特级数学教师阎述诗先生，所以听来多一份亲切。它几乎成了我们学校的校歌，常常会在学校各种活动中演唱。最难忘的一次，应该是在阎述诗老师逝世的那一年，在学校的礼堂里，听校合唱团唱这首大合唱，刚听到第一句"五月的鲜花，开遍了原野……"很多同学和老师都流下了眼泪。那一年，我正在读初二。

《听妈妈讲那过去的故事》是前几年从电视里听到的，无伴奏合唱，一群孩子唱得实在动人，一种尘埃落定心和一切都归顺于圣洁和虔诚的感觉，忍不住让我抬起头看看歌中唱的月亮，是不是还那样的清澈透明。在以后的很多日子里，我都在电视里找这个合唱，希望和他们重逢。可惜，我再也没有找到。心想，此曲只有天上闻，给予我的机会只有一次吧。

在近年的央视青年歌手大赛中，新增加了合唱。其中不少很是不错，但也有不少过于刻意，技巧和形式感多于内容和情感。而且，受制于荧屏，人数不够，显得单薄，合唱的气势便弱了许多。现在，听大合唱，要到公园里。在北京，天坛、北海、景山公园都有群众自发的合唱团。由于完全出于自娱自乐，没有一点功利，唱得就是不一样，发自内心的声音，才属于音乐的本质。

星期天，有时我会到天坛，在长廊有不止一支合唱队，其中一支人数最多，他们手里拿着歌谱，唱得格外认真，指挥的年龄不小了，一脸沧桑，疲惫劳累的样子，但手指在空中一动，像有了魔力一样，完全是另一个人。他们常常唱的一首歌是《祖国颂》，那是一首老歌，他们唱得格外高亢而情深，吸引了不少游客，包括外国游客，不少人加入他们的大合唱中。我也是加入者之一。于是，合唱的队伍会越来越多，歌声也会越来越激荡，成了天坛公园里一大壮观。

我想，对比器乐，人声可以显示自己美妙之极致的可为和可能性，显示了人类可以创造的奇迹，真的是令人叹为观止。如今，科技发展，让器乐特别是电声乐器发展得过于繁复，甚至吵人。如此，才更显示了人声的单纯美好和壮观，让人们对于合唱才如此倾心吧。

2010 年 1 月 17 日于北京

普林斯顿大学小剧场
2010.11.26

他将长生草留给水

今天，看到樊发稼先生的信，才知道郭风先生去世的消息，1 月 3 日，就在两天前。1 月 29 日，就是先生 92 岁的生日，按理说，应该算是喜丧，心里还是充满着悲伤。

1 月 3 日，北京下了一天一夜的大雪，是北京 60 年的历史中从来没有过的大雪。就像 32 年前先生在他的那篇曾经被选入小学语文课本的代表作《松坊溪的冬天》里写过的雪，"像柳絮一样的雪，像芦花一样的雪，像蒲公英的带绒毛的种子在风中飞的雪"。没有想到，先生就在这样的大雪中走了。32 年前，先生说他看到了一个"发亮的白雪世界"，在这个世界里，他看见了一群彩色的溪鱼。真的希望，先生离开我们到的那个世界里，还能够看到一个"发亮的白雪世界"和一群彩色的溪鱼。先生一辈子都是用童话般的眼睛看待生活和世界的，他一定会看到这样的情景的。

发稼先生说"郭风先生是他敬重的前辈作家"，这正是我要说的话。往事如水，岁月如风，很多回忆一下子拥挤在脑子里。论年头，我和郭风先生交往不是最长的，也不敢说读他作品是最早的，却也颇有些年头了。

1962 年，我读初中二年级。在当时的北京东安市场的旧书店，我买了郭风先生的《叶笛集》。这本散文诗集，收录的是郭风先生 1957 年冬天到 1958 年夏天写下的作品。当时，我仅仅花了一角钱。

我很喜欢书中描写的红色的香蕉花、米黄色的荔枝花和月白色的橘子花，以及那"美丽的好像开花的土地"的榕树，"腊月里蜜蜂还出来采蜜的"的故乡。我还曾经抄过、背过书里面那些散发着豆蔻香味一样的散文诗句："雨点敲打着远处一大群一大群相互依偎的绵羊似的荔枝林，那林梢仿佛在冒着白色的烟雾";"云絮浮在空中,好像一只蓝酒杯中泛起的泡沫。太阳挂在空中,好像一朵发光的向日葵";"明媚得好像成熟麦穗的天空"……

心想,只有拥有童心的人,才会有这样"鱼鸟皆遂性,草木自吹香"的心性,才会在笔下流淌出这样新颖而明朗的语言,才会像小孩子的心思一样充满奇思妙想,把荔枝林比作相互依偎的绵羊,把云絮比作蓝酒杯中的泡沫,把天空比作成熟的麦穗。那样的透明、清澈。当时让我的心里充满花开一般的向往,如今遥远得犹如一个梦,一个怅然的梦。

我从来没有想到会有一天能够遇见这本书的作者郭风先生。即使以后曾经多次到过福州,曾经到过郭风先生住过的黄巷老街徜徉,但我从没想要打搅先生,我一直以为真正喜欢一位作家,就老老实实买他的书,读他的作品。

18年前,也就是1992年的四月,我再次来到福州。我的朋友——当时福建作协的秘书长朱谷忠,来我住的于山宾馆,接我去和当地的文学爱好者座谈,一边往外走,他一边对我说:"郭风先生也来了。"我的心里一动,怎么这么巧,想见的人就在眼前了。这时,已经看见一个精神矍铄的老人正站在四月龙眼花开的树下,我紧跑几步,向他跑了过去,蹦在脑海里第一个镜头就是那本《叶笛集》,便先忍不住对他讲起了30年前我花一角钱买过的那本《叶笛集》。他微微地笑着,望着我,和蔼地听我说着。

如今,虽然已经过去了48个年头,这本《叶笛集》,现在还保存在我的书架上,伸手就可以摸到,常常还会拿过来翻开。就像一位老朋友,相逢的时刻和回忆的味道,总是交织一起。

今天,写这则文字的时候,书就在身边,我再一次拿过来翻看的时候,才发现一本书对于一个人成长的作用和分量。虽然,这只是一本仅仅有93页薄薄的小书。

我曾经把它带到插队的北大荒,很多同学都借去看过。当时,书放在荒原上的马架子里藏着,纸页已经被北大荒的雨水浸蚀得发黄,骑马钉脱落,封面被我用胶条粘着。动荡的生涯中,几经迁徙,许多书都丢失了,这本《叶笛集》却从北京到北大荒,又从北大荒到北京,还有多次的搬家,竟然奇迹般地保留下来。我知道,人的一辈子,像会遇见过许多人一样,也会买过并读过许多的书,但真正能够在48年漫长的岁月里一直保留在你身边的,正如你不会太多地记住曾经见过的那些过眼烟云的人一样,也并不会太多。

我格外珍惜这本《叶笛集》。看到它，我就会想起我的学生时代，想起我在北大荒，更会想起郭风先生。

想起郭风先生，有这样两件事情，拔出了萝卜带出泥一般，不由自主地跳了出来。

一件是第一次见到他时，在和文学爱好者的座谈会上他讲的话，给我的印象很深。其实，那一次，他一共就讲了两句话，一句是"我出了三十几本书，没有一本满意的，到了老年才好像刚刚进了门"，一句是"作家的自我感觉不要太良好，要应该总像失恋一样，心里总有些怅惘"。他不是一个善于讲话的人，因此不像有的作家能够舌灿如莲，但他讲得很真诚，他的这些言简意赅的话，对于今天仍然有着警醒的意义。

另一件事情，是前几年我在信中向他询问法国象征派诗人果尔蒙的《西茉纳集》，我没有读过，知道先生年轻时就喜欢这位诗人，便向他讨教。没想到很快我就收到先生复印的厚厚一大摞《西茉纳集》，是戴望舒翻译的。想想他那样大年纪跑去为我复印，并替我邮寄，让我感动的同时，也真是感到不安。

西茉纳，太阳含笑在冬青树叶上，／四月已回来和我们游戏了，／他将长生草留给水，／又将石楠花留给树木，／在枝干生长的地方……

想起这样的诗句，是因为我想起了那年的四月第一次见到郭风先生的情景。他将长生草留给水，又将石楠花留给树木，多么美的诗句。如今，郭风先生已经离开我们了，忍不住想起了《叶笛集》，想起这些往事，想起先生那圣诞老人一样慈祥的面容。

他将长生草留给水，又将石楠花留给树木，他将岁月留给了他的文字。

2010 年 1 月 5 日夜于北京

老友如发妻

　　我们三人是高中同班的同学，因为出身和性格、情趣相同，成了好朋友。想想，我们三人的名字，爹妈当初给起得还真的是点儿英雄所见略同的劲儿，都讲究个其中的好含义。一个叫博文，一个叫延福，一个叫复兴，是把文章学问、福气延年、复兴大业放在身上的。夸张一点儿说，博文为学习，延福为身体，复兴为理想，也算得上是德智体兼备了吧？

　　42 年前，上山下乡风生水起，好朋友星云流散，我和延福去北大荒三江平原，博文去内蒙古察右中旗。都说倒霉的上卦摊，临别之前，延福算了一卦，抽的是下下签，签中四个字："樊笼困虎"。三人都有点儿傻眼。临行前一夜，到花市大街，现在新世界商厦的地方，那里原来有一家颇大的饭馆，我们到那儿喝酒话别，喝的是小香槟，没什么酒劲儿，竟然也喝得醉意朦胧。第二天上午，我和延福先走，火车已经开了，博文抱着个大西瓜才赶来，追着火车这通跑，跑啊跑啊，人最后剩下了一个小黑点儿。那是永远定格在青春时节的一幅画。

　　青春的友情，真的格外动人。日后也可能再有朋友，却无法和青春时的友情相比，中学时代的老朋友如发妻，新朋友再好，也只能是二婚或小蜜。

　　42 年就这样如水长逝。42 年之间，我们三人命运不尽相同，既有身在天涯、心亲鱼鸟的岁月，也有朱门歌舞、追风逐浪的日子，外部的世界再跌宕，相隔的距离再遥远，我们的恋爱，我们的成家，我们相互帮衬着把儿女带大，为老人养老送终，我们三人的友情始终未变，想想就是自己的亲人有时也无法相比。延福的父亲去世的时候，他感慨地对我们说：算一算，我和父亲在一起的日子，也没有和你们在一起的长啊！

我说过，朋友之间的友情，是脚底上的泡，跟着日子一起一天天踩出来的，不是美人痣，一顿酒肉就可以瞬间点上去的。

如今，我们三人都已退休，住处离得越来越远，我住潘家园，博文搬到了天通苑，延福在燕郊新买了房。但再远也不妨碍我们的友情。放翁有诗：正欲清谈逢客至，偶思小饮报花开。这个恰到好处而来的人和适时而开的花，就是朋友。只要有事，只要你需要他出现，什么时候，朋友都会如花一样蓦然间在你的面前开放。

平常的时候，见不着面，偶尔我们会写一点儿诗，虽都不谐音律，却只为表达情意。新的一年就来到了，前几天，我写给延福一首："人生如梦过，世事两茫然。玉树歌朝露，铜盘泣暮年。也曾花蝶恋，终未鹊桥仙。老友惟常在，双双鬓发斑。"延福立刻回复我一首："镜中白发看，忆旧仍陶然。湘江映红日，荒原沉玉盘。签中笼困虎，戏里梦成仙。惟期皆康健，心静无泪斑。"我转发给博文，博文第二天一清早手机短信发来他的和诗："君倾香槟尽，摇壶问欠然。年少羞虎踞，岁老惯龙盘。求存人或鬼，悟道神成仙。酒溢和古砚，素纸墨斑斑。"诗写得好赖在其次，是一种交流，是42年的友情流淌至今溅起的几滴意外收获的水珠，湿润着彼此的心情。

有时候，我会开个玩笑，说起我们三人的名字，说如今博文这名字，和我复兴这名字，这样的学问和壮志都不重要，重要的还得数延福这个名字，人老了，身体好是最大的福气。他们二位会说，保证身体好这个福气的，除了锻炼，还有老友之间的友情，这份友情是身体最好的营养剂。

2009 年岁末于北京

亲笔信

  如今伊妹儿和手机短信盛行便捷，传统的信，早已经没什么人写了。据统计，现在邮局里只有不到百分之十是私人信函，这些信封和信瓤，不知又有多少是打印机里打印出来的。

  所谓传统的信，是需要自己用笔来手写。过去写信时常用的一句话，是"见字如面"，那是要看见信上亲笔写的字才是，每个人的字体都不一样，即便写的字再歪歪扭扭，也是自己写的，沾着心情和体温，像是闻到乡音一样，让收信人亲切，一望便知，而为自己独有。所以，过去古人接到书信，才有"长跪读素书，书中竟何如"那样的虔诚，才有鱼雁传书的美丽传说，才有"家书抵万金"的动人诗句。

  在最近一期的《万象》中，看到前辈学者陈乐民先生的遗作《给没有收信人的信》，全部毛笔书写，信中拳拳心意是随蝇头小楷字字花开的，电脑键盘里机械打出的信件无法与之同日而语。陈先生这样的信，大概是一襟晚照，属于最后的古典了。

  一个一辈子没有亲手写过一封信的人，或一辈子没有收到过别人亲笔写给自己一封信的人，都是不完整的人生。如今电脑非常发达，点击几下键盘就可以轻松的发出一封信。最可怕的是手机短信，它是"伊妹儿"的缩写版，那里早已经储藏着无数条短信，按你所需，任你所取，就像是一副扑克牌，可以来回地洗牌，组合成不同的条目，供你在任何节日里发给任何人。据说，编纂手机短信已经成了现而今的一种职业，和过去替人代写书写的职业相似。不过，也不像，过去代写书信，总还带有代写者手上的一缕墨香，带有属于你自己的一份真实，手机短信却如烟花女子一样，很可能在刚刚发给你之后，又马不停蹄地发给了另外一个人，在几乎同一时刻，大家不约而同地接收到同一条一字不差的短信。有时候，真觉得科技是人类情感的杀手，用貌似最迅速的速度和最新颖的手段，扼杀人类心底最原始的也是最朴素的诉说。

我要说，还是珍惜手写的家信，节假日里，特别是在春节的大年夜前，起码该给自己的亲人亲手写一封平安的信、祝福的信。家书抵万金，家书抵万金呀，仅仅从电脑或手机里发出的信，还能够抵得上万金吗？

记得二十多年前，刘心武曾经写过一篇《到远处去发信》的小说，写的是当了一辈子的老邮递员退休了，给别人送过那么多的信，还没有接过别人给他自己写来的一封信，就自己写了一封，跑到老远的地方，把信投到邮筒里，让自己这辈子也收到一封亲笔信。

即使如契诃夫写的小说《万卡》里学徒小万卡寄给爷爷那一封永远无法寄达的信，只在信封上写着"寄乡下爷爷收"，而没有写上收信人的地址，但那也是万卡用笔蘸着墨水一字字写成的呀！

好多年前看过英国剧作家品特的电影《传信人》，那个少年心仪并暗恋同学漂亮的姐姐，为这位比自己大好多岁的女人和她的情郎偷偷地传信，当好奇心让他忍不住拆开其中的一封信的时候，心目中的女神写给别人热辣辣的亲笔信，让这位少年惊慌和震撼的情景，逼真的道出了亲笔信的力量。

三十多年前，我突然收到母亲请邻居帮忙拍来的电报，得知父亲病逝，忙从北大荒赶回北京奔丧。一路上心里都奇怪，母亲不识字，家中只剩下她独自一人，慌乱之中怎么会找到我的地址并能够一眼认出来？回到家，看见母亲的床垫底下，压着的都是我写给家里的信。母亲不认字，但熟悉的字迹让她知道那就是我，枕在那些信上睡觉，让她心里踏实。她就是拿着床垫下其中的一封信，请邻居打的电报。

可能正是看到了亲笔信的力量和意义所在，有人想竭力挽住已经渐行渐远的亲笔信。看最新的一期《Time Out》杂志上介绍，有一网站，举办这样一个活动，叫作"陌生人，让我手写一封信给你"。它这样说："你多久没收到过信了？你多久没给人手写过信了？让我手写一封信给你，让我的心情化成字迹、装进信封、贴上邮票、扔进信筒，让邮差交到你的手里。现在开始，留下地址，让我写一封信给你。"我不知道会有多少人能够给他们留下自己的地址，换取一封久违的亲笔信。因为我不知道有多少人还在乎一封亲笔信。

还是契诃夫，他写过一篇名为《统计》的短篇小说。在这篇小说里，他借用果戈理《钦差大臣》里的邮政局长希彼金的口吻，统计出这样的一组数据：邮局收寄的100封信件里，其中5封是情书，4封是贺信，2封是稿件，72封则是没有什么内容的无聊的信。我对契诃夫这样讽刺夸张的统计数据，心生不满。即使72封都是没有什么内容的信，也并非无聊。平常人的书信往来，可不都是些家长里短吗？要什么深刻而超尘拔俗的内容？更何况，都是亲笔写的信呢。

不管怎么说，还得是自己亲笔写的信才好。亲笔写的信，无论对于看的人，还是写的人，感觉都不一样，滋味都不一样。就像清风和电扇或空调吹来的风不一样，就像鲜花和纸花或塑料花不一样，就像肌肤之亲和隔着手套握手或戴着口罩亲吻不一样。

独下千行泪，开君万里书。亲笔信，只有亲笔信，才能让你有这样的心情，又能让你如此的动情。

2009年11月26日于北京

鱼鳞瓦

老北京的房顶铺的都是鱼鳞瓦，灰色，和故宫里的碧瓦琉璃，做色彩鲜明的对比。虽不如碧瓦琉璃那般炫目，那般高高在上，但满城沉沉的灰色，低矮着，沉默着，无语沧桑，力量沉稳，秤砣一般压住了北京城，气魄如云雾天里翻涌的海浪一样。难怪贝聿铭先生那时来北京，特别愿意到景山顶上看北京城这些灰色的鱼鳞瓦顶。

在我的童年，即上个世纪 50 年代，北京的天际线很低，基本上被这些起伏的鱼鳞瓦顶所勾勒。因为那时候成片成片的四合院还在，而且占据了北京城的空间。想贝聿铭先生看见这样的情景，一定会觉得这才是老北京，是世界上任何一座城市都没有的色彩和力量吧。

想想，真的很有意思，那时候，四合院平房没有如今楼房的阳台或露台，鱼鳞状的灰瓦顶，就是各家的阳台和露台，晒的萝卜干、茄子干或白薯干，都会扔在那上面；五月端午节，艾蒿和蒲剑要插在门上，也要扔到房顶，图个吉利；谁家刚生小孩子，老人讲究要用葱打小孩子的屁股，取葱的谐音，说是打打聪明，打完之后，还要把葱扔到房顶，这到底是什么讲究，我就弄不明白了。

对于我们许多孩子而言，鱼鳞瓦的房顶，就是我们的乐园。老北京有句俗话，叫作"三天不打，上房揭瓦"，说的就是那时我们这样的小孩子，淘得要命，动不动就跑到房顶上揭瓦玩，这是那时司空见惯的儿童游戏。我相信，老北京的小孩子，没有一个没干过上房揭瓦这样调皮的事的。

那时，我刚上小学，开始跟着大哥哥大姐姐们一起玩这种上房揭瓦的游戏。我们住的四合院的东跨院，有一个公共厕所，厕所的后山墙不高，我们就是从那里爬上房顶，弓着腰，猫似的在房顶上四处乱窜，故意踩得瓦噼啪直响，常常会有邻居大妈大婶从屋里跑出来，指着房顶大骂：哪个小兔崽子，把房踩漏了，留神我拿鞋底子抽你！她们骂我们的时候，我们早都踩着鱼鳞瓦跑远，跳到另一座房顶上了。

鱼鳞瓦，真的很结实，任我们成天踩在上面那么疯跑，就是一点儿也不坏。单个儿看，每片瓦都不厚，一踩会裂，甚至碎，但一片片的瓦铺在一起，铺成了一面坡房顶，就那么结实。它们是一片瓦压在一片瓦的上面，中间并没有泥粘连，像一只小手和另一只小手握在了一起，可以有那么大的力量，也真是怪事，常让那时我好奇而百思不解。漫长的日子过去之后，大院里有的老房漏雨，房顶的鱼鳞瓦换成波浪状的石棉瓦或油毡和沥青抹的一整块坡顶，说实在的，都赶不上鱼鳞瓦，不仅质量不如，一下大雨接着漏，也不如鱼鳞瓦好看。少了鱼鳞瓦的房顶，就如同人的头顶斑秃一般，即使戴上颜色鲜艳的新式帽子，也不是那么回事了。

前些天，路过童年住过的那条老街，正赶上那里拆迁，从房顶上卸下来的鱼鳞瓦装满了一汽车的挎斗，一层层，整整齐齐的码在车上，也呈鱼鳞状。那可都是前清时候就有的鱼鳞瓦呀，经历了一百多年的雨雪风霜，还是那样的结实，那样的好看。又有谁知道，在那些鱼鳞瓦上，曾经上演过童年那么多的游戏和游戏带给我们的欢乐呢？

其实，那时房顶上疯跑的游戏，平日里并没有任何内容，但形式带给我们的快乐大于内容，能惹得邻居大骂却又逮不着我们，便成了我们的一乐。当然，要说我们最大的乐，一是秋天摘枣，一是国庆节看礼花。

那时，我们院子里有三棵清朝就有的枣树，我们可以轻松地从房顶攀上枣树的树梢，摘到顶端最红的枣吃，也可以站在树梢上，拼命地摇树枝，让那枣纷纷如红雨落下，比我们小的小不点儿，爬不上树，就在地上头碰头的捡枣，大呼小叫，可真的成了我们孩子的节日。

打枣一般都在中秋节前，这时候，国庆节就要到了。打完了枣，下一个节目就是迎国庆了。

国庆节的傍晚，扒拉完两口饭，我们会溜出家门，早早地爬上房顶，占领有利地形，等待礼花腾空。那时候，即使平常骂我们最欢的大妈大婶，也网开一面，一年一度的国庆礼花，成了那一天我们上房的通行证。由于那时没有那么多的高楼，晚霞中的西山一览脚下。我们的院子就在前门西侧一点，天安门广场更是看得真真的，仿佛就在眼前，连放礼花的大炮都看得很清楚。看着晚霞一点点消失，等候着夜幕一点点的降临，就像等待着一场大戏上演一样，我们坐在鱼鳞瓦上，心里充满期待，也有些焦急，不住问身边的大哥哥大姐姐：礼花什么时候放呀？

其实，我们心里谁都清楚，让我们期待和焦急的，不仅仅是礼花点燃的那一瞬间，更是礼花放完的那一刻。由于年年国庆都要爬到房顶上看礼花，我们都有了经验，随着礼花腾空会有好多白色的小降落伞，一般国庆那一天都会有东风，那些小降落伞便都会随风飘过来。燃放礼花的那一瞬间，我们会稳稳坐在那里，看夜空中色彩绚丽的礼花，绽放在我们的头顶。但降落伞飘来的那一刻，我们会立刻大叫着，一下子都跳了起来，伸出早已经准备好的妈妈晾衣服的竹竿，争先恐后去够那些小小的降落伞。

当然，够得着够不着，全凭风的大小和运气了。因为那一刻，附近四合院的鱼鳞瓦顶上站满和我们一样的孩子，在和我们一样伸着竹竿够降落伞。风如果小，就被前面院子的孩子够走了；风要是大，降落伞就会像诚心逗我们玩似的从我们的头顶飞走。记得国庆十周年，那时我上小学五年级，属于大孩子了，那一天晚上，不知是天助我也，还是那一年国庆放的礼花多，降落伞飘飘而来，一个接着一个，让我轻而易举就够着一个，还挺大的个儿，成为我拿到学校显摆的战利品。

也就是从那一年以后，我没再上房玩了。也许，是认为自己长大了吧。

2009 年 9 月 20 日于北京

面包房

　　那时，我的孩子小，还没有上小学。晚上，我有时会带着他到长安街玩，顺便去买面包或蛋糕。长安街靠近大北窑路北，有家面包房，不大，做的法式面包和黑森林蛋糕非常的好吃。关键是，一到晚上七点之后，所有的面包和蛋糕，包括奶油气鼓、苹果派、核桃排，品种很多的甜点，一律打五折出售，价钱便宜了整整一半。当我和孩子发现了这个秘密后，这家面包房便成了我们常常光顾之地，对于馋嘴的孩子，这里如同游戏厅一样充满诱惑。

　　那时，售货员常常只剩下一个人值班，坚守到把面包和蛋糕都卖出去。这是一个年轻姑娘，顶多二十三四岁的样子，有点儿胖，但圆圆脸膛，大眼睛，还是挺漂亮的。每次去，几乎都能够碰见她，孩子总要冲她阿姨阿姨叫个不停，我要买这个！我要买那个！静静的面包房，因为我们的闯入，一下子热闹起来。她站在柜台里，听孩子小鸟闹林一般的叫唤不停，静静望着孩子，目光随着孩子一起在跳跃。

　　渐渐的，彼此都熟了。我们进门后，她会笑盈盈地对我们说：今天来得巧了，你们爱吃的黑森林还有一个没卖出去，等着你们呢！或者，她会惋惜地对我们说：黑森林卖没了，这个巧克力慕斯也不错，要不，你们可以尝尝这个绿茶蛋糕，是新品种。一般，我们都会听从她的建议，总能尝新，味道确实很不错。花一半的钱，买双倍的蛋糕或面包，物超所值，还有这样一个和蔼可亲又年轻漂亮的阿姨，孩子更愿意到那里去。

　　有时候，我们来得早了点儿，她会用漂亮的兰花指指指墙上的挂钟，对我们说：时间还没到呢！屋子不大，这时候客人很少，有时根本没有，她就让我们在仅有的一对咖啡座上坐一会儿，严守时间。等到挂钟的时针指向七点的时候，她会冲我们叫一声：时间到了！孩子会像听到发号令一样，先一步蹿上去，跑到柜台前，指着他早就瞄准好的蛋糕和面包，对她说要这个！她总是笑吟吟地看着孩子，听着孩子麻雀一样叽叽喳喳地叫个不停，然后用夹子把蛋糕和面包夹进精美的盒子里，用红丝带系好，在最上面打一个蝴蝶结，递在我们的手里，道声再见后，望着我们走出面包房。有一次，她有些羡慕地对我说：这孩子多可爱呀，有个孩子真好！

面包房伴孩子度过了童年，在孩子小学三年级的时候，那一年的暑假，我们去面包房几次，都没有见到她。新的售货员一样很热情，买好蛋糕和面包，走出面包房，孩子悄悄地问我：怎么那个阿姨不在了呢，会不会下岗了呀？那时，他们班上好几个同学的家长下岗，阴影覆盖在同学之间，孩子不无担心。面包房里这个好心漂亮的阿姨，是看着他长大的呀。

下一次来买面包的时候，我问新的售货员原来总值晚班的那个胖乎乎的售货员哪儿去了，怎么好长时间没见了？新售货员告诉我：她呀，生孩子，在家休产假呢！不是下岗，孩子放心了。那天，多买了一个全麦的面包，里面夹着好多核桃仁，嚼起来，很香。

等我再见到她，大半年过去了，孩子已经升入四年级，一个学期都快要结束了。我对她说听说你生小孩了，祝贺你呀！她指着我的孩子说：这才多长时间没见，您看您这孩子长这么高了！什么时候，我那孩子也能长这么大呀！我开玩笑对她说：你可千万别惦记着孩子长大，孩子真的长大，你就老喽！她嘿嘿地笑了起来说：那也希望孩子早点儿长大！

时光如流，一转眼，我的孩子到了高考的时候，功课忙，很少有时间再和我一起去面包房，偶尔去一趟，仿佛是特意陪我一样。特别是考入大学，交了女朋友之后，晚上要去的地方很多，比如，图书馆、咖啡馆、电影院、旱冰场、大卖场等等，面包房已经如飞快的列车驰过后掠在后面的一棵树，属于过去的风景了。只有我常常晚上不由自主地转到长安街，拐进面包房。

这期间，面包房搬了一次家，从东边往西移了一下，不远，也就几百米的样子，门口装潢一新，还有霓虹灯闪耀。里面稍微大了一些，但还是很局促，不变的是，值晚班的还常常是这个胖乎乎的姑娘，不过，我是总这样叫她姑娘，其实，她已经变成了一位中年妇女了。没变的，是蛋糕和面包的味道，还保持着原有的水平，只是价钱悄悄地涨了几次。

有一天，我去面包房，见我又只是一个人，她替我装好蛋糕和面包，问我：您的孩子怎么好长时间没跟您一起来了？我告诉她孩子上大学了。她点点头，然后笑着对我说：等再娶了媳妇就忘了爹娘，更不会跟您一起来呢！我也跟着一起笑了起来。回家见到孩子后，我把她的话告诉给孩子听，孩子一下子很感动，对我说：您说咱们不过只是到她那里买打折的面包和蛋糕，这么长时间了，她还能记得我，这阿姨真的不错！我也这样认为，世上人来来往往，多如过江之鲫，莫说是萍水相逢了，就是相交很长时间的老朋友，有的都已经淡忘，如烟散去，何况一个面包房和你毫无关系的姑娘！

星期天，孩子专门陪我一起去了一趟面包房，一进门叫声阿姨，她抬头一望，禁不住说道：都长这么高了！又说你要的黑森林今天没有了。孩子说没关系，买别的。然后，两个人一个挑蛋糕和面包，一个往盒子里装蛋糕和面包，谁都没再说什么，但他们彼此望着，很熟悉，很亲近，那一瞬间，仿佛一家人。那种感觉，是我来面包房那么多次，从来没有过的。

有时候，我会奇怪地问自己：一个人，一辈子要走的地方很多，去的场所很多，一个小小的面包房，不过是你生活中偶然的邂逅，为什么会让你涌出了这样亲近、亲切又温馨的感觉？其实，哪怕是一棵树，和你相识熟了，也会有这样的感觉的，何况是人，因为熟悉了，又是彼此看着长大，在岁月的年轮里，融入了成长的感情，所买和所卖的面包和蛋糕里便也就融入了感情，比巧克力奶油慕斯或计司的味道更浓郁。

孩子大学毕业就去了美国留学，孩子走后，我很少去面包房。倒不是家里缺少了一只馋嘴的猫，少了去面包房的冲动，更主要的是自己也懒了，老猫一样猫在家里，不愿意走动，其实就是老了的征兆。那天，如果不是老妻要过本命年的生日，我还想不起面包房。生日的前一天，我对老妻说：我去面包房买个蛋糕吧！才想起来，孩子去美国几年，就已经有几年没有去过面包房了，日子过得这么快，一晃，七年竟然如水而逝。

那天晚上，北京城难得下起了雪，雪花纷纷扬扬的，把长安街装点得分外妖娆。老远就能看见面包房门前的霓虹灯在雪花中闪闪烁烁眨着眼睛，走近一看，才发现门脸新装修了一番，门东侧的一面墙打开，成了一面宽敞明亮的落地窗。走进去一看，今天难得的热闹，竟然有三个漂亮年轻的女售货员挤在柜台前，蒜瓣一样紧紧地围着一个二十来岁的姑娘，叽叽喳喳地说得正欢。扫了一眼，没有找到我熟悉的那个胖乎乎的售货员。因为去的时间早，还有十来分钟到七点，我坐在一旁，边等边听她们说话。听明白了，这个姑娘和我一样，也是等七点钟买打折蛋糕的。还听明白了，是给她的妈妈买生日蛋糕的。又听明白了，她的妈妈就是面包房里那三位女售货员的同事，她们其中的两位是从面包房后面的车间特意跑出来，聚在一起，正在帮姑娘参谋，让她买蛋糕之后再买几个面包，并对小姑娘说：你妈妈在这里工作了这么多年，都是值晚班卖打折的面包和蛋糕，自己还从来没买过一回呢！你得多买点儿！

七点钟到了，我走到柜台前，玻璃柜里只有一个黑森林蛋糕，一位售货员对我说：对不起，这个蛋糕已经有主儿！她指指身边的姑娘。我说那当然！然后，我对姑娘说：你妈妈我认识！姑娘睁大一双大眼睛，奇怪地问我：您认识我妈？我肯定地说：当然！小姑娘更加奇怪地问：您怎么认识的？我笑着对她说：回家问问你妈妈就知道了！就说一个常常带着一个孩子来这里买蛋糕和面包的叔叔，祝她生日快乐！她还是有些疑惑，也是，几十年的岁月是一点点流淌成的一条河，怎么可以一下子聚集在一杯水里，让她看得清爽呢？我再次肯定地对她说：你回家和你妈妈一说，你妈妈就会知道的！

姑娘买好蛋糕和面包，走出面包房，身影消失在风雪之中，我转身问那三个售货员：她的妈妈是不是你们面包房里那个胖乎乎的售货员？她们都惊讶地点头，问我：您是她以前的老师吧？我笑而不答。她们告诉我她今年刚刚退休。这回轮到我惊讶了：这么早？她才多大呀！她们接着说：我们这里50岁退休。竟然50岁了！就像她看着我的孩子长大一样，我看着她的青春在面包房里老去，生命的轮回在我们彼此的身上，面包房就是见证。

2009 年 5 月 1 日于北京

女儿，今年考大学，留在老家她的父母家里。只有在说起女儿的时候，她的眼睛一亮，说如果不是为了她，自己不出来打工！好几次没有什么事情的时候，我看见她望着窗外，悄悄地哼起了歌，都是同一首歌，毛阿敏总唱的那首"你是一只蝴蝶飞进我的窗口……"她的声音挺好听的，只是唱的有点儿忧郁。我对她说你唱得挺好听的呢，她脸红了，说我闺女爱唱这歌。

有一天晚上，她的手机响了，接过手机说了两句话，她对我说：我姐姐来给我送东西了，我下楼一趟，一会儿就回来。很快，她就气喘吁吁地跑了回来，抱着厚厚一叠被褥。这让我有些奇怪，她告诉过我，她一直住在虎坊桥租的房子里，不会睡光板床，连被褥都没有，现在姐姐才想起来给她送来？我看见那一晚上她的脸色沉沉的，一言不发，坐在旁边，望着窗外的夜色发愣。

第二天，吃完早饭后，她帮我捶腿，这是大夫交给她的活儿，说我这么长时间下不了地走路，肌肉会萎缩，要她帮助我每天捶捶腿。她的手落在我的腿上，时轻时重，没有章法，纷乱的就是她的心情。我对她说你有心事呀！她一愣，抬起头瞧了瞧我，问我你怎么知道？我开玩笑说我会猜呀！她问我你怎么猜出来的？我把我的两个疑问说给了她听：一、你说起你女儿表情就不一样；二、你住北京好几年了，怎么你姐姐才给你送被褥？她一下子伏在床帮上哭了起来。

我才知道，她姐姐就在北京工作，有了自己的家，日子过得不错，买了房和车。当年，她和姐姐都在县城中学里读书，姐姐比她大三岁，姐姐读高三的时候，她读初三，两个人学习成绩都不错，那时家里经济条件不好，爸爸对她说就让你姐姐考大学，你就别再考高中了吧。她答应了，暑假过后，姐姐考上了大学，她回村里和爸爸一起种地。

这能解决我的第一个疑问，她的女儿今年高三到了考大学的年龄了，顾影自怜，她想起了当年，为了姐姐考大学，自己却断送了前程，要不现在怎么也不会跑到医院里当护工啊。但是，这解决不了我的第二个疑问，她为什么一直没有睡的被褥，非得姐姐来送？

她对我说你真是厉害，一眼看穿了我，我就实话对你说了吧。

就在来我这里当护工的前几天，她从医院下了夜班，洗洗涮涮，上午回家，那时，她和丈夫一起住在肖村附近租的农民房。骑车路过永定门外沙子口的地方，一辆130面包车靠近她，她赶紧往边上骑，越是往边上骑，车越是紧贴着她，最后车一打把突然横了过来，戛然停在她的前面。她正要冲司机喊你这是怎么开车的？司机已经跳下车来，笑吟吟地叫着她的名字。一看，竟然是自己的中学同学，早听说他也从家乡跑到北京，干得不错，成立了一家装修公司，公司不大，却是自己当老板。他对她一挥手说上车吧！今儿我们去红螺寺玩，跟我们一起去吧！她这才看见车里还坐着一个女的，她认识，也是中学同学。他介绍道这是我老婆，刚从老家来，我带她去玩，怎么这么巧碰上了你，一起玩吧！就这样，死拖活拖，她被这一对中学同学拉上车。同学帮她把车锁在路边的电线杆子上，对她说放心，玩完之后，我再送你到这里来，取你的自行车。

从红螺寺玩完，又一起吃了顿饭，回到这里，天已经黑了，自行车没有了，让人偷走了。那一天，她走回到肖村，从沙子口到肖村得有七八公里，走到家已经是半夜了。丈夫问她从医院下了夜班不回家，这一整天都到哪儿去了，怎么跑得车也丢了？她说了实情，丈夫暴怒，硬说她是会她中学时代的初恋情人去了，不由分说，暴打了她一顿。她跑了出来，连夜跑到姐姐家，任凭姐姐一家怎么劝，就是不回去。在姐姐家住了几天，姐姐好说歹说，把她说回了家。回家一看，家里住着另外一个女人，她明白了，丈夫在外面早有了傍尖儿，正好找了借口把她打出门。她在虎坊桥新租了房子，姐姐才知道，忙给她送被褥来。

也许，出门在外打工的人，南北东西，悲欢离合，总会有意想不到的事情发生，我不知道该怎么安慰她。她对我说我现在什么也不想了，就想让闺女替我争口气，考上大学。她又对我说我姐姐对我不错，可那是人家的家，我住人家也不是滋味呀！我说那是，如果当年你和你姐姐一样考上大学，也就可能在北京有自己的家了。她叹口气说人的命呀！

那天，是她来我这里当护工说的话最多的一次。说出来一直憋在心里的心事，虽然解决不了什么问题，但我看出她的心情缓解多了。

有一天，从白天到晚上，她的电话不断，弄得她非常不好意思，怕吵我，也怕我听见，就跑到病房外面，打完电话回来，总是脸红红的。晚上，她姐姐又给她打了个电话，放下电话，她对我说能不能明天请个假，她得回老家一趟？我说有事你就去吧！她又说千万可别让人知道！我知道护工不能擅自离岗，医院知道了要罚钱，甚至会开除的。她冒着这样的危险要回家，肯定有急事，一问，是她女儿一模的成绩出来了，考得不理想，老师来电话找到

爱
因
斯
坦
水
房
漫
画

2010.6.

于Princeton

翡翠如意

　　小关是我换的最后一个护工，武清县人，不到四十岁的中年妇女，有些发胖，却面容姣好，刚出现在我的病房里的时候，穿着件杏黄色明亮的衬衣，挎着一个时兴的挎包，一点儿不像常见的护工，倒像是位来探望我的客人。护工大都是北京周边农村来的，她不像，倒像城里人。

　　那时，我腰伤住院，下不了地，生活无法自理，不得不请护工帮忙。前一个护工马大姐因为婆婆病了赶紧回家，临时换了这个小关救急。

　　我对这个小关印象很好，倒不仅她人长得受人端详。我平日里看的报纸和杂志多，好打发住院时的寂寥时光，所以我的病房里不几天就堆满了报纸杂志，给护士清理病房增加麻烦，便请小关帮我卖了，也没几个钱，以前的几个护工卖了之后，就把钱留给自己用了，也算是一点点微不足道的贴补吧。但是，那天，小关下楼卖了报纸杂志之后，却把钱悄悄地放在病床旁的床头柜上。那时，我睡了一小觉，醒来之后，发现了钱，是6元多，便对她说这点儿钱你拿着吧。她说可这是你的报纸杂志啊。我说你们护工的工资不多，这点儿钱也不多。我硬塞在她的手里，她不好意思地拿下了。那天下午，来了三个朋友看我，小关给朋友每人用纸杯倒了一杯茶，就出去了。不一会儿，她回来了，手里拿着四根雪糕，给了每个朋友一根，把最后一根给了我，她自己却没有。这让我的心里一动，她用这种方式把那6元多钱都花掉了。我对她说我肚子不好，把雪糕还给了她。

　　我和她相处得很好，她的手脚麻利，非常有眼力见儿，就是不大爱说话，没事的时候就看我翻过的报纸杂志。我和她闲聊时知道了她大概的经历，她和丈夫是一个村的，都出来打工，丈夫在建筑工地当个小工头。他们有一个垃圾而已。想想自己的书竟然出版了有一百种，是一个多么膨胀而虚荣的数字啊。真的是俗话所说的那样，鸡多难下蛋，木匠多了盖歪了房，文字的泛滥，让文字贬了值。心里暗想，不定有多少人和我们此刻扔书一样，把我的那些破烂的书，也扔掉在这个熙和温暖的三月里呢。

书是给自己看的，不是给别人看的，正经的读书人（刨去藏书家），应该是书越看越少，越看越薄才是。再多的书，能够让你想翻第二遍的，就如同能够让你想见第二遍的好女人一样的少。想明白了这一点，贴满一面墙的书柜里，填鸭一般塞满的那些书，有枣一棍子没枣一棒子买来的那些书，不是你的六宫粉黛，不是你的列阵将士，不是你的秘籍珍宝，甚至连你取暖烧火用的柴火垛都不是，是真真用不了那么多的。在扔书的过程中，我这样劝解自己，没有什么舍不得的，你不是在丢弃多年的老友和发小儿，也不是抛下结发的老妻或新欢，你只是摈弃那些虚张声势的无用之别名，和以为书中自有颜如玉、书中自有黄金屋的虚妄和虚荣，以及名利之间以文字涂饰的文绉绉的欲望。

林文月《三月曝书》中引东汉崔实《四民月令》："七月七日，曝经书及衣裳，不蠹。"得看清楚了，人家曝书曝的可是经书。记得那一年去宁波，到孝闻街的伏跗室参观，那是和天一阁一样有名的藏书楼，正是阴历七月，那里正在曝书，木制的小楼，楼上楼下，曝满的都是书，芭蕉树掩映之中，散发着纸页之间弥漫着潮气的气味，所谓的书香，其实并不那么的好闻。但那里曝的是宋元刻本，曝的是正经经书。那才是值得的，而今日我辈早已经没有曝书软件硬件的资格，便也没有必要再去附庸风雅，剩下的便是扔书。三月，或七月，都是扔书的日子。

2009 年 3 月 10 日于北京

佛手之香

那个星期天，我在潘家园旧货市场外面的街上，买了一个佛手。那时，这条街和市场里面一样的热闹，摆满了小摊，其中一个小摊卖的就是佛手。卖货的是个山东妇女，十几个大小不一有青有黄的佛手，浑身疙疙瘩瘩的，躺在她脚前的一个竹篮里，百无聊赖的样子，像伸出来长短不一粗细不均的枝杈来勾引人们的注意。很多人不认识这玩意儿，路过这里都问问这是什么呀，这么难看？扭头就走了，没有人买。我买了一个黄中带绿的大佛手，她很高兴，便宜了我两块钱，说我是大老远从山东带来的，谁知道你们北京人不认！

这东西好长时间没有在北京看到，上一次看到它起码是四十多年前了。那时，我还在读中学，是春节前，在街上买回一个，个头儿没有这个大，小巧玲珑，长得比这个秀气。那时，父母都还健在，把它放在柜子上，像供奉小小的一尊佛，满屋飘香。

我不知道佛手能不能称之为水果。它可以吃，记得那时我偷偷掐下它的一小角，皮的味道像橘子皮，肉没有橘子好吃，发酸发苦，很涩。那时，我查过词典，说它是枸橼的变种，初夏时开上白下紫两种颜色的小花，冬天结果，但果实变形，像是过于饱满炸开了，裂成如今这般模样。它的用途很多，可以入药，可以泡酒，也可以做成蜜饯。那时我买的那个佛手没有摆到过年，就被父亲泡酒了，母亲一再埋怨父亲，说是摆到过年，多喜兴呀。

以后，我在唐花坞和植物园里看到过佛手，但都是盆栽的，很袖珍，只是看花一样赏景的。插队北大荒时，每次回北京探亲结束都要去六必居买咸菜带走，好度过北大荒没有青菜的漫长冬春两季，在六必居我见过腌制的佛手，不过，已经切成片，变成了酱黄色，看不出一点儿佛指如仙的样子了。

家里，父母又托人打电话找到她姐姐，姐姐打电话又告诉她，她女儿和班上一个男孩子有早恋的迹象，弄得孩子最近分神分得厉害。姐姐明天特意请了假，开着那辆奇瑞小汽车，带她回家找女儿。姐姐当的也够不错的，不用说，姐姐一定觉得当年自己考大学欠了妹妹一笔永远还不清的账，她知道高考在即，对于妹妹是多么关键的时刻，孩子的身上延续的是妹妹的青春的梦啊。

傍晚的时候，她急匆匆地赶了回来。我问她孩子怎么样？她说她在县城的一个歌厅里找到了闺女，闺女没去上课，和那个男孩子唱歌唱的正欢呢，没想到母亲突然出现在面前。她说她当时真想给闺女一巴掌，只是气得手不住地哆嗦，抬都抬不起来，当着闺女的面呜呜地哭了起来。

我不知道母亲的哭声能不能打动女儿的心。她回来了，却把心留在女儿那儿。我对她说不行就请一些日子假，回家陪陪女儿，度过高考这一关，要不过了这村可没这店了。她说我姐姐也这么说，她还说损失的工钱她给我，可我怎么能要她的钱，她也是一大家子人，每月还得养这个小汽车，挺花钱的，再说我也不敢走，这几个工钱倒好说，问题是走了就回不来了，再找护工的活儿就找不着了呀！

我出院的时候，为了方便我下楼，小关去楼下住院处帮我借轮椅的时候，一个中年男人来到我的病房，问小关是在这儿干活吗？我点点头，望着这男人，问他有什么事吗？他从包里拿出一个东西交给我，说麻烦你把这个给她。我说你等一等，小关一会儿就回来了。他说不等了，医院门口车太多，停不下来，我的车还停在马路那儿呢，别再让警察逮着罚款。说罢，他就匆匆地走了，我大声地问他你贵姓呀？咚咚的脚步声，告诉我他已经下了楼梯。

我仔细看看那东西，是个翡翠的挂坠，雕刻着常见的如意造型。不一会儿，小关就回来了，我把翡翠如意交给了她，告诉她刚才来了个男人，她说知道了，他给我打过电话，说要把这东西送过来，我不让他来，这人真是的，还是来了！然后，没等我问，她告诉我那天从红螺寺回来晚了，丈夫打他的时候，把她的脖子上戴的挂坠给拽掉在地上，碎了。是一个翡翠如意，不是什么好料，值不了多少钱，却是自己娘家带来的陪嫁呢。

我没问刚才来的那个男人是谁，她也没告诉我。

2009 年 4 月 15 日于北京

三月扔书

　　看台湾作家林文月的新书《三月曝书》，其中有这样一句："三月的阳光熙和温暖。今日无风，正宜曝书。"不觉一笑，三月曝书，何其风雅。巧得很，三月，我正在扔书，好像有意和林文月做个不那么工整对仗似的对比。

　　家里的书越发其多，不胜其累，早就想清理。不过，想想这些书好多是跟随我多年，搬过好几次家，沉甸甸的搬来搬去，有的甚至是从北京搬到北大荒，又从北大荒搬回北京。想七十年代末在家具店排长队买来几个书柜，盛放下第一批书，满心的欣喜，如同拾得果实满莢，落英盈筐。那年头都有三十年的光景了，就这样不分青红皂白地扔掉，总觉得重利忘义似的，有些对不起它们。

　　可是，仔细翻检，不少书其实真的是没用，既没有收藏价值，也没有阅读价值，有些根本连翻都没翻过，只是平添了日子落上的灰尘。便想起曾经看过的田汉话剧《丽人行》，有这样的一个细节，丽人和一商人同居，开始时，家中的书架上，投其所好摆满的都是琳琅满目的书籍，但到了后来书架上摆满的就都是丽人形形色色的高跟鞋了。心里不禁嘲笑自己，和那丽人何其相似而已，不少书不过也是充当了摆设而已，内心的欣喜，并不都是书里面的内容给予你的，还有书外在的光彩的诱感。这样的书，干吗不早早地扔掉？

　　如今，出书的门槛越来越低，敬惜纸墨，已成古训。尽管电子文本盛行，纸质的书籍还是铺天盖地，泛滥成灾，如当年小靳庄人人都能写诗一样，而今的人们似乎都在写书，出书和花点儿钱就能买到一顶帽子一双皮鞋一样简单容易，手到擒来，有专门这样的文化商人为你打点，一条龙服务，通过各种渠道满足你的虚荣心和成就感。其实，正经出版的书籍，不少也是一无可观，

太阳味道的西红柿

日子过去得非常快，一旦成了历史，事情便很容易褪色。鲜亮的颜色总是漆在眼前或即将发生的事情上，而不在如烟的往事上。

在北大荒插队，秋天是最美的，瓜园里有吃不够的西瓜和香瓜，让我们解开裤带敞开地吃。但过了秋天，漫长的冬季和春季，别说水果，就是蔬菜都很难见到了。我们要一直熬到夏天的到来，才能尝到鲜，第一个鲜亮亮跑到我们面前的就是西红柿。在北大荒，我们是把西红柿当成宝贵水果吃的。想想一冬一春没有见过水果，突然见到这样鲜红鲜红的西红柿，当然会有一种和阔别多日的朋友（尤其是女朋友）相见的感觉。蠢蠢欲动是难免的，往往会等不到西红柿完全熟透，我们就会在夜里溜进菜园，趁着月光，从架上拣个大的西红柿摘下，跑回宿舍偷偷地吃（如果能蘸白糖吃，比任何水果都要美味无比了）。

那时候，我最爱到食堂去帮伙，原因之一就是可以去菜园摘菜。北大荒的菜园很大，品种很多，最好看的还得属西红柿，其余的菜都是趴在地上的，比如南瓜、白菜、萝卜，长在架子上的菜总有一种高人一等的昂昂乎的劲头。但是，架上的扁豆还没有熟，北大荒的黄瓜五短身材难看死了，只有西红柿红扑扑的、圆乎乎的，样子很是耐看。没有熟的，青青的，没吃嘴里先酸了；半熟不熟的，粉嘟嘟的，含羞带啼般像刚来的女知青似的羞涩；熟透的，红透了从里到外，坠得架子直弯直晃，像是村里那些小娘们儿般的妖冶……

离开北大荒好久了，还是总能想起那里的西红柿，尤其是那种皮是红的，切开来里面的肉是粉的，我们管它叫作面瓤的西红柿，有种难得的味道，不仅仅是甜是酸，也不仅仅是清新是汁水丰厚，真的是其他水果没有的味道。

我们中国人很会给水果起名字，我以为起得最好的便是佛手了，它不仅最象形，而且最具有超尘拔俗的境界。它伸出的权权，确实像佛手，只有佛的手指才会这样如兰花瓣宛转修长，曲折中有这样的韵致。这在敦煌壁画中看那些端坐于莲花座上和飞天于彩云间的各式佛的手指，确实和它有几分相似。前不久看到了残疾人艺术团表演的千手观音，那伸展自如风姿绰约的金色手指，确实能够让人把它们和佛手联系到一起。我买的这个佛手，回家后我细细数了数，一共二十四支手指。我不知道一般佛手长多少佛指，我猜想，二十四支，除了和千手观音比，它应该不算少了。

我把它放在卧室里，没有想到它会如此的香。特别是它身上的绿色完全变黄的时候，香味扑满了整个卧室，甚至长上了翅膀似的，飞出我的卧室，每当我从外面回来，刚刚打开房间的门，香味就像家里有条宠物狗一样扑了过来，毛茸茸的感觉，萦绕在身旁。我相信世界上所有的水果都没有它这种独特的香味。在水果里，只有菲律宾的菠萝才可以和它相比，但那种菠萝香味清新倒是清新，没有它的浓郁；有的水果，倒是很浓郁，比如榴梿，却浓郁得有些刺鼻。它的香味，真的是少一分则欠缺，多一分则过了界，拿捏得那样恰到好处，仿佛妙手天成，是上天的赐予，称它为佛手，确为得天独厚，别无二致，只有天国境界，才会有如此如梵乐清音一般的香味。西方是将亨德尔宗教色彩浓郁的清唱剧《弥赛亚》中那段清澈透明、高蹈如云的《哈利路亚》，视为天国的国歌的，我想我们东方可以把佛手之香，称之为天国之香。这样说，也许并非没有道理，过去文字中常见珠玉成诗，兰露滋香，我想，香与花的供奉是佛教的一种虔诚的仪式，那种仪式中所供奉的香所散发的香味，大概就是这样的吧？金刚经里所说的处处花香散处的香味大概也就是这样的吧？

它的香味那样持久，也是我所料未及。一个多月过去了，房间里还是香飘不断，可以说没有一朵花的香味能够存留得如此长久，越是花香浓郁的花，凋零得越快，香味便也随之玉殒色残了。它却还像当初一样，依旧香如故。但看看它的皮，已经从青绿到鹅黄到柠檬黄到芥末黄到土黄，到如今黄中带黑的斑斑点点了，而且，它的皮已经发干发皱，萎缩了，像是瘦筋筋的，只剩下了皮包骨。想想刚买回它时那丰满妖娆的样子，让我感到的却不是美人迟暮的感觉，而是和日子一起变老的沧桑。

它已经老了，却还是把香味散发给我，虽然没有最初那样浓郁了，依然那样的清新沁人。那一刻，我忽然觉得它老的像母亲。是的，我想起了母亲，四十多年前，我第一次见到佛手的时候，母亲还不老。

2009 年元旦试笔于北京

原来味道，这是来自田间的味道，是月饼最初的本色。现在的月饼做得越来越花哨、越来越昂贵，已经离它越来越远。由于皮子没有油，翻毛月饼放几天再吃，皮照样的酥，苏式月饼就不行，放几天，皮就硬了。翻毛月饼皮子到底是怎样做的，充满谜一样的迷惑和诱惑，只现身，不现形，英雄莫问来处似的，只把余味留下，便潇洒而去。好多年不见翻毛月饼卖了，也不知道现在这手艺传下来没有。

前两年，在网上看到一位台湾老人怀念北京的翻毛月饼，忍不住在网上发帖子，也专门说到那皮子："如果一般的月饼层次有 15 层，那么翻毛就有 25 层，外皮只要稍一用力，就会有一小片一小片剥落，像一根根翻飞的发浪，因此叫翻毛。"因怀有思乡之情，他把翻毛月饼皮说得那样层次分明那样的神。不过，他说翻毛得名是因为像翻飞的发浪，我是第一次听说。

赵先生在那则文章中说，当年卖翻毛月饼最好的店铺是东四八条西口的瑞芳斋。其实，那时候致美斋、正明斋等地方的翻毛月饼也不错，关键是那时候到处都有卖翻毛月饼的，那时候的竹枝词写道："红白翻毛制造精，中秋送礼遍都城。"翻毛月饼是那时候的大众化的月饼，并不想耍个噱头，花枝招展的妖冶地打扮着自己，借着中秋节变着法地赚钱。

赵先生的那则文章只说了翻毛月饼枣泥馅的一种，其实，翻毛月饼的馅有多种，梁实秋先生在《雅舍谈吃》里就说过："有一种山楂馅的翻毛月饼，薄薄的小小的，我认为风味很好，别处所无。大抵月饼不宜过甜，不宜太厚，山楂馅带有酸味，故不觉其腻。"

据说当年致美斋还有种鲜葡萄馅的，也是一绝。如果把这样"别处所无"的翻毛月饼重新挖掘挖掘，没准能给越演越烈的月饼市场添点儿新意。在日益注重浓妆艳抹的过度包装中，重走本色派老路，就如一位诗人的诗所说"把石头还给石头"，也把月饼还给月饼。

翻毛月饼是一曲乡间民谣。越发豪华的广式或苏式月饼，已经成了闹哄哄秀场上的歌手大奖赛。

2008 年 8 月 27 日于北京

塑料袋

6月1日，全国已经实行"限塑令"。相信这一新词将成为 2008 年最有影响力的词语之一。

塑料袋至今已经有 106 年的历史，塑料袋的发明，无疑为人们的购物提供了廉价而实用的方便功能，当年曾经称之为"白色革命"而令人欢欣。曾几何时，不过百年，如今的塑料袋如同走过了一个轮回，却触目惊心地成为世界性的污染，即使可解性的塑料袋，埋在地下，据说也需要 200 年的时间。曾经给予人类不少甜头的塑料袋，如今变成了惩罚人类的最普遍的象征物，人类搬起石头砸了自己的脚，方才醒悟过来，原来塑料袋是人类改造自然的同时被自然反过头来反抗人类的一种隐喻，真的是上帝在开启了一扇窗的时候，也关上了一扇门。

不止一次刮风的日子里，走在北京的大街上，看见的景象是漫天飞舞的塑料袋，远远望去，还以为是纷飞的雪片，有的塑料袋被风吹挂在树枝上，并非千树万树梨花开，而是如尿褯子一样，成为都市羞耻的景观。那些被我们随手抛弃的塑料袋，潜伏在草丛里、墙角里、绿化带里，被风吹得一下子都显现了原形。面对这样的风景，我真的感到无比的羞愧，因为在这样白色的风景中，也曾有过我随手丢掉的塑料袋。

记得几年前一次全国油画展中，曾经看过这样的一幅油画，街景的现代楼群里，飘过一个白色的塑料袋，巨鸟一般，硕大无比，竟然比楼房还要巨大，定格在城市的半空中，像一只白色的眼睛盯视着居住在这座城市的我们。我不知道画家画这幅画的用意何在，是不是在提醒我们应该把过度开发兴建楼盘的一部分热情移植于治理塑料袋上来？是不是在警醒业已失控的塑料袋吃着这种西红柿，躺在一望无边的麦地里，或是躺在场院高高的囤尖上吃，是最美不过的了。我们会吃完一个扔一个，直至吃得肚子鼓鼓的再也吃不下去为止。那西红柿被晒得热乎乎的，总有一种太阳的味道。

　　回北京这么长时间了，总觉得北京的西红柿不好吃，酸、汁水少，没有北大荒面瓤的那种。特别是冬天在大棚里靠人造温度和催熟剂长大的西红柿，味道就更差了。而在国外有一种转基因的西红柿，样子很好看，价钱也便宜，但一点儿营养没有，更是无法吃。

　　想起我母亲还在世的时候，有一年的春天，在院子里种了一株丝瓜，一株苦瓜，还种了一棵西红柿。从小在农村长大的母亲，对于种菜很在行，夏天，这几种玩意全活了，长势不错，只是西红柿长不大，就那样青青的愣在架上萎缩了，最后只剩下一个终于长大了，渐渐地变红了。我告诉母亲别摘它。就那么让它长着，看个鲜儿吧。夏天快要过去了，整天晒在那里，它快要蔫了，母亲舍不得看着它蔫下去烂掉，从困苦中熬出来，一辈子总是心疼粮食蔬菜，最后还是把它摘了下来，在母亲的手里，西红柿虽然蔫了，却依然红红的格外闪亮。那一天，母亲用它做了一碗西红柿鸡蛋汤。说老实话，我没吃出什么味儿来。

　　唯一一次西红柿鸡蛋汤吃出味道的，是三十多年前，弟弟的一位从青海来的朋友，请我到王府井的萃华楼吃饭。那时他们在青海三线工厂工作，比我们插队的有钱。那时候，我已经离开北大荒回到北京好几年了。我是第一次到这样的饭店来吃饭，是冬天，是在北大荒没有水果没有蔬菜的季节，这位朋友点菜时说得要碗汤吧，要了这个西红柿鸡蛋汤。那是一碗只有几片西红柿的鸡蛋汤，但那汤做得确实好喝，西红柿有一种难得的清新。蛋花打得极好，奶黄色的云一样飘在汤中，薄薄的西红柿片，几乎透明，像是几抹淡淡的胭脂，显得那样高雅。

　　之后，我真的再也没有喝过那样好喝的西红柿鸡蛋汤了。也许，是离开北大荒太久了。也许，仅仅是回忆中的味道。

2008 年 10 月 3 日于北京

翻毛月饼

中秋节又快到了，月饼蠢蠢欲动，又开始纷纷招摇上市。北京现在卖的月饼花样翻新，但南风北渐，大多是广式或苏式，以前老北京人专门买的京式月饼中，只剩下了自来红，冷落在柜台的角落里，其中一种叫作翻毛月饼的，更是已经多年不见踪影。

翻毛月饼类似现在的苏式酥皮月饼，但那只是形似而并非神似。赵珩先生在《老饕漫笔》一书中，专门有对它的描述："其大小如现在的玫瑰饼，周身通白，层层起酥，薄如粉笺，细如绵纸，从外到内可以完全剥离开来，松软无比，绝无起酥不透的硬结。馅子是枣泥的，炒得丝毫没有煳味儿，且甜淡相宜。翻毛月饼的皮子是淡而无味的，但与枣泥馅子同嚼，枣香与面香混为一体，糯软香甜至极。它虽属酥皮点心一类，但上下皆无烘烤过的痕迹。"

这是我迄今看到过的对翻毛月饼最为细致而生动的描述了，最初看到这段文字时，立刻回到当年中秋节吃翻毛月饼的情景。印象最深的是，那时候父亲一只手托着翻毛月饼，另一只手放在这只手的下面，双层保险，为的是不小心从上面那只手中掉下的月饼皮，好让下面这只手接着，当然，这可以见那时老辈人的小心节省，也足可见那时翻毛月饼的皮子是何等的细、薄、脆，就如同含羞草一样，稍稍一动，全身就簌簌往下掉皮。赵先生说的"薄如粉笺，细如绵纸"，真的一点不假。

只有曾经吃过翻毛月饼的人，才会体味得到赵先生所说的它皮子的特点，这是区别于苏式月饼最重要之处。苏式月饼的皮子也起酥，但那皮子是浸了油的，是加了甜味儿的。翻毛月饼的皮子没有油，也不加糖，吃起来绝不油腻，入口即化，而且有一种任何馅也压不过的月饼本身最重要的原料——面粉的

早春二月
——怀念孙道临先生

18 年前的夏天，我如约到北京的北长街前宅胡同上海驻京办事处，孙道临先生已经早在胡同口等候着我了。记忆是那样的清晰，一切恍如昨天：他穿着一条短裤，远远地就向我招着手，好像我们早就认识。我的心里打起一个热浪头。第一面，很重要。

要说我也见过一些大小艺术家，但像他这样的艺术家，我还是第一次见到，他的儒雅和平易，也许很多人可以做到，但他的真诚，一直到老的那种通体透明的真诚，却并非所有人能够达到的境界。

那天，我们在上海办事处吃的午饭，除了吃饭，我们谈的是一个话题，那就是母亲。他说他在年初的一个晚上看新的一期《文汇月刊》，那上面有我写的《母亲》，他感动得流出了眼泪，当时就萌生了一定要把它拍成一部电影（其实那只是一篇两万多字的散文），经过了半年多的努力，他终于说服了上海电影制片厂，决定投拍，让我来完成剧本的改编工作。他对我说，读完我的《母亲》，他想起自己小时候在北京西什库皇城根度过的童年，想起自己的母亲。他也想起了在"文化大革命"残酷的岁月里，他所感受到的如母亲一样的普通人给予他的难忘的真情。

那天，他主要是听我讲述了我母亲的故事和我对母亲无可挽回的闪失和愧疚。他听着，竟然情不自禁地落下了眼泪，我不敢看他的眼睛，因为我从来没有见过 70 岁的眼睛居然没有浑浊，还是那样清澈，清澈得泪花都如露珠一般澄清透明。他忽然站起来对我说：我为什么非要拍这部电影？我不只是想拍拍母爱，而是要还一笔人情债，要让现在的人们感到真情对于这个世界是多么的重要！

我们一老一少泪眼相对，映着北京八月的阳光的时候，我感受到艺术家的一颗良心，在物欲横流中难得的真情，和对这个喧嚣尘世的诘问。那天回家，对着母亲的遗像，我悄悄地对母亲说：一个北大哲学系毕业、蜚声海外的艺术家，拍摄一个没有文化平凡一生的母亲，并不是每一个母亲都能够享受得到的。妈妈，您的在天之灵可以得到莫大的安慰了。

剧本断断续续写到了一年多以后。那天，为再一次修改剧本，我从北京飞抵上海。是个傍晚，正好赶上他去安徽赈灾义演，他在电话里抱歉说没有能够接我，却特地嘱咐别人早早买下了整整一盒面包送给我，怕我下飞机误了晚饭。打开那一盒只有上海做得出来的精巧的小面包，心里感到很暖，那一盒面包足足吃到了他从安徽回来。

剧本定稿的时候，他请我到淮海中路他的家中做客。我见到了他的夫人王文娟，他们两口子特意做了冰激凌给我吃，还把那个季节里难以找到的新鲜草莓，一只只洗得清新透亮，精致地插在冰激凌里。我和他说起了电影《早春二月》。我说起第一次读柔石的小说时，我在读高二。那时，我们到北京南口果园挖坑种树，劳动之余，同学之间在偷偷传递着一本书页被揉得皱巴巴像牛嘴里嚼过一样的《二月》。书轮到我的手里，是半夜时分，我必须明天一早交给另一位守候的同学。老师还要在熄灯之后严加检查，我只好钻进被子里，打开手电筒，看了整整一夜。

他静静地听我说完，告诉我当时拍摄和后来批判《早春二月》时的许多事情。我问他萧涧秋是不是他自己觉得扮演的最重要也是最好的角色？他对我这样说：新中国成立以后，一直都在努力改变以往在屏幕上的形象，希望塑造工农兵的新形象，便拍摄了《渡江侦察记》和《永不消逝的电波》。但是在这之后，他一直渴望有新的突破，在塑造了工农兵的形象之外，能够塑造更吻合他自己本色与气质的知识分子的角色。终于等来这样一部《早春二月》，他非常兴奋，也非常看重。他说不仅他自己看重，就连夏衍先生也非常看重，特别在他的剧本中详细的批注和提示。没有料到，这样一部电影，付出了他极大的心血，却让他吃了不少苦头。那天的交谈，让他涌出许多回忆和感喟，颇有"别来沧海事，语罢暮天钟"的沧桑之感。

已经在威胁着我们的城市和我们自身的生存?

而这一切,塑料袋并非为原罪,是我们的手,充满欲望的手,毫无节制的手,让塑料袋越来越没有节制的泛滥,几乎无时无刻不在随时随地的尽情使用,然后又将它们弃之如履一样随手抛弃。塑料袋变成了我们日常生活不可缺少的一部分,渐渐磨出了老茧,甚至毒瘤一样,那样难以根除。塑料袋是我们自己埋下的种子,自然开出了惩罚我们自己的恶之花。

想起我母亲在世的时候,老太太上街买东西,都是拎着一个自己用布缝制的布袋,买东西脏了之后洗洗再用,那布不是我穿旧的衣服,就是家里没用的碎布头,属于废物利用。其实,在那个塑料袋还未时兴的年代里,人们一般买东西都是使用这样布袋,即使不用布袋,也会有足够的聪明力,想出其他的替代品,比如买肉用荷叶,买咸菜用油篓,买白薯用竹篮,买蔬菜用棉线织的网兜,买螃蟹用马莲拴成一串。

有一次,那还是在 80 年代的中期,塑料袋尚未普及,我买咸带鱼,卖鱼的用废报纸包着鱼,回家打开一看,包鱼的那张报纸上正印着那年我的一篇小说获得首届青年文学奖的感言,文章旁边还配发了一张我的照片。虽然那时我偶尔和咸带鱼为伴,但起码不像现在天天和塑料袋为伍。

2008 年 6 月于北京

圣塔米利翁的古城中小巷 潘维雅

St. Emillion.

阳光的三种用法

　　童年住在大院里，都是一些引车卖浆者流，生活不大富裕，日子各有各的过法。

　　冬天，屋子里冷，特别是晚上睡觉的时候，被窝里冰凉如铁，家里那时连个暖水袋都没有。母亲有主意，中午的时候，她把被子抱到院子里，晾到太阳底下。其实，这样的法子很古老，几乎各家都会这样做。有意思的是，母亲把被子从绳子上取下来，抱回屋里，赶紧就把被子叠好，铺成被窝状，留着晚上睡觉时我好钻进去，被子里就是暖呼呼的了，连被套的棉花味道都烤了出来，很香的感觉。母亲对我说："我这是把老阳儿叠起来了。"母亲一直用老家话，把太阳叫老阳儿。"阳儿"读成"爷儿"音。

　　从母亲那里，我总能够听到好多新词儿。把老阳儿叠起来，让我觉得新鲜。太阳也可以如卷尺或纸或布一样，能够折叠自如吗？在母亲那里，可以。阳光便能够从中午最热烈的时候，一直储存到晚上我钻进被窝里，温暖的气息和味道，让我感觉到阳光的另一种形态，如同母亲大手的抚摸，比暖水袋温馨许多。

　　街坊毕大妈，靠摆烟摊养活一家老小。她家门口有一口半人多高的大水缸。冬天用它来储存大白菜，夏天到来的时候，每天中午，她都要接满一缸自来水，骄阳似火，毒辣辣的照到下午，晒得缸里的水都有些烫手了。水能够溶解糖，溶解盐，水还能够溶解阳光，大概是童年时候我最大的发现了。溶解糖的水变甜，溶解盐的水变咸，溶解了阳光的水变暖，变得犹如母亲温暖的怀抱。

　　毕大妈的孩子多，黄昏，她家的孩子放学了，毕大妈把孩子们都叫过来，一个个排队洗澡，毕大妈用盆舀的就是缸里的水，正温乎，孩子们连玩带洗，大呼小叫，噼里啪啦的，溅起一盆的水花，个个演出一场哪吒闹海。那时候，各家都没有现在普及的热水器，洗澡一般都是用火烧热水，像毕大妈这样法子洗澡，在我们大院是独一份。母亲对我说："看人家毕大妈，把老阳儿煮在水里面了！"

我得佩服母亲用词儿的准确和生动，一个"煮"字，让太阳成了我们居家过日子必备的一种物件，柴米油盐酱醋茶，这开门七件事之后，还得加上一件，即母亲说的老阳儿。

真的，谁家都离不开柴米油盐酱醋茶，但是，谁家又离得开老阳儿呢？虽说如同清风朗月不用一文钱一样，老阳儿也不用花一分钱，对所有人都大方而且一视同仁，而柴米油盐酱醋茶却样样都得花买才行。但是，如母亲和毕大妈这样将阳光派上如此用法的人家，也不多。他们需要一点智慧和温暖的心，更需要在艰苦日子里磨炼出的一点儿本事，这叫作少花钱能办事，不花钱也能办事，阳光才能够成了居家过日子的一把好手，陪伴着母亲和毕大妈一起，让那些庸常而艰辛的琐碎日子变得有滋有味。

对于阳光，大人有大人的用法，我们小孩子也有小孩子的用法。我家的邻居唐家是个工程师，他家有个孩子，比我大两岁，很聪明，就算喜欢招猫逗狗，总爱别出心裁玩花活儿。有一次，他拿出他爸爸用的一个放大镜，招呼我过去看。放大镜我在学校里看见过，不知他拿它玩什么新花样。我走了过去，他在放大镜地下放一张白纸，用放大镜对着太阳，不一会儿，纸一点点变热，变焦，最后居然烧着了起来，腾地蹿起了火苗，旋风一般把整张白纸烧成灰烬。

又有一次，他拿着放大镜，撅着屁股，蹲在地上，对准一只蚂蚁，追着蚂蚁跑，一直等到太阳透过放大镜把那只蚂蚁照晕，爬不动，最后烧死为止。母亲看见了这一幕，回家对我说：老唐家这孩子心这么狠，小蚂蚁招他惹他了，这不是拿老阳儿当成火了吗？你以后少和他玩！

有一部电影叫作《女人比男人更凶残》。有时候，小孩比大人更心狠，小孩子家并不都是天真可爱。

2008 年 6 月于北京

对于我们这样的一代人，随历史浮沉跌宕之后，有些普通的词，便不再那么普通，而披戴上岁月的铠甲，比如老三届、红海洋、黑五类……早春二月，便是其中一个意味寻常的词。这个词不仅有我们的青春作背景，也有孙道临先生的演绎作依托。因此，我一直认为，萧涧秋是他扮演的最重要也是最好的角色，他不仅成为新中国电影史的一部分，也是中国知识分子心路历程的一部分。从某种程度而言，孙道临和萧涧秋互为镜像，有着内心深处的重叠。

我和孙道临先生往来不多，却有过通讯，作为晚辈，我常常得到他对我的关怀和鼓励，偶尔也透露着他的隐隐心曲。

1994 年 2 月，他寄给我两张照片留念，都是在 1993 年拍的，一张是 9 月在海南，一张是 5 月在新疆，他 72 岁的高龄骑在骆驼上跋涉戈壁滩。他在信中说："影事难题太多，1993 年，我不务正业，东奔西跑，倒也增加不少阅历，只是'心为物役'的感受越来越强了，也好，总要设法摆脱，让想象好好驰骋一番吧！"

1995 年 2 月，我寄给他两本我的新书，里面有那篇《母亲》。他写信对我说："再次读了你写的关于《母亲》的文章，仍然止不住流泪。也许是年纪大了些，反而'脆弱'了吧。总记得十七八岁时是要理智得多，竟不知哪个时候的自己是好些的。"

我之所以选出这样两节，是想说过去常讲的是老骥伏枥壮心不已，其实对于中国知识分子而言，老骥之时更需要的是对自己和历史清醒一点的检点和反思。孙道临先生对于我们的可贵，正在于他一直保持着一个艺术家对于自己和过去的历史与现世时代的反思和诘问，他的真诚才不止于一般的旨在澄心，而是持有那种赤子之心。这一点，我以为是和《早春二月》里的萧涧秋一脉相承的，或者说其中的矛盾彷徨自省与天问一般追寻，是有良知又有思想的艺术家的本质和天性。

如果不是意外的巧合，就一定是命中的注定，我和孙道临最后一次交谈是在十多年前的早春二月，窗外上海特有的法国梧桐悄悄地萌发着沁人心脾的新绿。如今，又一个早春二月来临了，孙道临先生，您在哪里？

2008 年 2 月 17 日写于北京

街上的树马上就要绿了 X F X

清新与湿润，都不仅是一个温度计所能够显示得了的。同暖气制造的温暖相比，阳光更像是母亲的拥抱、情人的抚摸、朋友的呵气如兰。在暖气和在阳光下，都会出汗，在暖气下的汗里面含有工业的元素，而在阳光下的汗里有着大自然和亲情的因子。

我也就明白了，为什么国外有那么多人热衷于到海边晒太阳、到街头的咖啡馆前的露天座椅上晒太阳；为什么北京的老头老太太特别愿意在胡同口挤在墙角晒太阳。过去说：清风朗月不用一文钱，这句话也应该把阳光包括在内，阳光和水一样是世界上最为平等民主的东西，它一视同仁，无论贫富贵贱，慷慨给予一切人以照耀和抚摸。记得我国过去有一则这样的寓言，地主在屋子里烤火冻得揣着手直跺脚，长工在屋外的阳光下干活却热得脱光了衣服还不住地出汗。阳光给予人们的温暖，是发乎天、止于心的温暖。

有几天，朋友请我到郊外小住，卧室和阳台有一道推拉门，阳台三面是玻璃窗，灿烂的阳光，一整天都可以从不同方位照射进来，金子般在玻璃窗上闪烁，在地板上跳跃。出门时，朋友把推拉门关上了，黄昏时回来，把推拉门打开，忽然一股热流如水一样从阳台涌进屋里。那是阳光，在阳台憋了一天的阳光出笼的鸟似的扑满整个房间。我才发现，阳光和水一样也可以储存，看不见的阳光，精灵一样能够立刻簇拥在你的身旁；握不住的阳光，水珠一样可以掬捧盈盈一手。太阳落山了，阳光却还温暖地留在房间里，恋人一般迟迟不肯离去。

我想起日本的一则童话，讲的是林子深处住着一个四岁叫夏子可爱的小姑娘，她有个奶奶，腿脚不好，天天待在家里出不了屋。冬天到了，屋里很冷，小姑娘跑到林子里，用围裙兜了一兜阳光跑回来给奶奶，跑得急了，刚进家门，摔了一跤，阳光洒了一地，没法给奶奶了，小姑娘哭了，对奶奶说：阳光都没了，没法给您了。奶奶对她说：阳光都跳在你的眼睛里了呀。

这则童话，是我二十多年前读过的了，却记忆犹新，就在于奶奶说的话让我感动。老奶奶说得多么好啊，阳光不仅是可以看见，可以储存，可以兜住，也是有情感有生命的，可以传递在你我之间。

有一天，晒着阳光的时候，我想起了这则美丽的童话，忽然想：如果小姑娘从林子里不是用衣服兜阳光，而是用衣服兜满一兜柴火，然后用柴火生火，会怎样呢？柴火点燃起的火苗，当然也可以让奶奶感到温暖，但是，还有阳光都跳在小姑娘的眼睛里的那种奇妙而美好的感觉吗?

没有了。童话也没有了。

2007 年 11 月 3 日于北京

阳光的感觉

自从今年年初腰伤之后，我像一株颓败的向日葵，开始对阳光格外敏感，可以说是整天追着阳光转。因为大夫嘱咐我要多晒阳光，每天晒一小时阳光，等于喝一袋牛奶，对于补钙极有益处，有助于腰伤的恢复。

我住医院的时候，病房的窗户朝南，能够下地了，我每天都要站在窗前，好像阳光早早就等在那里，和我有个约会，不见不散，一见倾心。出院了，我家的窗户几乎都没有朝阳的，我便每天早晨到家住的小区里的小花园，朝东的高楼遮挡住了太空，要耐心地等到九点钟以后，太阳才能够越出楼顶。我才好像突然发现，平日里司空见惯的阳光，原来是那么的珍贵，不是你想什么时候要它，它就能够如婢女一样随叫随到。城市的高楼无情地切割了太空，阳光不再如在田野里一样，可以无遮无拦，尽情挥洒。

冬天刚刚来临，暖气还没有来的时候，阳光就更加珍贵无比。那时候，我像一只投火的飞蛾，在小区里寻找着阳光飘落的地方。阳光如同顽皮的小孩子，东躲西藏，在楼群之间、在树枝之间，一闪一闪似的，稍纵即逝。在时钟的拨弄下，阳光就像瞬息万变的万花筒，跳跃着，和我捉迷藏，让我想起小时候玩过的一种游戏，小伙伴拿着一面镜子对着阳光照出的反光打在地上，我去用脚踩这个光斑，他便把镜子迅速地移动，比赛谁的速度更快。

终于，暖气来了，暖气流动中的房间，很快暖和了过来，温度解决了寒冷，却代替不了阳光。坐在房间里，和坐在阳光下的感觉完全不同，腰就是最敏感的显示器。现代化机器制造的温暖，如同格式化的打印文件，缺少了手写的流畅和亲切，就像尼龙布料和棉布的区别。我才体味到阳光含有大自然的气息，泥土和花草树木的呼吸和体温，都吸收进阳光里面，还有来自云层的草地花丛、鸟飞天际那摇曳的曲线。巴甫洛夫说动物都知道两点之间直线距离最短，其实两点之间动物跑出的从来不会是一条直线，雪地里看小狗踩出了那一串脚印，弯弯曲曲的，才如洒下一路细碎的花瓣一样漂亮。

去年，我在贝尔格莱德看一个现代艺术展，展览馆外先声夺人立着第一件展品，是在本来应该爬满花朵的花架里，塞满了一大堆缠绕在一起的铁丝网，乱麻一般的铁丝网的曲线肆意而充满饱满张力地纠葛冲撞着，花架成了想要约束它们却又约束不了它们的一幅画框。在这样尖锐的曲线面前，你可以想象许多，为它取好多个题目。

没错，曲线是上帝的，这个上帝属于自然、艺术和孩子，因为只有这三者最容易接近上帝。

2007 年 10 月 28 日于北京

阿尔勒的夕阳黄金千朵高清理

曲线是上帝的

星期天，我家来个小客人，是个只有四岁多一点的小男孩。大人们兴奋地在聊天，冷落了他，他显得很寂寞，大人们越来越高兴，他却噘着嘴越来越不高兴。我便和他一起玩，我问他你会画画吗？他冲我点点头。我拿来纸笔给他，他毫不犹豫，信心十足，上来大笔一挥，弯弯曲曲的线条占满了纸上上下下的空间，仿佛他在拿水龙头肆意喷洒，浇湿了花园里所有的地皮和他自己湿淋淋的一身。

他的家长拿过纸一看，责怪他：你这是瞎画的什么呀！我赶忙说：孩子画得不错。便帮孩子在纸的顶端弯弯的曲线之间画了一个小黑点，立刻，孩子兴奋地叫道：鸟！是的，孩子笔下看似乱七八糟的曲线，瞬间就活了似的，变成了一只抖动着漂亮大尾巴的鸟。是动物园里从来没有见过的鸟，是我们大人永远画不出来的鸟。

我相信任何一个孩子都是一个画家，他们笔下任意挥就的曲线，就是一幅充满童趣的画，我们在毕加索变形的和米罗抽象的画中，都能够找到孩子们挥洒的曲线的影子。比起直线来，曲线就有这样神奇的魔力和魅力，它将万千世界化繁为简，浓缩为随意弯曲的线条，有了柔韧的弹性和想象力。

所以，与毕加索和米罗是老乡的西班牙最著名的建筑家高迪曾经说过："直线是人为的，曲线是上帝的。"

曾经听说过曲线属于女人，却从来没有听说曲线属于上帝，在高迪的眼里，曲线如此的至高无上。现在，想想，高迪说的真有道理。大自然中，你见过有直线存在吗？常说笔直的大树，其实是夸张的形容，树干也是由些微的曲线构成，才真的好看，就更不用说起伏的山脉、蜿蜒的河流，或错落有致的

花布和苹果

开会时随手翻邻座带的一本书，看见有一首题名为《一块花布》的短诗，作者叫代薇，诗写得很有意思。她说如果你爱上一块花布，"还必须爱上日后：它褪掉的颜色，撕碎的声音。花布的一生，除了洗净和晾干，还有左边的灰尘，右边的抹布。"

我明白，花布就是人，而且应该是女人。花布颜色鲜艳的时候，正是女人沉鱼落雁、闭月羞花的最佳状态，一般容易讨得男人的爱。但当花布的颜色褪尽，在日复一日一次次的洗净晾干之后，最后落满灰尘，变成抹布的时候，男人还能不能坚持最初的爱，就难说了。随手把抹布抛进垃圾箱，然后另寻一块新的花布，是如今一些男人司空见惯的选择。

我想起童年住过的大院里，曾经有一对夫妇，男的是一位工程师，女的是一位中学老师。他们刚刚搬进大院来的时候，也就三十来岁，我还没有上小学，虽然懵懵懂懂不大懂事，但从全院街坊们齐刷刷惊艳的眼神中，看得出来女教师非常漂亮，男工程师英俊潇洒，属于那种天设一对地造一双的绝配，每天蝶双飞一样出入我们的大院，成为全院家长教育自己子女选择对象的课本。

那时候，最让全院街坊们羡慕而且叹为观止的是，女教师非常爱吃苹果。爱吃苹果并不是什么新奇的事，苹果谁不爱吃呀？关键是每次女的吃苹果的时候，男工程师都要坐在她的旁边亲自为她削苹果皮。削苹果皮，也不是什么新鲜的事，关键是每次削下的苹果皮，都是完完全全地连在一起，弯弯曲曲的从苹果上一圈圈地垂落下来，像是飘曳着一条长长的红丝带。这确实让街坊们惊讶。不仅惊讶男工程师削苹果皮的水平，也惊讶他有这样恒久的坚持，只要是削苹果，一定会出现这样红红的苹果皮长长不断的奇迹。每一次，街坊们从宽敞明亮的玻璃窗前看到这温馨的一幕时，总能够看到女的眼睛不是望着苹果，而是望着丈夫，静静地等待着，仿佛那是一场精彩的演出，最好总不落幕才好。街坊们总会说，这样漂亮的女人，就应该享受这样待遇。

我中学毕业的时候，这一对夫妇五十多岁了。那一年开春的时候，倒春寒，突然下了一场雪，雪后的街道上结了冰，女教师骑车到学校上课，躲一辆公共汽车，摔倒在冰面上，左腿摔断了骨头。一个来月以后，从医院里出来，腿上还打着石膏。是男工程师抱着她走进我们的大院，我们的大院很深，一路上，他们的身上便落有一院人的目光，和男工程师脸上淌满的汗珠一起闪闪发光。

那一年的夏天，她的腿还没有完全好，伤筋动骨一百天嘛，"文化大革命"来了，她教的那些中学生闯进我们的大院，硬是把她揪到学校去批斗。等她狼狈不堪地从学校回来，她的那条还没有伤愈的左腿坏得更厉害了。"文化大革命"结束了，她的腿彻底残疾了。每天再看到她的时候，都是丈夫搀扶着她出出进进。她一下子苍老得那样的厉害，当年漂亮的模样了，仿佛被风吹尽，再也看不出来了。

他们夫妇有两个孩子，都和我一样前后脚到农村插队，等他们和我一样从农村插队回到北京的时候，他们夫妇已经是快七十的人了。那时，她已经患上了肝癌，她和她的那两个孩子都还不知道，知道的只有她的丈夫。

那时候，北京城里的苹果只有到秋天苹果上市时才能够买到。而且，那时也没有现在红星、富士或美国蛇果那样多的品种，只有国光和红香蕉。每年秋天苹果上市的时候，我们常常看到她家玻璃窗前那熟悉的一幕，男工程师为她削苹果，她瘦削得有些脱形，还是如以前那样静静地坐在旁边，望着自己的丈夫。只有这一幕重复的场景，仿佛时光倒流，让街坊们又能够想起当年她那年轻漂亮的模样。可谁知道她已经是病入膏肓的人了呢？

细心的街坊看出，男工程师削的苹果，一定是红香蕉，这没有什么可奇怪的，这种苹果比国光的个儿大，颜色红，口感也甜，而且果肉比较绵软，适合老年人的牙口。男的手已经有些颤抖，这也没有什么可奇怪的，这是人老的原因。让人们奇怪的是，这么多年过去了，男的一直坚持给女的削苹果，更让人们奇怪的是，削下的苹果皮居然还是完完全全地连在一起，弯弯曲曲的从苹果上一圈圈地垂落下来，像是飘曳着一条长长的红丝带。

女教师走得很安详，按照我国传统讲究的五福，即寿、富、康、德和善终，她的一生虽然算不上富贵、健康，也说不上长寿，却是占了德和善终两样，应该算是福气之人。送葬的那天，她以前在中学里曾经教过的很多学生来到她家里，向她的遗照鞠躬致哀，有的学生甚至掉了眼泪。那天，我也去了她家，看见她的遗照前摆着两盘苹果，每盘四个，每个都削了皮，那皮都还是完完全全地连在一起，摆放在苹果的旁边，垂落下来，像是飘曳着一道道挽联。

因为读到了《一块花布》这首诗，让我想起了这段往事。

花布的一生，有簇新鲜艳的时候，也有颜色褪尽和声音撕碎的时候，也有在日常琐碎的日子里一次次的洗净晾干之后，最后落满灰尘，变成抹布的时候。爱上花布是容易的，始终如一爱花布的一生，如同始终如一能够为自己的爱人削苹果，而且把苹果皮削得一直都完完全全地连在一起，是不容易的。

想起这样的苹果，对照着《一块花布》这首诗，让我感到，对于爱情和人生，花布从鲜艳的布料到抹布的一生，如果像是散文，象征着现实主义的话；那么，苹果始终如一能够将皮削成一条长长不断线的红丝带，则像是诗，象征着浪漫主义了。我们需要向花布示爱，更需要向苹果致敬。

2007 年 6 月 7 日于北京

以诗代药

好多年以来，闲来无事，或心绪不宁，我爱随手翻看一本书，总能开卷有益。真的是打开一本书，仿佛打开了一个灵魂一样，那里面有超拔人生的万全良药。

一套八本的《剑南诗稿校注》，钱仲联先生校注，陆游一生85卷"剑南诗稿"近万首诗，都囊括其中了。想当初，厚厚一套八本书，还是精装，才花了40元零3角钱，如今还能够上哪里找得到如此便宜的陆放翁？

是那天晚上，我和儿子一起在北京灯市口的一家书店买的，当时书店就要打烊，门板都已经装好，就等着我们交款。那时，儿子才刚刚读初二，如今，整整十年逝去，诗稿健在，放翁不老，真的是流年似水，人生如梦。

我读放翁，犹如占卜，只是随手拿出这套书中的任何一本，随便翻开任何一页，试探着有没有碰撞佳句的意外邂逅。还真是怪了，总会有一种"片云借得一天秋"的感觉，便也总会有一种"一窗新绿鸟相呼"的欣喜，放翁自己曾经拥有的那种"一曲忽闻高士笛，临窗和以读书声"的意境，便也总能和我相逢。

不说别的，单挑一些七言——

万里关河归梦想，千年王霸等棋枰。

——对人生、对历史的感喟时，它是一剂解药。

伤心桥下春波绿，曾是惊鸿照影来。

——对往事、对情感的伤怀时，它是一副散丹。

兴来尚能气吞酒，诗成不觉泪渍笔。

——看看人家如何对待自己手中的笔和笔下的文字的，它便可以是自己的六味地黄。

　　宦情已尽诗情在，世味无余睡味长。

　　——如此洒脱的超尘拔俗，它便可以是通宣理肺。

　　拍却浮名方自喜，一生尽是伴人忙。

　　——如此大梦初醒的清醒，它能够成为羚翘解毒。

　　闭门便造桃源境，心常无事气常全。

　　——要想在如今喧嚣的世界中创造这样的境界，需服用这样的藿香正气。

　　入门明月才堪友，满榻清风不用钱。

　　——要想于浮华的现今还能够拥有这样的情致，需服用这样的参苓白术。

　　正欲清谈逢客至，偶思小饮报花开。

　　——这是我们的益母草膏。

　　江东好处得新句，风月佳时逢故人。

　　——这是我们的十全大补。

　　狐妖从汝作人立，金价在吾如土轻。

　　——面对如今的物质和精神的魅惑，它是一剂刺五加和清宁丸。

　　有酒一樽聊自适，藏书万卷未为贫。

　　——传统的气质，传统的姿态，如今虽是老照片中的怀旧或不屑一顾中的一瞥。安贫气全，却可以是我们的养血安神、补中益气和龟灵散。

　　一年又一年，就这样过去了。重复着陆放翁的岁月，却重复不了他的诗意，我才越发地明白，在强悍的岁月面前，诗意的脆弱，以及一个人的渺小。放翁还有这样的诗："客过论渔具，僧来说药方。"不管怎么说，对于我，放翁就是这样的高僧，他的诗句就是这样绝好又别致的药方。

2007 年 1 月 7 日

雪被城市带坏了

如今，地球普遍变暖变旱，冬天里的雪已经越来越稀罕。特别是在城里，难得飘落下来一场雪，如同难得见到一位真正清纯可人的美人一样了。

城市的雪，从入冬以来就一直在期盼中。在我居住的北京，仿佛要和春天里的沙尘暴有意做着强烈的对比，沙尘暴不请自到，而且次数频繁的光临，并不受城市的欢迎，但是，受欢迎的雪却在冬天里总是姗姗来迟，像是一位难产的高龄孕妇。

以往的日子里，最耐不住性子的是渴望下雪天能够堆雪人打雪仗的孩子；如今，最焦灼不堪的是城边的滑雪场，总也等不来雪，只好先急不可耐地鼓动起人工造雪机，将人造的雪花纷纷扬扬地吹了出来，那只不过是冬天的赝品。

隆冬时分，城市的雪，终于在期盼中飘洒下来，但是，这种随着雪花纷纷飘来的喜悦很快就会消失，不用多久，雪便不再受欢迎，仿佛约会前的憧憬在见面的瞬间便顷刻扫兴地坍塌。雪落在树木上，再不会有玉树琼枝；雪落在房檐上，再不会有晶莹的曲线；雪落在院子里，再不会有绒绒的地毯和小狗跑在上面踩出的花瓣一样的脚印；雪落在马路上，很快被洒满盐的融雪剂覆盖，立刻化成了一滩滩黑乎乎泥泞的雪水。据说，这样的化后的雪水，渗进街边的树根，能够让树都枯萎死掉。城市的雪，成了路面花草的敌人。

那种纷纷扬扬，飘飘洒洒，小精灵一样，跳着轻巧细碎的足尖芭蕾的晶莹雪花；那种覆盖在地上，毛茸茸的，嫩草一样，像是从地上长出来的神奇的童话的晶莹雪花，已经是再难见到了。

也很难见到雪人，即使偶尔见到了雪人，也是脏兮兮的。城市污染的空气、汽车的尾气、制热空调机喷出的废气，一起尽情地把雪人的脸和全身涂抹得尘垢遍体，如同衣衫褴褛的弃儿，再没有原先那种洁白可爱。去年冬天，北京下了一场雪，我在街头见到一个雪人，上午刚刚见到时，它还高高大大，插着胡萝卜的鼻子和橘子的眼睛，格外鲜艳夺目，没到中午，它已经脏成一团，附近餐馆倒出的污水，无情地将它浇头灌顶，把它当成了污水桶。那天，我特意到天坛公园转了一圈，偌大的公园里，只看到一个雪人，小得如同一个布娃娃。公园并不能够为它遮挡污染，它一样脏兮兮的，只有头顶上盖着一个肯德基盛炸鸡块的小盒子，权且当一顶帽子，闪烁着带有油渍渍的色彩，像是故意给雪做的一个黑色幽默。

城市的雪，再不是大自然送来的冬天的礼物，而成了并不受欢迎的客人，成了城市污浊的乞儿，成了 pH 试纸一样测试城市污染的显形器。

其实，雪是无辜的，雪到了城市，没有得到娇惯和恩宠，相反被城市带坏了。雪的本色应该是洁白晶莹可爱的，却这样一次次地受到了伤害。

我想起俄罗斯的作家普里什文曾经写过的《星星般的初雪》，他说："雪花仿佛是从星星上飘下来的，它们落在地上，也像星星一般烁亮。"他又说："今天来到莫斯科，一眼发现马路上也有星星一般的初雪，而且那样轻，麻雀落在上面，一会儿又飞起的时候，它的翅膀上便飘下一大堆星星来。"

只是，如今的城市，无论莫斯科还是北京，再不会有这样星星般的雪花了，再也不会有雪中飞起的麻雀翅膀上飘下一大堆星星的景象了。我想起前几年的初春到莫斯科，前一天下的雪刚化，无论红场还是普希金广场，无论加里宁大街还是阿尔巴特小街，都是一样的泥泞一片，黑乎乎的雪水，几乎是雪花在城市卸妆之后唯一的模样，处处雷同，走路都要提起裤腿，小心别踩到上面。

三十多年前，在北大荒插队的时候，我倒是见过一种叫雪雀的鸟，特别爱在冬天下雪的日子里出来，叽叽喳喳地飞起飞落，格外活跃。它们和麻雀一样大小，浑身上下的羽毛和雪花一样的白，大概是长年洁白的雪帮助它的一种变异，环境的力量有时强大得超乎想象。心里暗想，今天这种雪雀要是飞进城市，也得随雪花一起再变异回去，羽毛重新变成褐色，甚至乌鸦一样的黑色。

雪花的洁白，不在冬天里，只能在梦里、童话里，和普里什文文字带给我们的想象里。

2007 年 1 月 8 日于北京

Princeton 电容书店

铁板的呼吸

铅灰色的墙，铁锈红四围的顶和一抹感叹号的外饰，和那天阴沉沉的天，是那样的匹配。冬日的风吹得也是那样的适时适地，料峭而凛人。狭窄的门内，是一道弯曲的走廊，内墙全部都是由长方形的铁板一块块砌成，铆上的钉眼看得很明显，如同一颗颗明亮的黑眸。铁板墙上挂满了战俘的照片，是那场抗日战争中被日军俘虏去的中国军人，发黄的照片，褐色的镜框，沉淀着逝去了半个多世纪的日子。

在世界上，我从来没有见过一座战俘纪念馆。我也从来没有见过全部用铁板建成的一座纪念馆。似乎只有用这样沉甸甸的铁板，才能够托得起沉甸甸的历史和亡魂。走在窄窄的走廊里，两旁战俘的照片投射下来的目光，和两旁的铁板一样沉重，但绝对不是压抑。因为地板也全部由铁板铺就，只有间或铺成的玻璃砖下，看得见下面的日本侵略者的钢盔被地灯照亮，侵略者已经被我们踩在了脚下。

特别是看到这样的照片，比如刘启雄将军的照片，在那场震惊世界的南京大屠杀中，他是日军捕获的中国最高将领。军大衣的领子高高竖立着，剑眉高挑，目光如炬，不像是战俘，倒像是在凛然地审判着侵略者。

还有那张成本华的照片，一位战斗到最后一刻被捕的女兵，看得见她的身后是一排日本兵，虽然看不见，她的面前也应该有一排日本兵，她那样的潇洒，扣袢的中式棉袄蜈蚣襻紧紧扣到了领口，腰间系着武装皮带。她双手抱在胸前，眼睛和嘴角都含有微微的笑意。那笑意是对生死的度外，是对敌人的蔑视。

还有那张照片，一个不知名的十三四岁的少年军人，子弹袋、军号和军用水壶都还挎在身上，逆光的脸庞上，呈现出的不屈的神情。稚气未脱的孩子，笔直立定站在那里，定格在苍茫的历史中。

……

一种从未有过的感动，冲击在我的胸口。解说员告诉我，被俘到日本的战俘，90.97％最后都死在了日本。在那战火纷飞的血腥战场上，牺牲的是烈士，生还的是英雄，被俘的呢？ 多少年来，他们和他们的亲人，一直饱受着别人所无法理解的痛苦和屈辱。其实，只要没有变节，他们一样是英雄，为了把侵略者赶出我们的国土，他们一样是胜利的奠基者，他们不仅用自己肉体的生命，更用自己的屈辱的灵魂，为我们和平的今天铺平了道路。

这样的照片，布满整个纪念馆，或挂在墙上，或矗立在地上，或陈列在玻璃柜中，或悬挂在墙顶。它们如同群鸟，密集如云，用自己的羽翼遮挡住天空中的风雨，给我们的今天一片荫凉和安宁。

走在这样的纪念馆中，他们的目光无处不在，会从任何一个缝隙中，穿透悠长而容易被我们遗忘的日子，投射到我的脸上和身上，无语话沧桑，似乎他们每一个人时时都能够从照片中跳出来，感怀思报国，拔剑起蒿莱。这时候，你真的能够感受到，纪念馆中紧紧包围在你四周的铁板那含有温热的呼吸。真的能够听到，怦怦的，让你和它们一起心跳如鼓。

这些照片全部是一位叫作樊建川的中国人到日本收集来的。他抛撒了大量的金钱，耗费了20余年的时间，滴水石穿。据说，有一次他买回了一批照片，从日本回国，海关的人很奇怪，带着这么多箱子里究竟藏有什么，非要拆箱检查，他们看到了是这样的照片，不禁肃然起敬。他用时间更用良知，建了这座战俘纪念馆，他让一直尘埋网封的这样一段特殊的历史，他让这样一个个不屈的生命和灵魂，没有被风干，没有被遗忘，而是真实又充满敬意富于生命感地走到我们的面前。

走出纪念馆，紧靠着的是一池清水潭，被称为静心池，开阔的天空和沉郁的铁板都映在池水中，仿佛故意用这一池碧水清波和四周的铁板作刚柔相济的衬托，它让我的心有了沉静融化的地方，它让那些不死的灵魂有了归来安栖的抚摸。

这个纪念馆在四川的安仁镇，离成都大约四十公里。我告诉自己要记住这个地方，也告诉我的朋友，四川不仅有峨眉九寨或杜甫草堂或武侯祠堂，还有这样一座用铁板建成的战俘纪念馆。

2006 年 12 月 8 日成都归来

圣米歇尔山口的城门

黄颐〈一〉

北京的树

　　老北京以前胡同和大街上没有树，清诗里说：前门辇路黄沙软，绿杨垂柳马缨花。那样的情况是极个别的。北京有了街树，应该是民国初期朱启钤当政时引进了德国槐之后的事情。那之前，四合院里是讲究种树的，大的院子里，可以种枣树、槐树、榆树、紫白丁香或西府海棠，再小的院子里，一般也要有一棵石榴树，老北京有民谚：天棚鱼缸石榴树，先生肥狗胖丫头。这是老北京四合院里必不可少的硬件。但是，老北京的院子里，是不会种松树柏树的，认为那是坟地里的树；也不会种柳树或杨树，认为杨柳不成材。所以，如果现在你到了四合院里看见这几类树，都是后栽上的，年头不会太长。

　　如今，到北京来，在南半截胡同的绍兴会馆里，还能够看到当年鲁迅先生住的补树书屋前那棵老槐树。那时，鲁迅写东西写累了，常摇着蒲扇到那棵槐树下乘凉，"从密叶缝里看那一点一点的青天，晚出的槐蚕又每每冰冷落在头颈上"（《呐喊》自序）。那棵槐树现在还是虬干苍劲，枝叶参天，起码有一百多岁了，比鲁迅先生活得时间长。

　　在上斜街金井胡同的吴兴会馆里，还能够看到当年沈家本先生住在这里就有的那棵老皂荚树，两人怀抱才抱得过来，真粗。树皮皴裂如沟壑纵横，枝干遒劲似龙蛇腾空而舞的样子，让人想起沈家本本人，这位清末维新变法中的修吏大臣，我们法学的奠基者的形象，和这棵皂荚树的形象是那样的吻合。据说，在整个北京城，这是屈指可数最粗最老的皂荚树之一。

　　在陕西巷的榆树大院，还能够看到一棵老榆树。当年，赛金花盖的怡香院，就在这棵老榆树前面，就是陈宗藩在《燕都丛考》里说"自石头胡同西曰陕西巷，光绪庚子时，名妓赛金花张艳帜于是"的地方。之所以叫榆树大院，就因为有这棵老榆树，现在，站在当年赛金花住的房子的后窗前，还可以清晰地看到那榆树满树的绿叶葱茏，比赛金花青春常在，仪态万千。

但是，说老实话，给我印象最深的，还都不是上述的那些树，而是一棵杜梨树。

两年多前，我是在紧靠着前门的长巷上头条的湖北会馆里，看到的这棵杜梨树，枝叶参天，高出院墙好多，密密的叶子摇晃着天空浮起一片浓郁的绿云。虽然，在它的四周盖起了好多小厨房，本来轩豁的院子显得很狭窄，但人们还是给它留下了足够宽敞的空间。我知道，人口的膨胀，住房的困难，好多院子的那些好树和老树，都被无奈地砍掉，盖起了房子。刘恒的小说《贫嘴张大民的幸福生活》，被改成电影，英文的名字叫作《屋子里的树》，是讲没有舍得把院子的树砍掉，但盖房子时把树盖进房子里面了。因此，可以看出湖北会馆里的人们没有把这棵杜梨树砍掉盖房子，是很不容易的事情，也是值得尊敬的事情。

那天，很巧，从杜梨树前的一间小屋里，走出来一位老太太，正是种这棵杜梨树的主人。她告诉我已经 87 岁，十几岁搬进这院子来的时候，她种下了这棵杜梨树。也就是说，这棵杜梨树有将近八十年的历史了。

一年前的冬天，我旧地重游，那里要修一条宽阔的马路，湖北会馆成了一片瓦砾，但那棵杜梨树还在，清癯的枯枝，孤零零地摇曳在寒风中。虽多少有些凄凉，但毕竟还在。我想起了俄罗斯的作家写过的一篇小说，说一座城市修路，中间遇到一棵老树，于是这座城市的领导和专家一起讨论，要不要为了路把树砍掉？最后，为了树，路绕了一个弯。心里为这棵杜梨树庆幸，也许为了它，新修的马路也会绕了一个弯。

前不久，我又去了一趟那里，马路已经快修平展了，但那棵杜梨树却没有了。

2006 年 11 月 14 日于北京

北大荒的教育诗

　　重返北大荒，农场的场部，建起了许多新房子，我已经分辨不出来原来学校的位置应该在什么地方了。场长把我带到离场部很远的一条路边，雨后的路翻浆翻得很厉害，两道车辙很深，弯弯曲曲地伸向前方，前方是一片绿荫蒙蒙，在阳光下闪着迷离的光，像是《绿野仙踪》里某些场景。场长指指那片一团绿色的地方，对我说：那里就是原来学校的地方。

　　原来的学校在场部工程队的后面，是一个四方形的校园，没有围墙，四面都是房子，天然围成了一个开放型的校区。我就在靠西的那一排房子中的一间教师里教高二一个班的语文。在这所学校里，我做的最得意的事情，是在班上成立了一个文学小组。最初，我组织这个文学小组一个主要目的，是当时班上的一个男学生非常调皮，上课时候他捣乱，我批评他，他坐在靠窗的座位上，不高兴了，翻身一越，从窗户跳到外面，你追到教室外的时候，他早跑没影儿了。我让他当我语文课的科代表，然后当文学小组的组长，每次活动的时候，负责招呼同学。我希望引起他对语文的兴趣，树立起学习的信心。我发现当上了这个科代表和小组长之后，他比班上别的干部还要负责，大小事，都是他张罗，拎着鸡毛当令箭，像那么回事似的。开始参加小组活动的人有十几个，后来到二十多个，全班一半以上的同学都参加了，不能不说是当时学校的一大新闻。

　　那时，还没有电视，晚上的文化活动很少，他们并不清楚文学小组究竟是干什么的，只是当成了一种玩，无形中让寂寞的晚上多了一些调剂的内容。

　　那时，他们是多么的小，而我还算得上年轻。我的科代表记得最多也最清楚的，是有一天晚上忽然下起了暴雨，我还是先到教室里来了，但望着窗外的暴雨如注，雷电闪动，心里对这晚上的文学小组的活动不抱什么希望了。这么大的雨，通往学校的路都是泥路，早都陷得坑坑洼洼的泥泞一片了，而且没有一盏路灯，黑漆漆的吓人。即使孩子想来，家长也不让来了呀。可是，同学们竟然还是来了，最早来的是我的科代表。他说当时你坐在讲台桌上——我想起来了，我是坐在讲台桌上，当我看到我的科代表披着一件厚厚的军用大雨衣，打着手电筒，出现在教室门口的时候，我高兴得一下子从讲台桌上蹦到了地上。没过多大一会儿，同学们都打着伞的打着伞，穿着雨衣的穿着雨衣，陆陆续续地来齐了。手电筒在暴雨中忽闪忽闪的，让那个夏天暴雨的夜晚充满暖意。

当时，你对我们说，这暴雨中的手电光，就是诗。我的科代表现在还清晰地记得，他这样对我说。他说得没错，或者说我当时说得没错，那就是诗。那是属于他们的诗，也是属于我的教育诗。

他还对我说：还有一天晚上，场部里演露天电影，就在工程队的院子里，离学校很近，能够从我们教室的窗户里看到那里银幕上的闪动，听见电影里的声音。那天晚上我们文学小组活动，没有一个同学去看电影，相反，后来我们的活动倒把好多看电影的人吸引了过来，跑到教室里听你讲诗。

这件事情，我倒是真忘得一干二净了。真的吗？我有些不相信。

但他肯定地说：保证没有错。我记得特别的清楚，那天晚上演的是罗马尼亚的电影《多瑙河之波》。

许多往事，自己早已经忘记，沉睡在过去的阴影里，往往是别人的回忆把它们唤醒，别人的回忆像光一样照亮它们，也照亮自己的回忆，它们才会这样像鱼一样游来游去，游到我的面前，带来过去年月里水花的湿润，水草的腥味，还有那时的星光月色映照在水面上的粼粼闪光。

我真的非常怀念我在学校的那段日子，怀念那个暴雨如注的夜晚，怀念那个演罗马尼亚电影《多瑙河之波》的夜晚，怀念所有那些个有星星还是没有星星有风雪还是没有风雪的夜晚。当我站在这个翻浆的路口，望着那片绿茵蒙蒙的时候，那些个夜晚，又开始一一出现了，像是春天的地气一样，在遥远的地平线上袅袅地升起来，弥漫在我的身旁，让我想起了那些个夜晚是那样的真实，可触可摸，含温带热，甚至能够感受到它们涌动的气息，春天水泡子里冒出的气泡似的，汩汩地涌到身边，温馨而动人。

2006 年 10 月 25 日改毕于北京

街上连狗的目光都变了

　　如今，走在街上，你会发现，来来往往的人们的目光，和以前大不一样。低头匆匆忙忙赶路的，他们的目光只停留在眼前的路上，那目光几乎是呆滞的。拇指一族打手机或发送短信的，他们的目光只停留在小小的手机上，那目光有时可以是旁若无人的，却几乎是隐晦的。也有一脸官司的，让你不敢和他那恼怒的目光相遇。也有满面狐疑的，让你看着他的目光感到恍惚。也有不少目光散失了焦点，如同没有缰绳的马四处散逛。但是，看风景的很少，不少目光却是鬼鬼祟祟的，让你遇到他的目光，赶紧捂住自己的腰包，加快了自己的脚步。所以，前不久北京的公安部门劝告市民，当有人向你问路的时候，一定要和问路的陌生人保持距离，以防意外。

　　不管是宽阔的大街，还是偏僻而人少的小街，人们的目光越来越冷漠，越来越惶惑，越来越可疑。哪怕是最天真的孩子，遇到陌生人的目光，即使不像惊飞的小鸟一样立刻避开这样的目光，也会警惕地紧紧地拉住父母的手。

　　当然，大街上也常会看到热辣辣的目光，一般是男人投射到漂亮的女人身上，或者是女人投射在帅小伙或所谓成功人士的身上，但那更多的并不是真正爱情意义的目光，更多的则是欲望毫无遮拦的宣泄。含羞半敛眉，眼媚双波溜，是千载难逢，很难一遇了。彼此可以金是衣裳玉是身，却难是眼如秋水目如霜了。

　　在夜晚，由于城市的污染和高楼的林立，已经很难看到瓦蓝色的夜空和夜空中的星星了。天阶夜色凉如水，卧看牵牛织女星，那种和夜色一样清澈的目光，也很难看到了。灿烂的霓虹灯和街灯，以及一街扑朔迷离的车灯闪烁，彻底替代了夜空的银河，我们的目光可以在相书上轻而易举地找到自己的星座，却再也看不到北斗七星倒转斗柄的奇迹了。我们的目光便如一盏酒杯，只盛下了满眼扑来的灯红酒绿。

在书中，我们的目光也变得近视，乃至猥琐，甚至攫取式的贪婪。我们的目光已经很难和安徒生格林兄弟的童话相遇，也很难和莎士比亚或易卜生的戏剧相遇。如果不是为了应付考试，大概也不会和我们的唐诗宋词握手言欢；如果不是为了选秀，大概也不会和《红楼梦》相见甚欢。我们的目光更多地投入到了考试的辅导教材，投入到怎么学开车怎么玩股票怎么发财怎么升官怎么应对老板的书的上面。我们渴望捷径渴望暴发渴望一夜成名，我们的目光便很难再相信童话会出现在眼前，莎士比亚的戏剧，也被我们改造成了《夜宴》式的淋漓尽致的欲望的展示。而《红楼梦》当然可以成为我们娱乐节目的一种，就像大观园可以成为我们尽情游玩的公园一样。

在交往中，我们的目光变得越来越矜持，越来越彬彬有礼，越来越有日本味儿和西洋范儿，却也越来越程式化、格式化，甚至透露着虚伪。就像罗大佑在歌里面唱的："人们变得越来越有礼貌，可见面的机会却越来越少；苹果的价钱卖得比以前高，可味道不见得比以前的好。"

缺少了天真和真诚，连街上的狗的目光，也变得小心翼翼，格外警惕了。如果它想撒尿，都要四处看看，然后跑到树下或汽车的车轮旁，跷起了后腿；如果它见到你迎面走来，它会格外的害怕和警觉，悄悄地躲在主人的身后。即使是被称为"都市忧郁的诗人"的猫，那曾经拥有的忧郁的目光，也变得鬼鬼祟祟，猥猥琐琐的了。它们见到了生人，很少再如以前一样，"喵呜——"吟唱出忧郁的诗句，而是立刻跳上房檐，回眸一望，却不是百媚生，而是和我们一样隔膜、狐疑乃至警惕的目光扑闪着。

2006年10月10日于北京

腾冲，腾冲

在云南，地名的意思很不一样，同处滇西，瑞丽这个地名，山清水秀，亭亭玉立，显得女性味道十足；而腾冲，则明显的男性味道，一股子水浪火焰腾空而起的气势，让人想起族人的那种高可触天的图腾柱。

我对腾冲向往已久，一直想看看屹立在那里的远东军第20集团军抗日阵亡将士纪念塔，和塔下面的烈士陵园。虽去云南多次，却一直没能够如愿。今年冬天，终于来到腾冲，坐在车上，从瑞丽驶向腾冲的途中，刚刚爬上高黎贡山，便看到云雾缭绕中群峰环抱，每一座山峰都像是虎踞龙盘，绵延起伏的阵势，就像一排排手挽手的赤裸着健壮胸膛的男人，静若处子，却随时都可以动如蛟龙，腾空而起。心里想，腾冲就应该是这个样子的，不是瑞丽的那种凤尾竹的秀丽，或是丽江的那种小桥流水的精致。

到达腾冲，第一站就直奔烈士陵园，现在叫国殇墓园。这是抗战胜利之后由辛亥革命老人、滇军抗战名将李根源先生力主修建而成的墓园，"国殇墓园"四个遒劲的隶书大字，也是李老先生题写的，就镌刻在门楣之上。牌楼式样的门是新装修过的，不大，因又是在街巷里面，并不怎么显眼。但是，走进里面，却是格外的壮观，整整的一座山，都是烈士冢，从山脚一直到山顶，布满一排排烈士的墓碑，每一块碑上刻着烈士的名字和军衔，简捷干净得如同一首荡气回肠的绝句。风霜剥蚀，墓碑残破斑驳，被苔藓浸透，字迹却依然那样的清晰，刀凿斧刻，每一道笔画，都浸透着方刚的血气，都迸发出心底的呼声，都有一段碧血丹心的故事。一路拾级而上，一路的墓碑像行注目礼一样紧紧地跟随着你，铺铺排排，整齐的方阵，黑色的浪一样，由远到近，无声却极其有韵律地起伏着，蔓延在你的脚下，激荡在你的心里。看着碑上那些雕刻着中士下士上尉少校的字迹，像是一幕幕画卷轰然展开，像是这些中士下士上尉少校还是按照当年作战的序列一样，整齐列队，手握刀枪，半跪着掩映在丛林草莽之中，在听候进攻的号角，随时都可以冲出来，腾空而越，一片呐喊，杀进血泊之中。你能够感觉到每一块墓碑上面都睁大一双血红的眼睛，在注视着你，在注视着前方。

因为到达这里已经黄昏，天色晚了，残留的晚霞也被树林所遮挡，烈士冢前一片森然，天光被蓊郁的枝叶滤下，像下着蒙蒙的细雨，萋萋芳草摇曳的山坡上，有一种湿漉漉的感觉，总觉得墓碑像是被水浸泡过一样，仿佛沉船刚刚被打捞上来，让你想蹲下来为它们擦拭。松风谡谡，吹得我的心头弥漫起哀婉却又深沉的乐声，像是一曲安魂曲，又像是一支肃穆悠长的弥撒，忍不住垂下头，强忍着没有落下泪来。这里埋葬着腾冲战役奋斗了42昼夜里牺牲的3346名将士（其中包括两位少将）的尸骨啊，在那场收复腾冲城的惊心动魄的战斗中，全腾冲的人同仇敌忾，敲着各家的洗脸盆为他们助阵。激烈的巷战，刀光剑影，血流成河，我们付出了9168名将士的性命，却将6000多敌人全部歼灭。面对日本侵略者，中国人视死如归的英雄血气，在腾冲得到最淋漓尽致的体现。尽管腾冲全城毁于战火之中，两万多间房屋成了一片焦土，所有的树木都被炸倒烧毁，腾冲却是火中涅槃的凤凰一样，挺立在世人的面前。腾冲，配得上这样雄姿勃发的名字。

爬上山顶，矗立着一块玄色的方尖碑，上面写着"远东军第二十集团军克复腾冲阵亡将士纪念塔"。这不是用花岗岩、大理石或汉白玉，而是用一整块火山岩石雕刻而成的，整座烈士冢，就是一座小火山，腾冲，地处火山地带，冷却的火山的岩浆深处，成了烈士的归宿，当初喷发的炽热岩浆，曾经是烈士的一腔热血，烈士冢选择了好地方，火山是他们形象与心灵最好的写照，是他们死去的灵魂最好的外化和寄托。地热与心热，一起温暖到现在，让我们任何一个中国人到这里来，都会忍不住血流加速。熄灭了曾经冲天的火焰，储存在煤层一样，把每一寸悲壮的记忆铭刻在山里面，只要一星火苗，立刻能够把整座火山重新点燃。

走下山来，是忠烈祠，门额是于右任题写。祠堂前的山石上，有蒋介石题、李根源书的"碧血千秋"四个苍劲大字。祠堂内的四壁墙上都满满地镶嵌着石碑，一共76块，石碑上雕刻着全部阵亡的9168位烈士的名字。由于是到了闭馆的时间，祠堂里除了我，没有一个人，我可以细细地仰望着那每一位烈士的名字，想象着他们当时的样子，想象着如果活到今天他们的情景。每一位都是那样陌生，又是那样的熟悉，那样的亲近。我忽然发现墙上有些石碑是凋残的，有些名字已经没有了，或者是残缺了。值得庆幸的是，毕竟忠烈祠整体保护了下来，毕竟烈士冢上那3346块烈士碑都保护了下来，即使它们都被破坏了，整座烈士冢的火山还在，是搬不动的，是毁灭不掉的，这座火山，是烈士的忠魂，是正义的化身，也是世道人心。

暮色四合，祠堂里的光线愈来愈黯淡，一切恍若梦中一般，心里暗想，如果这时候，这些烈士突然复活，重新出现在我的面前，该是一种什么样的情景？眼前的一切，是他们希望的那样的吗？是他们想象的那样的吗？我们所做的一切，对得起他们的一腔热血，壮烈牺牲吗？我们为什么要在他们的尸骨埋藏之后，还要在他们的英魂前抠掉他们的名字，毁坏他们的碑石呢？望着那残缺的碑石上他们模糊的名字，我到底还是没有忍住眼泪，软弱地滴落在空旷无人的角落。

最后参观完展览室，走出烈士陵园，腾冲的朋友告诉我这样一件事情，当年克复腾冲的战役打得正激烈，一位战地记者拿着好几卷胶卷，到腾冲当时唯一的一家照相馆冲洗，照相馆的老板冲洗完之后一看，全部都是战火纷飞的场面，有的就是人面对着人，刺刀对着刺刀呀，他赶紧连夜又冲洗一套，整整96张照片，一直保存到新中国成立以后，到了"文化大革命"，因为照片上拍照的都是国民党的第二十集团军，生怕出事，就埋在他家的地底下。就这么着，把这96张照片保存了六十来年，要不现在展览室里都找不到那么多珍贵的照片了。

我打听了一下，这位照相馆的老板姓张。正义，是毁灭不掉的；英雄，是无法从人民心头抹去的。这就是世道人心，这就是正义，这就是英雄，这就是腾冲。

华灯初放，我仍忍不住回头寻找刚刚拜谒过的烈士陵园，它在夜空中的哪个位置上？整座腾冲城淹没在璀璨的灯火和星光之中。我站在那里，久久地向它垂首致敬。

腾冲，腾冲！

2006 年秋腾冲归来

超重

　　那天上午在机场送人，飞往法兰克福、伦敦、罗马和巴黎的航班，密集的雨点似的挤在一起。大概正赶上暑假结束，大学开学在即，到处可以看到推着装有大行李箱的学生们，送行的父母也特别多。候机厅里，家庭的气息一下子很浓，像是客厅，相似的面孔不停在眼前晃动。

　　不时有孩子进了里面去办理登机手续，家长只能够站在候机厅里等，儿行千里母担忧，他们都伸长了脖子，把望眼欲穿的心情付与人头攒动的前方。不时便又看见有孩子匆匆地从里面走了出来，给家长一个渴望中的喜悦。不过，我发现，匆匆出来的孩子大多并不是为了和送行的父母再一次告别，也很少见到有依依不舍的场面，那样的场面，似乎只留给了情人之间的拥抱和牵手。

　　站在我身边的是一位面容姣好的中年妇女，凉鞋露出的脚趾涂着鲜艳的豆蔻，这样风韵犹存的女人，在我们的电视剧里一般还要在男人怀里撒娇呢。现在，她像是只温顺的猫，眼神有些茫然。不一会儿，我看见一个大小伙子推着行李车，气冲冲地向她走来，没好气地对她嚷嚷道："都是你，让我带，带！都超重啦！"只听见她问："超了多少？"语气小心，好像过错都在自己的小媳妇。"10公斤！"只有儿子对母亲才会这样的肆无忌惮。听口音，是南方人。

　　于是，我看见母亲开始弯腰蹲了下来，把捆箱子的行李带解开，打开箱子。那是一大一小赭黄色的两个名牌箱。儿子也蹲下来，和母亲一起翻箱里面东西，首先翻出的是两袋洗衣粉，儿子气哼哼地嘟囔着："这也带！"然后又翻出一袋糖，儿子又气哼哼地嘟囔一句："这也带！"接着把好几铁盒的茶叶都翻了出来："什么都带！"母亲什么话都没说，看儿子天女散花似的把好多东西都翻了出来，面前像是摆起了地摊。最后，儿子把许多衣服和一个枕头也扔了出来，紧接着下手往箱底伸了，只听见母亲叫了声："被子呀，你也不带了！"

我有些看不过去，走了两步，冲那个一直气哼哼嘴撅得能挂个瓶子的儿子说："10公斤差不多了，你东西都不带，到了那儿怎么办？"儿子不再扔东西了，母亲站了起来，一脸忧郁，本来化得很好的妆，因出汗而坍塌显出些许的斑纹。"先去试试再说。"我接着对那个儿子说，他开始收拾箱子，母亲则把茶叶都从铁盒里掏出来，又塞进箱里。儿子推着行李车走了，我问那位母亲孩子去哪里，她告诉我去英国读书。她脚下的那些东西都散落着，稀泥似的摊了一地。

这时，我身旁另一侧，又有一个女孩推着车走到她的父母身边，几乎和那个男孩一样气哼哼的表情，把车使劲一推，推到她父亲的脚前，说了句："严重超重！"父亲和刚才这位母亲一样，立刻蹲下身子，替女儿打开行李箱，我一看，箱子里几乎全是吃的东西，而且全是麻辣的食品，不用说，来自四川。左翻翻，右翻翻，父亲权衡着取出什么好，女儿站在那里，用手扇着风，摸着脸上的汗，说着："这都是我想带的呀！"这让父亲为难了，倒是母亲在旁边发话了："把那些腊肠都拿出来吧，那玩意占分量。"父亲拿出了好几袋腊肠，又拿出好几管牙膏、一大罐营养品和几件棉衣，再盖箱子的时候，鼓囊囊的箱子撒了气的气球似的，瘪了下去一大块。女儿风摆柳枝推着车走了，我悄悄地问母亲这是去哪儿，是去法国读书。

独生子女的一代，理所当然地觉得可以把一切不满和埋怨都发泄给父母。养儿方知父母恩，他们还没到明白父母心的年龄。他们可以埋怨父母的娇惯和期待超重，却永远不该埋怨父母对自己的情感超重。

2006年9月19日于北京

豆秸垛

在北大荒插队的时候，我对那些堆放在房前房后的豆秸垛，充满着格外的感情。

去年夏天，我回到当年插队的二队看了一次，这样的豆秸垛似乎少了许多，我看见的零星几个，被扒拉得到处散花，像是披头散发的埋汰女人，少了些清爽的生气。我们在的时候，每家的房前屋后最起码都要堆上这样一个豆秸垛的，我们知青的食堂前面，左右要对称地堆上两个豆秸垛，高高的，高过房子了，高得快赶上白杨树了。圆圆的顶，结实的底座，像是金字塔，阳光照射下，一个高个子又挺拔的女人似的，丰乳肥臀，那么给你提气。

用豆秸，其实也是有讲究的，会用的，一般都是用三股叉从豆秸垛底下扒，扒下一层，上面的豆秸会自动地落下来，填补到下面来，绝对不会自己从上面塌下来，坍塌得一塌糊涂。就是一冬一春快烧完了，豆秸垛好会保持着原来那圆圆的顶子，就像冰雕融化时候那样，即使有些悲壮，也有些悲壮的样子，一点一点地融化，最后将自己的形象湿润而温暖地融化在空气中。

因此，垛豆秸垛，在北大荒是一门本事，不亚于砌房子，一层一层的砖往上垒的劲头和意思，和一层一层豆秸往上垛，是一个样的，得要手艺。一般我们知青能够跟着车去收割完的豆子地里拉豆秸回来，但垛豆秸垛这活儿，都得等老农来干。在我看来，能够会垛它的，会使用它的，都是富有艺术感的人。在质朴的艺术感方面，老农永远是我们的老师。

我对北大荒的豆秸垛，始终充满格外的感情。

那一年，因为为三个被错打成现行反革命的老农鸣冤叫屈，工作组整我，说我是过年的猪早杀晚不杀。一时，我成了不可救药的坏蛋，二队上几乎所有的人都不敢再理我，躲我唯恐不及。就在那一年开春一天黄昏，我独自一人拿着饭盒垂着头往队上的知青食堂走，忽然觉得四周有许多眼睛聚光灯似的都落在我的身上，那种感觉很奇怪，其实我并没有抬头看什么，但那种感觉像是毛毛虫似的，一下子爬满我的全身。抬头一看，一个娇小玲珑的姑娘站在我的面前不远食堂的豆秸垛的围栏旁等着我。那个褐色有些像是经冬后发旧的鹿皮的豆秸垛，被晚霞照得格外的灿烂，映照得像着了火一样的红。

食堂前是两大排知青宿舍，那一刻，宿舍所有的窗户里都探出了脑袋，露出了一双双惊愕的眼睛，望着我们，仿佛要演什么精彩的大戏。我的心里都有些发毛，觉得芒刺在身，站在那里一动不动，她就那样向我走了过来，在众目睽睽之下一直走到我的面前，我的脑子里一片空白，只是在想她的胆子也太大了，这种时候还和一头早晚要杀的过年的猪那么亲热地讲话，就不怕沾包儿吗？

那时候，她才仅仅17岁啊。

什么叫作旁若无人？那一刻，我记住了这句成语，也记住了她和那个北大荒落日的黄昏，并且记住了那个在晚霞映照下像是着了火一样的豆秸垛。

2006年8月6日于北京

地理课

在北大荒，我在队里当老师，教复试班，是那种一个班里从一年级到六年级的学生都有的班，语文数学地理自然历史美术体育，什么课都得是你一人去拳打脚踢。这样的班自然很难教，常常是按下葫芦起了瓢，那帮学生那么老实听凭你一人摆布？

班里最老实的是队上喂马的老李头的女儿，上六年级了，瘦小的还像是刚上学的孩子，坐在教室里，整天跟个扎嘴的葫芦一样，一句话不说，就那么望着你。我教她还没一个月，她就不来上学了，说是帮家里干农活去了。那时，我一腔热血，自以为可以解放天下三分之二受苦受难的人民，怎么能够让这样贫农的好孩子不上学呢？一天晚饭后，我摸黑找到她家，走进屋，我什么话也甭说了，屋里破烂得跟猪圈似的，一大帮孩子张着口等着吃饭，她是老大，家里不靠她靠谁呢？

她提着一盏马灯送我出来，一直送我很远。突然，她站住了，我不知她要做什么，她的背后是北大荒苍茫的夜空，没有月亮，一天的星光辉映在她瘦弱的肩头。我刚要问她有什么事情吗？她突然问了我一句："老师，你说学地理课有什么用？是不是以后走路就不迷路呀？"

三十多年过去，这句话还回荡在我的耳边，还是像针扎一样让我难受而无言以对。

大学毕业的暑假，我回了一趟北大荒，坐上回队上的长途汽车，车要开一百多里才能够到达。车刚要开，一个胖乎乎的女人嚷嚷着气喘吁吁地跑上了车，起初，我没有认出她来，她那一身装束完全本地化了，晒得黑黝黝的一张脸和一个当地的农妇没什么两样。当时，我只注意她的手里拿着一个帆布做的小书包，书包上面印着颐和园的图案和"北京"两个大字。如果不是后来车上有熟人告诉我，我真不敢认她。

想一想，那一年，我 35 岁，她比我小五届，当年和我一列车皮从北京来到北大荒的。她是特意跑了一百多里地，来给她家的老二买书包的。那一年，有了地理课，这孩子一个劲非要买一个带"北京"两个字的书包。

她说这话时，让我的心里一动。她家的老二的血统里，有一半属于北京，北京却离他那样远，远得只剩下书包上那两个虚无缥缈的字，远得只能够通过地理课来认识了。我忽然想起了老李头的女儿那句关于地理课的问话，心里禁不住一紧。在北京，或在任何一座城市里的孩子，或许对于地理课都不会特别的在意，而在偏远的北大荒，地理课是和外面世界联系的特殊的一座桥。地理课能够给予他们许多想象和向往，那一个个对于他们陌生而永远难以到达的地名，是藏在他们心里的一朵朵悄悄开放的花。

去年，我回北大荒，特意打听老李头的女儿，人们告诉我她死了，我问什么病？是精神病。为什么会得这种病呢？会不会是地理课给了她向往却也给了她无奈？一朵花还没开就凋零了。

2006 年 8 月 7 日于北京

普林斯顿大学一隅

草是怎样一点点绿的

住在芝加哥的时候，楼后紧挨着一个叫尼考斯的街心公园，四月份了，却还是一片枯枯的，没有一点颜色。因为天天从公园穿过到芝加哥大学去，公园成了我新结识的朋友，它的草地、树丛、山坡、网球场、还有一个小小的植物园，都成为我每天的必经之地。它们一点一滴的变化都逃不过我的眼睛，好奇心让我观察着它们的变化，像看着一个孩子从爬到走到满地跑一样一天天长大。

最先让我惊喜的是，有一天清早，我忽然看到公园的草地突然绿了，虽然只是毛茸茸的一层鹅黄色的浅绿，却像事先约好了一样，突然从公园的四面八方一起向我跑来。前一天的夜里刚刚下了一场春雨，如丝似缕的春雨是叫醒它们的信使。

我看着它们一天天变绿，渐渐铺成了茵茵的地毯。蒲公英都夹杂在它们草叶间渐渐冒出了小黄花骨朵儿。但树都还没有任何动静，还是在风中摇动着枯涩的枝条，任草地上的草旺绿旺绿聚拢着浓郁的人气，真是够沉得住气的。一直快到了五一节，才见网球场后面的一片桃花探出了粉红色的小花，没几天，公园边上的一排排梨花也不甘示弱地开出了小白花。然后，看着它们的花蕾一天天绽放饱满，绯红色的云一样，月白色的雾一样，飘落在公园的半空中。尼考斯公园一下子焕然一新，春意盎然起来。

然后，金色的连翘花也开了，紫色的丁香花也开了，每一朵，每一簇，我都能看得出来它们的变化。变化最快的是连翘，昨天才看见枝条上冒出几星小黄花，今天就看见花朵缀满枝条悬泻下满地的黄金。变化最慢的是一种我叫不上名字的树，很高，开出的花米粒一般，很小，总也见它长不大。近处看，几乎看不到它们，远远地望，一片朦朦胧胧的玫瑰红，在风中摇曳，如同姑娘头上透明的纱巾。这种树，在芝加哥大学的图书馆前的甬道旁铺铺展展的一大片，那玫瑰红便显得分外有阵势，仿佛咱们的安塞腰鼓一样腾起的遮天蔽日的云雾，映得校园弥漫在玫瑰色的雾霭之中。

再有变化慢的是树的叶子，几乎所有的花都开了，树的叶子还没有长出来，无论是榉树、梧桐，还是朴树或加拿大杨。一直到芝加哥大学教学楼的墙上的爬山虎都绿了，尼考斯公园草地间的蒲公英的小黄花都落了，长出伞状的蓬松而毛茸茸的种子，它们才很不情愿地长出了树叶。我看见它们一点点冒出小芽，一天天长大，把满树染绿，在风中摇响飒飒的回声。

我知道，这时候才是芝加哥的春天真正地到来了。我才发现，这是我平生头一次从头到尾看到了春天一步步地向我走来的全过程。像看一场大戏，开场锣鼓是草地上的草，定场诗是公园里的花，压轴戏是一树树参天而清新的绿叶。

我忽然想起在北大荒插队的时候，因为那时常常要打夜班脱谷或收大豆、收小麦，在甩手无边的田野上，坐在驮满麦子和豆荚的马车上回生产队的时候，能够看到夜色是怎样退去，鱼肚白是怎样露出在遥远的地平线上，晨曦又是怎样一点点染红天空，最后，太阳是怎样跳上半空中。生平第一次从头到尾看到天是怎样亮的，就是在北大荒。回到北京之后，我再也没有看到这样天亮的全过程了。

同样，在北京，我也从来没有看过草是怎样一点点绿，花是怎样一点点开，树叶是怎样一点点长出来，春天是怎样一步步走来的全过程。也许，不该怪罪我们的城市，也不该怪罪人生的匆忙，是我们自己把自己的眼睛和心磨得粗糙和麻木，在物质至上的社会里，我们顾及的东西太多，便错过了仔细感受春天到来的全过程。只因为清风朗月不用一文钱，便徒让我们感叹良辰美景奈何天了！

2006 年 5 月于芝加哥

春天温暖的水

　　还有两天就是惊蛰了，民间说法，病床上的老人如果熬过惊蛰，就能够复苏。叶至善先生去世了。叶先生的女儿小沫打电话告诉我这个消息的时候，我安慰她说，老人 88 岁了，是喜丧。叶先生的父亲叶圣陶先生活到 94 岁，他们都是长寿之人。

　　话虽这么说，放下电话，心里还是充满悲伤。毕竟我和叶家三代交往 43 年，而且，一直得到他们的关怀和帮助。1963 年的暑假，我还只是一个初三的学生，因一篇作文获奖而得到叶圣陶先生的亲自批改，并得到叶圣陶先生的接见和教诲。我第一次走进东四八条那座西府海棠掩映的小院，那个下午，是叶至善先生站在门口，和蔼地掀开竹门帘，带我走进叶圣陶先生的客厅。想想，那时，他 45 岁，高高的个子，显得很年轻。日子真的是如水一样，逝者如斯，留下的只有记忆。

　　"文化大革命"中，我和小沫都去了北大荒。那年的冬天，因为得罪了生产队的头头，我被发配到猪号喂猪，成天和一群猪八戒厮混，无所事事，一口气写了 10 篇散文，寄给了叶至善先生。怎么那么巧，那时他刚刚从河南干校回家，一时没有什么事，认真地帮我修改了每一篇单薄的习作。我们便有了整整一个冬天的信件往来，他对每篇都提出了具体的意见，有的还帮我一遍遍修改，怕我看不清楚，又特意抄写一份寄我。他在一封信里这样对我说："你的朋友之中，有没有愿意和你一样下功夫的，如果他们愿意，可以寄些文章给我看看。我一向把跟年轻作者打交道作为一种乐趣。"盼望着叶先生的来信，是那个寒冷的冬天最美好的事情了。

　　前年，我在新民晚报上发表了记述这段往事的文章《那个多雪的冬天》。

叶先生看到了，夸奖我说写得不错，邀请我到他家做客。我这人一直以为敬重别人，就悄悄地记在自己的心里；喜欢读别人的作品，就自己买一本他的书回家认真读，因此总怕打搅人家而懒于走动。对于叶先生更是如此，我知道，那时他正在加紧写作回忆父亲叶圣陶的长篇回忆录，而且，身体也不大好，就更不好意思叨扰。

是秋天的一个下午，我去得早了些，打扰了他的午睡，看着他从他父亲曾经睡过的床上下来，走出卧室的时候，我惊讶了一下，他满脸银须飘飘，真的是一个老人了。这才惭愧地想到已经好多年没有来看望他老人家了。

那天，我们是伏在他家的旧餐桌上交谈着。我说：就在这张桌子上，我和您全家一起吃了顿饭呢，是我插队回家探亲的时候，那时，叶圣陶先生爱喝一点酒，还特意给我倒了一杯。他说对任何人都是这样的。我又说起那年冬天他为我的习作改了一遍又抄了一遍的事情，他还是那样平静地说：好多文章，都这样的，这样做有好处，抄一遍的时候又可以改一遍。

那天，他精神很好，聊了许多。他说他和父亲不一样，父亲一辈子写日记，他不写；父亲的写字台干净，他的桌子上总是一堆书和稿子。也说起他家的老朋友俞平伯先生，我问他：听说俞平伯先生爱吃，曾经吃遍了北京城所有的馆子。他告诉我：那倒也不是每个馆子都去，他来我家吃饭，喜欢的菜，他把盘子拿到自己的面前。他说俞平伯对他说：都说《红楼梦》这梦那梦，我是红楼怕梦。

对于我和小沫插队，他去干校，我们有了分歧，他说他不反对，他认为很好，多了和劳动人民接触的机会。他告诉我在干校里放牛，负责二十多头，每天夜里要拉牛出来撒尿，借着星光，他认识了许多树木花草和虫子，他说我对这个感兴趣。

说起了"文革"时他家西厢房被军代表占着，我问：在您父亲的回忆录中写了这段了吗？他说没写，我说：为什么不写呢？应该写，起码是"文革"社会的一个侧面。他摇摇头：都写还有完？这也不典型。

他知道我写了本《音乐笔记》，他说他喜欢古典音乐，临告别的时候，他送了我一本《古诗词新唱》，这是一本非常有意思的书，他用了外国的曲调为中国150首古诗词配乐的歌曲集。那些外国的曲子有勃拉姆斯、舒伯特、德沃夏克、圣桑等名家之作，也有世代久传的民歌俚曲，可谓熔中外于一炉的新颖尝试。这本书 1998 年出版，我问他这么好的尝试，怎么没有歌唱家唱这里的歌呢？他笑笑：得要出场费呢。

那天，叶先生的情绪特别的好，思维也特别的活跃，记忆力很强，哪里像一个 86 岁的老人？而他的平和恬淡，对晚辈的鼓励与亲切，都和叶圣陶先生一样，让我如沐春风。聊了一个多小时，怕他累，我提出告辞，他一再挽留，意犹未尽。他的回忆录《父亲长长的一生》刚刚校完三校。他对我说：每天 500 字，最多一天 1000 字的速度，整整写了 20 个月，一共写了 30 多万字。我看得出来，他很高兴，他说他的妻子让他等书出来多买点书送朋友，哪怕自己花钱。我知道，他的妻子已经双目失明，是小沫下岗的弟弟在照顾她，而小沫的哥哥前些年去世，所有这一切困难，叶先生从没有向领导提出来过。那天，小沫哥哥那一对可爱的双胞胎，正在院子里玩，把刚刚从树上掉下来的枣泡在水碗里。

小沫送我到大门口，悄悄地对我说：老爷子最后才开口向国管局要房，也许有人提出以后要把这院子改为叶圣陶故居，老爷子说他自己不会提，也不让我们别人提。我知道，这是叶家的家风，叶圣陶先生在世的时候，有人曾提出将叶圣陶先生在苏州住过的老屋辟为故居，叶圣陶先生曾经专门立下过字据，并委托苏州的作家陆文夫："做什么用场都可以，就是不要空关着，布置成故居。"这和现在有活人就搞故居展室或吃父辈名声之类，有霄壤之别。前辈清洁的精神与清白的心怀，总会让我面对每一位故去的时候涌起一种"夏日里最后一朵玫瑰"的感慨。

去年的春天，小沫打来电话，告我他父亲不行了，正在进行抢救。我赶往北京医院，老人躺在病床上，喉咙已被切开，人事不省，只有腿偶尔动一下。小沫告诉我，前几天就昏迷了，昏迷的时候还在断断续续地说：我喝水……喝春天的水……喝春天温暖的水。

其实，老人大年三十就住院了，住院 8 天之后，他的最后一部书《父亲长长的一生》的样书到了。躺在病床上，拿着新书在看，一页看了一个多小时，孩子们劝他：别看了，太累了。他说：看来还得再看看，改改。

过去了一年，又到了春天，叶先生离开了我们。

2006 年 3 月 9 日于北京

一场戏的工夫

　　那天晚上，我到戏剧学院的剧场看戏。秋风乍起，夜色中朦胧的路灯都显得有了些凉意。因为路上堵车，时间有些晚了，穿过学院前的那条胡同，我走得很快。戏剧学院是我的母校，27 年前，我曾经在这里读了 4 年的书，毕业以后，又曾经在这里教了 3 年书，这条胡同，我很熟。因此，走在这条路上，颇有点老马识途的感觉，逝去的往日的气息，随风扑面而来。

　　在校门前高高的院墙边，有一盏路灯，昏暗得很，我上学的时候怎样的昏暗，现在还是怎样的昏暗。院墙就在这里结束，路面凹进去一块，形成一个死角，路灯正好弯在里面，我读书的时候，校园里时兴"英语角"什么的，大家就管这里叫作"爱情角"。那时候，常常有同学和外校的同学谈恋爱，在这里告别，悄悄地拉着手，卿卿我我磨磨唧唧地说着说不完的情话，似乎昏暗的路灯光可以帮助他们遮掩一点羞涩。

　　有意思的是，那天我路过这里的时候，看见一对年轻的情侣，正在那盏路灯下拥抱，忘情得很，我的匆匆脚步，并没有打搅他们。我和他们擦肩而过，看得很清楚，他们正在热吻，而他们却旁若无人，根本不需要灯光的遮掩，相反他们看见我从他们身边走过，还冲我嘻嘻地笑了两声，四瓣嘴唇没有松开，那细微的笑声，像是开水顶着壶盖呜呜在冒泡儿。我走过去之后，忍不住回头看了看他们，男的穿着牛仔裤，包裹着修长的腿，女的穿着一条喇叭裙，蹬着一双高腰靴，亭亭玉立。不知道他们是我的小校友，还是外校的同学，或者是其他地方的年轻人。我在祝福他们的同时，不由得感慨时代确实变化太快了，我们那时候，虽然有这样一个"爱情角"，但还不敢这样大胆，毕竟是离学校大门口不远。

戏看完了，悲欢离合一杯酒，南北东西万里程，两个小时的戏，演绎了好多个人的一生。因为散戏的时候正好碰见了留在学院里教书的老同学，聊了会儿天，耽搁了一会儿，等我走出剧场，胡同里安静得很，散场的那么多人，已经如潮水退去得没有一点影子，仿佛被浓重的夜色都收进去似的。夜风大了一些，也更凉了一些，我不急，慢慢地走在这条曾经熟悉的胡同，情不自禁地想起在学院里读书和教书时的一些往事和故人。这些年，北京城变化很大，许多大学的校园变化也很大，我的母校变化却不大，大概因为它地处市中心，地盘很小，无法扩展，受到了限制吧。这条胡同变化也不大，和我读书的时候几乎一个样子，我们都变老了，而它仿佛还没有长大。也许，变化大的，只有我们自己了，往来千里路常在，聚散十年人不同嘛。

我这样一边胡思乱想，一边顺着原路往回走着，又快走到校门前那个"爱情角"的时候，在那盏昏暗的路灯的辉映下，看见来的时候看见的那对情侣，还站在那里。不过，这回他们不是拥抱亲吻，而是面对面地对峙着，甚至挥动着拳头，气哼哼地指责着对方，相互在漫骂着，如斗鸡似的，显得格外的愤怒，势不两立的样子。

这样的情景，让我感到意外，禁不住停住了脚步。起初，我想大概不是我来时看到的那一对，那一对刚才是多么的甜蜜，密如雨点似的吻，还有那亲吻时嘴唇都不离开情不自禁冲我的笑声，不可能这么快就都变成了漫骂而出的吐沫星子吧。可是，当我走近一看，就是他们，牛仔裤、高腰靴、喇叭裙，都像是无可推卸的物证一样，证明就是那一对年轻人。我弄不清楚，他们为什么会突然变成了这样，刚才还是明朗朗的艳阳天，怎么一下子就变成了轰隆隆的雷雨了呢？不过只是一场戏的工夫。

我隐隐听见，好像男的在解释着什么，而女的就是不依不饶，男的急了，女的更急了，争吵变成了漫骂，而且在不断升级，大概已经吵了一会儿了。而且，我也听出了，他们就是这所学院的同学，只是我猜不出他们是哪个系的。不管出于什么样的原因，也不该这样快就突然从亲吻变成漫骂，这样的跌宕，即使是戏也不算是好戏，像是没有过渡一样，愣愣的转折，让人无法接受。哪怕也许过一会儿，他们又可能和好如初，亲吻如蜜。

我再一次和他们擦肩而过，他们和戏开演之前我从他们身边路过一样旁若无人，还在忘情地对骂着，声音在寂静的胡同里清脆的荡漾。只是我好像在一场戏的工夫里，那样快地走过两个截然不同的季节。我才忽然意识到，这条我曾经熟悉的胡同，和这条胡同里我曾经熟悉的学院，其实都早已经变得我不大认识了。

离开他们很远了，我回头看看，他们还在那里吵，而且似乎更厉害了，张牙舞爪的样子，在昏暗的路灯下，剪影一样的感觉，像是皮影戏。

2005 年秋日于北京

草帽歌

那年的夏天，我在 5 号地割麦子。北大荒的麦田，甩手无边，金黄色的麦浪起伏，一直翻涌到天边。一人负责一片地，那一片地大得足够割上一个星期，抬起头是麦子，低下头还是麦子，四周老远见不着一个人，真的磨人的性子。北大荒有俗语：割麦和泥垒大坯，是属于磨性子的三大累活。

那天的中午，日头顶在头顶，热得附近连棵树的荫凉都没有。吃了带来的一点儿干粮，喝了口水，刚刚接着干了没一袋烟的工夫，麦田那边的地头传来叫我名字的声音，麦穗齐腰，地头地势又低，看不清来的人是谁，只听见声音在麦田里清澈回荡，仿佛都染上了麦子一样的金色。

我顺着声音回了一声：我在这儿呢！顺便歇会儿，偷点儿懒。径直望去，只见麦穗摇曳着一片金黄，过了好大一会儿，才渐渐地看见麦穗上飘浮着一顶草帽，由于草帽也是黄色的，和麦穗像是长在了一起，风吹着它一路船一样飘来，在烈日的直射下，如同一个金色的童话。

走近一看，原来是我的一个女同学。她长得娇小玲珑，非常可爱，我们是从北京一起来到北大荒，她被分在另一个生产队，离我这里 36 里地。她是刚刚从北京探亲回来，家里托她给我捎了点儿吃的东西，她怕有辱使命，赶紧给我送来。队里的人告诉她我正在 5 号地割麦子，她又马不停蹄地跑到了麦地里。当然，我心里明镜似的清楚，那时她对我颇有好感，要不也不会有那么大的积极性。

接过她捎来的东西，感谢的话、过年的话、玩笑的话、扯淡的话、没话找话的话……都说过了之后，彼此都镉着面子，又不敢图穷匕首见，道出真情，便一下子哑场，到告别的时候了。最后，我开玩笑对她说：要不你帮我割会

儿麦子？她说：拉倒吧，留着你自己慢慢地解闷吧。便和我告别，连个手都
没有握。

麦田里，又只剩下我一个人，无边翻滚的麦浪，一层层紧紧拥抱着我，
那不是恋人的爱，而是魔鬼一般的磨炼，磨退一层皮，让你感觉人的渺小，
然后渐渐适应，让别人说你成熟。

大约过去了一个多小时，身后的麦捆都捆好了好多个，战俘一样七零八
落地倒伏着。忽然，地头又传来叫声，还是她，还是在叫我的名字。我回应
着她，趁机又歇会儿。过了一会儿，看见那顶草帽又飘了过来，她一脸汗珠
地站在我的面前。

我不知道她来回走了八里多地折回来干什么，心里猜想会不会是她鼓足
了勇气要向我表达什么了，一想到这儿，我倒不大自在起来。

她从头上摘下草帽，一头热汗蒸腾的头发像是刚刚揭开锅的笼屉。她把
草帽递给我说：走到半路上才想起来，多毒的日头，你割麦子连个草帽都没
有！然后，她走了，望着她的身影在麦田里消失，完全融化在麦穗摇曳的一
片金色中，我没有找出一句话，我总该对人家说一句什么才好。

往事如烟，过去了将近四十年，日子让我们一起变老，阴差阳错中我们
各自东西。但是，我常常会感慨，有时候，你不得不承认，无论是在记忆里，
还是在现实中，友情比爱情更长久。

2005 年夏于北京

美丽的脆弱

　　我有一个朋友，假期没有像有的人那样往风景热闹的地方跑，偏偏跑到了当年他插队的地方。那是一个叫作西尔根的地方，很动听也很陌生的名字。走之前，全家没有一个人同意他去。是啊，都离开那里 26 年了，没有一点任何的联系，干吗心血来潮非要去那里？他偏偏就是一意孤行，只好偷偷地离开家，上了奔向内蒙古草原的火车。就像 26 年前他离开北京去西尔根那天一样，也是独自一人，傍晚的夕阳火红，显得有些凄清。

　　其实，上了火车，他自己也没明白为什么一根筋似的非要大老远地跑一趟那里。也许就像罗大佑的歌里唱的那样："眼看着高楼越盖越高，可是人们见面的机会却越来越少；苹果的价钱卖得比以前高，味道却不见得比以前的好；彩色电视机越来越花哨，能辨别黑白的人却越来越少……"久居城市，天天见到的都是这些钢筋水泥和上了油彩化妆的脸，心都磨出了厚厚的老茧，硬得油盐不进，真是容易让人心烦意乱，他要躲个清静，突然想起了离开了 26 年那个遥远的草原？

　　他说不清，他是个强悍的人，想好的事就要去做，不会在关键的时候弱了下来。坐了一天一夜的火车，又坐了大半天的汽车，他就是要奔向那个叫作西尔根的地方。这地名对家人陌生得犹如在天外另一个星球之上，对他却是比世界上任何一个旅游胜地或其他辉煌的地名都要刻骨铭心。望着窗外奔驰而过的北方原野，他愣是一天一夜在火车上没合眼。

　　他终于见到了西尔根，和在西尔根他想见的人。他曾经在那里度过了整个青春期，那个地方怎么能够像吃鱼吐刺似的轻易地剔出得掉呢？许多和青春连在一起的东西和地方，不管好坏，都是难以忘掉的。西尔根，西尔根，有时会在心中叫着它，就像叫着自己的名字一样。

因为最后几年他当了民办老师，他教过的学生先是呼喊着"巴克西依乐咧"（蒙语：老师来了）都跑了过来，却不是他想象的样子，个个已经面目皆非。都是有了孩子四十岁上下的人了，有的还居然有了孙子，能不让他感慨流年暗换？

又听见了熟悉的蒙语，又吃到了熟悉的扒羊肉，又喝到了熟悉的奶皮子，又闻到了熟悉的"乌了莫"拌炒米的香味和属于西尔根草原风中的清香……酒酣耳热之际，这些学生们对他说："老师，我们给你唱首歌吧！"他以为是常见的蒙古族人喝酒时的唱歌助兴，那就唱吧，没想到他们忽然齐刷刷地站了起来，齐声声唱的竟是 26 年前自己教他们的那首歌。如果不是他们唱，他几乎都要忘光了，他一辈子就自编了这么一首歌，26 年了，他们居然还记得？记得这么清清楚楚！不知怎么搞的，当着那么多的学生，一下子竟泪流满面。

他才发现自己原来并不那么坚强，竟然这样脆弱。一首陈年老歌就让自己的眼泪没出息地流出来。

其实，有时候，人心需要一点脆弱。我们太崇尚所谓的强人和牛仔硬汉，其实，时时都是那样坚强，像时时穿着盔甲、举着盾牌似的，会让人受不了。就像城市要是处处都变成坚强的钢筋水泥，露不出一点见泥见土的地方，就不能让雨水渗进去，滋润出一片青草或一匹绿荫。如果我们还能够在行色匆忙之中偶然被一首陈年老歌或被一点些微小事所打动，说明我们还有药可救。

有时候，脆弱就是这样测量我们是否还有药可救的一张 pH 试纸。

2005 年 5 月写毕于北京

杜鹃，杜鹃

现在是看杜鹃花的时节。我国杜鹃花的品种极多，但有两处的杜鹃，最让人难忘，非常值得一看。

一处是湖南九嶷山的杜鹃花，九嶷山的杜鹃在四月开花。《史记》中记载："舜南巡狩，崩于苍梧之野，葬于江南九嶷。"人们都知道九嶷山的湘妃竹，却不大知道九嶷山的杜鹃。湘妃竹因舜帝葬于此而闻名，传说中的娥皇和女英两位妃子千里迢迢逆潇水而上到九嶷，一路哭来，泪水滴落在竹上，紫痕斑斑，千年不落，才有了"斑竹一枝千滴泪，红霞万朵百重衣"的诗句。其实，娥皇和女英的泪水不仅滴在湘妃竹上，也是滴落在杜鹃花上，九嶷山的杜鹃一样有名，而且应该说比湘妃竹更动人。动人的是传说舜帝未死之前，九嶷山漫山遍野开的都是红杜鹃，在舜倒地那一瞬间，满山的红杜鹃，都齐刷刷地变成了白杜鹃，摇曳着齐为舜帝致哀。

连杜鹃花都知道舜帝教当地人制茶、办学堂，最后为百姓伏蟒受毒致死，而深得百姓的爱戴和怀念，才有了这样神话般的感应。想想一山的杜鹃在顷刻之间有了灵性，变了颜色，花随风摇，带动着巍巍高山也颜色陡变而随之摇曳，杜鹃摇曳着祭祀的白绸，山谷响彻悲怆的风声，该是多么壮丽的场面。从此，九嶷山每年四月，都是既开红杜鹃，也开白杜鹃。如今这时候到九嶷山，满山的红白杜鹃，扑扇着红白一对翅膀，把整个九嶷山带动得都飞起来似的，会让人迎风遥想，染上历史回味和岁月沧桑的杜鹃，不是一朵，也不是一丛、一片，而是漫山遍野怒放的红杜鹃、白杜鹃，真的是杜鹃之交响。

另一处是云南香格里拉碧塔海的杜鹃花，它们比九嶷山的杜鹃开得晚些，要在五月开花。碧塔海藏在香格里拉深处，一围群山，四处草甸，那高原特有的漫天清澈的天光云色，开阔得像母亲的胸怀，将碧塔海衬托得分外幽静而神秘。碧塔海周围遍布杜鹃花林，高原的红杜鹃，开得烂漫如火，似乎因为离着太阳近，把灿烂的阳光都吸收进花蕊里面，每一朵都红得像是要破裂得流淌下红色的汁液来，更是特别粗犷妖冶，肆无忌惮。

山野的风吹来，成片的杜鹃花约好了似的，飞流直下三千尺的瀑布一样飘落进碧塔海中，红艳艳一片，一天霞光云锦般的漂浮在水面上，燃烧的血一样荡漾。这时，会有成群的鱼闻香扑面游来，像是奔赴一年一次的情人约会而浩浩荡荡，争先恐后，那一份浪漫的豪情，如同高原上掠过的长风，一泻千里，无遮无拦。高原的鱼和花真是一样的秉性，也是豪放得很，喁喁着小嘴，贪婪地吞吃杜鹃花瓣，如同高原贪杯的汉子一样，不喝得一醉方休不会放下酒杯，吞吃杜鹃花瓣的鱼，便成群成片的醉倒，漂浮在碧塔海之上，成为高原最美丽的一景。当地人称之为"杜鹃醉鱼"，那种粗犷之中蕴涵的平原湖泊中难得的浪漫（我们见惯的鱼大多被高科技的鱼食养得过于肥硕盛放于精致的鱼盘中，或养成华丽的观赏类金鱼置放于恒温的玻璃鱼缸里），首先得益于红杜鹃托风传媒，慷慨地举身赴清池的浪漫，方才与鱼相得益彰，如此风情万种，将碧塔海变成红塔海，让人叹为观止。

如果九嶷山的杜鹃是壮丽的杜鹃，碧塔海的杜鹃是浪漫的杜鹃。

如果九嶷山的杜鹃属于神话，碧塔海的杜鹃属于童话。

2005年春于北京

华梅西餐厅

　　哈尔滨的中央大街，给我往昔的感觉是真实的。粗粝而高低起伏的石头铺就的街道路面，街旁卖大列巴卖啤酒的，还都是老样子，一溜在街上摆开。过去哈尔滨流传这样的顺口溜：大列巴像锅盖，喝啤酒和驴赛。人们要扛着列巴，提着"维得罗"（俄语：小桶的意思）上街去买啤酒，列巴和啤酒是这座城市区别其他城市的标志，豪爽的气派，让你一下子体会到什么叫作北方。北方的感觉，首先从列巴和啤酒淋漓尽致地表现出来。

　　对于我，到中央大街上来，更希望找到华梅西餐厅，那是一家俄式的老餐厅，它的红菜汤和炸苹果以及自酿的略带酸味的红葡萄酒，都是地道的俄罗斯风味，是在别处尝不到的。那一年，我从北大荒回北京探亲，路过哈尔滨，虽然只有大半天的转车时间，我还是跑到了这里，慕名找它。

　　那时，不知为什么它能够劫后余生得以重新开张，反正我来到了这里，无论红菜汤、炸苹果，还是自酿的略带酸味的红葡萄酒，味道都绝对的不错，以至在以后的日子里我先后去过俄罗斯两次，住在莫斯科最好的俄罗斯饭店，吃到纯正的俄罗斯西餐，也觉得没有它的味道好。先入为主的印象，有时候就是这样的不可收拾，更何况它是青春时节先入为主的印象，就更加如刀子刻印下来一样，无法磨灭。华梅西餐厅二楼楼道拐角处，还有一幅巨大的油画，让我很难忘怀，那是一幅女人大半身的肖像，大概是位贵妇，在昏暗的灯光下楚楚动人的样子，让我想起安娜·卡列尼娜或娜达莎。它至今依然鲜活如昨地存活在我的记忆里，和许多青春的记忆一样，没有因事过境迁而失去它的色彩。

　　我从一道街找到十二道街，也没有找到华梅西餐厅，心想它不会如鸽子一样从中央大街上飞走了吧？只好问人了，年轻人对华梅西餐厅已经有些陌生，他们对我的询问显得有些迟疑，旁边走过一位带着一个五六岁小男孩的中年母亲，好心地告诉我：你已经走过了，就在六道街附近，然后对我说：现在华梅已经不行了，菜的味道差了，管理也差了，你要是吃西餐，应该去波特曼。我问波特曼在哪里，她告诉我离华梅不远，是一家新开的，也是地道的俄罗斯风味，晚上还有来自俄罗斯的姑娘演奏小提琴和萨克斯。

按照这位母亲的指引，我找到了华梅西餐厅，却一点也认不出来了，好像根本就没有来过一样的陌生，怪不得刚才路过它时一点都没有注意到它。我走了进去，由于不是开饭时间，里面一个客人都没有，也根本没有二楼楼道的那幅油画。

这一年的冬天，我有机会再一次来到哈尔滨，还惦记着华梅西餐厅，惦记着二楼楼道拐角处那幅油画，想会不会是上次不够仔细，或者事过经年油画早已经移放到别的地方去了。便心不死又来到华梅西餐厅。还是没有找到那幅油画，问了餐厅的工作人员和就餐的老哈尔滨人，都望着我摇摇头。

记忆有时就是这样的不可靠，青春许多的事情乃至难忘的事情，就这样被一笔勾销，连一点渣滓都被时光吞咽得干干净净，留给我的是一片空白。

2005 年 2 月哈尔滨归来

喝得很慢的土豆汤

那天下午两点多，我和妻子路过北大，因为还没有吃午饭，忽然想起儿子曾经特意带我们去过的一家朝鲜小馆，就在附近，离北大的西门不远，一拐弯儿就到，便进了这家朝鲜小馆。

大概由于早过了饭点儿，小馆里没有一个客人，空荡荡的，只有风扇寂寞地呼呼吹着。一个服务员，是个胖乎乎的小姑娘走了过来，把我们领到靠窗的风扇前让座坐下，说这里凉快，然后递过菜谱问我们吃点儿什么。我想起上次儿子带我们来，点了一个土豆汤，非常好吃，很浓的汤，却很润滑细腻，微辣中有一种特殊的清香味儿，湿润的艾草似的撩人胃口。不过已经过去了两个多月的时间，我忘记是用鸡块炖的了，还是用牛肉炖的，便对妻子嘀咕："你还记得吗？"妻子也忘记了。儿子在北大读书的时候，常常和同学到这家小馆里吃饭。由于是 24 小时营业，价格和朝鲜风味又都特别对他们的口味，非常受他们的欢迎，对这里的菜当然比我们要熟悉。大学毕业，儿子去美国读研，放假回来和同学聚会，总还要跑到这里，点他最爱吃的菜。可惜，儿子假期已满，又回美国接着读书去了，天远地远，没法子问他了。

没有想到，小姑娘这时对我们说道："上次你们是不是和你们的儿子一起来的，就坐在里面那个位子？"她说着一口比赵本山还浓郁的东北话，用胖乎乎的小手指了指里面靠墙的位子。

我和妻子都惊住了。她居然记得这样清楚，那时，我们和儿子确实就坐在那里。

我更没有想到的是，她接着用一种很肯定的口气对我们说："那次你们要的是鸡块炖土豆汤。"

这样的肯定，让我心里相信了她，不过，开玩笑地对她说："你就这么肯定？"

她笑了："没错，你们要的就是鸡块炖土豆汤。"

我也笑了："那就要鸡块炖土豆汤。"

她望望我和妻子，像考试成绩不错得到了赞扬似的，高声向后厨报着菜名："鸡块炖土豆汤！"高兴地风摆柳枝走去。

刚才和小姑娘的对话，让我和妻子在那一瞬间都想起了儿子。思念，变得一下子那么近，近得可触可摸，就在只隔几排座位的那个位子上，走过去，一伸手，就能够抓到。两个多月前，儿子要离开我们回美国读书的时候，特意带我们到这家小馆，让我们尝尝他和他的同学的青春滋味。那一次，他特别向我们推荐了这个鸡块炖土豆汤，他说他和他们同学都特别爱喝，每次来都点这个土豆汤，让我们一定要尝尝。因为儿子临行前的时间安排得很满，我和妻子知道，那一次，也是他和我们的告别宴。所以，那一次的土豆汤，我们喝得格外慢，边聊边喝，临行密密缝一般，彼此嘱咐着，诉说着没完没了的话，一直从中午喝到了黄昏，一锅汤让服务员续了几次汤，又热了几次。许多的味道，浓浓的，都搅拌在那土豆汤里了。

不过，事情已经过去了两个多月，我都忘记了到底喝的什么土豆汤了，这个胖乎乎的小姑娘居然还能够如此清楚地记得我们喝的是鸡块炖土豆汤，而且记得我们坐的具体位置，真让我有些奇怪。小馆 24 小时营业，一直热闹非常，来来往往那么多的客人，点的那么多不同品种的菜和汤，她怎么就能够一下子记住了我们，而且准确无误地判断出那就是我们的儿子，同时记住了我们要的是什么样的土豆汤？这确实让我好奇，百思不解。

汤上来了，鸡块炖土豆汤，浓浓的，热气缭绕，清香味扑鼻，抿了一小口，两个多月前的味道和情景立刻又回到了眼前，熟悉而亲切，仿佛儿子就坐在面前。

"是吧，是这个土豆汤吧？"小姑娘望着我，笑着问我。

"是，就是这个汤。"

然后，我问小姑娘："你怎么记得我们当初要的是这个汤？"

她笑笑望望我和妻子，没有说话，转身走去。

那一天下午的土豆汤，我们喝得很慢。

结完账，临走的时候，小姑娘早早地等候在门口，为我们撩起珠子串起的门帘，向我们道了声再见。我心里的谜团没有解开，刚才一边喝着汤一边还在琢磨，小姑娘怎么就能够那么清楚地记得我们和儿子那次到这里来吃饭坐的位置和要的土豆汤？总觉得一定是有原因的。那么，是什么原因呢？是因为那一次我们的土豆汤喝得太慢，麻烦让她来回热了好几次的缘故，让她记住了？还是因为来这家小馆的大多是附近年轻的大学生，一下子出现我们这样大年纪的客人，显得格外扎眼？我不大甘心，出门前再一次问她："小姑娘，你是怎么就能记住我们要的是鸡块炖土豆汤的呢？"

她还是那样抿着嘴微微地笑着，没有回答。

我只好夸奖她："你真是好记性！"

一路上，我和妻子都一直嘀咕着这个小姑娘和对于我们有些奇怪的土豆汤。星期天，和儿子通电话时，我对他讲起了这件事，他也非常好奇，一个劲儿直问我："这太有意思了，你没问问她到底是怎么回事吗？"我告诉他："我问了，小姑娘光是笑，不回答我为什么呀。"

被人记住，总是一件让人高兴的事，不过，对于我们一家三口，这确实是一个谜。也许，人生本来就有许多解不开的谜，让生活充满着迷离的想象，让人和人之间有着神奇的交流，让庸常的日子有了温馨的念想和悬念。

又过去了好几个月，树叶都渐渐地黄了，天也渐渐地冷了。那天下午，还是两点多钟，我去中关村办事，那家小馆，那个小姑娘，和那锅鸡块炖土豆汤，立刻又从沉睡中苏醒过来似的，闯进我的心头。离着不远，干吗不去那里再喝一喝鸡块炖土豆汤？便一拐弯儿，又进了那家小馆。

因为不是饭点儿，小馆里依然很清静，不过，里面已经有了客人，一男一女正面对面坐着吃饭，蒸腾的热气弥漫着他们的头顶。见我进门，一个小伙子迎上前来，让我坐下，递给我菜谱。我正奇怪，服务员怎么换成男的，那个小姑娘哪里去了？扭头看见了那一对面对面坐在那里吃饭的人中的那个女的，就是那个胖乎乎的小姑娘，对面坐着的是一个年龄大约四五十岁的男人，看那模样长得和小姑娘很像，不用说，一定是她的父亲。她也看见了我，向我笑笑，算是打了招呼。

我要的还是鸡块炖土豆汤。因为炖汤要有一些时间，我走过去和小姑娘聊天，看见他们父女俩要的也是鸡块炖土豆汤。我笑了，她也笑了，那笑中含有的意思，只有我们两人明白，她的父亲看着有些蹊跷。

我问："这位是你父亲？"

她点点头，有些兴奋地说："刚刚从我老家来。我都和我爸爸好几年没有见了。"

"想你爸爸了！"

她笑了，她的父亲也很憨厚地笑着，望望我，又望望女儿。

难得的父女相见，我能想象得出，一定是女儿跑到北京打工好几年了，终于有了父女见面的机会，是难得的。我不想打搅他们，走回自己的座位，要了一瓶啤酒，静静地等我的土豆汤。我的心里充满着感动，我忽然明白了，这个小姑娘当初为什么一下子就记住了我们和儿子，记住了我们要的土豆汤。人同此情，情同此理，没有比亲人之间分别的思念和相逢的欢欣，更能够让人感动和难忘的了。亲情，在那一刻流淌着，洇湿了所有的时间和空间的距离。

土豆汤上来了，抬头一看，我没有想到，是小姑娘为我端上来的。我还没有责怪她怎么不陪父亲，她已经看出了我的意思，先对我说："我们店里的人手少，老板让我和我爸爸一起吃饭，已经是很不错了。"和上次她像个扎嘴的葫芦大不一样，小姑娘的话明显的多了起来。说罢，她转身走去，走到他父亲的旁边，从袅娜的背影，也能看出她的快乐。

那一个下午，我的土豆汤喝得很慢。我看见，小姑娘和她的爸爸那一锅土豆汤喝得也很慢。

2004 年 9 月 15 日于北京雨中

借书奇遇记

　　33 年前，1971 年的冬天，我正在队里的猪号里干活，那天晚上，刮起了铺天盖地的"大烟泡儿"，饲养棚的门被推开了，是我的一个在场部兽医站工作的同学。从他那里到我这里，走了整整 18 里的风雪之路。他是特意来找我的，我以为出了什么事情。他不容分说，匆忙地拉着我就走，外边的雪下得正猛，我们两人冲进风雪中，白茫茫的一片，立刻就吞没了我们。

　　一路上，我才知道，他们兽医站有一个叫作曹大肚子的人，是钉马掌的，不知怎么听说我特别想看书，就在那天的晚上要下班的时候，曹大肚子对我的这个同学讲：你让你的那个同学肖复兴来找我！他不是爱看书吗？

　　虽然对这个曹大肚子心存疑惑，但也幻想着他备不住会藏龙卧虎。我们两人急匆匆往兽医站赶。第二天一清早，曹大肚子出现在我们的面前，同学向他介绍我的时候，我看出他有几分惊讶。没有想到风雪之中我们的步伐是如此神速。

　　第一印象是很深刻的：他中等个儿，很胖，穿着一身旧军装，挺着小山般凸起的大肚子，双手背在身后，眼睛望着上面，似乎根本没有看我，有几分傲慢地问我：你都想看什么书呀？写个书单子给我吧！

　　我当时心想，莫非这家伙真是有藏书，还是驴死不倒架摆这个派头？因为我知道他以前是我们农场办公室的主任，当过志愿军，1958 年随十万转业官兵到北大荒，"文化大革命"倒了霉，被打成走资派批斗之后，发配到兽医站钉马掌。但他的口气似乎不容置疑，半信半疑之中，我写下三本书的书名。到现在我依然清晰地记得：一本是亚里士多德的《诗学》，一本是伊萨科夫斯基的《论诗的秘密》，一本是艾青的《诗论》。说老实话，我心里是想为难他一下：别那么牛，这三本书就是在北京当时也不好找，别说在这荒凉的北大荒了。

谁想到，第二天一清早，他把用报纸包着的三本书递到我的手中，打开一看，居然一本不差。我对他不敢小看，不知水到底有多深。

在北大荒最后的两年，曹大肚子那里成了我的图书馆。但是，每一次借书，他都要我写个书单子，他回家去找，这成了一个铁打不动的规矩。一般他都能够找到，如果找不到，他就替我找几本相似的书借我。他从不邀请我到他家直接借书。我也理解，既然藏着这么多的书，他肯定不想让人知道，要知道那时候这些书都是属于封资修，谁想惹火烧身呀？我便和他一直保持着这样的借书关系，每一次都跟地下工作者在秘密交换情报似的。但心里总是充满着好奇，这家伙到底藏着多少书？便蠢蠢欲动总想到他家里去看个究竟。这样的念头就像是皮球一次次被我压进水里，又一次次地浮出水面。

1974 年的春天，我离开北大荒，就在我离开之前的那年秋天，我下决心不请自来到他家里去一探虚实。到现在也忘不了那个晚上，我刚刚推开他家的篱笆门，一条大黄狗汪汪叫着就扑了上来，一口咬在我的右腿上，把我扑倒在地。曹大肚子两口子闻声跑了出来，一看是我，把狗唤住牵过去后忙问：咬着没有？幸亏我穿着毛裤，才没咬伤我的肉。不过，外面的裤子和里面的秋裤都被咬了个大口子。曹大肚子只好无可奈何地把我迎进门。

一进屋，我就四下打量，一间屋子半间炕，几把破椅子，一个长条柜，那些书都藏在哪里呢？曹大肚子知道我到他家来的目的，却还是像平常那样不动声色，递给我一张纸和一支笔，依然是老规矩，让我先写书名，然后拿起我写的书单子，没有任何表情地说了一句：我帮你找找看。看来我被他家狗咬的惊险举动，根本没有感动他。

那次，我写的是陈登科的《风雷》、费定的《城与年》几本书名。他让我等等，自己一个人走出了屋。他老婆在里屋踩着缝纫机替我补被狗咬破的裤子，一时没注意我，缝纫机的声音很响，像是我怦怦的心跳声。我犹豫了一下，还是穿着一条秋裤，悄悄地跟着他走出了屋，只见他走进他家屋旁的一间小偏厦，那是一般家里放杂物和蔬菜的仓库。门很矮，他凸起的大肚子很碍事，弯腰走进去有些艰难。看他走进去了半天，我在犹豫是不是也跟着进去。那条大黄狗正吐着舌头，蹲在偏厦门口不远的地方，凶狠狠地望着我。我到底忍不住好奇心的诱惑，豁出去了，还是走了过去，一边走一边胆战心惊望着那狗，还好，它没叫唤，也没扑过来。

走进偏厦一看，好家伙，满满一地都是用木板子钉的箱子，足足十几个，里面装的都是书。那一刻，我真的有些震惊，想不到一个老北大荒人，在那样偏僻的地方，居然能够拥有那么多的书，而且把那么多的书藏了下来，心里暗想，这得花多少工夫、精力和财力才能够做到啊。

曹大肚子正俯着身子，聚精会神地替我找书。我站在他的身后好久，他居然没有发现。门敞开着，风吹进来，吹得马灯的灯芯弓成他一样的样子，和他胖胖弯腰的影子一起映在墙壁上，很像是一幅浓重的油画。

这时候，他回过头来，看见了我，他先是惊讶地眉毛一跳，然后嘿嘿地一笑，我也跟着他嘿嘿地一笑。那一刻，我到现在还清晰地记得，他的手里正从箱子里拿出一本陈登科的《风雷》。

从此，他家对我门户开放。我非常地感谢他和他的那些书，在那些充满寂寞也充满书荒的日子里，他家的那些书奇迹般地出现，让我感到荒凉的北大荒神奇的一面，让我对书、对这片土地不敢小视不敢怠慢不敢轻薄，让那些日子有了丰富而温暖的回声。

2004 年 8 月北大荒归来

年轻时去远方漂泊

寒假的时候，儿子从美国发来一封 e-mail，告诉我利用这个假期，他要开车从他所在的北方出发到南方去，并画出了一共要穿越 11 个州的路线图。刚刚出发的第三天，他在得克萨斯州的首府奥斯汀打来电话，兴奋地对我说这里有写过《最后一片叶子》的作家欧·亨利博物馆，而在昨天经过孟菲斯城时，他参谒了摇滚歌星猫王的故居。

我羡慕他，也支持他，年轻时就应该去远方去漂泊。漂泊，会让他见识到他没有见到过的东西，让他的人生半径像水一样蔓延得更宽更远。

我想起有一年初春的深夜，我独自一人在西柏林火车站等候换乘的火车，寂静的站台上只有寥落的几个候车的人，其中一个像是中国人，我走过去一问，果然是，他是来接人。我们闲谈起来，知道了他是从天津大学毕业到这里学电子的留学生。他说了这样的一句话，虽然已经过去了十多年，我依然记忆犹新："我刚到柏林的时候，兜里只剩下了 10 美元。"就是怀揣着仅仅的 10 美元，他也敢于出来闯荡，我猜想得到他为此所付出的代价，异国他乡，举目无亲，风餐露宿，漂泊是他的命运，也成了他的性格。

我也想起我自己，比儿子还要小的年纪，驱车北上，跑到了北大荒。自然吃了不少的苦，北大荒的"大烟泡儿"一刮，就先给我了一个下马威，天寒地冻，路远心迷，仿佛已经到了天外，漂泊的心如同断线的风筝，不知会飘落在哪里。但是，它让我见识到了那么多的痛苦与残酷的同时，也让我触摸到了那么多美好的乡情与故人，而这一切不仅谱就了我当初青春的谱线，也成了我今天难忘的回忆。

没错，年轻时心不安分，不知天高地厚，想入非非，把远方想象得那样好，才敢于外出漂泊。而漂泊不是旅游，肯定是要付出代价的，品尝一些人生的多一些滋味，也绝不是如同冬天坐在暖烘烘的星巴克里啜饮咖啡的一种味道。但是，也只有年轻时才有可能去漂泊，漂泊，需要勇气，也需要年轻的身体和想象力，便收获了只有在年轻时才能够拥有的收获，和以后你年老时的回忆。人的一生，如果真的有什么事情叫作无愧无悔的话，在我看来，就是你的童年有游戏的欢乐，你的青春有漂泊的经历，你的老年有难忘的回忆。

一辈子总是待在舒适的温室里，再是宝鼎香浮，锦衣玉食，也会弱不禁风，消化不良的；一辈子总是离不开家的一步之遥，再是严父慈母、娇妻美妾，也会目光短浅，膝软面薄的。青春时节，更不应该将自己的心锚一样过早地沉入窄小而琐碎的泥沼里，沉船一样跌倒在温柔之乡，在网络的虚拟中和在甜蜜蜜的小巢中，酿造自己龙须面一样细腻而细长的日子，消耗着自己的生命，让自己未老先衰变成了一只蜗牛，只能够在雨后的瞬间从沉重的躯壳里探出头来，望一眼灰蒙蒙的天空，便以为天空只是那样的大，那样的脏兮兮。

青春，就应该像是春天里的蒲公英，即使力气单薄、个头又小、还没有能力长出飞天的翅膀，借着风力也要吹向远方；哪怕是飘落在你所不知道的地方，也要去闯一闯未开垦的处女地。这样，你才会知道世界不再只是一扇好看的玻璃房，你才会看见眼前不再只是一堵堵心的墙。你也才能够品味出，日子不再只是白日里没完没了的堵车、夜晚时没完没了的电视剧和家里不断升级的鸡吵鹅叫、单位里波澜不惊的明争暗斗。

意大利尽人皆知的探险家马可·波罗，17 岁就曾经随其父亲和叔叔远行到小亚细亚，21 岁独自一人漂泊整个中国。美国著名的航海家库克船长，21 岁在北海的航程中第一次实现了他野心勃勃的漂泊梦。奥地利的音乐家舒伯特，20 岁那年离开家乡，开始了他维也纳的贫寒的艺术漂泊。我国的徐霞客，22 岁开始了他历尽艰险的漂泊，行万里路，读万卷书……当然，我还可以举出如今被称之为"北漂一族"——那些生活在北京农村简陋住所的人们，也都是在年轻的时候开始了他们的最初的漂泊。年轻，就是漂泊的资本，是漂泊的通行证，是漂泊的护身符。而漂泊，则是年轻的梦的张扬，是年轻的心的开放，是年轻的处女作的书写。那么，哪怕那漂泊是如同舒伯特的《冬之旅》一样，茫茫一片，天地悠悠，前无来路，后无归途，铺就着未曾料到的艰辛与磨难，也是值得去尝试一下的。

　　我想起泰戈尔在《新月集》里写过的诗句："只要他肯把他的船借给我，我就给它安装一百只桨，扬起五个或六个或七个布帆来。我决不把它驾驶到愚蠢的市场上去……我将带我的朋友阿细和我做伴。我们要快快乐乐地航行于仙人世界里的七个大海和十三条河道。我将在绝早的晨光里张帆航行。中午，你正在池塘洗澡的时候，我们将在一个陌生的国王的国土上了。"那么，就把自己放逐一次吧，就借来别人的船张帆出发吧，就别到愚蠢的市场去，而先去漂泊远航吧。只有年轻时去远方漂泊，才会拥有这样充满泰戈尔童话般的经历和收益，那不仅是他书写在心灵中的诗句，也是你镌刻在生命里的年轮。

2004 年初于北京

青木瓜之味

　　大约是四年前初春的一个星期天下午，我去邮局发信。邮局离我家不远，过了马路，走两三分钟就到。就在要到邮局的时候，一个年轻的女子和我擦肩而过。忽然，她停住脚步，回头看了我一眼。那一眼的眼神很亲切，也有些意外的惊奇，仿佛认出了一个熟人而与之邂逅相逢。那眼神闹得我以为真的碰见了什么认识的人，便也禁不住停住脚步，看了她一眼：年龄不大，也就二十出头，模样清爽，中等身材，瘦削削的。看她的装扮，初春时节还穿着一件臃肿的棉衣，就猜得出是一个外地人，大概是打工妹。我仔细地想了想，从来没有见过这么个人，她肯定是认错了人。于是，我笑笑自己的自作多情，向邮局走去。

　　我走了没几步，她从后面跑了过来，跑到我的面前，这让我很吃惊，不知碰见了什么人。只听见她用南方那种绵软的声音仔细而小心翼翼地问我："你是不是肖复兴老师？"我越发的惊讶，她居然叫出了我的名字，木讷在那里，近乎机械地点了点头。

　　她一下子显得很兴奋，接着说："刚才你迎面向我走来，我看着你就像。我读中学的时候就看过你写的书，你和书上的照片很像。真没有想到怎么这么的巧，今天在这里遇见了你！"

　　原来是一位读者，大概她这番热情的话，很能够满足我的虚荣心，尤其是听她说她喜欢我写的一些东西，特别是说她读中学的时候读我写的东西对她有帮助，一直忘不了……我就像小学生爱听表扬似的，立刻有些发晕，找不着了北，站在街头和她聊了起来，一任身边车水马龙喧嚣。

　　从她那话语中，我渐渐地听明白了，从小在南方农村长大，中学毕业，她没有考上大学，家里生活困难，就跟着乡亲来到了北京打工，住的地方离我家不算太远，要走半个小时左右，今天星期天休息，她是刚刚到邮局给家里寄钱，并发了一封平安家信。虽是萍水相逢，只是些家常话，却让我感到她像是在掏心窝子，一下子竟有些感动，没有想到只是写了一些平常的东西，能够让心拉近，距离缩短，心里想也应该说是如今没什么用处的文学的一点特殊功能吧。于是，我进一步犯晕，沿着斜坡继续顺溜地下滑，不知对她的热情如何回报似的，竟然指着马路对面我家住的楼对她说："我家就住在那里，你有空，欢迎你到我家做客。"说着把地址写给了她。她高兴地说："太好了，我一定去！"

回到家后，我就把这件意外相逢的事情当作喜帖子，向家里的人讲了，不想立刻遭到全家一盆冷水浇头，纷纷说我："你以为你遇到了知遇知心呢？别是个骗子吧？""可不是，现在骗子可多着呢，你可别忘了狐狸说几句赞扬的话，是为了骗乌鸦嘴里的肉。""什么？你还把咱家的地址告诉了人家？你傻不傻呀？你就等着人家上门找到你头上来骗你吧！""要真是找上门来，骗几个钱倒没什么，可别出别的事！"……

一下子，说得我有些发蒙。一再回忆街头和那个年轻女子的相遇和交谈，不像是个狐狸似的骗子呀，再说，她肯定是读过我写的书，要不也说不出书名，并且能够对照着书上的照片认出我来呀。但家里的人说得也没有错，谁也不会把骗子两字写在脑门上，高明的骗子现在越来越多，防不胜防。这么一想，心里连连后悔，而且不禁有些发虚，嘲笑自己如此可笑，禁不住两碗迷魂汤一灌，就如此容易轻信上当，真是百无一用是书生。一连多天，都有些提心吊胆，怕房门真的被敲响，开门一看，是这个年轻的女子登门拜访，后果不可收拾，不堪设想。

好在一连好多天过去了，都平安无事。

时间一长，这件事情渐渐淡忘了。偶尔提起，被家人当作笑话嘲笑我一番。我心里想，即使不是骗子，也只是街头的一次巧遇或萍水相逢，别再犯傻了，被人家两句过年话一说就信以为真。即使人家不骗你，没准还怕你骗人家呢。

将近一年过去了，春节过后，我们全家从天津孩子的姥姥家过完年回家，刚上电梯，开电梯的老太太对我说："你先等我一会儿，前两天有人来找你，你没在家，把带来的东西放在我这里了。"开电梯的老太太是个热心人，住在楼里的人要是不在家，来人送的信件报纸或其他的东西，都放在她这里。

她家就住在楼下，不一会儿，就拿来一包用废报纸包着的东西。回家打开包一看，是两个青青的木瓜。木瓜的旁边有一张小纸条，上面写着两行小字，大概意思是：你还记得吗，我就是那天在邮局前和你相遇的人，我一直想来看你，工作太忙了，一直没有时间。我过年回家带给你两个木瓜，是我家自己种的，只是一点心意。祝你写出更多更好的作品！下面没有写下她的名字，只是写着：一个你的读者。

全家都愣在那里，谁都说不出一句话来。

我永远也不会忘记这个年轻而真诚的女子，不会忘记这件事情，不会忘记这两个木瓜。总记得切开木瓜时候的样子，别看皮那样的青，里面却是红红的，格外鲜艳，特别是那独有的清香味道，在房间里飘曳着，好多天没有散去。

2004 年元旦试笔于北京

弟农小镇拉伯雷酒吧 浪啤

甜的尴尬

甜的味道，我们常常爱说的是：糖一样的甜，蜜一样的甜。在以往的年代里，甜的味道曾经对于我们是多么的诱人。哪怕仅仅是一块普通硬块的水果糖，也只有是在过年的时候才能够品尝得到的稀罕物。

是的，那是在物质贫匮的时代，糖的甜味，自然成了一种梦想，一种象征。到了我读中学的 60 年代，在那天灾人祸所交织而成的饥饿岁月里，人的肚子都填不饱，糖更只是一种奢侈，便也越发显得格外的珍贵。那时候，每户每月只有半斤的糖票，可怜巴巴那一点点糖，掠过舌尖的感觉才让人越发的难忘。缺少什么才会想什么，缺糖而对糖的渴望，才会如思念一样加深而与日俱增。那时，我家都买些现在早已经被淘汰的糖精，搅拌在水里喝，或掺在包子馅里吃，聊以弥补糖的缺失，让这种替代的赝品登堂入室，成了上演在那个年代里糖的 B 角。当然，糖的 B 角，还可以是刚刚成熟的青玉米秆，那里面的一丝丝甜味，权且可以填充一丝肚子里对糖分的严重亏空。

即使已经到了 70 年代，我们从北京探亲后回到插队的北大荒带回的水果糖，或者结婚的人家分发的牛奶糖，仍然是难买到的，仍然是珍贵的东西。那时候，到王府井的百货大楼买水果糖的顾客要排长队，糖果专柜利索得如机器一般一抓一准的张秉贵师傅，成了全国人民熟悉的人物，便不觉得奇怪了。而在那时，我将吃过和没吃过的牛奶糖纸，花花绿绿地积攒了满满的一大本，也可以说是只有那个年代才会有的爱好。说是爱好，其实是对糖和溶化在糖里面那个年代的味道的一种向往和纪念。

如今，谁还会在乎糖呢？不仅不会再有对糖的那种渴望，而且对糖有些避之而唯恐不及，甚至对糖有了恐惧之感，以为糖是高血糖、高血脂、高血压"三高"乃至肥胖的罪魁祸首之一。于是，少吃糖成了一种趋势和时尚，不带糖的点心、酸奶和饮料等等产品应运而生，曾经被我们视为那么难得珍贵的糖退避三舍，甜的味道，已经像是过了气的明星似的不值钱，不招人待见。现在讲究的口味是清淡，甜成了腻的代名词，清淡对比甜的味道，仿佛妙龄少女对比着人老珠黄。真是三十年河东，三十年河西，糖和甜，竟然如此迅速地沦落，一落千丈。

想到这些，有时让我有些莫衷一是，不知是在历史的发展中糖和甜真的走到了尽头，才出现如此的尴尬，还是我们对糖和甜有些背信弃义。别人家不说，单说我家，去年的秋天我去苏州，买回两袋苏州的特产松子糖，一年过去了，一袋打开只吃了几块，另一袋索性根本没有开封。糖和甜，就是这样的被我们自己蒙上了一层阴影，看着它们，自己不由得先叹一口气。

一直到前些日子我到了土耳其，糖和甜，才又让我的眼睛一亮，仿佛他乡遇故知像碰见了以前的老朋友一样，让日子和许多的情景温暖地回到了从前。

我不知道在世界上还有没有像土耳其这样热衷糖和甜的地方了，反正在我们这里已经没有了。那一天，土耳其的朋友带我们到伊斯坦布尔的古城一个叫作 Karakoy Guilluoglu 的地方，别看藏在窄小的胡同里，却是土耳其一家有着悠久历史的老店，楼上专门制作、楼下专门卖各种甜点，天热的时候，带凉伞的圆桌摆在门外的街上。早知道土耳其的甜点是非常有名的，没有想到的是不仅花样品种多得让我眼花缭乱，更主要的是那种甜，是我已经多年没有尝到的，或者说是根本从来就没有尝到过的。不是一般的甜，也不是齁嗓子的甜，而是深至心底乃至骨髓的甜。如果说我在北京或国内其他地方尝到的甜是一的话，那里的甜则是一百。如果说我们这里的甜只是一朵花的话，它那里的甜已经是一棵巨无霸似的大树。如此的甜，尝了几口之后，真是让我有些望而却步，同伴之中竟然有人吃了那里的甜点之后太不适应，以致被这般甜闹得鬼魂附体似的呕吐不止。

而土耳其人则不然，人家吃得格外来情绪，觉得是最好的享受，还热情地非要带我们上楼去参观他们甜点的制作过程。莫非他们不在乎"三高"和减肥？还是他们的味蕾和我们有着很大的区别？或许他们的生命中天生的就缺少糖分需要不断地补充，就如同我们这里普遍缺钙或肾虚一样？我实在闹不明白他们为什么对甜是如此的一往情深和不可或缺。

　　在土耳其多待了一些日子，我渐渐地明白了一些其中的原因。糖的发现，作为农业时代是一件大事，甜曾经是人类一大欲望。由于蜂蜜和甘蔗的出现，真正糖的大量生产，在世界上普及开来，是在 19 世纪末期的事情了。许多曾经对于人类重要的事情，在许多地方都已经被人无情而自以为是地抛弃，以为那不过是时代的发展和人类的进化。土耳其人可贵而专一地保持着对糖和甜这一带有原始意味的感情，在土耳其其他地方，都可以买到各式各样的糖和甜点，而且几乎每一处的糖和甜点，都有自己的风味而形成当地的特产，这已经是和他们拥有的清真寺一样悠久、一样众多而值得骄傲的传统。我便也就多少明白了，18 世纪英国的作家乔纳森·斯威夫特为什么将甜和光明相提并论，并说这是我们人类"两件最高贵的事情"了。那是只有经历了那个时代的人才会拥有发自肺腑的至理名言。

　　许多高贵的事情，许多古典的情怀，就这样渐渐地离我们远去。

2003 年 11 月 30 日于北京

洛杉矶地区经营方川省到这样美丽的葡萄庄院

钟和表

钟表，一个词，两个意思：钟是钟，表是表，绝对不是一样东西。表是戴在腕上的或揣在怀里的，肌肤之亲，形影相随，属于私人；钟是摆在外面的，哪怕只是一只床头的小闹钟或是一座墙上的挂钟，和人也有距离。如果钟悬挂在大街的钟楼之上，其公共性明显地区别于私人性的表。你可以把表当成自己的宠物，养在自己的手边，任你自己尽情地摩挲，但要想看真正意义上的大钟，你只能到外面去了。

一般而言，表是一夫一妻的配置（很少见一人戴两块手表的），钟则是大众情人，你什么时候走到大街上，她们都如同打开电视就能够蹦出来的主持人一样，老远就媚眼十足地候着你呢。当然，钟的性别并不见得一定非女性莫属，如果把手表比作小家碧玉，那种屹立在大街上钟楼上的大钟，则是巍峨凛然的男人大将军。钟和表的搭配，是阴阳匹配，对位在时间之河的此岸与彼岸，既可以在家享开轩面场圃、把酒话桑麻之乐，又可以出外观白日依山尽、黄河入海流之景。

不管你相信不相信我这样的说法，我是确信不疑的。先不说表，单只说钟，最初的感觉源于到故宫的钟表馆，小时候看里面陈列着各国进贡清廷的各式钟表，突然之间，乱钟齐鸣，那金属质感一般脆生生的响声回荡在钟表馆里的时候，真是吓了我一跳。事过多年，看电视连续剧《走向共和》，被慈禧废掉的光绪皇帝，幽闭在宫廷中摆弄着这些钟，让这些钟一起发出响声，那种声音光怪陆离，仿佛从冥冥中另一个世界飘来，让人不寒而栗。小时候，我家住在前门附近，从故宫出来，我第一次有意识地抬头看一眼前门火车站钟楼上的钟和东交民巷银行大楼上的钟，钟高高在上的感觉，尤其是回荡在空气中的响亮的钟声，随尘埃一起飘散落定，有一种洞悉世事与俯视苍生的威严。

这种感觉，一直到20年前我第一次出国，蓦然重新兜上心头。在莫斯科的红场上，我见到了梦中久违的克里姆林宫钟楼上的大钟。已经是晚上八点，夕阳还辉煌在红场上空，多明戈男高音一样的钟声在阳光中激情四溢地荡漾。想起"文化大革命"中自己曾经写下过"要把克里姆林宫的红星点亮，要把克里姆林宫的钟声重新敲响"的诗句，如今真的听见了克里姆林宫的钟声，并没有经过我们的重新敲打，就在旁若无人地回荡，心里对它的感觉忽然有一种畏惧，那是对时间的畏惧，逝者如斯，克里姆林宫的大钟还在，而一代人的青春已经不再。

和钟邂逅相逢，最神奇的一次在捷克的首都布拉格。天下着淅淅沥沥的秋雨，而且午饭的时间已到，主人坚持一定要去看看老城广场的一座老钟。那是市政大厅的塔楼上中古时代的一座天文老钟，钟楼非常别致，由上下两个大钟组成，上面的钟代表着年月日，下面的钟上由十二个月不同的画面围成一圈，两侧各有一扇蓝色的窗户，每当正点到来的时候，钟的顶端会出现一个骷髅敲钟，两扇蓝色的窗户里次第走出十二个信徒，他们是太太鬼、流浪艺人、读书人、花花公子……代表着社会的各个阶层，手里举着各自的象征物品十字架、书、剑……代表着不同身份的人，在纷纷向人们鞠躬致敬。他们走完一圈，骷髅敲完钟退去之后，会跳出一只公鸡仰着脖子来打鸣。据说，骷髅的出现是要告诉人们死亡对任何人是一律平等的；公鸡打鸣象征着希望，提醒人们谁也不要放弃希望。

被主人疾步匆匆地拉着赶到这座钟楼下面，是中午十二点刚刚要到之前，为的就是看这座天文钟的表演。雨越下越大，这里仍然是人山人海。据说，当时将这座奇特的古钟造好之后，市政府派人将造钟的钟表匠的眼睛扎瞎，为的是让这座古钟绝无仅有。钟表匠气愤之极，便将钟的装置破坏，使得好长时间钟无法走时。几个世纪过去了，钟依然生机盎然摆动在我们的面前，骷髅照样敲钟、公鸡照样打鸣、十二个信徒照样次第而出向人们致敬。老钟的诞生和存在，是人类精神文明的产物，是谁也破坏不掉，垄断不了的。面对战争，或者强权，钟都是这样有着长久的生命力。到了该敲钟的时候，布拉格老城广场的古钟一样跳出骷髅、公鸡来敲钟、打鸣，稍稍提醒我们一下关于死亡和希望这样永恒的话题。

　　如果说表是属于我们私人的珍藏，吻合着我们的心跳脉搏，悄悄地滴答着我们生命谱线；那么，钟，无论和你邂逅相逢的钟是新是老，它们则是属于我们生存的背景空间，既敲响出现在进行时态，也回荡在历史的苍茫回忆之中。手表也许是你的红颜知己，相伴你的终生；钟可能是你的智慧老人，指点你的迷津，春潮带雨晚来急，野渡无人钟自鸣。

　　没错，月到波心、风生袖底的手表，是一首珠圆玉润的柔板小令；霜鬓如雪、青铜器一样的老钟，却是一阕沧桑纵横的伊索寓言。腕上风云，可以花香灯影，柳暗烟笼；空中钟声，却可以是日照江山，星垂平野。更何况，再名贵的手表，可以是属于你自己；再破旧的老钟，纵使你花钱买下，也不仅仅属于你自己。手表是一株芳香迷人的君子兰或薰衣草，老钟却是一棵参天的大树，哪怕是一棵枝叶凋零的树。树，属于天空；钟，属于世界。表，属于时间；钟，属于岁月。是的，它们的区别就是这样，就像一个明喻一个暗喻一样，就像一个散文一个诗一样。

2003 年 10 月北京

苹果寓言

苹果是一种古老的水果。我不知道我们中国什么时候有的苹果，在我们古代诗歌里，对于果木的赞美的诗有很多，但专门吟咏苹果的，我还没有见过，也许是我的见识浅陋。我只知道，苹果在欧洲起码有几千年的漫长历史了，苹果是传说中伊甸园里命运之果，亚当夏娃偷吃的禁果就是苹果。古罗马的博物学家普林尼说早在古罗马时代意大利人就培养出了23种不同品种的苹果，跟随着罗马帝国的西进在整个欧洲传播开来，据说现在在圣诞节的英国女士专门爱吃的一种扁平细小的苹果，就是那23个品种中保存下来的一种。

对于苹果的赞美，从古至今在绘画和文学作品中都可以找到许多。从丢勒和克拉纳赫的油画，到欧里庇德斯、莎士比亚，一直到泰戈尔和里尔克以及普列什文，都有描写苹果的诗句。高尔斯华绥写过小说《苹果树》，普宁写过小说《冬苹果》，契诃夫的小说《新娘》也特意把新娘娜嘉要离家出走放在家乡的苹果园中，巴乌斯托夫斯基的小说《盲厨师》中，更是要将莫扎特为临终前的盲厨师演奏的场景，放在了盲厨师眼前那苹果花开的四月清晨。

这样的例子可以举出许多。为什么人们对于苹果赋予如此的感情？我想大概因为苹果确实甜美好吃，苹果普及得很，到处都能够看到。苹果树从来不假贵族，而是十分的贫民化，而且，苹果树一般都长得并不高大，绝不拒人千里之外，而是伸手可摘，显得那样温柔可亲。起码不像是荔枝那样的高贵，一骑红尘妃子笑，无人知是荔枝来。

没错，苹果是大众化的水果之一，在世界水果产量最高的，第一是香蕉，第二就是苹果。美国19世纪著名的牧师亨利·沃德·比彻尔曾经说苹果是最民主化的水果："不管是被忽视，被虐待，被放弃，它都能够自己管自己，能够硕果累累。"

比彻尔说得极对,苹果树的生命力极顽强,耐寒力超过任何水果,大概是能够生长在纬度最高地方的水果了吧。在俄罗斯,在捷克,在波兰,纬度都要比欧洲其他的国家要高,我都看见过公路两旁的苹果树,迎着料峭的风,或开花,或结果。掉在路旁的苹果,他们从来不捡,公路旁一公里左右的苹果,他们不吃,因为有来往汽车的污染,苹果不新鲜。就让它们烂在那里,作为苹果树的肥料。他们常常在衣袋里或背包里带上几个苹果,递给你吃,那苹果很小,但很甜,而且他们从来不削皮,认为苹果皮的营养很丰富。见你犹豫着不吃,他们会自己先一口咬下小半个苹果,然后催促你,吃吧,洗干净的。吃苹果,他们就像抽烟一样平常,不像我们有时候非要正襟危坐,拿出水果刀一圈圈来削皮,还要切成一瓣瓣的,再翘着兰花指用牙签来签着吃,把一种本来很乡土很贫民化的苹果搞得像进了宫廷的宫女。

在北大荒插队的时候,那里没有别的果树,只能够种苹果树,是国光品种,果子不大,有些发酸,但很脆。苹果下树没多久,冬天就来了。北大荒的冬天来得早去得晚,"大烟泡儿"一刮,冷得很。因此,苹果很难过冬,当地老乡曾经把苹果储存在菜窖里,土豆都冻成了冰坨,苹果更是早就冻黑冻烂了。我们刚去的第一年,心里充满着好奇和好胜,秋天到来的时候,苹果树挂果了,菜地里的卷心菜也开始抱心了,我们想出这样一个高招儿,把苹果放在卷心菜的菜心里,等卷心菜的叶子一层层地长出来,把苹果就紧紧地包在菜心里了。收卷心菜时,我们把包着苹果的卷心菜放进菜窖里,到新年和春节的时候,打开卷心菜,一个个红红的苹果滚了出来,居然一点没有冻,咬一口,还是那么脆生生的。如果说在北大荒我们有什么发明创造的话,这应该算一项吧。当然,也是苹果自己的生命力旺盛,用北大荒的话说是"抗造"。可以说,它们是在北大荒的冬天和我们唯一相依为命的水果了,在新年和春节的时候,它们给我们欢乐,并让我们想起了遥远的家。

据统计,世界每年苹果的产量有几千万吨,美国产量最高,占了世界将近四分之一。美国人对苹果情有独钟,在他们国土刚刚开发的时候,是苹果帮助他们将荒原改造成了家园。美国有名的民间英雄"苹果佬约翰尼",就是当年用了一生四十年的生命时光将苹果树的种子撒在俄亥俄州的荒野上的。

美国向世界出口最多的苹果,是我们现在相当熟悉的蛇果。据说,这是当年在爱荷华培养出的新品种，1893 年参加了密苏里路易安纳一次比赛中，获得了头奖而被命名为蛇果的，蛇果英文意思是"美味"，因为那时的蛇果"甜得没有了方向"。至今在爱荷华农场的苹果树林中，还能够找到当年第一次结出如此"甜得没有了方向"的那棵老苹果树，在这棵老树的旁边，为它立有一块花岗岩的纪念碑。

如今，蛇果在我国已经快臭了街。记得 90 年代初，在珠海海关前的免税商店，第一次见到这种从美国进口来的蛇果，特意买了几个带回家，却全家人谁也不愿意吃。并没有想象中的那么甜，关键是太面，有些像我们早就淘汰了的锦红苹果。

我猜想 1893 年时的蛇果大概不会这样，一百多年过去了，再好的茶冲到现在也不会是原来的味道了。几千年以来，苹果和人类同呼吸共命运，人类改造着它的命运，也改变着它的口味，苹果树越来越像是人类驯养的狗一样，只能够唯命是从，苹果的拟人化、规模化和商业化，使得它们的爹妈越来越集中在少数的品种之中，退化是必然的。苹果树，就像一个耕地的牲口一样，被我们使得太狠了，它们原来的野性已经渐渐失去了许多，它们的创造性就越来越差。

美国生物学家迈克尔·波伦在他的《植物的欲望》一书的"苹果"一章里，特意列举了这样一个事实，前苏联的生物学家列宁农业科学院院长尼古拉·瓦维洛夫早在 1922 年就发现了哈萨克斯坦阿拉木图一带的野生苹果树林，为了研究苹果的遗传基因多样性，他要求保护这片在世界范围内少见的野生苹果树林，却成了斯大林时代对遗传学大批判的牺牲品，先是被关进监狱，后被折磨死在集中营。为了苹果，还有比他付出更惨重代价的人吗？

波伦接着说，1989 年，瓦维洛夫的学生如今 80 岁高龄的生物学家艾玛卡·迪杰高里夫邀请一批科学家到阿拉木图那片野生苹果树林来看，希望他们能够帮助他挽救它，"因为一个房地产开发的热潮正从阿拉木图向周边的丘陵地带扩散开来"。

我们怎么还能够吃到那种"甜得没有了方向"的苹果？我们就是这样破坏着和我们人类几千年以来相依为命的苹果，而且，不仅是苹果。所以，苹果的历史就是我们自己的一部历史，苹果自身就是一则现代寓言。

2003 年 8 月 19 日

95 几经历历以故居

F. X. 2005.

明信片

出国到一个陌生的地方，我总要买一张当地的明信片寄回家。虽然现在电话和"伊妹儿"方便得很，总觉得没有明信片可以长期保留着当时的信息和气息。即使和信件相比，明信片上面多出的画面，时过境迁之后看到它，一下子就能够想起当年的情景，一目了然而活色生香起来。特别是国外的明信片印制得都非常漂亮，无论是当地的风光风情，还是当地的名胜名人，构图都比较别致，可以当成美术作品来欣赏。当然，更重要的是流年暗换之后，明信片能够唤回我许多回忆，清新如昨而不被尘埋网封。将那些明信片摆出长长的一串，雪泥鸿爪，像是回头看自己曾经走过的足迹。

在国外买明信片，一般比较容易，旅游点都会有卖的，琳琅满目，可劲儿地随你挑。寄明信片，有时就难点儿，因为人生地不熟，有时时间又紧迫，找邮局就显得捉襟见肘。于是，在匆忙之中找邮局，就成了我旅行中有意思的经历。

前不久到土耳其和波兰去了一趟。在伊斯坦布尔住郊外，根本找不到邮局，到城里，不是去参观去购物就是去吃饭，完了事立刻上车走人，不容我有片刻时间去找邮局。那一天，到 Carusel 购物，那是伊斯坦布尔的一家很大的商厦，位于闹市，门前的街道不宽，但商店林立，人流如鲫。我想附近总该有邮局吧，匆匆在 Carusel 逛了一圈，便走了出来，在四周的大街小巷找了半天，也没有找到邮局，问了好几个人，也都是一问摇头三不知。这时候，同行的大多数人已经逛完了商厦出来坐在车上，车子很快就要开了。我不甘心，临上车前又问了一位在街边上好像在等人的老头，听完我的问话，他也是摇头，我正要失望，他却紧接着用英语对我说："请等等。"说罢，拔腿穿过车水马龙的街道。隔着一条街，我看见他一连问了好几个过往的行人，听不见他说话，只看见他的嘴和胡子以及手一起在动，中间不断有汽车遮挡住了我的视线，那情景就好像在看电影里的默片。我看见他似乎终于问到了，腿迈下马路牙子要往我这边走，我赶紧向他招手，跑了过去。果然，他问清了，邮局离这里并不远，只是藏在一条很窄的小巷里。他怕我找不到，一直送我到了那条小巷的巷口。

在华沙，从肖邦故居回来，直奔到文化宫看演出，演出要在晚上开始，时间很充裕。正好刚在肖邦故居买了几张明信片，便放心去找邮局。文化宫在元帅大街上，那里是华沙的市中心，想找一家邮局该不是难事吧，谁想一直找到了夜幕垂落华灯初放，也没有找到邮局，心想莫非华沙人都不寄信怎么着？天黑路又不熟，那时已经不知自己在哪里，方向都弄不大清了，不敢恋战，正想打道回府，看见一个学生模样的人夹着书走过来，想就再问最后一个人。他扬起年轻的脸听完我的问话，让我跟着他走，便跟着他穿街走巷一路迤逦而去。迷离的夜色和闪烁的灯光洒落在他的肩头，在我们的交谈中，我知道这位华沙大学历史系三年级的学生，对中国了解还真不少，不仅知道我们的孔子，还知道我们去年举办的肖邦音乐会。有了有趣的交谈，路显得短了，面前出现绿色的邮筒，他指指说到了，然后带我走进门，替我从一个机器前取下一张纸片，上面印着号码，他告诉我先在这里等候，等到柜台前的电子荧屏上出现我的号码再去寄我的明信片。

我不知道如果有外国人来到中国也想找邮局寄明信片，在时间就是金钱的今天，我们能不能有耐心和诚心为他带路去找附近的一家邮局。但我会的，因为我曾经受惠于人，可以说，在国外的任何一个地方，只要我寻找邮局，都曾经有一个陌生人帮我带过路。

明信片带给我的回忆和回味，远远超过明信片自身。

知道我有积攒明信片的习惯，我的一个学生，大学毕业后到国外留学，然后定居，十多年了，到过许多国家，每到一个新的地方，不管多么匆忙，即使后来她已经是三个孩子的母亲，拖儿带女的，都不忘给我寄一张当地的明信片。什么事情能够坚持十多年，都不那么简单，水滴石穿，就这样湿润着漫长的岁月和枯燥的日子。每次收到她的明信片，我都很感动。细心的她更不忘找当地几枚纪念邮票贴在明信片上，让明信片更加漂亮。那一年是凡·高逝世一百周年，她正好在荷兰一个叫作 Delft 的小城，特意买来荷兰新发行的纪念凡·高的一套邮票贴在明信片上。我可以猜想得到在一个陌生的小城找邮局，一定和我曾经有过的经历一样，虽然有意思，但也不那么容易。

儿子到国外留学之后，自然也不会忘记给我寄来明信片，在短短的一年时间里，寄来了 6 张。他到达学校的时候，是半夜，第二天起床办的第一件事就是寄来一张明信片，画面是一头肥壮的牛。一个月后，他又寄来第二张明信片，上面印着草原上的猪。我和他的妈妈一个属猪一个属牛，他在明信片上写着：亲爱的爸爸妈妈，这几天我们这里的气温突然下降了，中午还好，早晨和晚上已经很冷了，很多人都感冒了。我倒还好，只是有点嗓子疼，再有就是很想你们。

感恩节放假时，他和美国同学驱车近一千公里，到同学家过节吃火鸡，感受美国人的生活。那是一个最早由斯堪的纳维亚移民建设的小城，他没有忘记在那里买一张当地的明信片寄来。那是一张别致的明信片，是用当地的木片做成的，上面印有当地斯堪的纳维亚历史博物馆的黑白图案。匆匆之中，他在旁边写着几个字：爸爸妈妈，我在诺迈特，北达科他州，感恩节。很想你们。

今年的暑假，他去了密尔沃基，那是一个靠着密歇根湖的漂亮的城市，他从那里一下子寄来了两张明信片，一张是密尔沃基艺术博物馆现代派的建筑，一张是米罗的画，他在后一张明信片上面写着简单的两行话：这是米罗的画，挂在密歇根湖的边上，想起过去我们在北京看的米罗画展。等你们来了，再一起去这里看吧。

明信片就这样在不知不觉中成为我和孩子乃至全家生活的一部分。在分离的时候，它不仅是到此一游的纪念，更是传递我们彼此思念和牵挂的感情方式。特别是寄明信片时都是在行色匆匆之中，明信片上空白的位置有限，有限的字落在方寸之间，地远天长之外，纸短情长，要的是功夫。曾经读过法国诗人安·沃兹涅先斯基写过的一首诗，名字就叫《明信片》，诗很短，一共 8 行："从巴黎给你捎点什么？／除了衣裳，及其他杂物，／一张我们发黄的海报，／还有思念你的一丝凄楚。／这些礼品价值不高。／我看中了白色的凯旋门，／脑子里试量着你的身材，它像袒露背的连衣裙。"这是我看到的有关明信片最好的一首诗了，明信片带给诗人的想象，其实也是我们到达一个新地方特别是陌生国度时候，常常会触景生情而涌出的想象；而明信片带给诗人的感情，更是我们所赋予明信片的感情。即使我们不会写诗，那些明信片已经成了我们生活里别致而温馨的诗。

2003 年暑假于北京

美丽的手语

我第一次发现手语竟那么的美，是看中国残疾人艺术团的演出。那些聋哑的男孩女孩，站在舞台上，英姿飒爽，是那样的漂亮。尽管他们说不出一句话来，那无限丰富的表情与表达，却都倾诉在他们手指间的变化之中。他们的手指带动着整个手臂舞动着，是那样的充满韵律。我想起风中的树林，那一排排树木摇曳多姿的枝条，和尽情摇摆着的树叶，只有它们像是他们美丽的手语。

还有就是麦尔民（M.Nermin），是一位漂亮的土耳其中年女人，她站在这些可爱孩子旁边，为孩子们用手语报幕。她的手语，也是那样的漂亮，婀娜多姿，灵舞轻扬，和聋哑孩子们相得益彰，像是此起彼伏的浪花，彼此呼应着，富于律动。

那是在伊斯坦布尔。

也许，是我的见识有限，在此之前，我从来没有见过手语竟然也可以这样的漂亮迷人，是他们把手语化为了艺术。

第二天晚上演出前，在餐厅里，我意外见到了麦尔民。她端着餐盘正好坐在我的旁边，便聊了起来。我知道了她是土耳其 TRT 国家电视台手语节目的主持人，在土耳其非常有名，类似我们的敬一丹。她告诉我，在 9 岁之前，她一直以为手语就是人的唯一语言，因为那时在远离伊斯坦布尔的农村，她和她的父母生活在一起，她的父母是聋哑人，她从小和父母学的手语，靠的就是手语来和外界联系，并认知世界。中学毕业后，她没有上大学，直接参加了工作，她希望用自己的手语为聋哑人服务。25 岁的那一年，她发现电视中没有专门的聋哑节目。她希望填补这个空白，便给电视台的台长发去一份传真。如我们这里的许多事情一样常常是渺无回音，但是，她没有灰心，每周准时发去一份传真，一发发了 5 年，5 年始终没有回音。她知道可以是石沉大海，却也相信能够水滴石穿。再发，依然是每周一份传真，一直发到心诚则灵石头开花，一直发到电视台来了一位新台长，感动并同意了她执着的想法。她成了土耳其国家电视台第一位也是唯一一位手语节目的主持人。

她告诉我她在电视台整整干了十年。她又对我说在土耳其有 300 万聋哑人，也就是说不到 20 人里就有一个是聋哑人。她要做的就是让这个喧嚣的世界不要忘记他们，而给予他们更多的关爱。这时，她的手机响了，接过手机之后，她匆忙地站起身来，对我说：真抱歉，我的妈妈来了，在剧场门口等我。她的妈妈是专门来看今晚的演出的。

我和她一起走出餐厅，急急地向剧场走去。我很想看看她的聋哑妈妈是什么样子的。她远远地就看见了她的妈妈，跑了过去，那是一个慈祥的胖老太太，我想年轻的时候和她一样的漂亮吧？我站在旁边，看他们母女俩用手语交谈着，大概是在介绍我，一个不期而遇的中国朋友。在迷离的灯光下，她们的手语像波浪一样起伏着，像树枝一样摇曳着，无声而温馨，真的很美。如果说在此之前说人的手指和手臂也如脸上的笑靥和眼睛里的笑意一样动人，我是不大相信的，但现在我不仅相信了，而且觉得手语真是在丰富着人类的表情与语言，甚至相信我们现代的舞蹈语汇肯定从手语中汲取过营养，否则肢体语言不能够那么与聋哑人的手语有那样的相似和延伸。

最后一场演出结束的时候，我看见麦尔民走下舞台，远远的和台上的聋哑孩子们招手，打着手语，相互致意，迟迟不肯分离。在聋哑人之间，手语成了不用翻译的国际语言，能够迅速地沟通起陌生而遥远的心。虽然，麦尔民和那些聋哑孩子的手语我什么也看不懂，但他们彼此之间却会心会意，即使隔着再远的距离，那美丽的手语也如同轻盈的鸟一样，能够迅速地从那个枝头飞落在这个枝头，衔接起彼此的情意。那是有声的语言无法比拟的。

2003 年 5 月 28 日北京

忆秦娥

现在想想，其实大华也就比我大三岁，也就是说，我上小学三年级，他上初中；我上初中了，他已经升入中专了。那时不知怎么搞的，他显得比我大那么多，仿佛两代人似的。并非他长得人高马大，而是小时候我显得很弱小，跟没有长开似的，再加上他特别爱打架，总是挥胳膊动拳头，一脸凶神恶煞的样子，便显得越发比我强大许多。那时候，在我们大院里和我一样大或比我还要小的孩子，似乎都有这样的感觉，也都很怕他，老远看见他都躲着他。那时我们谁都没有想到，没有人和他玩，和他说话，他是很孤独的。

我们大院原来是北京前门一带很出名的一家会馆，在前门打磨厂只要一打听粤东会馆，老人们几乎没有不知道的。三进三出的大院子，前出廊，后出厦，大影壁、高碑石，月亮门、藤萝架，可以想象前清时建造它时的香火鼎盛。我们住在这院子里的时候，黑漆大门上的对联：诗书继世长，忠厚传家久，虽斑驳脱落，却还是在的。只是诗书难以继世，早不那么灵光了；忠厚也没能够传家，渐渐地变得不那么忠厚了，这在以后的日子里越发明显地显现出来，越发被人心叵测所替代。但是，人丁兴旺是比以前要翻了几番的，三教九流，孩子成群，尤其下午放学后和晚上的时候，我们这些半大孩子满院子疯跑，影壁前，枣树后，花架里，乃至公共厕所的墙根儿下，都成了我们捉迷藏的好地方。

好多次我们玩得兴味阑珊，准备往家里走的时候，大华常常会影子一闪，突然出现在我和弟弟的面前，二话不说，先把我弟弟一把推倒在地，再挥动他结实有劲的胳膊，上前就给我当胸一拳。他从不说为了什么，我们也从不问，彼此心里都明镜似的清楚得很：都是因为他的那两个姑姑。

大华家姓秦，他的两个姑姑叫什么，至今我也不知道，大院里的大人们和我们所有的孩子，都管她们两个叫秦家大姑和秦家小姑。小孩子看人的年龄常常走眼，那时我总觉得小姑比大姑要小许多，大姑显得有些苍老。也许是因为大姑的衣着总是灰蒙蒙的，而小姑的穿戴要鲜艳得多，在那个服装单调被后来人们称之为"蓝蚂蚁"的年代里，她那鲜艳的色彩喜鹊登枝似的总能够招惹人们的目光。也许正是她和大姑这样明显的对比，才让人觉得她们两人年龄的差异吧。记得小时候我曾经到过她们的家，那些早已经不复存在的场景，却留给我的记忆很深。最深的是大姑家一墙的书柜，遮挡住了半屋的光线，由于地面返潮，书的气味有些发霉。而小姑家简洁清爽，新洗的干干净净的床单，散发的肥皂淡淡的味道和阳光温煦的气息，这大概也是让我觉得她们两人年龄差异的原因吧。

两人的性格差异更大，大姑矜持，平常不大爱讲话，但性情温和，出出进进的，端庄大方，不大爱着急；小姑是属炮仗捻儿的，点火就着，一着就烟火弥漫得吓人，和大华的急脾气很像。

两人的长相倒是很像，都是高挑儿的个头，脸庞也很白皙，长得都属于清秀受看的那种。不过，岁月老去，她们的模样对于我已经是一片模糊，所有关于她们的容貌、身材以及仪表、举止，与其说是我的回忆，不如说是我的想象。但是，有一点，绝对不是想象，而是沉淀在岁月和记忆里极其深刻的印象，就是小姑的左脸颊上有一块红痣，非常大，几乎占据了半边脸，如果是生起气来或着急上火，那块红痣就越发的显眼，脸上鼻子眼睛的线条便也显得越发明朗，都被映得红红的。我们背后又叫她红脸小姑，那叫法里当时有种恶狠狠解气的意思。她的那些来如雨去如风的无名火，在他们家里逮谁朝谁发，特别是爱朝大华的大姑发火。即使他们家里拉上窗帘，我们也能够从映在窗帘上她那张牙舞爪的影子，想象得出她那脸上那块红痣烧红的烙铁似的样子。而大姑总显得那样的低眉敛气，逆来顺受，从来没看见过她有一次反驳，任凭她雨打芭蕉一般的发泄和数落。所以，那时候，我们对大姑充满好感，而对这位红脸姑姑总是印象不佳。

现在想想，大姑很像现在电影演员号称"天下第一嫂"的王馥荔，而小姑有点儿活泼泼辣的小陶红的意思罢了。

大华家住在我们大院中院的一排坐北朝南的正房里，豁朗的房门前有轩豁的廊檐和高高的台阶，院子里有三棵前清种下的老枣树，枝干都已经老态龙钟了，生命力依然旺盛，春天枣花的清香满院地飘，撩人得很，秋天的时候，满树结满红红的枣压弯了树枝，常常让我们这些孩子在枣还没有红的时候，就忍不住嘴馋而爬上树去偷偷摘枣。当然，这也是我们和大华常常打架的一个导火索，大华总以那三棵枣树是他们家的而自居。这样的房子，不能说是最好的，也可以说是大院里比较好的房子了，从中可以揣摩出当年大华爷爷在世时买下这一排大瓦房时，一定是个钟鸣鼎食的人家（据说大华爷爷在世时买的是我们大院整个中院的一个院子，包括东西耳房，四周有院墙和一个月亮门，可以独立门户，他家的东耳房外面是一条走道，走道东面还有一排房子，才是我们外来人住的地方，足见他家当时的殷实）。我们懂事时，大华的爷爷就早不在世了，东西耳房早已经住着别的三户人家，院墙和月亮门更是早拆除了，他家只保留下那一排三大间房子，正中住着大华的奶奶，左右两大间分别住着他的两个姑姑。大姑已经成婚，小姑一直独身，大华跟小姑住。

问题就出在这里了，大院里从来不缺乏好事者，一直在关注和猜测小姑为什么不结婚呢。在他们看来三十多岁的女人还不结婚，一定是有问题的。当然，脸上有块红痣是问题之一，脾气暴躁也是问题之一，但在他们看来绝对不是问题的全部或主要部分，他们认为主要问题在于大华其实就是她的孩子，而且是来路不明的私生子。带着这样一个莫名其妙的拖油瓶，才是她始终无法结婚的根本问题。他们对此津津乐道，醋打哪儿酸，盐打哪儿咸，分析得头头是道，秦家自己说大华是他家二姑的孩子，二姑在老家山西太原，但他们认为这个二姑是虚拟的，因为从来没有见过他家的这位二姑奶奶来过，哪怕是一次。再怎么样，要是真有这么一位二姑，怎么也得来看看自己的亲骨血吧？

我们一帮小孩子就是受了这样的影响，一准儿认为大华肯定就是红脸小姑的孩子，想一想，没结婚居然就能够有了孩子，别说脸上有块难看的红痣，就是没有，就是再漂亮的女人，也难以让我们容忍呀。那时候，我们还不懂得未婚先孕或私生子这个词儿，但我们懂得道德和情操，已经被那时淘洗漂白得至善至美、至纯至净。在那个情感和情欲一并被压抑的时代里，本该是我们觉醒的青春期，我们的心理与情感，却被一腔正义的理性与书面慷慨的词汇理所当然地替代，以为天就应该很蓝，水就应该很清，眼睛里哪里揉得进沙子？

我们背后常常议论大华和他的红脸小姑的秘密，小小的口气却给予义正词严的批判，虽然都是背着他，大华当然也是会断断续续听得见的。更何况有时候我干脆就是指桑骂槐故意说给他听的。他那样一个急脾气的人，怎么能够善罢甘休？找我来算账，是可以想象的，也是必然的。为此，我和弟弟没少挨他的打，只是弟弟那时还没有上小学，根本不懂事，完全是吃瓜落儿。我和大华的关系一直很僵，虽然他比我个头儿大又有气力，我常常挨了打回家不敢说，但是我的心里是不服气的，管自己的妈不叫妈却叫姑，总不是光彩的事情吧？还打人，有什么本事？有本事，别叫小姑叫妈呀！当然，这话我不敢当面跟大华讲，背着他没少啐他。

并不是所有的孩子都和我一样，挨了打不敢回家说而忍气吞声。大院里有一个和弟弟差不多大小的孩子骂大华是野孩子，让大华听见了，和他打了起来了，那孩子也不示弱，和大华扭成一团，结果是大华大获全胜，那孩子被打得一身是土，鼻子直流血，脏猴似的哭哭啼啼地回家了。他家的家长不干了，他妈妈立刻跑出屋，找到大华，破口大骂：你不是野孩子，你把你爸爸给找出来，让我们看看到底是谁！说着，用头撞大华的肚子，一直把大华撞到墙根儿底下，撞得大华脑袋在墙上砰砰直响。那孩子他妈妈才解气地走了，大华捂着肚子疼了半天，然后望着我们一帮看热闹的孩子，一句话没说回家了。当时，我不理解大华望我们的那眼神里有什么意思，说心里话，当时我心里光觉得解气，不会理解大华一肚子的委屈和无法诉说无法抗争的怨尤的。当时心里还在想，看着吧，大华的小姑下班回家要是知道了，就她那脾气，能善罢甘休吗？她是全院有名的护犊子呀，更热闹的架还在后面呢。

可是，那天，架没再打起来。大华根本没有告诉他的小姑。我当时不明白大华这样的举动是为了什么，还以为真的软的怕硬的，硬的怕横的，横的怕不要命的呢，幸灾乐祸地想，大华你也有服软的时候啊！现在想想，多少能够理解大华了，当时他是把眼泪把委屈把怨恨都咽进自己的肚子里了。那时，他该是多么的孤独，多么的痛苦，因为在这次打架之后，大院里的孩子更是远远地躲着他，不和他玩了。他和我差不多大，还是一个孩子，却要承受比我们都要多的苦恼，而且这苦恼还不敢和家里人说。

当时，我太不懂事，恨不得带领全院的孩子孤立大华。在这之后不久，突然有一天弟弟背着我悄悄地和大华玩在一起了。我实在不能够忍受，别人都不和大华玩了，你还和他玩，况且你挨了人家的打，还和人家玩，这在我看来不等于背叛投敌一样吗？我当时真是气愤至极，和弟弟打了几架。

现在想想这原因其实也很简单，大华和我弟弟都不怎么爱学习，在学校里的成绩都很差，每学期都是有一两门功课不及格的主儿。正如弟弟是我家最操心的一样，这也成了大华的小姑和他奶奶包括他大姑都为他而头疼的事情，特别是火暴脾气的小姑没少软硬兼施地数落大华，弄得他对学习更是厌烦。大院里的孩子都不爱和他玩，正好有了我这样一个同样一见课本就心烦的弟弟，两个人凑在一起，彼此算是有了照应。

我开始发现弟弟和大华玩在一起，是看见了弟弟衣兜里广和剧场的电影票，一问弟弟，他倒是老实交代，是大华给他的电影票，看的电影是《女理发师》。到现在我还记得特别清楚，是因为当时我立刻气不打一处来，质问弟弟难道你忘了大华是怎么打你的吗？但是，一张电影票足以让弟弟一笑泯恩仇，何况，其实在此之前，大华已经给了弟弟许多张电影票，两人一起到广和剧场看过不知多少次电影了。广和剧场就是解放以前有名的广和楼，就在我们大院前不远的肉市胡同里，两人一抬腿就到了，而那时买一张看电影的学生票虽然只要一毛五分钱，对于生活拮据的我家来说，也够弟弟向爸爸妈妈要的。因此，一下子不断顿有那样多的电影可看，让弟弟立场不坚定，和大华一下子接近起来，成了大华在大院里唯一的玩伴儿。

最令我气愤的，是那一次弟弟和大华逃课，一起去东单体育场看杂技，回来后大华心血来潮也要照葫芦画瓢玩杂技，在他家前的枣树底下，他非让弟弟在他的双手支撑下练倒立，妄想和刚刚看完的杂技演员一样玩点儿绝活，结果两人都摔得鼻青脸肿。大人下班回家，我弟弟没少挨我爸爸的骂，大华更是被他小姑骂得个狗血淋头。那时，我不知道即使是挨了一通臭骂，大华的心里是很高兴的。这是他在大院里唯一开心的事情，毕竟有孩子和他一起玩了。我们都是孩子，哪个孩子不爱玩呢？哪个孩子又不渴望有个朋友和他一起来玩呢？那时，我爸爸常常说就是秦桧还有三个好朋友呢！但是，那时我还小，很难理解父亲的话，更难理解大华从小因缺少父亲而在心里一天天随着年龄长大增加的孤独与寂寞，空落落的犹如干涸的沙土地，有一点水星儿也让他觉得滋润无比。因为小时候和大华一次次打架的阴影总也消失不去，却在我心里像是越积越厚的尘一样，无法打扫干净，让我对大华的隔膜加深。

童年的好恶就是这样的黑白分明，没有一点过渡色。单调的童年，因有这样的被我自己升级为正义与非正义的打架，而多了色彩与内容一般，让我的心里膨胀着虚拟的情感，并在我的作文里多了写作的内容。就像是在成长的特殊时期随着季节的变化我都容易多愁善感一样，我是极易受到大人的暗示而表现出自己的疾恶如仇的性格和洁白如云的追求，以此显示自己确实在长大，在向正义和正直靠拢。而所有这一切，我把假想敌都化作了大华的那个红脸小姑。

那时候，我不知道，其实我错了。

而且，那时候，我还不知道，大华的奶奶在大华中专就要毕业的那一年去世之后，大华的性格发生了根本性的变化。他忽然变得不爱和我们打架了，而且显得越发地不爱说话了，见到我们不是我们远远地躲着他，而是他绕着我们走了。就连大院里唯一原来和他一起玩的我弟弟，他也有意躲得远远的。

算一算，那一年，是我初三毕业的前夕，也就是1963年的样子。

那时候，我更不知道，大院里大人们的心思更是发生着翻天覆地的变化和震荡。现在想一想，阶级斗争思维的蔓延和缠裹下的日常生活状态，饮食男女包裹的馅不再是柴米油盐，而是尔虞我诈，人与人之间完走进天堂，却一下子跌进了地狱。人们变得很冷漠，窥测他人的好奇心如猪笼草似的，希望捕捉到想要知道的一切，对于别人家的隐私更加感兴趣，并且在用其制造成置人于死地的一发发炮弹。大院无形中成了窥测他人隐私的最佳场所，门对门的住着，窗帘掩不住猥琐的身影，再厚的砖墙也没有不透风的，压抑的情欲化作了阴暗的心理，扭曲的情感膨化为极端的行为。在那个过去并不太长的年代里，趴墙根儿、听窗户、盯门缝，甚至拆人家的信件，然后跑到街道办事处或派出所去告密，都不是什么奇怪的事情。三年后"文化大革命"的爆发，正是有着这样丰富的群众基础，常年低头不见抬头见的街里街坊们，拼命地把屎盆子往别人身上扣，居然可以一下子视若不共戴天的仇敌，那不过是必然要撕破的最后一层面纱而已，就像是包子蒸熟了最后得揭锅一样。

在大华奶奶死后没有多久，这样的一个新闻就在我们大院里迅速地传开了：大华的亲妈不是他的小姑，而是他的大姑。现在，我已经无法考证这样的消息是大院里哪一位高人最先窥探到的，但你不能不叹服这位高人比派出所的警察管得还要宽，比福尔摩斯的鼻子还要灵，而且，他或她的窥测结果是准确无疑的。

事实上，确实是大华的奶奶在撒手人寰之前把大华叫到跟前，亲口向他讲了这件事情。人们在当时有意或无意地忽略掉了在这个基本事实之外，大华奶奶特意嘱咐大华另外重要的一点，那就是大姑是个好人，早已经逝去的大华的亲生父亲也是个好人（这位好人到底是做什么的，又是因为什么而死的，大家的功夫没到家，到底没有探测清楚，却不妨碍添油加醋去胡乱猜疑），现在这个大姑夫更是个好人，他已经受尽了苦，就千万不要再给他添苦恼了。现在看来，秦家老奶奶是个心肠善良的老太太，她嘱咐大华要善待这些对于他都是好人的家人。当然，这么多年，一直背着是大华妈妈名声的红脸小姑，更是个不同寻常的好人，她替姐姐分担了恶名和许多痛苦，把大华从小拉扯成人。

我不知道大华从老太太那里亲耳听到这个消息之后，心里是一种什么样的感受。他会高兴知晓这件对于他真实的事情吗？面对一直和他相依为命的小姑，他会高兴地认大姑为妈吗？事后我曾经想，如果老太太不告诉大华这个消息，对他会不会更好些呢？有时候，说破了事情的真相，是一种对于当事人相当残酷的折磨，因为他维系心底的平衡突然间被打破了，心就像断了线的风筝一样漂泊无依。但是，事后我也想过，大华当时并不是已经习惯把红脸小姑当成了自己的母亲，而没有一丝的怀疑，对于大人们的世界无法靠近又无法破解而在内心咬噬着的痛苦，伴随着他度过整个的童年和青春期，那漫长的岁月中煎熬的孤独无助与哭诉无门，不仅要比他的两位姑姑要深，也比我们一般孩子要大得多的。只是那时我们太小，并不知道也并不理解，而是把他的痛苦碾碎成我们对他的嘲笑，他那样拼命地和我一次次的打架，不过是他的发泄罢了，而那时我觉不出他的痛苦而只觉得自己的委屈。

当大院里所有的人都知道了这一事实之后，开始出现的是意想不到的惊愕，水落石出一般，残酷的事实终于裸露在那里，大院里的所有的人似乎都惊愕地感叹怎么就没有想出来呢？这种惊愕，主要是对大华的大姑的始终讳莫如深，然后转化为对红脸小姑的敬佩，感叹她始终不嫁的不容易。再后来，是意想不到的平静，甚至是难得的通情达理与温馨的关照和善意的同情。那时，我不知道，这不过是暴风雨来前的风平浪静，是回光返照一般短暂的瞬间而已。在这短暂的瞬间里，谁似乎都知道大华有一个隐隐的红字刺在身上，那红字写着就是"私生子"。如果说，在此之前虽然这三个字一直存在着，却还是不够确切的，因大姑突然的浮出水面而成为确定的事实之后，那三个字便越发醒目刺眼。在那个时代，那是三个多么可怕的字眼，是不会被忽略不计的。

在我的印象中，那时，大华依然管他的生身母亲叫大姑，起码从外表看，我没有发现大华对她的态度有丝毫的变化，仿佛一切并没有发生。大华也真能够沉住气的，小小的心里盛得下那么多的事。我现在知道，其实我当时并不理解大华的心情。在他即将长大成人的时刻，突然知道了这样对于他至关重要的事实，表面上的不动声色，只不过掩饰着内心无法言说的震荡与痛苦。天天和自己生身母亲要面对面，却始终叫不出口一句妈妈，该是多么的苦楚和压抑。那时，我们确实都还太小，我们一时都自觉不自觉地承继着我们上一代的思维模式，却无法承继他们的历史，根本感觉无法走进他们的历史。我们不知道他们为什么要这样做，我们也不知道自己该怎样做。我们不仅与同代人彼此隔膜着，和上一代更是隔膜着。因此，他们的痛苦，我们是不理解的，而我们的痛苦，他们谁也无法帮助我们解决，只能靠我们自己默默地忍受着、独自一人吞食着自以为是灿烂的阳光和清纯的空气，营养不良地消化着。这就是当时大华无法将这些苦闷传递给他人而必然对沉默的选择。现在，每当我想到这一点时，常常后悔当初那样的不懂事，和他一次次打架，而他每次打架后都格外伤心。那时候，我们自以为有父亲有母亲，自以为学习比他要好，而对他的嘲讽和冷落乃至孤立，让他和我们本来物质与精神生活就一样的贫瘠的童年和少年的时光里，因为我们自以为是的正直与正义的积压下而无情地增多了孤独和痛苦，并独自去咀嚼这些孤独与痛苦。

那时，大华的大姑已经越发的苍老，出入我们的大院，她总是低着头，仿佛怕见到任何投到她身上的目光，走路轻轻的跟一阵风似的，没有一点声响，像没有她这一个人。特别是大华已经知道了她就是自己的母亲这一事实之后，她显得越发如鸵鸟一样低着头走路，尽量避免和大华碰面，不得已和大华碰面，表情不是难堪，就是不知所措。其实，那时她的女儿才上小学六年级，她那时的年龄撑死了也就四十挂零。大华的大姑是个小学老师，她的女儿就在她教书的小学里上学，可以成天跟着她，她几乎从来都不让女儿跟大院里的孩子玩，她让女儿整天跟着她的屁股后面，就像她的影子一样。我现在多少能够理解她的这个防范警惕的举动，她实在不愿意让自己那么小的女儿再像大华一样听到我们这些半大孩子的风言风语而受到伤害了。

原来她在我们的大院里是不怎么起眼的，特别是和风风火火的小姑相比，就更不显山显水。但从那时起，我开始对她格外打量起来，在她人生闪闪烁烁的片段中，有一段是与大华密切联系在一起的。即使到现在我也无法想象她当时的心情，大华这个自己的儿子，一个大活人一直就在眼前，从那样小一天天长高长大，她的内心深处会涌出什么样的感情和感觉？都说儿女是当妈的心头肉，对于大华一天天在长大，特别在成长过程中学习并不如意，甚至江河日下，她这样当老师出身的母亲，就一点不心疼不着急吗？就一点表示都没有吗？还是有许多细微的只有她自己知道的东西，我们作为外人是并不清楚的？还因为大华的粗心和贪玩而忽略了她的那点点滴滴？还是因为她太老谋深算而被她处理并遮掩得竟然是那样的波澜不惊，云淡风轻，而且缝若天衣一般滴水不漏？那时，我确实充满了好奇和疑惑，总是问自己，在她内心深处是如何将这些令她心碎的碎片悄悄地连缀成完整的一页？我对她刮目相看，总觉得分外神秘。

大华的大姑夫原来是个俄语翻译，后来成了右派，到中学里教俄语，和大华的大姑一样，也是扎嘴的闷葫芦，除了坐在他家的那个转椅上把头埋得很低默默地看书，看不到他干别的什么事情。因此，无论是他们上班离家还是下班回家，他们的家里总是静静的，仿佛空荡荡的根本没人一样，只有偶尔风把他们家的窗帘吹起吹落沙沙地响。不过，我相信大姑父对这一切是都早已经知道的，并不像大院里的人们猜测的那样，秦家一直瞒着他，为了是不妨碍他和大姑的生活。只不过，他从来都不说什么，不管是对大华，还是对妻子，他始终都是缄默的。他只想保持着平静的生活。有时，想一想，人们的要求就是这样的简单。但是，就是这样简单的要求有时也很难达到，在那个动荡的年代里，平静的生活已经是一种奢侈。

平静被打破，首先在于那一年大华的奶奶死后没多久，大华中专毕业后立刻回老家山西了，据说是在太原钢厂当工人。秦家多余的房子立刻被人相中，出租出去大华和红脸小姑住的那一间。入住的是一位军人的家属，带着她不大的孩子。

　　大华是和红脸小姑一起走的，她是辞了职去的山西。这件事情对我震动很大。虽然，那时我并不能够完全理解红脸小姑的举动，但我知道她是为了大华，当然也是为了她的姐姐。那时，红脸小姑在一个无线电厂当技术员，辞去了这样一份很好的工作，而且是离开了许多人都向往的首都，远走山西，是需要决心的。是什么让她那样果断地下了如此一了百了的决心？当时，在我们的眼里，山西除了醋还能够有什么呢？能有北京的故宫颐和园和前门楼子吗？现在，我已经渐渐变老，经历了一些人世的沧桑，品尝到了一些人生的况味，多少能够理解一点红脸小姑。并不是因为她的脸上长着红痣就让她自卑，而在内心里没有一点春心荡漾（否则她也不会愿意穿戴得那样色彩鲜艳，女为悦己者容的），也不是因此就没有男人喜欢她，她就该着倒霉一辈子嫁不出去，我们大院里就有男人看上过她，但她始终都是对自己摇头，对别人摇头，一辈子没有结婚，自始至终才玉和大华生活在一起，这该是多么了不起的选择，是嚼碎了自己多少痛苦的选择。在这里，我看到的是亲情的力量，有时，你得承认，在这个世界上，爱情也好，友情也罢，可以很鲜艳，很动人，但那只能够是树上开的花和结的果，可以为我们生活而点缀，也可以为我们生存而餐食，但总是开出来结出来的，毕竟是外在的，而亲情是唯一与血脉相同的，是永远不会如花朵如果实一样可以在成熟时或在风雨中掉下树来的，因为它是树的根系。因此，现在我会想，大华到底应该管谁叫母亲呢？他的生身母亲当然应该叫的，但他的红脸小姑更应该被他叫作母亲的。

　　大华走得很突然，但大院里和我年龄差不多大小的孩子还是凑在一起，买了一个笔记本，在他临走前的那天晚上，在疏影婆娑的枣树下送给了他，作为青春分别的礼物为他送行。算一算那一年，大华18岁，我15岁。他没有特别感谢，但我看得出他其实还是很高兴的。童年和少年的许多打架和争斗乃至惆怅和苦恼，在分别的那一瞬间都变得有些美好起来。我才发现，我们和大人们毕竟隔着一段距离，我们自己还是多少有些息息相通。

　　大华和他的红脸小姑离开我们大院，是上午的时候，我们都去上学没在家，我只知道大院里好多的老街坊都出来为他们送行，一直送到大院的大门口，却不知道大华一家子是一种什么样的情景，特别不清楚大华的大姑也就是他的亲生母亲，会是哪一种样子？她会流泪吗？大华也会流泪吗？她会一直送到火车站吗？或是送到大院的门口就去上班了？即使什么话也不说，起码会向大华挥挥手吧？那可是他们母子有生以来第一次的分别呀，而且又是因为知道了母子关系的事实原因而分别的呀。对于那天的分别，到现在我也不清楚那时的情景会是什么样子，我只能对此充满着青春期所萌发的想象，替大华，替大华的大姑，也替他的红脸小姑，一遍遍地想象着，就像搭积木似的，一遍遍地自以为是地搭建起来，又一遍遍地被我自己否定而拆掉重来。大华走后好长一段时间里，再见到他的大姑，我感到十分的陌生，忽然感叹自己离大人的世界是那么的遥远，一种从来没有过的茫然，浓重的雾气一般在我的心头弥漫，总也散不去。

大华走后的第三年开春，他从太原回北京一趟。可惜，我没有看见他。我弟弟那时下午放学正在家，两人相见分外高兴，弟弟一直陪着他。大华的大姑和大姑父都没有下班，他在邻居家坐了一会儿。弟弟后来告诉我，大华从书包里拿出几个苹果，切开一瓣一瓣的分给这些馋鬼孩子吃。那时，在我们大院里苹果还是难得一见的贵物，特别是开春时还有保存得那么好的苹果，更是难得一见的奇迹。大华在邻居家一直待到大姑和大姑父回来，拿出一个苹果给了邻居，说还剩下两个苹果给我大姑和大姑夫。这句话给我弟弟留下的印象特别的深刻。那晚，我回家的时候，大华已经赶回太原了，我不知道他为什么走得那样匆忙。从此以后，我再也没有见到他，我不知道他有没有再回北京过，反正是从他的大姑和大姑父从我们大院搬走前，他都没有再回来过。

现在，我想，他幸亏没有再回来。

就在他这次匆匆忙忙走后不久，他的大姑和大姑夫平静的生活被彻底打破。那年夏天来临的时候，"文化大革命"降临了，灾难也随之降临了。还是大院的人，曾经窥探过，也曾经同情过，曾经詈骂过，也曾经为大华送行过的人们，一夜之间，在我们的大院门口和大华大姑家的窗前贴上了墨汁淋漓的大字报。当过右派的大姑夫，有过私生子的大姑，双料爆出，足以致人于死命。那时候，我已经大了，高三正要毕业，我虽然也在为"文化大革命"而欢呼，但我实在难以理解这样落井下石的大字报，难道一直老老实实一直沉默寡言的大华的大姑和大姑夫，真的是万恶不赦的坏蛋？这怎么也让我难以相信。

红卫兵就是这样闯进了我们大院。门口的大字报是他们的向导。大华的大姑和大姑夫在劫难逃，批斗会就在他家的门前台阶上举行。那一天，我偷偷地逃出大院。我不忍心看到在那时司空见惯的悲惨一幕。我无法想象人竟然可以如此对同类下毒手，让人感到地狱的陷阱随时都在身边一般的可怕。漫无目的地走在大街上，我暗暗地想，要是大华看见这样一幕该怎么想？不管怎么说，那是自己的生身母亲呀。他真是有先见之明，早早地避开了。

因为我们大院里要批斗的人太多，真中了那时流传的一副对联的谶语，叫作庙小神通大，池浅王八多。似乎大院里埋藏着无穷的秘密，像一个远远没有掘开的宝库，让一些人乐此不疲地挖掘。相比较挖掘出来的一个个重磅炸弹，他们的摘帽右派和私生子问题，就不在话下了。他们很庆幸就没有人再理会了。不过，他们很快也就搬家了，离开了这块伤心之地。从大华的爷爷买下的独立门户的中院，到奶奶在世时剩下的一排三间大北房，到大华和小姑去了太原后出租出的一间，一直到大姑和大姑夫搬走，秦家彻底走完了败落的道路。

如今，我也早从粤东会馆搬出。大院里，已经物是人非，曾经发生的一切显得那样不真实似的，如同一个远逝的梦魇。时过境迁之后，我曾想，无论大华一家，还是整个大院，经历了这样一场命运的跌宕，其实都是具有悲剧性的。只不过，人生对于大华是无可选择的，蕴涵在大华一家的悲剧是宿命的；而对于我们大院其他人，悲剧是自找的，从别人身上的痛苦看乐，最终搬起石头砸自己的脚，曾经跌入地狱的丑恶灵魂，会永远不得安宁。更何况，伤害的不仅是大华的大姑小姑这样的大人，更是大华这样一个无辜的孩子。我相信一切发生过的事情，都不会水过地皮干一样很快就消逝或遗忘殆尽，你干过的事情，生命中会留下轨迹，你没干过的事情，生命中会留下空白，你什么也躲不过。在光天化日之下，有一个明朗朗的太阳在注视着你；在这幽暗的黑夜里，有一颗属于你自己的星宿在注视着你；在冥冥的世界上，有一个万能的上帝的眼睛在注视着你。无论什么时候，你都不要为所欲为。那个太阳、那颗星宿、那个上帝，就是我们自己的良心。

记得刚从70年代中期北大荒插队回来的时候，我专门回老院子里去了一趟，很想打听一下大华和他的那两个姑姑的下落。但是，访旧半为鬼，惊呼热中肠，健在的老人都不清楚他们现在的一丝一毫的消息，年轻人更是连他们是谁都不知道了。只看见秦家那一排房子住了三家陌生的人，原来门前的枣树都已经砍掉了，代之而起的是拥挤的小房。原来豁亮的房门也堵死了，而是把后窗打成了门，为的是可以多占据一些空间，搭间做饭的小厨房，挤巴巴的，早没有当年的风光。

现在，又有近三十年的时光过去了，大华今年该是差一岁就是六十的人，大华的大姑和小姑是接近八十或超过八十的老人了。我不知道他们现在的日子过得怎么样，我又去过大院几次，问过老街坊，谁也不知道他们的消息。他们再也没有回来过，他们回来干什么呢？这块只留下他们的伤心和痛苦之地。

大院更是凋零破败，拥挤不堪，年轻的一代住进去，他们的孩子都长成我们当年一样大小的，在满院尽情奔跑是不行了，但那稚气的面孔是那样的似曾相识，可以说是我和大华当年的拷贝。大院不说是饱经沧桑，也确实是见过大世面的了，像是一个老人，老眼厌看往来路，流年暗换南北人。

2003 年 7 月 3 日写于北京
8 月 19 日改毕于北京

远眺阿维尼翁新桥　浩明

忧郁的孙犁先生

　　一晃，孙犁先生已经去世 5 个月了。我一直想写写孙犁先生，却又不知从何写起，面对电脑，枯坐半天，总是一片空白。这让我非常痛苦，我才发现有的事情有的人真的想写却突然没有词了，那感觉就像欲哭无泪一样吧。

　　我常常想起孙犁先生，想起先生和我通过的那么多的信。我很想把这些信件都整理出来，为先生也给自己留一份纪念。可是，我不忍心触动那些难忘的而且只是属于我们两人的岁月。那是一段多么难忘的岁月，在我的一生中，恐怕再也找不回那样恬静而温馨的岁月了。我表达着一个晚辈对他的景仰，他是我德高望重的前辈，却是那样的平易朴素，那么大的年纪却常常关心我的生活和写作，竟然来信说"您在各地报刊发表的短文，我能读到的，都拜读了"。而且按先生的话是"逐字逐句"认真地读，然后写来长信，提出批评，给予鼓励，文学变得那样的美好而纯净，远离尘嚣，我和先生仿佛与世隔绝一般，只谈读书，只谈往事。现在还会有那样的岁月和心境吗？

　　孙犁先生在世的时候，我常常想去看望他，北京离天津并不远，况且在天津还有我的亲人和认识孙犁先生的朋友，我也经常去天津。但我还是一次次忍住了这个念头，我怕打扰一个喜欢安静的老人，说老实话，也怕和我想象中的样子出现偏差。心仪一位自己喜爱的作家，就老老实实地读他的作品吧。我知道我既不是他的学生，也不是他的研究者，也不是他的部下，而只是一个敬重他的作者和喜爱他的读者，本来离孙犁先生就很远，即便走近了，也不见得就能够看得清楚，就还是远远地保留一份想象吧。

　　孙犁先生去世之后，我读过了不少人写过的悼念文章，有些和我想象中的一样，有些和我想象中的不一样。我便问自己：我想象中的孙犁先生是什么样子呢？想了许久，我得出的结论是：晚年的孙犁先生是忧郁的。我不知道我的想象是不是对。那确是我的想象。没错，孙犁先生的晚年是忧郁的。

孙犁先生的忧郁，和他衰年独处有关。他文章中不止一次流露出"故园消失，朋友凋零，还乡无日，就墓在期"的感慨，他是一个情感极其细腻的人，他沉淀了岁月，洞悉了人生，所以在琐碎生活中特别珍时惜日，所以在秋水文章中格外取心析骨。

记得他在读完我的《母亲》一文后，知道我小时候生母去世后父亲回老家又为我和弟弟娶回一个继母的经历，来信说"您的童年，无论如何，不能说是幸福的，使我伤感"。然后，又驰书一封特别说："关于继母，我只听说过'后娘不好当'这句老话，以及'有了后娘就有了后爹'这句不全面的话。您的生母逝世后，您父亲就'回了一趟老家'。这完全是为了您和弟弟。到了老家经过和亲友们商议，物色，才找到一个既生过儿女，年岁又大的女人，这都是为了你们。如果是一个年轻的，还能生育的女人，那情况就很可能相反了。所以，令尊当时的心情是痛苦的。"

前一封信，让我感动，我知道孙犁晚年很少再动感情，他却为我的一篇文章为我的童年而伤感。我能够触摸到他敏感而善感的心，便也就越发明白为什么在他早期的文章中充满对那么多人细致入微的感情描摹。我有一种和他的心相通的感觉，这不是什么攀附，只是普通人之间普通情感的相通。我是相信他是不愿意他去世后被人称做大师的，他只是一个始终保持着普通人感情的作家，就像他始终喜欢布衣麻鞋粗茶淡饭一样。

后一封信，让我没有想到，因为在我写文章时候到文章发表之后，都没有曾经想到父亲当年那样做时内心真实的感情，而只是埋怨父亲。孙犁先生的信提醒了我，也是委婉地批评了我。真的，对于父亲，我一直都并未理解，一直都是埋怨，一直都是觉得自己的痛苦多于父亲。也许，只有经历过太多沧桑的孙犁先生，对于哪怕再简单的生活才会涌出深刻的感喟吧，而我毕竟涉世未深。过去常看到别人说孙犁先生善于写女人，其实，他也是那样善于理解男人。我也隐隐地感觉到晚年的孙犁和年轻时的心境已经不大一样，便总觉得有一种忧郁的云翳拂过他的眼神，善意地注视着我们，伤感地回顾着往昔。

我不大清楚孙犁先生到底是如何看待自己晚年的文章的。我只知道在和我通信中，他特别提到过他的这样两篇文章，一篇是 1989 年写的《记邹明》，一篇是 1994 年写的《读画论记》。在他晚年的著述里，这两篇文章都算比较长的了。我觉得他自己是格外看重这两篇文章的，《读画论记》，他不计利钝，不为趋避，知人论世，裁画叙心，深刻道出对文坛的悲哀。在这篇文章中，他说："没有大智大勇，很难逃出这个圈子。"

我想起先生在给我的信中不止一次地流露出这种情绪："贪图名利于一时，这是很容易的。但遗憾终生，得不偿失，我很为一些聪明人，感到太不值。"在信里，他对文坛许多现象给予了批评，比如对那些冒充学问的所谓注水书籍的一再批评："这不能说明他有学问，是说明当前的'读者'都是'书盲'，能被这些人唬住，太可怜了。"面对这些现象，最后他只有在信中感慨地说："据我的经验，目前好像没有人听正经话，只愿意听邪门歪道，无可奈何。"我便忍不住想起他在文章中一针见血批评的话："文场芜杂，士林斑驳。干预生活，是干预政治的先声；摆脱政治，是醉心政治的烟幕。文艺便日渐商贾化、政客化、青皮化。"也是，这样的话，谁能够听得进去，谁又愿意听呢？

晚年的孙犁，唯一能够给予他慰藉的只有读书了。他在信中对我说："我读书很慢，您难以想象，但我读得很仔细，这也是年轻人难以想象的。"在另一封信中，他又说："读书烦了，就读字帖；字帖厌了，就看画册。这是中国文人的消闲传统，奔波一生，晚年得静，能有此享受，可云幸福。"孙犁是以这样的心境退回书斋之中的，既有中国传统文人之习，也有无可奈何之隐。孙犁先生的去世，我是感到这样一代文人和文风已经宣告结束了。那种忧郁的太息和气质只存活在他的文字中了。

我知道孙犁晚年喜欢临帖书写，曾经请他为我写一幅字，他写来的第一幅录的是杜甫《寄彭州高三十五使君适虢州岑二十七参三十韵》中的诗句，诗里有"心微傍鱼鸟，肉瘦怯豺狼"和"竹斋烧药灶，花屿读书床"的句子，我不知道是不是先生的自况？他写来第二幅字是"千秋万岁名，寂寞身后事"。我是感到他的旷达和超脱之外一丝忧郁。他出的最后一本书，取的书名竟是《曲终集》，我隐隐感到不大吉利，曾经写信问过他，先生回信却没有回答，也许，是觉得我岁数还小不大懂得吧。

《记邹明》，有他自己人生的感慨，那是一则邹明记，也是一篇哀己赋。

在那篇文章中，他说："是哀邹明，也是哀我自己。我们的一生，这样的短暂，却充满了风雨、冰雹、雷电，经历了哀伤、凄楚、挣扎，看到了那么多的卑鄙、无耻和丑恶。这是一场无可奈何的人生大梦，它的觉醒，常常在瞑目临终之时。"我不知道别人是如何看这篇文章的，我是感到了一种往昔的梦魇与现实的无奈，交织成一片深刻的忧郁，笼罩在晚年孙犁先生的心头，拂拭不去。

孙犁先生一生不谙世故宦情，以他的资历和成就，他完全可以像有些人一样爬上去的，但他只是如自己所说的："我的上面有科长、编辑部正副主任、正副总编、正副社长。这还只是在报社，如连上市里，则又有宣传部的处长、部长、文教书记等等。这就像过去北京厂甸卖的大串山里红，即使你也算是这串上的一个吧，也是最下面，最小最干瘪的那一个了。"

在一次孙犁先生《耕堂劫后十种》书籍出版座谈会上，我曾经讲过这样的话，我很想把这段话作为这篇迟到的悼念文字的结尾——

孙犁先生是中国真正的、有点老派的古典文人。知识分子是干什么的？就是干与知识相关的事情，孙犁先生的一生就是这样干的。面对这样的一个人，我们很惭愧。因为我们很多知识分子干的不是知识分子的事情，或为官，或为商，或争名于朝，或争利于市，这是孙犁先生作品中不断批判的。而孙犁的一生，他干的是知识分子的事情，他不为官，也不为商，然而不是他没有为官的途径和条件。孙犁先生是一个真正的文人。回眸孙犁先生 20 年，实际不止 20 年，50 年或者更长，把他的 50 年、60 年，一生的作品都展示出来，孙犁先生可以面不改色，不用脸红，每篇文章包括每封信件都可以和读者见面。现在有多少作家可以把自己所有的作品更不要说每一封信件，摊出来和读者见面呢？包括所谓的大家。正如孙犁先生在《曲终集》中所说：人生舞台，曲不终，而人已不见；或曲已终，而仍见人。孙犁先生 50 年的作品，不仅一直保持着这种创作的势头，而且保持着真正文人的这种态度。所以我说孙犁先生是真正的文人，做的是真正文人的事情，愿意称自己为文人的人，都应该有发自内心的深省。

2002 年 12 月 11 日于北京

颠簸的记忆

　　没错，那一年，我 9 岁。我记得很清楚，那时我正上小学二年级，火车第一次驶进我的生命里。是那一年的暑假，我坐火车去到包头看姐姐。虽然那时我家住在前门外，紧靠着老的前门火车站，成天看见火车拉响着汽笛跑来跑去，但我还没坐过火车。因为姐姐就在铁路局工作，我对火车充满感情。因为那火车可以带我去看姐姐，就对火车更充满向往。

　　几乎天天我都在吵吵要去看姐姐。姐姐已经离开北京 4 年了，她在包头结了婚，有了孩子。我觉得那时我最想的就是姐姐。当然，姐姐也想我，她最后对爸爸说就让复兴来吧，上车托付给列车员应该没问题。爸爸觉得还是有问题。怎么那么巧，我们大院里有一个大姐姐那一年暑假刚刚从幼儿师范毕业，想在工作之前去呼和浩特看望她的哥哥。爸爸把我托付给了她。我很愿意和她一起，因为她长得很漂亮，还会拉手风琴唱歌。平常我们小孩子玩的时候，我总是希望她能够也来和我们一起玩，只是她总是很忙，即使不忙，她也总是很高傲高贵的样子，不大瞧得起我们小孩子。现在，她终于和我一起坐火车了，要坐整整一夜外带半个白天的火车。

　　我们一起坐上了火车，是硬座，那时的硬座是真正的硬座，光光的木板，一片一片地拼起来，黄色的漆很亮。车开了，能看到火车头喷出的白烟，袅袅地飘荡在我们的窗前。一切显得那么的新鲜。我们上了车没多久天就黑了，当车窗外扑闪而过的灯光如流萤和过山洞幽深莫测的新奇过去之后，我糊里糊涂地睡着了，一觉醒来发现自己的头倒在她的怀里。车厢微醺似的晃动着，她也睡着了，能够感觉到她均匀的呼吸像河面上冒出的温馨的气泡一起一伏着。那时，我特别的幸福，因为这在平常的日子里是根本不敢想象的事情。

大概我的醒来惊动了她，她睁开了眼睛，我马上有些不好意思起来，她却伸过一只胳膊搂住我的肩膀轻轻地说了句："就这么躺着别动，睡吧！"

第二天天亮的时候，我醒了，发现还躺在她的怀里。她拍拍我的头说："醒了，快吃点儿东西！"可是，我吃了她准备好的东西就开始吐。夜里睡觉不觉得什么，醒来晕车的感觉潮水似的一阵阵袭来，让我把吃的东西全部都吐出来还不解气，只觉得自己如此狼狈的样子在她的面前没有了一点面子。她开始慌乱起来，给我捶背，给我倒水。列车员也来了，帮助打扫，一直忙到呼和浩特就要到了。火车缓缓进站的时候，她再一次嘱咐列车员，然后嘱咐我，提着行李向车门走去。她下车后还特别走到车窗前再次嘱咐我。因为还有三四个小时我才能够到达包头，而这三四个小时只剩下我孤零零的一个人了。

我已经忘记了那三四个小时是怎么度过来的了，没有了大姐姐的火车只剩下了眩晕的感觉。一个9岁的孩子，就这样完成了独闯京包线的壮举。

以后，京包线成了我许多个假期必走之路，那几次不同时刻的列车对我越来越不陌生，而晕车随童年的逝去而逝去了，而代之在心中清晰记住的是那沿途每一个站的站名，哪怕只是柴沟堡、卓资山、察素齐、土贵乌拉这样的小站名。随着姐姐在京包线上的迁徙，我跑遍了临河、集宁和呼和浩特，沿线播撒种子似的，火车帮我收获着对姐姐的思念。一直到"文化大革命"爆发，我就是到呼和浩特和姐姐告别，然后去的北大荒，风萧萧兮易水寒。

那一列北上的列车，遥远得比塞外的姐姐那里还要遥远，载走我整整6年的青春时光。去的时候，还没有显得远，而每一次从那里回来总觉得天远地远的，好像路没有了尽头。

那时，每一次回家，都先要坐上一个白天的汽车到达一个叫作福利屯的小火车站，然后坐上一天蜗牛一样的慢车才能够到佳木斯，在那里换乘到达哈尔滨的慢车，再到哈尔滨换乘到达北京的快车。一切都顺利的话，起码也要三天三夜的样子才能够回到家。路远时间长都在其次，关键是有很多的时候根本买不到票，而探亲假和兜里的钱都是有数的，不允许我在外面耽搁，因为多耽搁一天就多了一天的花销少了一天的假期。那是我最着急的时候了。

那一年的夏天，我和一个哈尔滨的知青一起回家，在佳木斯买不到火车票，我焦急万分，他对我说："你别急，我有法子。"他是一个大个头的小伙子，以打架出名，我怕他惹事。他一摆手："你放心，这地方我比你熟！"说着拉着我从火车站的售票处走出了老远，一直走到铁轨交叉纵横的地方，货车列车和破车杂陈，像是一个停车场。见我有些疑惑，他说："你跟我走保你今天走成！我前年在佳木斯干了整整一冬，给咱们兵团运木头，这地方我贼熟！别说买不着火车票，就是买得着火车票我也不买，就从这里上车，乖乖儿拉咱回家！"然后他带我穿过那些杂七杂八的车厢，看准了车牌子上写着"佳木斯—哈尔滨"的一挂车，指指车牌子对我说："上，就这辆！"上了空荡荡的车厢，他告诉我这是他轻车熟路，要不是今天跟着我非要规规矩矩买票，他早就奔这儿来了。

那车要在黄昏的时候才能够进站开车。我们俩在车里面一个人占一排长椅子整整睡了一觉，直到车厢轻轻一晃动才醒来。这时候，列车员走了过来，横横地冲我们喊道："谁让你们上来的？"他立刻也横横地回嘴道："车长！"列车员便也不再说什么，没再理我们。而当列车长走过来的时候，我有些紧张，生怕一问我们再和列车员对质穿了帮，但列车长根本连问都没问，只是看了看我们就走了。一直到列车开进了站台，我们还真的相安无事。他跳下车，在站台的小卖部买了点儿面包跑回来说："现在你该踏实了吧？吃吧，吃饱了睡上一觉，明早上就到哈尔滨了！"后来，他告诉我他这样如法炮制坐过好几次车都没问题。我问他为什么有这样大的把握，他说："你告诉列车员是车长让咱们上的车，列车员不说什么了，车长来了一看你都在那儿坐老半天了，肯定是列车员允许了，还问什么？再说了，他们家里谁没有插队的知青？一看咱俩这一身打扮还看不出来是知青，还跟咱较劲？"

在那些个路远天长的日子里，火车没有给我留下任何好的印象。在甩手无边的北大荒的荒草甸子里，想家、回家，成了心头常常念响的主旋律，渴望见到绿色的车厢又怕见到绿色车厢，成了那时的一种说不出的痛。因为只要一见到那绿色的车厢，对于我来说家就等于近在咫尺了，即使路途再遥远，它马上可以拉我回家了；而一想到探亲假总是有数的，再好的节目总是要收尾的，还得坐上它再回到北大荒去，心里对那绿色的车厢总有一种畏惧的感觉，以致后来只要一见到甚至一想到那绿色的车厢，头就疼。

也许，人就容易好了伤疤忘了疼，时过境迁之后，过去的日子现在回想起来也有几分回味，毕竟那都是童年和青春时节的记忆，即使是痛苦的，也是美好的。

记得在北大荒插队 6 年之后我回到了北京，再也不用坐那遥远得几乎到了天尽头的火车了，心里有一种暗暗的庆幸。但是，有一次朋友借我一本《巴乌斯托夫斯基选集》，又让我禁不住想起了火车，才发现火车并不像我想象的那样可恶。那里面有一篇《雨蒙蒙的黎明》的小说，讲的是一个叫作库兹明的少校，在战后回家的途中给自己的一个战友的妻子送一封平安家书。库兹明在那个雨蒙蒙的黎明对战友的妻子讲述了自己乘坐火车时那瞬间的感受，即使过去了已经快 30 年，我记得还是那样的清楚，他说："您有时大约也会遇到这类情形的。隔着火车车窗，您会忽然看到白桦树林里的一片空地，秋天的游丝迎着太阳白闪闪地放光，于是您就想半路跳下火车，在这片空地上留下来。可是火车一直不停地走过去了。您把身子探出窗外朝后瞧，您看见那些密林、草地、马群和林中小路都一一倒退开去，您听到一片含糊不清的微响，是什么东西在响——不明白。也许，是森林，也许，是空气。或者是电线的嗡嗡声。也或者是列车走过，碰得铁轨响。转瞬间就这样一闪而过，可是您一生都会记得这情景。"

巴乌斯托夫斯基的感受如箭一样击中了我心，在那 6 年中每次从北大荒回家的迢迢途中，隔着火车车窗望着窗外东北原野和森林以及松花江，无论是在冬天的白雪茫茫或是在春天的回黄转绿之中，不也有过这样同样类似的情景吗？那曾经美好的一切并不因为我们的痛苦就不存在，就如同痛苦刻进我们生命的年轮里一样，那些转瞬即逝的美好也刻进我们生命的回忆里，在以后的岁月里响起了虽不嘹亮却难忘的回声。

去年，我听美国摇滚老歌手汤姆·韦茨的老歌，其中一首《火车之歌》，听得让我心里一动，不是滋味。他用他那苍老而浑厚的声音这样唱道："我喝光了我每次借来的所有的钱……现在夜晚的黑色就像乌鸦，一辆火车要带我离开这里，却不能再带我回家。那些使我梦想成空的东西，正在火车站上彷徨。我从十万英里远以外的地方来，没有带一样东西给你看……"他唱得是那样凄婉苍凉，火车真的是这样吗？不是路途再遥远也能够带你回到温馨的家，就是带你双手空空而无家可归？想想，在那些从北大荒回家或从家回北大荒的火车上，我们的心情不正是如同汤姆·韦茨唱的一样颓然而凄迷？

火车带给我的回忆，也许就是汤姆·韦茨和巴乌斯托夫斯基的矛盾体。

火车颠簸着一代人抹不去的记忆。

2002 年 7 月 4 日于北京

西门町印象

在台北，我住在北平东路，离西门町不算远，坐捷运（地铁）去，只有两站地，走着去，从忠孝西路走，穿过重庆南路和博爱路两条不长的路，很快便到了中华路，中华路是一条这几年新修的挺宽阔的林荫大道，西门町就藏在宽阔的大道里面。西门町不大，就像一个娇小玲珑的孩子藏在大树林里面。

西门町不大，在台北却非常有名，我想大概首先有名于它的历史。在清朝末年，这里是台北的郊外，只是一片荒凉的坟地。日本人占领了台湾后，大批日本移民跑到了台北，在市里住不下了，便在这片坟地上建起了房子，渐渐地开辟成了新的商业区，越来越繁华，把市区拓宽。现在这里的许多建筑依然是日本人当年留下来的。听听这地名：西门町，就是典型的日本的名字。

我第一次去西门町找了一个星期一，因为我知道那里是年轻人的天下，双休日时人满为患，地方本来就不大，人挤得跟沙丁鱼罐头一样。那天去又赶上是上午，人就更不多，早就在想象里对它的小有了准备，真的走了进去，比想象的还要小，还没有北京的大栅栏大，简直就是一个袖珍的商业区。别看袖珍，里面应有尽有，光步行街就有汉中街、武昌街、峨眉街好几条。不过那步行街短得如同盲肠，街上摆放着彩色的椅子供游人休息，那椅子小巧得像是童话里的东西。虽是步行街，车辆在那里肆无忌惮地穿行，正赶上台湾选举的日子，彩旗飘舞的选举车高音喇叭大喊着，在那里旁若无人蜗牛般慢吞吞地爬行。

路都不宽不长，却纵横交错，密如蛛网，四通八达，毛细血管似的爬满西门町的角角落落。想象不出当年日本人建这里时是如何螺蛳壳里做道场的，只能想象当年叩响在这些小巷石板地的木屐声声，一定是如海潮翻涌，不绝于耳。

　　路的两旁都是商店，大小不一，一家紧挨着一家，绝对不会留下一点缝隙，真正是寸土寸金。大的商店，如来来百货、万年百货、诚品，在整个台湾有名的店家，在这里也有。小的店铺更是多如牛毛，名字虽然都不如它们的响，却都起得怪怪的，"杂志疯"肯定是专门卖杂志的，但"你奶奶个熊"光看这店名是绝对想不出来是专门卖服装的。在这里，能够买到你想买的任何东西，尤其是年轻人购买时尚物品的天堂，从手表首饰手包发卡到鞋帽时装化妆品，无奇不有，无所不包，包括在大陆刚刚流行的唐装。

　　西门町的另一大特色，是电影院和唱片店集中，它像是一把伸出了巴掌就几乎把台北市的大部分电影院和唱片店都握进手中。在这里有专门的电影街和唱片街，特别是电影街，走不出几步就是一家，西门戏院、嘉年华电影院、国宾戏院、奥斯卡戏院、乐声大戏院……鳞次栉比，简直像是挤成了一个疙瘩。我去的时候，正在放映《哈利·波特》，电影院前的巨幅电影广告，和商店前台北市的政治明星陈文茜的同样巨幅选举广告交相辉映。不过，广告再大再醒目，也是无济于事，和大陆一样，台湾影院都不大景气，即使是进口大片和在大陆走红的侯孝贤、杨德昌的电影，即使现在票价一张已经降到200台币甚至200台币以下，电影院里仍然是门可罗雀。因此，虽说在西门町看电影真是方便之极，也只徒留下了名声和往昔记忆里的辉煌而已。第二次我去西门町专门去看电影，看了两场，一场是侯孝贤的新片子《千喜曼波》，一场是戛纳电影节的最佳影片《儿子的房间》，都是不错的电影，但两场电影，偌大的电影院里包括我在内都是只各有可怜巴巴的6个观众。

　　在西门町吃东西也非常方便，咖啡馆、冷饮店、大吃小吃，都会让你一饱口福。不过到西门町，一般人只是小吃，就好像到北京的隆福寺或到上海的城隍庙也大多是为了吃那里的炒肝和小笼包子之类的小吃一样。西门町的小吃大约要数汉中街上的阿宗面线和西宁南路上的杨记玉米花生冰了。不过，我第二次去看电影时台北的朋友没带我去吃那里的面线和玉米花生冰，说是那里如今只省下了一个牌子，而是带我去了西门町附近的桃园街，那里有一家牛肉面馆，也是一家老字号，在台北非常有名。去了一吃，味道果然地道，名不虚传。

　　吃喝玩乐，这里麻雀虽然小却是五脏俱全，西门町是一个纯粹感官享

268

乐的世界，是年轻人娱乐颓废的中心。要是赶上休息日，再赶上是晚上，这里一定是灯红酒绿，一片纸醉金迷，暖风熏得游人醉，只把杭州作汴州。可惜，我来得不是时候，没有什么身穿奇装异服的另类年轻人，只见少少的几个穿着超短裙和高筒皮靴的女孩，汤汤水水地端着碗在吃小吃，还有一个男孩穿着旱冰鞋在步行街上所向无敌地滑。

临离开台北时，我又去了一趟西门町。那天是个周末，又是个晚上，我到嘉年华电影院去看电影。那天是金马奖的闭幕式电影，放映的是刚刚到的法国和奥地利合拍的曾获得戛纳最佳导演、最佳男女主角三项大奖的《钢琴教师》。没有想到是座无虚席，而且不是像我们这里这样的闭幕式大多数是赠票而大多数是自己掏钱买票，而且几乎是一色的年轻人，以至我坐在他们中间显得是那样的不协调。这使我想起那天来西门町看电影时电影院里只有 6 个人的情景，真是无法想象的对比。闭幕式的主持人走上台来，面对台下黑压压一片的人群，兴奋地头一句话就说："不爱选举的人今晚都到电影院里来了。"满场响起了年轻的笑声，因为第二天就是台湾的大选，而好长时间一直闹腾腾的选举，大部分的年轻人是不感兴趣的。

看完电影，乘电梯下楼的时候，看到一个个年轻人，都是靓男俊女，都是衣着新潮，即使衣着不新潮，也是那样的青春焕发，才想到这里真是年轻人的天下，像我这样年纪的人一般是不大到这里来和年轻人凑热闹的。像我这样年纪的台北人一般愿意到淡水去看海看海中落日去怀旧，或是愿意到北投去泡泡温泉远离尘嚣暂时求得片刻的清寂。

走出电影院，西门町是真正的灯红酒绿，那种经过漫长岁月洗去的繁华，才如泡过了多年的酒坛子似的散发出诱人的醇香，西门町才如睡醒了一样在夜半时分突然精神焕发。满街是流光溢彩，满街是芬芳飘香，满街是笑语喧哗，满街是卖各式小吃的摊子，满街是约会的红男绿女。仿佛到了这时候，西门町才如同童话里响起了神奇的钟声一样让所有钟情人终成眷属似的一下子从幕后都走了出来，会聚在了一起，在星月交辉的夜色下尽情狂欢。

只有成都路上的西门红楼在夜色的暗影里悄悄地立着，它是西门町最老的建筑了，也是整个台湾仅存的一座 19 世纪的英式八角楼，是和总督府、"监察院"一起并称为台北标志性的建筑，并以当年二楼的红楼戏园子曾经是同性恋聚会的场所闻名。这座日本人近藤十郎设计的红楼，百年沧桑矗立在这里，多少年了，一直就是这样默默地看着眼前的一切。或许，正因为有了它的对比，西门町才越发地显得年轻，这就如同年轻的男女站在了白胡子的老爷爷前面越发青春逼人一样。

2001 年 11 月记于台北北京东路

2002 年 2 月 14 日大年初三写于北京

与石共舞

　　旅途中总会有意外的惊喜。那天，台中市的周正浩、孙志宁夫妇开车带我去看日月潭，车子一拐弯，还有几公里就近在眼前了，这时候，路边一块大牌子醒目地闯入我的眼帘：牛耳艺术公园。周、孙两口子在台中居住多年，连连对我说来过日月潭多少次了，没听说过这里还有这样一个叫作牛耳的艺术公园。从日月潭回来的时候，他们把车子再一打弯，拐到路旁的山上，蜿蜒盘桓，树木葱茏，三角梅开得正旺处，公园门口的牌子在闪烁，门旁的墙上是几排色块浓郁的抽象形图案圆圆而古怪地突兀着，细一看，那圆圆的家伙竟是一个个的脸盆。未进大门，先声夺人，倒也十分别致。

　　进得大门，才知道别致的还在园内。公园依偎在山脚下一片开阔的草坪上，阡陌纵横，尽情随意弯曲着自己的大写意线条。令我格外惊奇的是在所有的小路边，在几乎每一株秀丽的椰子树或大叶榄仁树下，在每一簇盛开的夹竹桃或秋海棠的花木丛中，都可以看到一个紧挨着一个的石雕，以至觉得多得熙熙攘攘有些拥挤。这些石雕，用的都是这里山上的石头，小巧玲珑的也好，粗笨莽撞的也好，冥顽不化的也好……就地取材，取之不尽。逸笔草草，只是寥寥几下刀工，那些石头便被点化成仙，一个个依石造型，随风而动一般，变成了野猪或山羊、猴子或蟒蛇，抑或是什么也不像只是凭空想象出来的动物或怪物，在搔首弄姿，在仰天长啸，在顾盼流离，在眉目传情，在和你逗着玩。你会觉得这些石雕和这里的山这里的林是这样的协调，你甚至会觉得那么多的石雕，仿佛就是从山上跑下来的小动物、丛林中飞下来的鸟儿一样，在这里参加狂欢，关然板达呈什么情景或什么东西吸引住了，一个个屏气凝神，化成了远古神话里或者孩子梦中的图形，定格在这里，等候着你的到来。

　　看这里的石雕，让我立刻想起西安茂陵前的石雕，那里的石马、石牛、石蛙、石鱼、蟾蜍、怪兽吞羊……那些汉代的石雕，竟然和这里的石雕有着惊人的相似，一样的质朴，一样的简洁，一样的依托山石，化神为形，石中有物，物融为石，灵动的想象删繁就简为古拙的抽象，让沉重的石头一下子婆娑摇曳血脉畅通。看公园正中花坛里的一尊雕像前的介绍，知道这座公园的主人叫林渊，这里是他的老家，在他65岁那一年退休的时候，他没有选择留在城市，而是远避尘嚣选择了这里，落叶归根回到了家乡。他忽然对这里的山石感上了兴趣，竟拿起了斧凿，无师自通地雕刻下这样一件件石雕，石头和他彼此赋予了新的生命。我不知道林渊老先生是否到过西安看过茂陵前那汉代的石雕，但我看得出来他们之间那种艺术追求的民间性与民族精魂的相似和相通。也许，只有如林渊先生这样来自民间的艺术家才能够得远古先人的真传。在台湾，人们把如林渊先生这样没有经过专门学习和训练的自学成材者称之为"素人艺术家"。许多真正的艺术往往不在庙堂不在学堂而在这样的人之中。虽然林渊先生在65岁的时候才退隐山林与石共舞，却落日心犹壮，让通往日月潭之路的这座以往不知名的小山凌空飞舞起来。

　　花坛里的那尊雕像雕的就是林渊先生：光着头赤着脚，穿着圆领衫，坐在一块石头上悠闲自得在雕一只猴子的脸。那种返璞归真的质朴，那种童心未泯的天真，那种和石头融为一体的感觉，让你会觉得其实艺术就应该是这样和自然和人生连在一起的。林渊先生的这尊雕像是台湾雕塑大师谢栋梁先生的作品。在林渊先生去世之后，台湾许多雕塑大师都愿意把自己的作品放进这里，其中包括最著名的杨英风和朱铭两位先生的作品。他们是为了表示自己对这位素人艺术家的敬重，也是表示对艺术回归自然与民间的一种向往吧。有这样一把雕塑大师和这样一批石雕响亮地聚会在一起，牛耳艺术公园渐渐会成为台湾一座小小的雕塑博物馆，是日月潭旁的另外一景。

2001年11月记于台中市

昂布瓦斯古堡小镇 复兴

寂寞不是一个漂亮的标签

梭罗曾说："寂寞有助于健康。"但是，现代人最难忍受的恐怕就是寂寞了。

梭罗还曾经用诗一样的语言说："我并不比一朵毛蕊花或牧场上的一朵蒲公英寂寞，我不比一张豆叶，一枝酢浆草，或一只马蜂更寂寞。我不比密尔溪，或一只风信鸡，或北极星，或南风更寂寞，我不比四月的雨或正月的融雪，或新屋中的第一只蜘蛛更寂寞。"

是的，我们不比它们寂寞，但我们却显得比所有的一切都要难以忍受得了寂寞。即使我们把自己关进房子里，足不出户，电视和互联网乃至手机短信息，早已经联系了外面的大千世界。现代生活的躁动会无孔不入，一点点信息就可以把我们打得人仰马翻，一只小虫子就可以把我们的心叮咬得千疮百孔，我们时时都如同热锅上的炒豆儿，总是急火攻心一般情不自禁地蹦跶，还以为自己是在得意地跳芭蕾。

即使我们盖了越来越多的所谓亲水住宅或田园别墅，即使我们住了进去，周围却只是仿制的人造景观而已，我们离那种田园生活依然太遥远，离大自然就更遥远，暧暧远人村，依依墟里烟，还只是梦里的幻景而已。现代生活创造出来现代化的同时，创造出来的种种诱惑，更是寂寞无可抵挡的。面对这些诱惑，寂寞只是太古老的稻草人，在风中起舞，徒留下好看的样子，吓得走麻雀，却吓不走飘过来又飘过去的云彩和热辣辣的阳光。

诱惑激发起来的，首先是欲望，欲望首先是对钱、性和官位的占有。钱是欲望的物化，性是欲望的深入，官位是欲望的花边。人世间庸庸碌碌，其实说穿了，不过都是为了这三者忙。为了永远挣不够的钱，不得不狗一样到处奔波而扬起嗅觉灵敏的鼻子去钻营甚至昧着良心去欺骗；为了因过去压抑而现在膨胀的性，黄盘和妓女才蔓延得止都止不住地泛滥成灾，笑贫不笑娼，成了新的道德准则；为了升官，更是不择手段，上穷碧落下黄泉，什么下三烂的招数都能够使得出来。退一万步讲，即使买官鬻爵不行，骗钱揽钱不灵，于是，忽然豁然开朗一般的想明白了，拍尽浮名方自喜，一生尽是伴人忙，开始要为自己了，便会想到最属于个体化的性总是可行的吧？于是，道德的失衡，围栏坍塌，狼已经肆无忌惮地跑进来叼走我们的羊，谁还能像一个新媳妇守空床一般守得住一文不值的寂寞？于是，这三者撕扯在一起，铁三角一样构成牢固的战线，心不甘情不愿，无底洞般无休无止、四面出击的征伐，身心怎不疲惫？疲惫至极的人们，现在依赖的是各种补药乃至"伟哥"，谁曾想到寂寞？就是想到了寂寞，寂寞能解救得了吗？寂寞只是一张薄薄的丝网，怎能打捞得上来泰坦尼克号如此庞大的沉船？

寂寞只好寂寞地待在一边。在资讯快速运转的焦虑时代，寂寞只是一个落寞的隐士。

寂寞其实是一种心境，所谓心静自然凉，心远地自偏，就是这个意思。心境是由精神所营造的，就像鸟巢是由草搭起来的，海滩是由沙冲积而成的，云是由水雾凝结而成的。并不是什么精神都能够营造出来寂寞的心境的。寂寞不是保守，不是退隐，不是防空洞，不是与世隔绝，不是无所事事，不是中国士大夫独有的酸腐诗文。寂寞是放松，是轻松，是安贫气全心清气爽的升华，是脱离复杂而廉价人关系的沉思，是心与心默契而惬意的对话，是走出地平线之外的远游。

因此，寂寞天然是和大自然联系在一起的。脱离开大自然的熏陶和培植，寂寞只是赝品。

梭罗之所以敢说寂寞，是因为他有他的大自然，瓦尔登湖是他寂寞的栖息地。我们很多人也趋之若鹜奔向大自然，哪怕买到临水靠山的房子，却买不到寂寞，说是回归自然，却只是自己镶嵌在乡间的一个漂亮的标签。即使我们跑到了瓦尔登湖，却只是观光时的挂角一将，带回来许多张漂亮的照片和一本梭罗的旧书，寂寞却依然远远地沉在湖底，瓦尔登湖只属于梭罗。

2001 年春于北京

简洁是最美的生活

简洁不是简单。简单，有可能是贫乏或单薄，甚至有可能是可怜巴巴的寒酸。简单，如同枯树枝子，只能够用来烧火，别无他用。

简洁也不是我们传统意思上所谓艰苦朴素中的朴素。朴素，当然也是一种很好的品质，但朴素很可能是洗旧的衣服，被阳光晒得发白而缺少了应该具有的色彩。

简洁的洁，不仅仅是干净的意思，这里的洁，包括美的意味。因此，对比简单或朴素，简洁体现更多的是美，而这种美不是唐朝的美人那种臃肿肥胖的美，是那种以简洁的线条所勾勒出来的现代美。

简洁所呈现出的美，是齐白石和八大山人用最少的笔墨留出最大的空白所画出的写意式的美，是米罗和蒙德里安以干净爽朗的线条色彩和几何图形所构筑的象征性的美。

"忽如一夜春风来，千树万树梨花开"，不是简洁；"行到闹荷无水面，红莲沉醉白莲酣"，更不是简洁。"两个黄鹂鸣翠柳，一行白鹭上青天"，就是简洁；"一去两三里，烟村四五家"，就是简洁。

简洁，对应的不仅是物化的奢侈豪华，同时也是精神的杂乱无章。千树万树，沉醉酣醉，正是生活坐标系简洁所对应的那奢靡的一极。现代的生活，拜物教的侵蚀，犬儒主义的盛行，人们越来越崇尚物质的占有和享乐，酒池肉林，娇妻美妾，香车豪宅，百杯买醉，千金买笑……欲望像是追求的无底洞，贪婪成了成功的光荣花，赚钱变为了人生第一的需要和幸福的唯一标志。人为物役，钱为君主，心被挤压得千疮百孔尘垢重重，离简洁怎么能不越来越远？甚至以简洁为丢脸而不屑一顾，视简洁为简单而不值一提，就是很自然的事情，一点不足为奇。

不要说那些贪官污吏，那些大款富婆，他们的日子已经发霉，他们生活的字典里早没有了简洁的字眼，酒嗝中散发着腐臭的气味。就是在我们普通人的日常生活中，和简洁也越来越背离，将简洁越来越遗忘，这是非常可怕的事情。

在我看来，起码有这样三点，一是我们的吃饭，越发变得繁文缛节起来，为吃饭花的心思、浪费的人力物力，不计其数，偏偏还美名为"食文化"，一顿年夜饭可以花上上万元钱，即使是一块中秋节的月饼也可以卖上几千元钱，铺排得淋漓尽致，却要打文化的牌，拿文化来说事，让心里自我安慰。

一是房屋的装修，越发不知节度，一座新房，不拆得大卸八块不解气，不闹出惊天动地的动静不罢休，美其名曰"设计"，巴洛克雕饰罗马柱，红木家具羊皮欧式灯，中不中洋不洋的堆砌，消化不良的煊赫，以豪华以金碧辉煌为美为荣，而不惜满屋子如赘肉鼓胀拥塞，让甲醛尽情弥漫。

一是女人的打扮，脸上化妆的脂粉越发厚重，走起路来粉末飞扬，手上脚上（有的还包括肚脐眼上和生殖器上）的金银饰品越发繁多，不走路都叮咚作响，不是为了点缀而是为炫耀，自然会忘记了契诃夫早就说过的"人应该一切都要美"的名言，便也就更容易和简洁背道而驰，以为这样的生活就是我们所期望的幸福和美的生活。

当然，就不要说花费越来越昂贵的婚礼，据统计，天津市年轻人的婚礼最高可达几十万元人民币，最少也要四万多元；也不要说今年年初的巴西国脚和夏天皇家马德里来华的足球比赛，花费的人民币更是天文数字，那种前呼后拥礼仪热情过度的表现了。因为那实在是离我们所说的简洁更是十万八千里，前者已经完全不是为了生活本身，所有奢侈的花销都只成了一种象征的符号；而后者只是一场"秀"，不仅脱离了简洁也脱离足球自身，不过是为了钱的一种商业运作。

简洁的生活，看似简单，其实是多么的不容易做到，即使我们只是普通人。因为我们就被这样崇尚奢华制造奢靡繁衍奢侈的生活包围其中，暖风熏得人人醉，直把杭州作汴州，要想跳出这样的包围，该需要多么坚定的定力。

这种定力，就是要求我们认定：简洁的生活，其实是最美的生活，这是因为这种美里包含着对现代越发堕落的生活的沉淀，沉淀下那些侵蚀我们的杂质和腐蚀剂。

简洁，有时能够产生意想不到的奇迹。就像毫不值钱的麦秸，简洁几下，可以做成漂亮的麦秸画；就像毫不起眼的石头，简洁几斧头，可以做成精美的雕塑；就像毫无色彩的芦苇，却可以做成洁白的纸张；就像毫无分量的竹子，只要简洁地凿几个眼，可以做成能够吹出美妙旋律的笛子。

没错，简洁的生活，其实是以少胜多的生活，少的是我们对物质的贪得无厌，多的是对心灵和精神自由展开的空间，让我们的心里多一些音乐般美好的旋律。

简洁，看起来是生活的一种方式，是审美的一种要求；其实，更是现代精神自由的一种体现，是价值系统平衡的一个支点。

2001 年春于北京

後陽畫於奧加喬
2006. 5. 15.

泡影

　　常常会有许多美丽的泡影，浮现在我们的面前，升腾在我们的头顶，就像真的气球或鸽子一样，让我们以为感到它们生命的气息。其实，它们只是泡影。并不仅仅是它们美丽的外表所具有的诱惑力，更是我们自己的幻觉所造成的原因，泡影才总是气球或鸽子一样在我们自己蒸腾的气流中上下翻飞，我们以为伸手一把就可以抓到。

　　小时候，我家住的院子里有一位小学女老师，是个南方人，长得很漂亮，又秀气，说话非常温柔，细声细气的，像唱歌似的。见谁都爱笑，绽开两个小小的酒窝，就是见到我们小孩子，她也是笑着摸摸我们的头或轻轻地打个招呼。她就在我们家旁边的贾家花园小学教书，贾家花园，听听这名字就好听，好听得像是她天天甜滋滋微笑时的样子。

　　那时，我家旁边有两所小学，一所是贾家花园小学，一所是第二中心小学，所有上学的孩子都要就近分配到这两所小学去。快上小学的时候，我特别担心自己给分配到了第二中心去，我真是想能到贾家花园上学，这样她就可以教我。那段时间里，我总是幻想着坐在课堂里她教我的情景，我就可以天天见到她了，天天听她讲课，天天看她那笑眯眯的样子，甚至可以天天用她那细细的手摸摸我的头了。虽然，后来天不助我，我被分配到第二中心去了，但那种幻觉仍给我许多难以忘怀的美好。一直到我升入中学，在我的眼中，她总是那样美，仿佛是美的化身，那种美里面包含纯真和清澈，让人能想到清晨的露珠和没有污染的泉水。我不知道这样想其实融入了我童年和少年时期心理的想象成分，就像做蛋糕在面粉里面加了糖和奶油，蛋糕才变得甜了一样。我混淆了面粉和蛋糕的区别。

那时候，她还没有对象，很长一段时间都没有对象，想想那时她得有二十六七了吧，是该有个对象谈恋爱的年纪了。院子里的街坊们议论说大概是她的眼皮高的缘故吧。一直到了我上高三的那一年，她才搞了一个对象，是个海军上尉军官。他们很快就闪电般结了婚，这让我有一种莫名其妙的失落，好像我没喘息过来，眼睛刚眨了眨，魔术一样，鸡就变成了鸭。当我见到了这个上尉的时候，我相信院子里绝对不仅我一个人失望，上尉长得不怎么出色，个子也矮。起码在我的心目中，她要找也应该找得像是当时我们都崇拜的电影演员王心刚的样子吧。

彻底的失望就在高三这一年的夏天，"文化大革命"爆发了。有一天，她竟然带领着贾家花园小学她的学生风风火火闯进院子，抄了我们街坊一家老翻译的家，翻箱倒柜之后，没有翻出什么，她突然发现床底下一个奶粉罐头盒，是那种新中国成立前美国的奶粉罐头，上面有 Made in USA 的字母，老翻译用来装洗衣粉了。她像发现新大陆似的，举着这个罐头盒一下子嚷嚷开了，硬说里面装的是炸药。当老翻译向她解释，她粗暴地打断了他的话，颇有几分骄傲的神态断然地说：我爱人是军人，我知道什么是炸药，什么是洗衣粉！（她在课堂里对着同学讲课时就是这张牙舞爪的样子吗？）

我第一次尝到了泡影的滋味。以前一切美好的感觉，都被她这一桶加入了想象成分的"炸药"炸飞得无影无踪。泡影破灭后的感觉，是极其痛苦的，不仅仅是心里一下子坍塌成一片废墟般空落落的，而是你以前用时间甚至生命所积累起来的价值系统也同时坍塌了，你对你自己所认为的美产生了致命的怀疑。

我特别喜欢法国的电影演员卡特琳娜·德诺芙。想想，是从看过她和杰拉尔德·德帕迪约主演的《最后一班地铁》开始的吧？她确实演得很出色，在不动声色之中将那位犹太导演的妻子演得丝丝入扣，出神入化。我不知道这是不是她出演的第一部电影，却是我看到她演的第一部电影。除了漂亮，她那种典雅的风度和高贵的气质，给我留下了深深的印象。这是因为漂亮的女人现在借助化妆术和整容术越来越容易找到，但典雅和高贵却在如今越发显得稀少而弥足珍贵。因此，我们常常会看到包括演员在内的不少女人漂亮倒是漂亮了，只是一说话依然满嘴大馇子味儿。

德诺芙的典雅和高贵，宛若上一两个世纪的女人，是只能在雷诺阿、马奈和维热·勒布伦的肖像画中才能见得到的贵族式的女人，甚至再早些要在舒曼的梦幻曲、韦伯的邀舞和莫扎特的小步舞曲中才能见得到的古典式的女人。那种贵族和古典，如今几乎快断了种，纸醉与金迷并舞，物欲共肉欲齐飞，竟然笑贫不笑娼，使得不少女人学不会典雅与高贵，却把毫不犹豫地脱掉最后一件衣服飞快地学到了手。女人看待自己，和男人看待女人，眼光和尺度在以无与伦比的速度下降，审美更成为了奢侈和矫情。美真的可怜巴巴就只剩下了一张脸蛋和一个屁股蛋。

因此，德诺芙便越发难能可贵。起码她还能给我们一些安慰和期望，并不是所有的女人都在堕落的泥塘里栖息以为是躺在柔软的席梦思床上，梦想着污浊的烂泥浆成为奶昔或巧克力。

后来，我看《印度支那》，看《追忆逝水年华》，看《东方西方》，影片中出现的德诺芙的年纪越来越大，甚至在去年的新片《黑暗中的舞者》，德诺芙的脸明显苍老，都有了一把褶子，但是那种典雅和高贵依然健在，依然让我珍爱。如果说漂亮只是时令的鲜花，典雅和高贵是不受时间限制的，所以，仅仅漂亮并不是美，美的涵盖面更宽泛，是一道简单易算的命题，却不是所有的女人和男人都能清算得出来。如果说几乎每一个人的心目中都会不自觉地产生幻觉式的偶像，德诺芙是我心目中美的偶像。所以，儿子曾和我争论，他强迫地希望我也和他一样喜欢同样是法国演员的朱丽叶特·比诺什，但朱丽叶特·比诺什取代不了德诺芙。这大概是对美的感觉和感受常常因年龄而产生无法逾越的距离吧？

前两天，我在等人办事无聊之间偶尔翻一本杂志，看见里面的一张黑白照片竟然是德诺芙。但这张占了整整一页篇幅的照片中的德诺芙吓了我一跳，她几乎裸露着上半身，黑色乳罩的拉链拉开着，半遮掩着乳房垂浮着，面孔和头发都显出老态。说实话，并不是所有的女人裸体就一定会美，照片中的德诺芙远远没有电影中的德诺芙美。我实在不明白德诺芙为什么要照这样一张照片，为什么要将并不年轻更不丰满的乳房显露出冰山般的一角？是为了做广告吗？是为了钱吗？我无法想象，也实在不忍心再看，竟像自己做了什么亏心事似的赶紧把那本杂志合上了。

我知道我将对德诺芙以往所有美好的回忆也一并合上了。当然，我知道德诺芙不会和我有任何关系，她既不是我的妻子或情人，也不是我的任何一位亲人或朋友，她只是在遥远的地方的一个素不相识的法国女人。她照样演她的电影，她照样活得很滋润。但是，在我的心目中，她合在那本杂志里，或者说定格在那本杂志里，再也不会像以前那样活生生地浮现在我的面前了。我知道，这样说来我也许显得很可笑，而且带有主观的色彩显得那样笨拙，但确实是这样的一种感觉刀刻般掠过，又一个泡影在我的心里无可奈何地破灭了。

我无法形容这个泡影破灭之后的心情是什么样的。也许，人生就是在这样一个个泡影升起、破灭中度过和维持着的，只不过人在年轻时泡影就像鱼缸里的金鱼向水面吐着一个又一个的气泡，美丽而不断地袅袅升起，而到了年龄大的时候那升起来的泡影在一个个的破灭着吧？破灭了的泡影或许就像猪尿泡一样会溅落出肮脏的污水，溅落在人的眼睛上，让人的眼睛随着岁月的流逝变得越来越浑浊了吧？只是这样说或许显得很绝对，但却并不能说清泡影在接连不断破灭后真实的心情。

今天我听美国一个叫作"红房子画家"乐队的一张唱盘《蓝吉他之歌》，演唱的其中的一首歌名叫《Bubble》，用中文是不是就翻译成泡影？那种含混不清又略显有些凄美的歌声或许唱出了这种无言的感触。没错，音乐起于词尽之处。

2001 年 4 月 1 日于北京

阿维尼翁
潘习平

v 2009. 7.

下午茶

没想到喧嚣的市中心还有这样清静的地方。

天伦王朝饭店坐落在市中心，一位多日不见的朋友约我到这里二楼的大厅来喝下午茶，想必是要清静些，好说点儿什么。

占满整个二楼的大厅，晚上是自助餐，白天是早茶和下午茶，利用率极高。高挑的屋顶直通楼顶透明的玻璃天棚，折射进来的阳光洒着乐谱一样柔和的光线，高高的棕榈树一枝独秀，象征性志在必得地插向楼顶，挥洒着一点显得有些假模假式的亚热带风情。铺着镂花的白色亚麻台布的桌子，星罗棋布摆放在大厅里，干干净净如同等候舞会开始的村姑。最醒目的是大厅一角的高台上放着一架三角钢琴，弹奏者是个男的，拉小提琴和拉大提琴的分别是女的，琴遮挡住他们的脸庞，看不见他们的眉目。他们合奏得几分优雅，也有几分慵散，惺忪的音符散落开来，和着咖啡和着茶香一起弥漫在大厅的四周。市中心车水马龙的喧嚣和嘈杂，下午时分的燥热和困顿，一切都被挡在外面了。

我们开始选在大厅中间的桌前坐下的时候，四周还没有什么人，北京人虽然爱喝茶，毕竟没有英国人喝下午茶的习惯。况且，北京人讲究的是泡茶馆，要的是嗑瓜子甩毛巾板听大鼓词的那种热闹劲，难得这样的消闲幽雅。

两份红茶，两份西点，一个下午，唤回往昔的日子，浓缩着许多的心情。安静的环境，让说话声都变得格外轻，偌大的大厅里除了服务小姐柔弱无骨的脚步声，只有音乐在轻柔地荡漾。

当茶水续得变得有些淡的时候，忽然发现四周的桌前已经坐了许多人，有男有女，有老有少，仿佛一下子许多人对下午茶都感起了兴趣。每一张桌前的人们都在讲着什么，但说话的声音都很轻，谁也不知道谁在说些什么，只见嘴巴在动，圆的阔的长胡子的涂唇膏的性感的稚拙的，一张张嘴此起彼伏在动，仿佛彼此在看一部默片的电影。

坐在远处角落里的是一个年轻的女子。她的孤零零和她的模样，引起我的注意。她长得很像儿子的一个同学，从高中到大学常到我家里来。不过，儿子他们还只是学生，紧张的学习，整天忙得脚后跟直打后脑勺，哪里会有闲工夫和闲钱跑到这里来喝下午茶？不过，长得确实很像，连穿的连衣裙的色彩和样式都很像。

坐在我们邻桌前的是刚刚来的一对男女，男的胖胖的，年纪不小了，女的矮矮的，小巧玲珑，年纪不大。他们坐下来放好提包就分别去了卫生间，然后要了满满一桌子的东西，哪里像是在喝茶，倒像是在摆宴席。

坐在钢琴旁的是四个老人。花白的头发，棕色的咖啡具，映衬得很分明。他们端咖啡时的样子，非常优雅，那是上个世纪遗留下来的姿势，是逝去的时光雕刻下来的姿势，不是能够学得来的，更不是那种东施效颦端起咖啡只会翘起兰花指，除了造作，哪里去找得到那般悠长的韵味。

很快，那个孤独的年轻女子旁边就来了一个男孩子，和儿子一样年轻一样帅气的男孩子。他们开始了交谈，好像有着谈不完的话，谈得那样亲密，有时头碰头像蒜瓣一样聚在一起轻轻地笑，其余时间除了偶尔抿一口咖啡，就是在不停地谈话，好像他们到这里来就是谈话，咖啡只是点缀，即使全是废话也说得那样津津有味，滴水不漏地全部就着咖啡饮进肚子里。我真是充满了好奇心，想知道他们到底谈的是什么，却什么也听不见。

四位老人，两男两女，他们的话不太多，只是一边品着咖啡一边偶尔想起什么就说了起来似的，几个人的头随着说话的人在动，花白的头发像是电影里慢镜头风中的草轻轻在摇曳一样优美。似乎总有些让人发笑的话题，按下葫芦起了瓢，拔出萝卜就带出泥，总能够看见他们端着咖啡微微在笑，甚至能够感觉到在他们的笑声中杯子里的咖啡微微抖动的样子。他们在笑什么呢？岁月的沧桑，生命的流逝，满脸的皱纹和满头的白发，难道还不能让他们感慨良多唏嘘不已吗？不过，大概好不容易才聚在一起，干吗哪壶不开提哪壶？干吗不说些高兴的事情？岁月即使酿成了一壶老酒，辣辣的味道中也有些醇香绵绵而值得一点回味吧？只是到底是什么样的话题让他们这样忍不住一个劲儿地在笑个不停？是现在的，是过去的，是自己的，还是孩子的？

可能那个胖胖的男人是个土老板吧，而那个娇小玲珑的女子到底是干什么的，我实在猜不出来，更猜不出来他们在谈什么，看样子他们谈得挺投机，谈得很开心。像是从外地来旅游的，逛了一天，累了，渴了，饿了，到这里来打个尖儿，歇歇脚。轩豁的大厅和不错的下午茶，都很对他们的胃口。他们一边喝一边吃一边说，越吃越喝越说得来情绪，以至渐渐身上发热，胖子把外衣脱了，只剩下一件衬衣，领带却打得整齐得一丝不苟。我只是听不见他们一直马不停蹄地在说些什么，虽然，他们离我最近。

我什么也听不见，正像是他们听不见我们在说什么一样，我听不见他们到底在说着什么。每一张桌前成了一个独立的世界，虽然门户大开，却谁也走不进谁的世界里；虽然彼此的距离很近，却谁也无法缩短这个距离，逾越这条楚河汉界。

我在走神，连我们在说什么也有些恍惚了。细想一想，其实我们一个下午光喝茶了，并没有真的说什么或说什么真的有意义的事情。原来是想清静点儿要说些什么来着，似乎由于太清静都融化在茶水里面了。一个下午茶喝得恍若物是而人非，迷离在他处。

天棚顶的阳光的光线在偏移，渐渐地有些发暗。人们似乎还没有要退的意思。这里的咖啡也好，茶也好，都是免费续杯的，而晚餐要到六点才开始。大家还在喝着说着，兴致未尽。如果把大家这一下午所说的话统统放在一起，也像是把咖啡和茶倒进壶里，这些话大概要把整个大厅这把壶涨满了。只是到底我也不知道他们在说着些什么。

钢琴和提琴什么时候下去的，都不知道了。只看见三个人这时又上来了，抱着大提琴的女的拖着曳地长裙，走的步子有些蹒跚。惯性的演奏，他们已经习惯了这一切，并不关心每张桌前的谈话，也不关心自己的演奏，上了台，连招呼都不用打，很快就轻车熟路地演奏了起来。刚才演奏的什么，我没有注意，这回我听清了，是电影《花样年华》里的插曲。轻柔而有几分怅惘的旋律，水珠四溅般流淌开来，渐渐地湿润了整个大厅，像是忽然跑出来的一条毛茸茸的小狗，向每一张桌前喝下午茶的每一个人伸出了舌头，温柔地舔着人们的衣襟鞋跟或手心……

或者，是在给所有的人的谈话伴奏。

2000 年 7 月 10 日写毕于北京

花间补读未完书

　　田增科老师到澳洲去了，这是他第三次去。我隐隐地感到，这一次，他大概不会再回来了。他的两个孩子在那里，另一个在意大利，国内已经没有他的亲人了。几个孩子在国外干得都不错，执意要接他们老两口出去，尽尽孝心。

　　我忽然觉得一下子非常落寞。在偌大的北京，我没有任何亲戚，连八竿子打不着的都找不着一个。田老师，已经是我在北京唯一的亲戚了。我和他交往了四十多年了，过了我的人生的一半，也过了田老师的人生的大半。岁月，让人的感情发生着变化，就像葡萄在时间的催化下变成酒一样，浓郁芬芳醉人。

　　我在汇文中学上初三，田老师教我语文。那时，我十五岁，田老师刚刚大学毕业，我们开始了这长达三十七年的交往。这中间，是他帮助我修改了我的一篇作文，并亲自推荐参加了北京市少年作文比赛，获得了一等奖。那是第一篇变成铅字的文章，如果没有这样的一篇文章，我会那样迷恋上文学吗，我今天的道路会不会发生变化？我有时这样想，便十分感谢田老师。我永远难忘他将我的那篇作文塞进信封投递进学校门前的绿色信筒里的情景；我也永远难忘当我的这篇文章被印进书中，他将那喷发着油墨清香的书递给我手中时比我还要激动的情景。那是一个细雨飘洒的黄昏。

　　这中间，还横躺着一个"文化大革命"。说来我当时也许真是十分的可笑，我自以为自己才是革命的，而认为田老师当时有些保守，因为我们两人当时参加的并不是一个战斗队，有一段时间，我和田老师疏远了。可是，在我要到北大荒插队的时候，我以为田老师不会来送我了，田老师却出现在我的面前。在那些个路远天长、心折魂断的日子里，田老师常有信来，一直劝我无论什么样艰苦的条件下千万不要放下笔放下书。在那文化凋零的季节，他千方百计从内部为我买了一套《水浒》和一套《三国演义》，在我从北大荒回家探亲假期结束要回北大荒的前夕，赶到我的家里把书送来。那一晚，偏巧我去和同学话别没有在家，徒留下桌上的一杯已经放凉的茶和漫天的繁星闪烁。

这中间，我和田老师先后结婚，先后为老人送终，他生下两女一子，我生下一个儿子，在那一段一根扁担挑着老少两头的艰辛的日子里，我待业在家没有工作，他鼓励我别灰心，并借我他的《苕溪渔隐从话》《中国画论辑要》《人间词话》《红楼梦》等书，并送我一个笔记本，劝我再苦再难，读书是必要的，要相信乾坤有眼、时序有心，要相信艺不压身，学问终有需要的时候。

这中间，我发表的第一篇文章，是他看后觉得不错，亲自骑上自行车跑到报社替我送到编辑的手中，并郑重地推荐给人家的。那篇文章，他至今保留如初，并保留着我中学的作文本。

这中间，他出版的第一本书，特意约我来写序言，我说："这本书中的这些篇章并不是为文而文，而是一位老教师在和你坦率真挚地谈心。悠悠读来，我仿佛又回到学校，重温坐在教室里听田老师讲课时那一片温馨，它曾伴我度过少年而渐渐长大。"

这中间，我和田老师一样，做上了中学和大学的老师。我刚刚给学生上课的时候，田老师都曾经骑着自行车到学校专门听我讲课。我教书的中学在郊区，比较远，但他还是早早就到了。听他的学生要给更为年轻的学生讲课了，他的心情显得有些激动。田老师走进校园，我看到许多学生趴在教室的窗前好奇地看。那一次，他回家迷了路，兜了好半天的圈子才回到家。那次他到我教书的中央戏剧学院来听我讲课，我讲的朱自清的《背影》，下课后，他告诉文章中的一个字我读错了，另外除了应该结合朱自清先生的自身经历，还要结合当时的时代背景，会对文章的内涵理解得更深刻些。我送他一直到学院门口，看着他骑上车在冬天的风中远去，一直到看不见他的背影为止，我才发现自己的手中拿着的正是朱自清的《背影》……

四十多年的岁月就这样如水长逝。可以说，我和田老师这四十多年的交往，是读书写书和教书的交往，清淡如水，却也清澈如水，由书滋润着情感，又由情感滋润着书，便也格外湿润而清新。并不是所有的人都能够或值得保持这么多年的友情的。人生中，萍水相逢的、利害相加的、关系互通的人，总是居多。但我和田老师却是这样平淡又长久地保持着这样一份感情，让彼此都感到那感情中因有岁月的沉淀而那样沉甸甸。在偌大的北京城中，由于我没有任何亲戚，我便把田老师当成了唯一的亲戚。在春节老北京人讲究亲戚之间互相看望的礼节，我唯一要看望的就是田老师一个人。

一晃，春节将要来临，田老师却到澳洲去了，而且不会再回来了。春节，我将无处可去。

我想起前年的春节，田老师当时也不在北京，正在澳洲女儿的家中。他特意给我寄来一封信，信中夹有一张他在女儿家门前照的照片，照片后面有田老师抄的一句清诗："竹里坐消无事福，花间补读未完书"。一下子，遥远的澳洲变得近在咫尺，田老师又像坐在我的身边了。而且，那时总想这个春节田老师不在，下一个春节他是要回来的。毕竟他还想着那么多要读的未完之书。

可是，这一次，田老师不会再回来了。他早早寄给我一张贺卡，贺卡上印着积雪覆盖的原野。接到贺卡那天，北京正纷纷扬扬飘飞着冬天以来最大的雪花。

2000 年春节写于北京

楼前的黄昏

楼前最热闹是在黄昏的时候。楼前有块空地，连到了马路前树荫掩映的便道，挺宽敞的，安静了一天，一直都是空荡荡的，像是散了场的舞台。黄昏一到，日头西斜，小风一吹，凉快了许多，好像舞台又拉开了幕布，人物开始纷纷出了场，楼前的这块空了快一天的空地，很快就挤得满满当当。

最先出场的是老头、老太太，他们自己搬来了小板凳、小马扎，抱着大茶缸子，有的还拿来了象棋和扑克牌，一边等下班的孩子或放学的孙子，一边说话聊天玩会儿棋牌，顺便也是走出憋屈了一天的楼房，出来接接地气、透透空气，舒舒胸气。

然后出来的是修自行车的男人，他是陕西的农民，二十多年前娶了插队到他们村的一个北京女知青。那时候，全村多少人羡慕他的艳福，一个土坷垃愣是找上了个城里的女娃，哪想到现在自己嗫了瘟子。前两年，女知青带着孩子返回了北京，就住在楼里的父母的家中。熬不住对婆姨和孩子的思念之苦，他也脚跟着脚来到了北京。没有工作，孩子大人都正要钱，又是寄人篱下，城里的花销又大，一个大老爷们的，怎么也得干点什么，不能总看别人的白眼。他在马路旁的便道上摆起了这个修车摊，每天黄昏时守株待兔般等候着下班路上坏了车、要补胎或要打气的人们，挣个零花钱。每天都是修到天色将晚，孩子已经上了中学，个头比他都高了，每天骑车路过这里车也不下一下，叫也不叫一声，好像根本不认识他一样，倒是妻子做好了饭跑出来，叫他好几遍回家吃饭，才恋恋不舍地收摊，这时候来修车打气的人多。这些年下来，乡音未改鬓毛衰，修车的手艺倒是大大地提高，回头客很多，叫不上他的名字，都管他叫老陕或老哥。活儿不多或心情好时，他会随口溜出好多酸曲来，都是陕北的信天游里唱的那种男欢女爱的歌。他的嗓子不错，听的人们隐隐能想到当年他是小伙子时的情景，只是如今好汉难提当年勇了。

紧接着前后脚地来的卖馒头、买牛奶和卖菜的三位，都是女人，中年、下岗，孩子还小，老人还在，一根扁担挑两头，拖累不少。卖馒头的和卖牛奶的分别坐在楼前的空地两头，卖菜的坐在马路的边上，拉开了距离，三人互不干扰，形成了每日不变的铁三角。原来都说兔子不吃窝边草，现在街里街坊的，谁都知道她们不容易，看着她们在烈日下一脸汗珠子的辛苦样儿，就是本来不想买或家里还有东西吃的，也忍不住掏钱买点牛奶馒头或青菜回家，要找的零头钱也不要了。都在一个楼里住着，甭管分量还是质量，倒是买着的放心，卖着的明摆着是辛苦钱，每天不管是牛奶、馒头，还是青菜，只有不够的时候，没有卖不出去的时候。她们当然知道是大家捧场，是灰就比土热，远亲不如近邻，街坊毕竟是街坊。老街坊们在她们之间三条路线交叉地走，织成笑滋滋的网，提满了一网兜这些东西和落日晚霞回家。

卖羊肉串的架着火，和收废品的推着平板车也出来了，都是个年轻的外地人，岁数不大，操着南音软语，前者是女的，后者是男的，都是赚下班放学归家人的钱。尤其是早饿了肚子咕咕叫的孩子们，天天在她那儿少不了买羊肉串，饿狼扒心似的一串接一串地啃；下班带回大件或沉甸甸物品的大人们，少不了会用小伙子帮忙把东西扛到楼上，顺便把家里的废报纸杂志酒瓶子易拉罐带下楼，便当得成了挂角一将带手的活，既联络了感情，又收了废品，一举两得，有的人家看他辛苦，人缘不错，给他们的那些废物索性不要钱，乐得他每天盼着有人回家多扛回点儿大件才好。熟门熟脸，他们两人不到别处去，认准了似的，一嘴叼住了不撒手，好几年都是坚持在这片楼前，春来春去，风来雨去，长成了每天黄昏里的两棵树。

他们两人原本并不认识，时间一长，熟了起来，又都是出门在外，同是天涯沦落人，冷的热的，忙着闲着，互相照应着点儿，赶上突然起风下雨，不是他帮助她把铁火炉子搬到楼道里，就是她帮助他用塑料布遮上装满了废品的平板车。好心而爱给人说媒的老太太和大嫂子们都看在眼里，私下里没少说这倒是一对好姻缘，只是不知道人家在南方老家里各自早都有了家，卖羊肉串的女的孩子都上小学了。

放学的孩子，叽叽喳喳像是归巢的鸟。跟着一起凑热闹的是回来的司机们，摁着喇叭，嘹亮地响着，像抽着马鞭，响着清脆的鞭哨，得意地告诉人们他们回来了。坐小板凳和马扎上的老头老太太，闻声而动，立刻开始站起来，有的骂着，有的笑着，有的嚷嚷着，忙不迭地给他们腾地方停车。不用说，笑着和嚷嚷着的老人大多是这些开进来汽车车主家里的人，见到了汽车就像见到了分别了整整一个白天的宠物一样亲切，一下子，白天显得再宽敞的空地也不够用了，眼瞅着这两年的车渐多，挤得楼前的空地成了沙丁鱼罐头。不少是私家车，开车的大多是年轻男人和中年女人，刚刚拿下车本，大多是"二把刀"，往前开行，自我感觉良好，往后倒车，就麻了爪儿，再要在这窄巴巴的地方找车位停车，更是手脚都不够用，立刻忙乱成了一锅粥。老头老太太，每天黄昏都看这一出戏，久病成医，个个都是老师傅了，挥舞着枯枝般的手臂，一边吆喝着往左往右打把拐轮，一边指挥她们倒车，成了黄昏时楼前最为温馨的一景。

有时楼前的山墙上会贴出一些告示，或收有线电视费或房子要出租或防火防盗或卫生大检查。人们一边看着一边骂着，借着告示离题万里地发泄着。这时的告示只是药引子，这时的人们上知天文，下知地理，从马列主义能一直扯到鸡毛蒜皮，从贪官污吏能一直扯到大气污染……生动绝对胜过电视剧，深刻绝对胜过楼里住着的知识分子。

有时楼前会走出抱着波斯猫的时髦男女，有时会有一条卷毛的小狗噌噌地蹿出来，泥鳅钻沙似的从人们的腿间或车缝中钻来钻去，人们一般都侧目而视然后躲着它们，知道它们金贵，踩着了，可不是闹着玩的。

有时会有工商检查人员来抄楼前这些摆摊卖东西的，因为他们都没有营业执照。这时，就像刮起了台风一般，卖奶的、卖馒头的、摆修车摊的，包括卖羊肉串的、收废品的，一眨眼的工夫都被风刮得无影无踪。来不及跑的卖菜的女人，是因为带的青菜太多，一下子扛不动死沉死沉的菜筐。都是下岗的女工，倒腾这些菜不容易，都是一颗汗珠子摔八瓣的血汗钱，老人们心眼软，下棋的老头便将棋盘放在菜筐上面，检查人员走过来看看老头看看卖菜的，看看筐上面又看看筐下面，老人们却神态自若地坐在筐前当当地拍着棋子接着下起棋来。

楼前的黄昏，在这时候悄悄地从棋盘上消失。

1999 年秋日写于北京

297

威尼斯小巷里的小庄助教堂

FUXING 2005.4.23

树的敬畏

　　古罗马的哲学家奥古斯丁，羞愧于情欲的死缠而想跪拜在神的面前忏悔，他没有去到教堂的十字架前，而是跪倒在一棵无花果树下。

　　古罗马的诗人奥维德，在他的伟大诗篇《变形记》中所写的菲德勒和包喀斯那一对老夫妇，希望自己死后不要变成别的什么，只要变成守护神殿的两个树，一棵橡树，一棵椴树。

　　在那遥远的时代里，树是那样的让人敬畏。

　　我国古代也不乏对树的敬畏之心、之举。北京孔庙中传说将奸臣严嵩的官帽刮掉的触奸柏；陕西黄帝陵前拥有千年生命的黄帝手植柏；药王孙思邈庙四周，相传是家中的女人为上山修庙男人节省粮食而自己吞吃柏树籽，死后都变成的那森森古柏，无一不充满着对树的敬重。明朝要在北京建都时到四川伐下的那参天大树，而奉之如神加以供奉，在修建北京的时候，皇帝便把这里当成堆放神树的地方，称之为神木厂（如今的花市大街），一样充满着敬畏之心。

　　如今，我们还有这样对树的敬畏之心吗？

　　也不能说真的一点也没有了。没听说不少的城市里把远离百里千里之外的古树移栽到城里的事情吗？从而不少人从事着这样找树移树的中间商的工作。我们以为把古树请到城里来，就是一种对树的敬畏，好像它们再也不用在荒郊野外去餐风饮露了，可以过上饭来张口衣来伸手的日子了。但是，纵使我们天天为它们浇水施肥，再加以护栏保护，它们很多很快还是死掉了。在我曾经去过的一个城市，他们把附近山林里生长的一种在恐龙时代就有的古老树种——桫椤树（我国二级保护植物），连根带土移栽在城里，精心伺候，结果是一样的，珍贵而美丽的桫椤树还是死掉了。

以为请来古树就会增加城市的文化与历史的厚重，以便招商引资或拓展旅游，本是一厢情愿的事情，是为了自己打算而不是为了树的利益。而那些疯狂去找树移树的人，不过像是以前为皇帝或富贵人家找妃子的一样，为了钱而不顾树的生命。

契诃夫在他的剧本《万尼亚舅舅》里，借工程师阿斯特罗夫的口，一再表达他自己的这种思想，即森林能够教会人们领悟美好的事物；森林是我们人类的美学老师。

契诃夫的后辈，巴乌斯托夫斯基在他的小说《森林的故事》里，将契诃夫这一思想阐释得更为淋漓尽致，他说："我们可以看到森林中淋漓尽致地表现了庄严的美丽和自然界的雄伟，那美丽和雄伟还带有几分神秘色彩。这给森林添上特别的魅力，在我们的森林深处产生着诗的真正的珠宝。"他借用普希金的诗说森林是"我们严峻日子里的女友"。

也许，只有森林覆盖率达到百分之三十以上国家里的人们，才会和森林有着那样密切彻骨的关系，才会对森林产生那样发自心底的向往和崇敬。森林很少而且越来越少的我们，离美也就越来越远。对于森林，我们更看重的是它的实用价值，最好它被伐下木头直接变成了我们的房子和家具，乃至筷子和火柴。我们严峻日子里的女友，也就变成了灯红酒绿时分风情万种的女人。

在商业时代，在缺乏信仰的时代，树只是一种商品而不再是一种自然之神。我们再也不会将树称之为神木，更不会跪倒在一棵树下，或希望自己死后变成一棵树。

1999 年春天北京

白桦林

　　我见过的白桦林不多，以前只在北大荒我们的农场和 852 农场见过。我们农场那片白桦林靠近七星河边，852 农场那片白桦林就在场部的边上，当初大概就是因为有这样一片漂亮的白桦林，才会择地而栖将场部建在那里吧？

　　在所有的树木中，白桦和白杨长得有些相像，但只要看白桦的树干亭亭玉立，树皮雪白如玉，一下子就把白杨比了下去。尤其是浩浩荡荡的白桦连成了一片林子，尤其是这两处白桦林都有几百年的历史，那种天然野性的气势，更是白杨和其他树难比的。白桦林让人想起青春，想起少女，想起肃穆沉思的力量和寥廓霜天的境界。

　　在新疆，钻天的白杨到处可见，但白桦很少。所以，当到达阿勒泰，朋友说带我们看他们这里的桦林公园，我很有些吃惊。但真正见到之后，第二天又到哈纳斯湖旁看见白桦林，并没有一点惊奇。不是它们不美，是它们都无法和我在北大荒见过的白桦林相比。这里的白桦林大多长得有些矮，树干有些细，树冠又有些披头散发，没有北大荒的白桦林那样高耸入云，那种铺铺展展的野性，和那股苗条秀气的劲头，便都弱了几分。特别是树皮也没有北大荒的白，而且多了许多如白杨树一样的疤痕，皮肤一下子粗糙了许多。加之枝条散落，压低了树干，更少了白桦林应有的那种洁白如云的气势。想起北大荒的白桦林，总会想起秋天白桦的叶子一片金黄灿灿，像是把阳光都融化进自己的每一片叶子里似的。雪白的树干在一片金黄的对比中便显得越发美丽。到了大雪封林的时分，雪没了树干老深，像是高挑而秀气的一条条美腿穿上了雪白的高筒靴，洁白的树干静静的，在雪花的映衬下显得相得益彰，仪态万千。开春，是我们最爱到白桦林去的季节，那时用小刀割开白桦树的树皮，会从里面滴下来白桦的汁液，露珠一样格外清凉、清新。什么时候到林子里去，都能见到斑驳脱落的白桦树皮，纸一样的薄，但韧性很强，而且雪一样的白，用它们来做过年的贺卡最别致。只是那时我们谁也没有想到。后来看普列什文的《林中水滴》，他描写雪中的白桦林时忍不住问："它们为什么不说话？是见到我害羞吗？""雪花落了下来，才仿佛听见簌簌声，似乎是它们奇异的身影在喁喁私语……"便想起北大荒的白桦林。并不是因为青春时节在北大荒，便对那里的一切涂抹上人为诗化的色彩。确实是那里的白桦林与众不同。我们那时的生活是苦楚而苍白的，但自然界却有意和我们的现实生活作对比似的，让白桦林是那样的清新夺目，让我们感受到在艰辛之中诗意的生存，并没有完全离我们远去。有些树木是难以入画的，但白桦最宜于入画，尤其是油画。列维坦曾经画过一幅《白桦丛》的油画，画得很美，但不是北大荒的白桦林，是阿勒泰和哈纳斯的白桦林。因为画得枝干瘦小，枝叶低垂，没有北大荒那种由高大、粗壮、枝叶钻天带给我们的野性，和那种树皮雪白的独特带给我们的清纯与回忆。

　　不知 852 农场那片白桦林现在怎么样了。几年前我们农场七星河畔那片白桦林已经没有了，彻底地没有了。说是为了种地多挣钱，便都砍伐干净。那么大一片漂亮的白桦林，说没有就没有了。

1998 年冬日于北京

浪漫的丧失

前几天，看了一部英国著名导演尼尔·乔丹导演的电影《爱情的尽头》。虽是改编五十年代的小说，却是对世纪之末爱情的注释。时代在变迁，爱情也在无可奈何地变化着，只是不知是在变好还是在变坏，莫非到了世纪之末，爱情也走到了尽头？

电影中有这样一个小小的镜头，为调查自己心爱女人是否移情别恋，男主人公派人跟踪（这是男人惯用的手法）女主人公，即朱丽安·摩尔扮演的莎拉。因为莎拉到神父家去的时间过长，跟踪者一个名叫拉治的小男孩在大街上睡着了。莎拉出来后看见了他，以为他迷了路，给了他几个铜板，并在他有着一大块醒目的红红胎记的脸上吻了一下。除此之外，小男孩再未出现，一直到电影结束之前莎拉的葬礼上，小男孩才再次出现，他再没有跟踪莎拉，而他远远走到镜头前面时，我们发现他脸上的胎记竟然神奇的没有了。

电影最后的话外音以一个男人的口吻对莎拉的灵魂说："我不再恨你了，你用我的恨来证明你的存在。"在爱情的尽头，爱恨往往就是这样交织一起。两个曾经深爱过她的男人，最后是否真的感受到她的爱？但那个叫作拉治的小男孩是感受到并吸收进了莎拉的爱，他脸上的胎记融化在莎拉的爱中。

或许，我们会觉得这样的处理不真实。怎么可能会有这样的一个吻，就能将胎记化为乌有？浪漫的神奇有时不完全都是通向真实的唯一通道。我想起我们小时候曾经有过的念头，以为女同学只要在我们男孩脸上的一个吻，就会要有小孩生下来呢。只有小时候才有这样浪漫的想法，一个吻被爱燃烧起熊熊的火焰。

现在，我们谁还会相信这样的想法？莎拉的一个吻使一个小男孩脸上的胎记消失，当然会更不相信。我们不接受艺术之中的浪漫，更不会创造现实中的浪漫，就这样地被我们随手抛掉，一点点地丧失。

我们看到的周围出现的浪漫大多只是表面上的浪漫文章，不是出于个人的想象和创造，而是出于社会的惯性，便使得浪漫磨出了厚厚的老茧，然后萎缩成一个干干的话梅核。那些浪漫，是程式化的、模式化的、世俗化的、市场化的浪漫。要么是可笑的循规蹈矩，比如婚礼时雷同的车队；要么是膨胀的多多益善，比如献上的九百九十九朵玫瑰；要么是毫无新意的千篇一律，比如电台里的热线点歌和商店里的情人贺卡；要么就是直奔主题，将浪漫演绎成短平快的立等可取，吻便成了赤裸裸性欲的一种前奏急促的过门……

浪漫，就是这样在我们身边可怕地丧失，我们却毫不察觉。爱情中丧失了浪漫，也许我们还能居家过日子；生活中丧失了浪漫，即使我们拥有香车美女大房娇子，我们脸上那块红红的胎记却是无法除去。

1998 年 6 月 23 日于北京

母亲的学问

24 年前，我从北大荒插队回到城里，挨过了一段待业的日子，终于找到了一份工作：在一所中学里当老师。每月 42 元半的工资，这是我拿到的第一份工资，以后每月都把工资如数交给妈妈。我和妈妈两人就要靠这每月 42 元半的工资过日子。

这时候，我的一个同学在旧书店里看见有一套十卷本的《鲁迅全集》，20 元钱。他知道我喜欢书，肯定想要这一套《鲁迅全集》，怕别人买走，便替我买了下来。20 元钱买一套《鲁迅全集》确实不贵，但以当时我家的生活水平来看，20 元将近占了我一个月工资的一半，刚刚交给了妈妈了工资，我怎么好意思再要回将近一半的钱来买书呢？

我有些犹豫，心里却惦记着这套《鲁迅全集》。大概像所有孩子的心事都瞒不过母亲一样，妈妈看出了我的心事。她从装钱的小箱子里拿出了 20 元钱递给我，让我去买书。她说你放心，我这儿有过日子的钱，你不用操心！

后来，我知道那是妈妈从每月那可怜巴巴的 42 元半的工资里一点点节省下来的。

妈妈把 42 元半经营得井井有条，沙场秋点兵一样，让这 42 元半每分钱都恰到好处地派上用场；让这个已经破败得千疮百孔的家，重新张起了有些生气的风帆。

那时，水果才几毛钱一斤，妈妈从来不买，她只买几分钱一斤的处理水果，在我还没有到家的时候，把水果上那些烂掉的、坏掉的部分用刀子剜掉，用水洗得干干净净，摆在盘子里等我回来一起吃。

有一次，妈妈洗好、剜好了这样一盘新买来的小沙果，恰巧，我的几个学生找到我家来看我，我赶紧把这些小沙果拿进了里屋，我有些不好意思让学生看见我生活的寒酸。偏偏妈妈没觉得这样有什么不好，她从里屋里把沙果又端了出来，招待学生们吃。我觉得很伤我的自尊，心里很别扭。

等学生走后，我向妈妈发脾气，赌气不吃那盘烂沙果。妈妈听着，没说什么，只是默默地吃着那盘烂沙果。

事后，我有些后悔冲妈妈发脾气。我虽然亲身经历着生活的艰难，但我并不真正懂得了生活，我不懂得生活其实是一天接连一天的日子，不管每一天是苦是乐、是希望着还是失望着、是有人关心还是被人遗忘……都是要去过的，而要过的每一天物质需要最起码的要求就是节省。

节省和节约不一样。节约，是自己还有一些东西，只不过不要大手大脚一下子用完花光；节省不是这样，节省是东西本来就这些，要在短缺局促的方寸之间做道场。节约，像是衣柜里有许多服装，只是不要光穿那些漂亮的豪华的衣服，要拣些朴素的穿；节省，却是根本没有那些衣服，甚至没有衣柜，必须要将破旧的衣服补上补丁来穿。节约是自我约束的一种品质，节省却是一门从艰辛生活中学来的学问，在平常的日子里尤其是在富裕的日子里不会学到的了。

那确实是妈妈的一门学问。

1998 年元旦试笔于北京

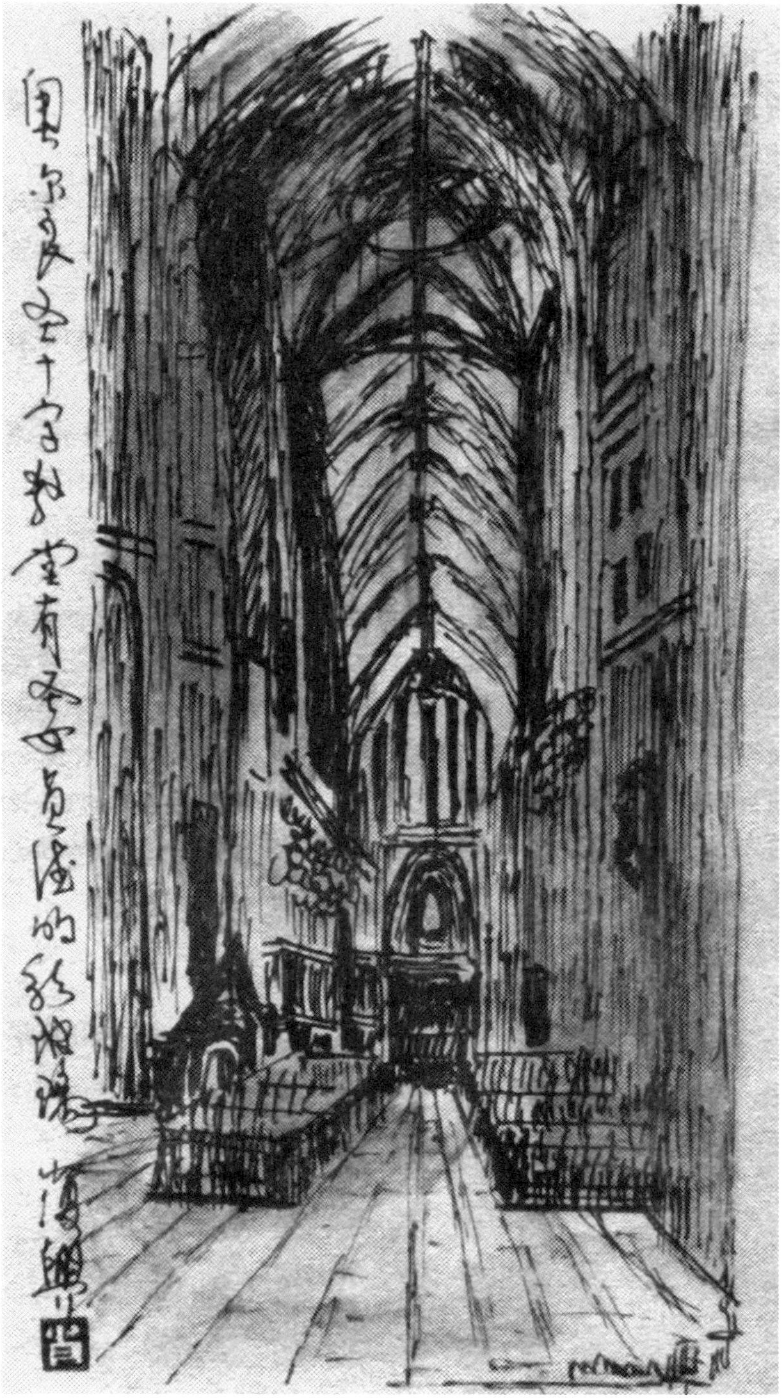

夜曲

那一晚风很大，我赶到灯市口一家音像制品商店已经很晚，生怕人家关门。

原来这家商店的门面很朴素，本来包子有肉关键在于里面有没有肉而不在褶儿上。

它正处闹市，四周店家都洗心革面装潢一新，逼得它也里外换装，辉煌的灯光辉映着堂皇的落地玻璃门，透明得能看得清店里面的肠胃。我推开玻璃门进去，立刻一阵悠扬的音乐声如春水荡漾，迎面的墙前的大屏幕电视里正播放着镭射影碟，一个胖胖的女歌唱家在引吭高歌，大概是莫扎特哪部歌剧里一个咏叹调，极其抒情委婉，千曲百回，柔肠绕指。

令我奇怪的是，偌大的店铺里，除了正中央站着一个年轻姑娘，角落收银台旁坐着两个售货员之外，居然空无一人，就那么任那动情的音乐水银泻地般肆意流淌。我注意看了看，那姑娘身穿一件蓝色防寒服，与门外奔波在风中时髦的红男绿女鲜艳装束太不一样；长得也极其平常，属于那种没有什么特点极容易和一般女人混同的灰姑娘。她面朝着电视屏幕，神情专注，旁若无人，听得投入，仿佛格外感动，眸子里闪烁着异样的光彩。而那两位售货员一老一少、一男一女却面无表情，望着窗外，默默无语，大概总听这音乐，耳熟能详，磨起茧子，不感兴趣了。而那姑娘也毫无姿色可言，勾不起他们的秀色可餐的欲望。他们和那姑娘中间隔着许多摆放激光唱片的架子，琳琅满目的唱片如同色彩缤纷的灌木丛，遮挡住他们的面容，谁也看不见谁，便各不妨碍，你看你夜色中的街景，我听我荡气回肠的音乐。

新装修的这家商店，是里外两间，将里面原来做库房用的也来陈列唱片。我到里面去看唱片，不住地看表，毕竟已经到了人家快打烊的时候了。到了表的指针指向店家关门的时候了，外面的音乐还在尽情地荡漾，一点儿也没有人在催我离去的征兆。我自己倒先沉不住气了，要知道现在不少店家没到关门的时候早就像火车尚未到终点就提前开始收拾卧铺的铺位一样，催得你想赶紧逃走了事。售货员谁不想早点下班回家呀？尤其是在这样寒风刺骨的夜晚，家对于谁也是无法抗拒的诱惑，而自己的事已经天经地义地唯此为大。

　　我忙走出里屋，电视里的音乐还在响着，店中央那灰姑娘还站在那里听着，角落收银台旁的那一老一少一男一女售货员还在默默无语地待着。那一刻，仿佛只有音乐回荡，没有了夜晚，没有了寒风，没有了打烊……那一幅以这样美妙音乐作为背景的图画，是这样的恬静美好，让我涌起一种久违的情感，不禁格外感动。

　　就这样，一直到那首长长的咏叹调结束，音乐声戛然而止，屏幕上闪烁出雪花的斑点，那个姑娘才转过头来冲那两位售货员微微一笑，那两位售货员才站起身来，冲那姑娘也冲我微微一笑。我们走出玻璃大门，他们开始打烊关门。那姑娘很快消逝在夜色中，我走出老远回头一望，那家店铺里的灯光才一盏盏熄灭。

　　那一晚，风很大，音乐很美。

　　如果说漫长的一生是一首很长的交响乐，平凡的每一天、琐碎的每一件小事，我们都能是这样发自心底去做好，既为他人，也为自己——那么，就会时时、处处奏响这样美妙夜曲一样的旋律，哪怕这旋律很短小，却可以汇集成一生美妙无比的乐章，足以令我们回味无穷。

1997 年岁末于北京

栗子杂忆

我对栗子的记忆源于母亲去世以后，那时候，我才五岁多一点。父亲对于母亲突然地早逝很悲痛，将母亲下葬之后依然带着我和弟弟频频去母亲的墓地看望。那时家里不富裕，母亲的墓地在广安门外的郊外，去一次要倒几次公共汽车，为了省点儿钱，只要一进城，父亲总是带我和弟弟不再坐车而是走着回家。记得那时刚刚入秋，街上有许多卖糖炒栗子的，父亲对我和弟弟说："省下的车钱，给你们买栗子吃。"这很逗我和弟弟肚子里的馋虫，便心甘情愿地跟着父亲走。

似乎那是我第一次吃栗子，印象很深的不是栗子的滋味，而是价钱很便宜，五分钱可以买一小包，足足够我和弟弟吃好几站路的。那时，从广安门到前门我家一张汽车票五分钱，我、弟弟和父亲三个人一共一角五分的车票钱，一路上可以买上这样三包栗子，父亲就是这样分三次买栗子，让走路变得不那么单调。他自己不吃，看着我和弟弟吃完一包再买一包，长流水不断线，栗子的香味一直陪伴着我们，路也显得近了许多。

大约十多年前，那时我们这一批老知青先后从北大荒回到了城市，城市并没有像欢送我们离开它时那样热情地欢迎我们，我们彼此的日子过得都很狼狈。有一天，我路过崇文门菜市场，忽然看见和我一起在北大荒同一个生产队干过活的伙伴，正在菜市场门前支起一个大锅，挥动着大铁铲炒栗子卖。生意还算红火，因为他占的这个地点不错，人来人往的，是个闹市口。见到我，他非让我尝尝他刚出锅的栗子。云一样一直漂泊在外，我真是不知多少年没尝到栗子的滋味了。一聊才知道，他刚刚回到北京，临离开北大荒时和当地的一个"柴禾妞"结的婚，现在，两口子都回来了，老婆没户口，他没工作，以后怎么办，连想也不敢想，干起了这活儿，先对付着过日子。那时，一斤栗子也就卖一两块钱，能有多大的赚头？

四年前亚运会期间，我到日本去过一趟，正是九月初秋时节，但天气还很热，我还拿着把扇子。奇怪的是那里的栗子上市似乎比北京要早，东京、福冈、广岛……到处在卖糖炒栗子，而且每一处都大字标名"天津栗子"。还让我有些见识短浅奇怪的是，那里的栗子都比我们的栗子炒得颜色要红要漂亮，不知什么原因，但很诱人的胃口。那一天，我在濑户海边一座小城的一家小店里，忍不住买了一包栗子，想尝尝为什么天津的栗子到了这里就这样个大且颜色漂亮。

小店的老板望着我，对他的老伴在窃窃私语。他们年纪大约都有七十上下了，我不知自己哪里引起他们的兴趣，以为是吃栗子的样子不雅？原来不是，他们的目光落在我手中拿着那把檀香扇上，老板对我忽然说起话来，居然是中国话："你是从中国来的吧，这把扇子也是中国的吧？"中国话让我感到亲切，我连忙点头说是，并问你怎么会讲中国话？他告诉我他年轻的时候到过中国。不用问，我猜想他一定是个日本人，他年轻的时候到中国来还能干什么好事？心里一下子不大舒服起来。但看他一个劲儿地望着我的扇子，不住地对他的老伴说着什么，他老伴兴趣益然，一个劲儿地点头，眼光如鸟一样一直落在我的这把扇子上面。我想中国的东西能引起他们这样大的兴致，一股爱国之情油然而生，心想就做一回加强中日两国人民友谊的事情吧，便将这把檀香扇送给了老板，老两口立刻高兴得笑容满面，老板连声用中国话对我说："谢谢！"

待我转身要走的时候，他叫住了我，让我等一等，要表示他接受了这把扇子后的一点心意，弯腰从柜台下拿什么东西。我以为他是要把我买的那一包栗子的钱退还给我，刚才他收钱后把钱就放在柜台下面的抽屉里了。谁知，他拿出的是一个日本的小国旗。亚运会正在召开，他们常常拿着这样的小旗去看运动会，使劲儿地摇晃着，为他们的运动员加油。那栗子因这小旗吃得味道顿失。

今年，栗子又应季上市了，满街飘香。我想起了以往的栗子。那个日本老板送我的小旗，我离开小店不远就将它和栗子皮一起扔进了垃圾箱。我的那个曾在崇文门菜市场炒栗子卖的北大荒伙伴，正是从糖炒栗子发的家，现在自己办起了一个公司，生意做得不错，只是和那个"柴禾妞"离了婚。而我童年吃过的五分钱一包的糖炒栗子现在还有吗？今年的糖炒栗子已经要卖十块钱一斤了。

似水流年，只是栗子年年卖。

1997 年 10 月 1 日于北京

拉伯鲁故居 2009.7

细雨台儿庄

去台儿庄那天，天下着雨，整个台儿庄笼罩在蒙蒙细雨之中。灰蒙蒙雾一样的雨飘洒着，摇曳得远近的景物都有些变形，台儿庄还像是在一片硝烟未散的弥漫里，似乎战争刚刚结束不久。由于雨的缘故，路面很滑，汽车行驶得很慢，眼前的景色如慢镜头徐徐展开，历史仿佛悄悄向我走近，一下子可触可摸起来。

台儿庄！隔着车窗玻璃，我在心里禁不住轻轻地叫了一声。我觉得我和台儿庄一起都隐隐在疼。

在中国的抗战史上，台儿庄是一面旗帜。它让日本强盗为自己的罪行付出了代价，为自己掘开埋葬自己的坟墓。1938 年之春那场震惊世界的战役，日寇渡过黄河，让板垣师团和矶谷师团前后夹击台儿庄，妄图一举攻克济南，打通津浦铁路线，一口吞下中原。台儿庄，在这里矗立起一道血肉之躯建立起的屏障，阻挡住了侵略者骄横的步伐和无耻之梦。台儿庄，让一万多名日本强盗在这里丧生，也让中国将士付出了三万多人的性命。台儿庄，当我一想起这样的惊心动魄的数字，我就为你肃然起敬。我就能够感受得到你的怦怦心跳，你的碧血飞溅，你的呼啸呐喊。落日照血旗，马鸣风萧萧。

台儿庄！你这被世人称为"中华民族扬威不屈之地"！

在当年尸骨成堆、断壁残垣的旧战场上，如今建起了高大漂亮的纪念馆。青灰色的花岗岩的石阶和两旁血红的鲜花，都沐浴在雨丝中，格外清新干净，灰得那样沉重，红得那样醒目。因为下雨，参观的人不多，四周安静得犹如深山古刹，远处田野里的玉米连接成无边的青纱帐，在如丝似缕的雨雾中摇曳着丰收的韵律，仿佛这里什么也没有发生过，就这样如同旅游胜地一样充满着和平与温馨。

圆屋顶覆盖下的展览大厅，四周是用实体和画笔结合勾勒出的战争图景。按动旋钮，声光影控制，音乐响起时，眼前的图景里突然炮火连天，刀光剑影，逼真成当年台儿庄战役的模样，甚至连当年拼死巷战，尸体横陈，堵死了巷口街头的情景都那样逼真。可除了当年在这里浴血奋战的人，和当年壮烈牺牲的人的家属，谁还能够真正认识清楚眼前这环形立体电影一般的画面，是属于历史，还是属于今天？

其实，在我看来，再逼真，也只是仿造而已。不如留下当年战争中一段台儿庄坍塌的旧城墙，烧毁的老村庄，留下一段断壁残垣，留下一片废墟荒村，更为逼真，更为惊心动魄。我想起那年去日本，在广岛看见日本修建的和平公园，在鲜花盛开簇拥着的公园里，特意保留着当年原子弹爆炸后唯一留下的一座建筑物的残骸，如同恐龙骨架一样，斑驳凋零，突兀着，扭曲着，一派疮痍，让它与四周的花团锦簇做着醒目而残酷的对比，让世人永远忘记不掉战争的恐怖。他们把自己修建成一个战争受害者的形象，却遮掩着他们自己曾经就是这场战争的发动者；他们把别人投下的原子弹摆在醒目的面前，却把自己的炸弹埋在地下，在地上栽上缤纷的鲜花。

我想起电影《辛德勒名单》里那些弹着巴赫钢琴曲疯狂残杀犹太人的法西斯，和在广岛看到的鲜花下掩盖着鲜血的对比一样，刺激在我的心头。无论德国法西斯也好，日本法西斯也好，都是一类货色，我们与他们不共戴天。站在台儿庄当年的战场上，心里总觉得我们这里修建得太像公园了。我们流的血比他们多，在日寇残酷"三光"政策和血淋淋的刺刀下，2000 万中华民族的子孙死在那场战争中啊，那么多的地方变成了惨不忍睹的废墟，我们却没有保留一处真实的类如奥斯威辛集中营的战争遗址，也没有保留一处如同广岛那样哪怕只是一点战争残骸也好。

但是，这里毕竟是台儿庄当年的战场，站在这里，虽然多少有些遗憾，看不到废墟，闻不见血腥，听不到枪声……依然让我禁不住想起那些惨无人道的法西斯，他们就曾经在这里——不是他们的国土而是在我们的家门口燃起罪恶的战火，屠杀我们多少无辜的同胞，枪声炮声就在我的耳边响起，血流成河就在我的脚下流淌，罪恶和腥风苦雨就在我的眼前弥漫。站在这里，历史一下子显得很近，仿佛就在昨天刚刚发生过一样。历史，于我们很近，是一件触目惊心的事，会让我们感到可怕；历史，离我们太遥远了，就没有那么可怕的了，就会逐渐被有形无形的时间、有意无意的距离稀释、淡忘乃至扭曲。

台儿庄，让我们记住这一点，记住鲜花掩不住志士们的鲜血，也掩盖不住侵略者的罪行。

就是这片土地上，面对日本侵略者，59军军长张自忠将军战死疆场，第二集团司令孙连仲指着战壕对守城的师长池峰城说："士兵打完了你自己上前填进去，你填过了，我就来填进去！"我们的中国敢死队员们站成了一排，掷地有声地扔下了发给他们每人手中一块银圆，他们说我们上去，我们不怕，我们只要在我们死后的地上建一块纪念我们的碑！他们这样说罢，慷慨冲向侵略者的炮火中，义无反顾，全部阵亡。这悲壮的情景吓得侵略者胆战心寒，魂飞魄散，定格在1938年那血染的春天。如今，在他们牺牲的土地上，建起了这座宏伟的纪念馆。细雨还在飘飘洒洒，仿佛是苍天祭祀他们而抛洒下的泪水。我们会忘记他们吗？我们会忘记侵略者吗？我们会忘记战争吗？我们会忘记那一段历史吗？我们会忘记与这样一段悲壮历史交融共存的台儿庄吗？

台儿庄！

1996年国庆节写于呼和浩特

忽然想起了棉花

如今，在城里已经很少能见到棉花了。

这想法，是在偶然间一闪而过的。闪过之后，我有些吃惊。人真的可以不需要棉花了吗？城市真的可以离开棉花了吗？在人类发展史上，棉花的出现，曾经是何等的重要，它让人终于可以不用树叶、兽皮遮羞取暖，而用棉花纺线织布，创造出了衣服。

如今，在城里衣服已经被服装甚至时装取代。五颜六色的服装和时装，款式越来越新潮，面料用纯棉布的已经少得几乎看不见了。混纺品、化纤品，早开始粉墨登场。即使原来要絮棉花的棉衣，里面早用羽绒了；原来要弹棉花套的棉被，里面早用太空棉了。

棉花，在城里越来越难见到了。

忽然意识到这一点，我不知道是有些伤感，还是高兴。是因为城市发展得太快、科技发展得太快，棉花已经被更新换代而显得名落孙山？还是因为我们已经越来越远离了淳朴天真的大自然，崇尚的再不是田野里热烘烘阳光和晶莹湿润雨露滋养出来的东西，而是那些人造的、合成的、经过分子式重新排列组合的化学反应之后的东西了？

如今，真是谁会再穿用棉花絮得老厚老厚笨重的棉袄棉裤呢？

棉花，当然渐渐离我们远去了。

记得小时候，甚至年轻的时候，在城里还能见到棉花。虽然不多，但是还能见到。那时，每年每人能有半斤棉花票，可以用这棉花票买到棉花。每半斤棉花用纸包好一圈，两头露着雪白雪白的棉花，再用纸绳系好，从商店提到家，身上粘着好多棉絮，很像是从田间棉花地里走来。棉花很轻，半斤是不小的一包呢，蓬蓬松松、喧喧腾腾，提着棉花，连自己的身子都变得也轻了，走起道来，像是踩着棉花一样飘乎乎的。买棉花总能给人带来轻松。大概因为棉花本来就轻松、洁白的原因吧，将人的心情也絮得绵软了。

那时候，家里的棉被、棉衣，都是妈妈用棉花絮的。她老人家坐在床里边，把雪白的棉花摊开在自己身边，把棉花摊平，一层层絮下来，不一会儿，满床都是平展展的棉花了。她便像坐在一片白云彩里面了。而她的手上、眉毛上、头发上，粘满了棉花毛儿，满屋子里飘飞着棉花毛儿，处处看得见、闻得到来自田野的清新气息。尤其是当棉衣和棉被被絮好了新棉花，拿到院子里晾衣绳上一晾，穿在身上或盖在身上之后，能闻得见、感觉得到阳光的味道和分量，全是由于棉花可以像吸水一样将阳光吸满每一丝棉絮里去的呀……

如今，还能找得到这种感觉和乐趣吗？我们可以穿上羽绒服、盖上太空被，可以很保暖、很美观，但没有了棉花能给予我们的那种感觉了。

那时候，过年开联欢会时，我常和小伙伴们用棉花粘在嘴上和眼眶上面，当作白胡子、白眉毛，装扮成新年老人登台演节目。棉花，总能意想不到地帮助我们这些调皮的小孩子，便宜得不用花一分钱就成全我们好多好事。棉花，是我们童年要好的伙伴，温暖着伴我们长大……

如今的小孩子们，可以花一元钱，买上一大团棉花糖。雪白雪白的，像是棉花，毕竟不是真正的棉花。

1996 年 4 月 3 日北京

林荫路

　　世上的路有许多。平坦的大道、花开的小路、鹅卵石铺就的曲径、霓虹灯闪烁的商街……都无法与林荫路相比。

　　林荫路，阳光被树叶滤就是绿色的；月光被树叶吹拂是摇曳的；风吹进来，夹有树木和泥土的清新；而且，还会有鸟鸣，啁啾的歌唱，和林子一起遮挡住人世的喧嚣和纷扰。

　　林荫路，是大自然为繁华却也嘈杂的城市专门创造的清洗带。

　　常想起林荫路。因为我们城市的高楼大厦和立交桥建得越来越豪华，却越来越忽略建设或有意无意破坏这样的林荫路。林荫路，便越发让人向往。能在这样幽静而没有市声沸腾的林荫路上散步，已经是我们一个过于奢侈的梦。

　　达尔文晚年居住的汤恩家旁，有一条林荫路，两边长满茂密的印章树、桦树、黄杨和橡树，浓荫匝地，清新宜人。这条林荫路，被达尔文自己称为"散步道"，他每日都要走上好几个来回，背后跟着他那条叫波里的忠实的狗。这时的达尔文充满童趣，他要在林荫路上堆起一堆石子，每走一次踢走一块石子，一直到走累为止。如果孩子在时（达尔文曾有 6 男 4 女共 10 个孩子），他会和孩子一起玩耍，解答孩子提出的问题，林荫路上飘散着欢快的笑声。如果是他独自一人，他通常要观察这里的鸟和小动物，小松鼠会毫不犹豫地跳到他的身上，急得树上的母松鼠吱吱乱叫。有时候，达尔文还能看见狐狸依在树下打盹，林荫路上弥漫着童话的色彩。

　　卢梭晚年虽然孤独凄清，巴黎郊外的林荫路却曾陪伴他 8 年的时间，他经常在林荫路上散步。罗曼·罗兰说他是"像一只衰老的、悲鸣的夜莺在寂寥的林中发出低低的奏唱"。林荫路,给他安慰,让他缅怀,令他沉思绵绵、遐想悠悠。如果没有林荫路上的散步,他不会写下那本有名的《一个孤独的散步者的遐思》,他悲鸣的奏唱也变不成深邃的文字。

林荫路,给了卢梭人们所不能给予他的欢乐,还在于他能够在林荫路上,或通过林荫路到附近的田野和树林采集到他晚年钟爱的标本。这样植物标本的采集,这样林荫路与生命的追随,一直到卢梭逝世为止。在上述的那本书中,他曾这样写道:"1776年10月24日星期四,午饭后,我沿着林荫路径直走到谢曼韦街……"他意外发现了极为罕见地开着黄花的毛莲莱、镰叶柴胡,和开着白花的水生卷耳草,他竟独自一人"在那儿了乐了好一阵子"。还是在这本书中,他写道:"我只有在忘掉自己时才更韵味无穷地进行默思和遐想,并感到那莫可名状的欣悦和陶醉,可以说,我融化到万物的体系之中,与整个大自然浑然一体了。"

达尔文的"散步道",我没有去过,只能想象着它的幽深和静谧。巴黎的郊外,我是去过的,那宽阔而浓郁的林荫道,确实令人神往,不知哪一片是当年卢梭曾经漫步的林荫路?那一条条林荫路,一直通向芬芳的原野和遥远的地平线。真希望能够也踏上去,寻找回那种感情、沉思和遐想。想想,有些伤感,恐怕那只是一个早已逝去或遥不可及的梦了。

不过,再想想,也并不全是。只要有树,只要有路,它们婚配在一起,林荫路就不会消失,就不会总被达尔文和卢梭一人独享。

如今,还能够找到达尔文和卢梭那样美妙的林荫路吗?还能够看得到小松鼠和红狐狸吗?还能够看得到毛莲莱和卷耳草吗?还能够找到那种弥漫的童话的色彩吗?还能够找到那种与大自然浑然一体的感觉吗?

那一年春天在青岛八大关,一条林荫路上樱花如雪盛开,林荫路上能静得听见花瓣落地的声音。一对披戴婚纱的新郎新娘,正向林荫深处走去,突然,新郎一把抱起新娘,林荫路送他们一树树花影摇曳,路的尽头就是大海。还有什么地方比在这里举行婚礼更动人呢?这里每棵树都是他们的伴郎和伴娘,这里的每朵花都为他们祝福祈愿。

那一年夏天,我到西班牙的巴塞罗那,在蒙椎克山上,我遇到一群唱歌的孩子,其中一个女孩子拉着手风琴,其他孩子尽情地唱,旁若无人,摇头摆尾,像一群快乐的小鸟。林荫路上,几乎没有什么人,静悄悄,绿茵浓得像一潭深深的湖水。这群孩子不为什么人而唱，也不是为找个安静的地方来排练。我不知道他们为什么非要跑到林荫路上来唱，但还有什么别的地方比这里更让人感动的呢？盘山道通向山顶，浓荫滴下回声，我虽然听不懂一句歌词，却被他们的歌声感动，悄悄地绕开他们走去，不忍心惊动他们。

如果说林荫路能够给予我们童话般的色彩，以及与大自然浑然一体的感觉，青岛和巴塞罗那的林荫路，恐怕就是这样的吧。这样漂亮的林荫路，如今还能够找得到吗？

1995 年国庆节前夕于北京

2006. 5. 17   勇行笑加拿大学的路上   FUXING

花边饺

　　小时候，包饺子是我家的一桩大事。那时候，家里生活拮据，吃饺子当然只能等到年节。平常的日子，破天荒包上一顿饺子，自然就成了全家的节日。这时候，妈妈威风凛凛，最为得意，一手和面，一手调馅，馅调得又香又绵，面和得软硬适度，最后盆手两净，不沾一星面粉。然后妈妈指挥爸爸、弟弟和我，看火的看火、擀皮的擀皮、送皮的送皮，颇似沙场点兵。

　　一般，妈妈总要包两种馅的饺子，一种肉一种素。这时候，圆圆的盖帘上分两头码上不同馅的饺子，像是两军对弈，隔着楚河汉界。我和弟弟常捣乱，把饺子弄混，但妈妈不生气，用手指捅捅我和弟弟的脑瓜儿说："来，妈教你们包花边饺！"我和弟弟好奇地看妈妈将包了的饺子沿儿用手轻轻一捏，捏出一圈穗状的花边，煞是好看，像小姑娘头上戴了一圈花环。我们却不知道妈妈耍了一个小小的花招儿，她把肉馅的饺子都捏上花边，让我和弟弟连吃带玩地吞进肚里，自己和爸爸却吃那些素馅的饺子。

　　那段艰苦的岁月，妈妈的花边饺，给了我们难忘的记忆。但是，这些记忆，都是长到自己做了父亲的时候，才开始清晰起来，仿佛它一直沉睡着，必须让我们用经历的代价才可以把它唤醒。

　　自从我能写几本书以后，家里的经济状况好转，饺子不再是什么圣餐。想起那些个辛酸和我不懂事的日子，想起妈妈自父亲去世后独自一人艰难度日的情景，我想起码不能再让妈妈吃的受委屈了。我曾拉妈妈到外面的餐馆开开洋荤，她连连摇头："妈老了，腿脚不利索，懒得下楼啦！"我曾在菜市场买来新鲜的鱼肉或时令蔬菜，回到家里自己做，妈妈并不那么爱吃，只是尝几口便放下筷子。我便笑妈妈："您呀，真是享不了福！"

后来，我明白了，尽管世上食品名目繁多，人的胃口花样翻新，妈妈雷打不动只爱吃饺子。那是她老人家几十年一贯历久常新的最佳食谱。我知道唯一的方法是常包饺子。每逢我买回肉馅，妈妈看出要包饺子了，立刻麻利地系上围裙，先去和面，再去调馅，绝对不让别人插手。那精神气儿，又回到我们小时候。

那一年大年初二，全家又包饺子。我要给妈妈一个意外的惊喜，因为这一天是她老人家的生日。我包了一个带糖馅的饺子，放进盖帘上一圈圈饺子之中，然后对妈妈说："今儿您要吃着这个带糖馅的饺子，您一准儿是大吉大利！"

妈妈连连摇头笑着说："这么一大堆饺子，我哪儿那么巧能有福气吃到？"说着，她亲自把饺子下进锅里。饺子如一尾尾小银鱼在翻滚的水花中上下翻腾，充满生趣。望着妈妈昏花的老眼，我看出来她是想吃到那个糖饺子呢！

热腾腾的饺子盛上盘，端上桌，我往妈妈的碟中先拨上三个饺子。第二个饺子妈妈就咬着了糖馅，惊喜地叫了起来："哟！我真的吃到了！"我说："要不怎么说您有福气呢？"妈妈的眼睛笑得眯成了一条缝。

其实，妈妈的眼睛实在是太昏花了。她不知道我耍了一个小小的花招，用糖馅包了一个有记号的花边饺。

那曾是她老人家教我包过的花边饺。

1995 年 10 月 1 日于北京

蓖麻籽

我当过整整十年的老师，小学、中学、大学都教过。当惯了老师都讲究师道尊严，面对学生，觉得自己一贯正确。其实，老师常有马失前蹄的时候。

我教过的一位女高中生，对我讲过她自己这样一件事。

小学一年级时，发展第一批同学入队前，上学路上，她和一个小男孩一起走。小男孩先天残疾，半路上挨了一个大男孩的打。她很气不过，冲上前一拳朝大男孩打去。谁知这一拳正巧打在大男孩的鼻梁上。小男孩挨欺负没流血，大男孩欺负人反倒鲜血直流。事情就是这样的反差古怪，她被班主任老师——一位慈祥的老太太叫到办公室，挨了批评。批评的原因，在老师看来，很是简单明了：大男孩鼻子流的血是如此显山显水。

第一批入队的名单里，没有了她。

她回家后，不吃不喝，气得病了。父母问她为什么，她不说话，自己和自己运气。这很符合孩子的特点，疙瘩就这样系上了，如果解不开，很可能会改变一个孩子一生的性格，乃至对整个生活的态度。孩子的事，就是这样的细小，大人们会觉得没什么大事，但在孩子柔弱的心里，却是没有小事的。

几天过后，那位老太太——她的班主任老师来到她家，手里拿着一条红领巾，还有一包蓖麻籽。老师把红领巾戴这她的脖子上，把蓖麻籽送给了她的父亲，说了好多的话，有一句，她至今记忆犹新："这孩子像蓖麻籽一样有刺儿！"

那个年代里，校园内外，种了许多蓖麻。它们可以炼油，蓖麻籽曾伴我们这一代人度过肚内缺少油水的饥饿时光。现在的校园里，名贵的花草树木已经很多，很难见到蓖麻籽，学生对蓖麻陌生了。

这位女老师，用自己独特的方式，向比自己小几十岁的学生承认了自己的过错。我不知道她在送学生红领巾的时候，怎么会灵机一动，突然想起了蓖麻籽？这绝对是灵感，蓖麻籽使得老师认错这一简单的事情，化为了艺术，化为了她的学生一辈子永不褪色的美好回忆。

我相信，再高明的老师，也会有闪失的时候。闪失过后，向自己的学生低首认错已是很难；再将这认错的过程化为艺术，则不是每一位老师都能做到的。

16年前，我在北京一所中学里教高三语文并担任班主任，就在那一年的夏天，我考入了大学。即将离开这所中学的时候，班上发生了这样一件事：坐在最后一排一位高高个子的女学生的钢笔不翼而飞。如果是一支普通的钢笔，倒也罢了，偏偏是她的父亲在国外为她买的一支造型奇特、颜色鲜艳的钢笔。那时候，国门尚未打开，舶来品很是让人羡慕，让人眼睛为之一亮。

丢失钢笔后，她向我报告时，我看到她眼泪汪汪的，而她同桌的一个男同学，则得意而诡黠地笑。这家伙平常就调皮捣蛋，是班上有名的嘎杂子琉璃球。我当时有些不冷静，一准认定是这小子犯的坏，班上只有他才会搞这种恶作剧。我立即叫他站起来，他偏偏不站起来，拧着脖子问我："凭什么叫我站起来？又不是我偷的钢笔！"我反问他："不是你偷的，你笑什么？"他反倒又笑了起来，而且比刚才笑得更凶："笑还不允许了？我想笑就笑！"

唇枪舌剑，话赶话，火拱火，一气之下，我指着他的鼻子，让他立刻给我离开（差点没说出"滚出"）教室！他更不干了，坐在那儿愣是不走。全班同学都把目光集中在我和他的身上，我更加不冷静，走上前去，一把揪起他，拖死狗一样，拖他往教室门口走去。他的劲很大，使劲挣巴着，和我在拔河。

当了十年的老师，只有这一次，我竟和学生动了手。

第二天，这位女同学就找到钢笔。她放错了地方，还愣往铅笔盒里找！没过多少天，我就离开了这所中学。到大学报到前，班上许多学生到我家来为我送行。没有想到，其中竟有这个被我揪起来的男同学。

我很感动。我觉得很对不起他，是我冤枉了他，而且对他还动了手。我不知道该如何表达。向他认个错？我缺乏勇气，脸皮也薄。自然，我也就没能如那位老太太一样，突然萌发出蓖麻籽的灵感。我当了十年的老师，却没有掌握当老师的这门独特艺术。

偶尔想起那个倔头倔脑的男同学。算算，他现在快四十了吧。

偶尔也想起蓖麻籽。如今北京城真的已经很少能见到蓖麻了。

1994 年 9 月 1 日开学第一天

水之经典

世上丽水秀水晶莹之水清澈之水恢宏之水浩瀚之水多的是，在我看来，最富性格最值得一看的是这两处：都江堰和九寨沟。

看都江堰的水，看的是强悍奔腾的水如何层层叠叠化为生命的涓涓细流。飞奔如兽、桀骜不驯的江水，经过都江堰，立刻将仰天长啸变为喃喃细吟，将浪涛如山变为珍珠四溢，将凶猛如火变为柔情万缕……出宝瓶口流入内江，立刻呈现一派水光潋滟的情景，让人叹为观止，看到水的柔劲、可塑和万难不屈，常流不懈的生命活动。那是一种将绚烂归于平淡，将刚劲寓于柔顺，将一时融于永恒的生命。

都江堰看水，看的是水如何从天上流入人间，如何从神话流入现实，如何将自己化为一种哺育人类、灌溉庄园的生命。

都江堰的水，是一种入世的现实的水。

看九寨沟的水，看的是宁静的恬淡的水，如何凝聚成生命的湖泊。镜海、长海、珍珠滩……每一个湖泊都是那样清澈透明、纤尘不染。孔雀的蓝色，蓝得让人心醉，让人如同看到教堂洗礼用的圣洁露水，如同听到教堂管风琴演奏的圣母颂，而不敢有丝毫杂念俗念。懂得并真正地看到人世间居然有纯洁美好真诚和透澈的净，就在这远避尘嚣而静静地存在。

那水几乎一动不动，任外面的世界如何纷繁变幻，将污染、噪音连同人心泛起的种种污浊的泡沫一起抛向天空和大地。它独自坚守着自己的贞操，不动丝毫涟漪，不染丝毫尘俗，将水底的虬枝沉木、水藻水锦，将天上的薄云丽日、山岚清风，将身旁的雪峰幽谷、古树老藤……一一映在自己的怀中，映得那么明净，如同脱胎换骨，玉洁冰清，重新塑造了自己一番。尘世沾惹的世俗庸俗、风骚矫情、浪声虚名、欲火利海……起码不敢在这里抖擞，而被这水洗却大半。

九寨沟看水，看的是水如何从人间流向天上，如何从现实流向神话，如何将自己化为一种启迪人类、净化心灵的艺术。

九寨沟的水，是一种出世的艺术的水。日本黑田孝高在《水五则》中的第一则说："自己活动，并能推动别人的，是水。"第四则说："以自己的清洁，洗净他人的污浊，有容清纳浊的宽大度量的，是水。"

前则，可以送给都江堰的水；后则，可以送给九寨沟的水。

1994 年 1 月 12 日于北京

表叔和阿婆

北京前门一带多会馆，多是为清朝末年的各地进京赶考的秀才修建。事过经年，几番历史风雨剥蚀，当年书店墨香早已荡然无存，如今各类小房如雨后春笋丛生，成为名副其实的大杂院。

粤东会馆便是其中一座。表叔便是这座大院里的一家。为什么唤他表叔，我们大院里的人，谁也说不出子丑寅卯。几十年来，大院无论男女老少都这样唤他。这称谓透着亲切，也杂糅着难以言说的人生况味。

表叔以洁癖闻名全院。下班回家，两件大事：一是擦车，二是擦身。无论冬夏雨雪，雷打不动。擦车与众不同，他要把他那辆自行车调个过儿，车把冲地，两支轮子朝上，活像对付一个双腿朝天不住踢腾的调皮孩子。他更像给孩子洗澡一样认真而仔细，湿布、棉纱、毛巾，轮番招呼，直擦得那车铮亮，能照见人影儿，方才罢手，然后，再去擦身。他从不挂窗帘，永远赤着脊梁，湿毛巾、干毛巾，一通上下左右、斜刺横弋地擦，直擦得身上泛红发热，方解心头之恨一般，心满意足将一盆水倒出屋，从擦车到擦身一系列动作才算完成，绝对是浑然一体，一气呵成，成为大院久演不衰的保留节目。

年近五十的表叔至今独身未娶。这很让全院人为他鸣不平。他人缘很好，是一家无线电厂的工程师，院里街坊谁家收音机、电视机出了毛病，都是他出马，手到擒来，不费吹灰之力。偏偏人好命不济，从年轻时就开始走马灯一样介绍对象，竟然天上瓢泼大雨，也未有一滴雨点儿落在他的头顶。究其原委，表叔有个缺陷：说话"大舌头"，那说话声儿有些含混。姑娘一听这声音，便皱起眉头，觉得这声音太刺激耳朵，更妨碍交流。

表叔还有个包袱，实际上是他对象始终未成的最大障碍，便是阿婆。院里人都管表叔的老妈妈叫阿婆，这缘由很清爽，老太太是广东人，阿婆是广东人的叫法。自打表叔一家搬进大院，阿婆便是瘫在床上的，吃喝拉撒睡，均无法自理。有的姑娘容忍了表叔的舌头，一见阿婆立刻退避三舍，甚至说点儿不凉不酸或绝情的话。

久经沧海，表叔心静自然凉，觉得天上星星虽多，却没有一颗是为自己亮的，而自己要永远的像一轮太阳，照耀在母亲的身旁。他能够理解并原谅姑娘拒绝自己的爱，包括对自己舌头的鄙夷，却绝不理解更难原谅她们对自己母亲的亵渎。虽然，老人是瘫在床上，但她这一辈子全是为儿子呀！羊羔尚知跪乳以谢母恩，更何况人呢！

街里街坊都庆幸阿婆有福，虽没得到梦寐以求的儿媳妇，毕竟摊上了这么孝顺的儿子。阿婆总觉得自己拖累了儿子，常念叨："都是我这么一个瘫老太婆呀，害得你讨不到老婆！"表叔总这样劝阿婆："我就是没有老婆也不能没有您。您想想，没有您，能有我吗？"表叔粗粗的声音混沌得很，一般人听不大清楚，但阿婆听得真真的，在阿婆听来，那就是天籁之音。

阿婆故去时，表叔已经五十多了。他照样没有找到对象，照样每天雷打不动地擦车、擦身，只是那车再如何精心保养也已见旧。表叔赤裸的脊梁更见薄见瘦，骨架如车轮上的车条一样历历可数。好心的街坊觉得这么好的表叔，说什么也得帮他找上对象。

只是，表叔的青春已经随阿婆逝去而逝，难再追回。他不报奢望，觉得爱情不过是小说和电视里的事，离他越来越遥远，只能说说、听听而已。但是，好心的街坊锲而不舍，更何况十个女人九个爱做媒，更何况好女人毕竟不只是小说和电视里有。女人的心最是莫测幽深，有眼眶子浅的，有重财轻貌的，有看文凭像当年看出身一样……也有看重心地超越一切的。几年努力，街坊们终于没有白辛苦，终于有一位四十多岁的女人看中了表叔。

表叔却坚决拒绝。起初，谁也猜不透，有说表叔二分钱小葱拿一把了，也有说一准是女人伤透了表叔的心。一直到去年，表叔突然魂归九泉，追寻阿婆而去，人们才明白，表叔那时已经知道自己身患癌症。

表叔留下许多东西无人继承，其中最醒目的算那辆自行车，干干净净，锃光瓦亮。

1993 年春于北京

2011.7.

丁香结

我家原来住的大院里，曾经有两株丁香，一株开白花，一株开紫花。丁香花香味很浓，每年春天大院里都弥漫着浓郁的花香。它们陪伴我度过整个童年和少年，在两株丁香树的枝丫间挂一条我们从家里偷出来的床单做幕布，演出可笑透顶的节目，让斑驳的丁香花影洒在身上，是我们童年最快乐的事了。

这两株丁香是我们大院的替罪羊，"文化大革命"刚一开始，红卫兵首先看它们不顺眼，说养花是"封资修"，要种应该种果树可以为人民结果吃，便毫不留情地把它们给砍倒了。这是30年前夏天的事，第二年春天，大院里再没有了浓郁的丁香花香飘散，大院的人们或忙于革命或忙于被革命，谁也没注意院子里少了两株丁香，仿佛它们并不是两个生命。人是极容易忘恩负义的，就那样忘掉了曾经给予全院花香和欢乐的丁香树。更为可怕的是因为砍倒了丁香树，大院腾出了一个宽阔的空场，当时流行的批斗会就在这儿进行，批斗对象有我们大院的也有别处的所谓"牛鬼蛇神"，人们愤怒高举的手臂代替了原来丁香树纷披的树枝。

老实地讲，我也是大院这些忘恩负义人中之一，那一年的春天，我同样彻底地忘却了那两株丁香，并跟着人们一起在原来丁香树下挥动虔诚的语录和讨伐的手臂，直到有一天在这个地方站着弯腰低头的父亲接受批斗。

那一天清早，在大院门口的墙上先看见贴着揭发父亲的大字报，其实父亲不过是参加过国民党，大院里似乎没有什么人可批斗的了，拉他出来陪斗。批斗会在下午进行，红卫兵们要我参加，以表示我划清界限的立场。可上午我就离开了大院，我不忍心看年老多病的父亲去弯腰低头，更知道我自己完了，在大院里再也抬不起头。一下子，我的心千疮百孔，四下飘散，无根无着。

现在想来，其实我是胆小又有些自私，彻底悲观，只觉得眼前一片暗淡无光。

那一天，我无处可去，想找个同学诉说一下苦闷又不敢找，开始像漂泊的云彩一样在大街上游荡，后来坐上公共汽车索性这头坐到那头，打发落寞难捱的时间，盼望天快些黑下来，大院的批斗会早些结束，趁着夜幕落下的时分再回家，走进大院不会被人看见。汽车来回地坐，被售票员发现，奇怪而警惕地不住打量我，弄得我不敢再坐同一路的汽车，换着路线坐，眼前一派迷茫，车窗外的街景只变幻成闪烁的光点，什么也看不清了。

黄昏到来的时候，我在一辆 5 路汽车上，看见一个小姑娘手里拿着一枝紫丁香花，小姑娘也就四五岁，依偎在一个年轻妈妈的怀里。她和她手中的丁香花突然让我的眼睛一亮，那个时候，花成了资产阶级的象征，这个小姑娘居然还敢手里拿着丁香花，旁若无人地在公共汽车上大摇大摆地张扬。我记得很清楚，即使近 30 年过去了，依然清晰如昨，是 5 路汽车，那时 5 路汽车终点站在广安门，广安门外是一片农村，小姑娘手里的丁香一定是郊外农村摘来的，那一枝紫丁香花在颠簸的公共汽车上摇曳，浓郁的花香弥漫整个车厢……

我的板结的心一下子被这丁香花香熏得柔软了许多。我忽然觉得自己还不如这个小姑娘勇敢坚强。我也忽然想起大院里已经被我遗忘的那两株丁香，如果不被砍也该开花了，把浓郁的花香飘散全院了。车到前门时，我下了车回家了。那时，夜幕没有降临，大院里正炊烟缭绕，要做晚饭了。

我常常想起那个小姑娘和她手里的那枝紫丁香，是她在我最软弱的时候让我坚强了一些，让我相信美是可以被摧残却是毁灭不掉的。

1992 年 3 月 6 日于北京

St. Tropez

孤独的普希金

来上海许多次，没有去岳阳路看过一次普希金的铜像。忙或懒，都是托词，只能说对普希金缺乏虔诚。对比南京路、淮海路，这里似乎可去可不去。

这次来上海，住在复兴中路，与岳阳路只一步之遥。推窗望去，普希金的铜像尽收眼底。大概是缘分，非让我在这个美好而难忘的季节与普希金相逢，心中便涌出普希金许多明丽的诗句，春水一般荡漾。

其实，大多上海人对他冷漠得很，匆匆忙忙从他身旁川流不息地上班、下班，看都不看他一眼，好像他不过是身旁的水泥电杆一样。提起他来，甚至说不出他哪怕一句短短的诗。

普希金离人们太遥远了。于是，人们绕过他，到前面不远的静安寺买时髦的衣装，到旁边的教育会堂舞厅跳舞，到身后的酒吧间捧起高脚酒杯……

当晚，我和朋友去拜谒普希金。铜像四周竟然了无一人，散步的、谈情说爱的，都不愿到这里来。月光如水，清冷地洒在普希金的头顶。由于石砌的底座过高，普希金的头像显得有些小。我想，更不会有人痴情而耐心地抬酸了脖颈，如我们一样仰视普希金那一双忧郁的眼睛了。

此时，教育会堂舞厅中音乐四起，爵士鼓响得惊心动魄。红男绿女进进出出，缠绵得像糖稀软成一团，偏偏没有人向普希金瞥一眼。

我很替普希金难过。我想起曾经去过的莫斯科普希金广场，在普希金铜像旁，即便是雨雪飘飞的日子，也会有人凭吊。那一年我去时，正淅淅沥沥下着雨，铜像下依然摆满鲜花，花朵上沾满雨珠，宛若凄清的泪水。有人在悄悄背诵着普希金的诗句，那诗句也如同沾上雨珠，无比温馨湿润，让人沉浸在一种美好的意境中。

而这一夜晚，没有雨丝、没有鲜花，普希金铜像下，只有我和朋友两人。普希金只属于我们。

第二天白天，我特意注意这里，除了几位老人打拳，几个小孩玩耍，没有人注意普希金。铜像孤零零地立在格外灿烂的阳光下。

朋友告诉我，这尊塑像已是第三次塑造了。第一尊毁于日军侵华的战火中，第二尊毁于我们自己手中。莫斯科的普希金青铜塑像屹立在那里半个多世纪安然无恙，我们的普希金铜像却在短短的时间内连遭两次劫难。

在普希金铜像附近住着一位老翻译家，一辈子专门翻译普希金、莱蒙托夫的诗作，在"文化大革命"中亲眼看见普希金的铜像被红卫兵用绳子拉倒，内心的震动不亚于一场地震。曾有人劝他搬家，避免触目伤怀，老人却一直坚持守在普希金的身旁，度过他的残烛之年。

老翻译家或许能给这尊孤独的普希金些许安慰。许多人忘记了当初是如何用自己的手毁掉了美好的事物，当然便不会珍惜美好的失而复得。而年轻人漠视那段悲惨的历史，只沉浸在金庸或琼瑶的故事书里，哪里会有老翻译家那份浓厚的情怀，涌动老翻译家那般刻骨铭心的思绪？据说残酷的沙皇读了普希金的诗还曾讲过这样的话："谢谢普希金，他的诗感发了善良的感情！"而我们却不容忍普希金，不是把他推倒，便是把他孤零零地抛在街头。

我忽然想起普希金曾经对于春天的诅咒——

啊，春天，春天，
你的出现对我是多么沉重，
……
还是给我飞旋的风雪吧，
我要漫长的冬天的幽暗。

有几人能如老翻译家那样理解普希金呢？过去成了一页轻轻揭去的日历，眼前难以抵挡春日的诱惑，谁还愿意去在凛冽风雪中洗涤自己的灵魂呢？

离开上海的那天下午，我邀上朋友再一次来到普希金的铜像旁。阳光很好，碎金子一般缀满普希金的脸庞。真好，这一次普希金不再孤独，身旁的石凳上正坐着一个外乡人。我为遇到知音而兴奋，跑过去一看，失望透顶。他手中拿着计算器正在算账，很投入。他的额头渗出细细的汗珠。

　　再到普希金像的正面，我的心更像被猫咬一般难受。石座底部刻有"普希金（1799～1837）"字样，偏偏"金"字被黄粉笔涂满。莫非人们只识得普希金中的"金"字吗？

　　我们静静地坐在普希金塑像旁的石凳上，什么话也说不出来。阳光和微风在无声流泻。我们望着普希金，普希金也望着我们。

1992 年 4 月上海旅次

那片绿绿的爬山虎

　　1963 年，我上初三，写了一篇作文叫《一张画像》，是写教我平面几何的一位老师。他教课很有趣，为人也很有趣，致使这篇作文写得也自以为很有趣。经我的语文老师推荐，这篇作文竟在北京市少年儿童征文比赛中获奖。当然，我挺高兴。一天，语文老师拿来厚厚一个大本子对我说："你的作文要印成书了，你知道是谁替你修改的吗？"我睁大眼睛，有些莫名其妙。"是叶圣陶先生！"老师将那大本子递给我，又说："你看看叶先生修改得多么仔细，你可以从中学到不少东西！"

　　我打开本子一看，里面有这次征文比赛获奖的 20 篇作文。我翻到我的那篇作文，一下子愣住了：首先映入眼帘的是红色的修改符号和改动后增添的小字，密密麻麻，几页纸上到处是红色的圈、钩或直线、曲线。那篇作文简直像是动过大手术鲜血淋漓又绑上绷带的人一样。回到家，我仔细看了几遍叶老先生对我作文的修改。题目《一张画像》改成《一幅画像》，我立刻感到用字的准确性。类似这样的地方修改得很多，长句子断成短句的地方也不少。有一处，我记得十分清楚："怎么你把包几何课本的书皮去掉了呢？"叶老先生改成："怎么你把几何课本的包书纸去掉了呢？"删掉原句中"包"这个动词，使句子干净了也规范了。而"书皮"改成了"包书纸"更确切，因为书皮可以认为是书的封面。我真的从中受益匪浅，隔岸观火和身临其境毕竟不一样。这不仅使我看到自己作文的种种毛病，也使我认识到文学事业的艰巨：不下大力气，不一丝不苟，是难成大气候的。我虽然未见叶老先生的面，却从他的批改中感受到了他的认真、平和以及温暖，如春风拂面。

　　叶老先生在我的作文后面写了一则简短的评语：这一篇作文写的全是具

体事实，从具体事实中透露出对王老师的敬爱。肖复兴同学如果没有在这几件有关画画的事儿上深受感动，就不能写得这样亲切自然。这则短短的评语，树立起我写作的信心。那时我才15岁，一个毛头小孩，居然能得到一位蜚声国内外文坛的大文学家的指点和鼓励，内心的激动可想而知，涨涌起的信心和幻想，像飞出的一只鸟儿抖着翅膀。那是只有那种年龄的孩子才会拥有的心思。

这一年暑假，语文老师找到我，说："叶圣陶先生要请你到他家做客！"

我感到意外。像叶圣陶先生这样的大作家，居然要见见一个初中学生，我自然当成人生中的一件大事。

那天，天气很好。下午，我来到东四北大街一条并不宽敞却很安静的胡同。叶老先生的孙女叶小沫在门口迎接了我。院子是典型的四合院，敞亮而典雅，刚进里院，一墙绿葱葱的爬山虎扑入眼帘，使得夏日的燥热一下子减少了许多，阳光都变成绿色的，像温柔的小精灵一样在上面跳跃着闪烁着迷离的光点。

叶小沫引我到客厅，叶老先生已在门口等候。见了我，他像会见大人一样同我握了握手，一下子让我觉得距离缩短不少。落座之后，他用浓重的苏州口音问了问我的年龄，笑着讲了句："你和小沫同龄呀！"那样随便、和蔼，作家头顶上神秘的光环消失了，我的拘束感也消失了。越是大作家越平易近人，原来他就如一位平常的老爷爷一样让人感到亲切。

想来有趣，那一天下午，叶老先生没谈我那篇获奖的作文，也没谈写作。他没有向我传授什么文学创作的秘诀、要素或指南之类。相反，他几次问我各科学习成绩怎么样。我说我连续几年获得优良奖章，文科理科学习成绩都还不错。他说道："这样好！爱好文学的人不要只读文科的书，一定要多读各科的书。"他又让我背背中国历史朝代，我没有背全，有的朝代顺序还背颠倒了。他又说："我们中国人一定要搞清楚自己的历史，搞文学的人不搞清楚我们的历史更不行。"我知道这是对我的批评，也是对我的期望。

我们的交谈很融洽，仿佛我不是小孩，而是大人，一个他的老朋友。他亲切之中蕴含的认真，质朴之中包容的期待，把我小小的心融化了，以致不知黄昏什么时候到来，悄悄将落日的余晖染红窗棂。我一眼又望见院里那一墙爬山虎，黄昏中绿得沉郁，如同一片浓浓的湖水，映在客厅的玻璃窗上，不停地摇曳着，显得虎虎有生气。那时候，我刚刚读过叶老先生写的一篇散文《爬山虎》，便问："那篇《爬山虎》是不是就写的它们呀？"他笑着点点头："是的，那是前几年写的呢！"说着，他眯起眼睛又望望窗外那爬山虎。我不知那一刻老先生想起的是什么。

我应该庆幸，有生以来第一次见到作家，竟是这样一位大作家，一位人品与作品都堪称楷模的大作家。他对于一个孩子平等真诚又宽厚期待的谈话，让我 15 岁那个夏天富有生命的活力，仿佛那个夏天变长了。我好像知道了或者模模糊糊懂得了：作家就是这样做的，作家的作品就是这么写的。同时，在我的眼前，那片爬山虎总是那么绿着。

1991 年底于北京

母亲和莫扎特

　　这似乎是一个不伦不类的题目。母亲和莫扎特，母亲目不识丁，根本没有想过这个世界上曾有过一位莫扎特。记得那年我刚把音响搬回家时，她蹑手蹑脚走过来，奇怪地望了望这庞然大物，问我这是个什么物件？

　　是冥冥中的命运，把母亲和莫扎特连在一起。我知道这样说对谁也说不清楚，我只有轻轻地对自己一遍遍倾诉。

　　两年前的夏天最难熬，我常去两个地方打发时光：一是月坛邮票市场，一是灯市口唱片公司。抱着邮票回家，邮票不会说话，任你摆弄，任你和那些古今中外的哲人或各式各样的动物相会就是了。母亲只是悄悄坐在床头看我，看困了，便倒下睡了，微微打着鼾。唱片不是邮票，买回来是要听的，而且，常觉得音量太小难听出效果，便把音量放大，震得满屋摇摇晃晃；又常在夜深人静时听，觉得那时才有韵味，才能把心融化。

　　母亲常常无法休息。我几次对老人说："吵您睡觉吧？"她总是摆摆手："不碍的，听你的！"我问她："好听吗？"她点着头："好听！"其实，我知道，一切都是为了我。她总是默默地坐在床头，陪我听到很晚。母亲并不关心那个大黑匣中的贝多芬、马勒或曼托瓦尼，母亲只关心一个人，那便是我。

　　八月一天的黄昏，我又来到了灯市口，偶然间看到一盘莫扎特《安魂曲》。我拿了起来，犹豫了一下，买还是不买？这是莫扎特最后一部未完成曲，拥有它是值得的，但是，我实在不大喜欢莫扎特。我一直觉得他缺少柴可夫斯基的忧郁，勃拉姆斯的挚情，更缺少贝多芬的深刻，我知道这是我的偏执，但在音乐面前喜欢与不喜欢，来不得半点虚假。这时候，人与音乐一样透明。

　　莫非是我亵渎了莫扎特，还是《安魂曲》本身就蕴含着悲剧的意味？这一天黄昏，我空手而归，母亲还好好的，正坐在厨房里的小板凳上帮我择新买的小白菜和嫩葱。我问她："今晚您想吃点什么？"她像以往一样说："你想吃什么就做什么吧！"几十年，她就是这样辛苦操劳，却从不为自己提一点点要求。我炒菜，她像以往一样站在我旁边帮我打下手。晚饭后我听音乐，她像以往一样坐在床头默默陪我一起听，一直听到很晚、很晚……谁会想到，第二天老人家竟会溘然长逝呢？母亲依然如平日一样默默坐在床头，突然头一歪倒在床上，无疾而终，突然得让我的心一时无法承受。

　　丧事过后，我想起那盘《安魂曲》。莫非莫扎特在启迪我母亲即将告别这个世界，灵魂需要安慰？而我却疏忽了，只咀嚼个人的滋味？我很后悔没有买。如果买下那盘《安魂曲》，让母亲临别最后一夜听听也好啊！我甚至想，如果买下也许能保佑母亲不会那样突然而去呢！

　　我真感到对不住莫扎特，我真感到对不住母亲。

　　不要执意追求什么深刻，平凡、美好本身不就是一种深刻吗？母亲太过于平凡，但给予孩子最后一刻的爱，难道不也是一种深刻吗？我看到梅纽因写过的一段话，说莫扎特的音乐"像一座火山斜坡上的葡萄园，外面幽美宁静，里面却是火热的！"母亲难道不也是这样的吗？我没有理解莫扎特，也没有理解母亲。

　　鬼使神差，我又跑到灯市口，可惜，那张唱片没有了。

　　　　　　　　　　　1991年12月5日夜写于莫扎特逝世200周年纪念日

卢瓦尔一隅 (手绘题签)

2000. 5.

荔枝

　　我第一次吃荔枝，是 28 岁的时候。那时，我刚从北大荒回到北京，家中只有孤零零的老母。站在荔枝摊前，脚挪不动步。那时，北京很少见到这种南国水果，时令一过，不消几日，再想买就买不到了。想想活到 28 岁，居然没有尝过荔枝的滋味，再想想母亲快七十岁的人了，也从来没有吃过荔枝呢！虽然一斤要好几元，挺贵的，咬咬牙，还是掏出钱买上一斤。那时，我刚在郊区谋上中学老师的职，衣袋里正有当月 42 元半的工资，硬邦邦的，鼓起几分胆气。我想让母亲尝尝鲜，她一定会高兴的。

　　回到家，还没容我从书包里掏出荔枝，母亲先端出一盘沙果。这是一种比海棠大不了多少的小果子，居然每个都长着疤，有的还烂了皮，只是让母亲一一剜去了疤，洗得干干净净。每个沙果都显得晶光透亮，沾着晶莹的水珠，果皮上红的纹络显得格外清晰。不知老人家洗了几遍才洗成这般模样。我知道这一定是母亲买的处理水果，每斤顶多 5 分或者 1 角。居家过日子，老人就这样一辈子过来了。不知怎么搞的，我一时竟不敢掏出荔枝，生怕母亲骂我大手大脚，毕竟这是那一年里我买的最昂贵的东西了。

　　我拿了一个沙果塞进嘴里，连声说真好吃，又明知故问多少钱一斤，然后不住口说真便宜——其实，母亲知道那是我在安慰她而已，但这样的把戏每次依然让她高兴。趁着她高兴的劲儿，我掏出荔枝："妈！今儿我给您也买了好东西。"母亲一见荔枝，脸立刻沉了下来："你财主了怎么着？这么贵的东西，你……"我打断母亲的话："这么贵的东西，不兴咱们尝尝鲜！"母亲扑哧一声笑了，筋脉突兀的手不停地抚摸着荔枝，然后用小拇指甲盖划破荔枝皮，小心翼翼地剥开皮又不让皮掉下，手心托着荔枝，像是托着一只刚刚啄破蛋壳的小鸡，那样爱怜地望着舍不得吞下，嘴里不住地对我说："你说它是怎么长的？怎么红皮里就长着这么白的肉？"毕竟是第一次吃，毕竟是好吃！母亲竟像孩子一样高兴。

那一晚，正巧有位老师带着几个学生突然到我家做客，望着桌上这两盘水果有些奇怪。也是，一盘沙果伤痕累累，一盘荔枝玲珑剔透，对比过于鲜明。说实话，自尊心与虚荣心齐头并进，我觉得自己仿佛是那盘丑小鸭般的沙果，真恨不得变戏法一样把它一下子变走。母亲端上茶来，笑吟吟顺手把沙果端走，那般不经意，然后回过头对客人说："快尝尝荔枝吧！"说得那般自然、妥帖。

母亲很喜欢吃荔枝，但是她舍不得吃，每次都把大个的荔枝给我吃。以后每年的夏天，不管荔枝多贵，我总要买上一两斤，让母亲尝尝鲜。荔枝成了我家一年一度的保留节目，一直延续到三年前母亲去世。

母亲去世前是夏天，正赶上荔枝刚上市。我买了好多新鲜的荔枝，皮薄核小，鲜红的皮一剥掉，白中泛青的肉蒙着一层细细的水珠，仿佛跑了多远的路，累得张着一张张汗津津的小脸。是啊，它们整整跑了一年的长路，才又和我们阔别重逢。我感到慰藉的是，母亲临终前一天还吃到了水灵灵的荔枝，我一直认为是天命，是母亲善良忠厚一生的报偿。如果荔枝晚几天上市，我迟几天才买，那该是何等的遗憾，会让我产生多少无法弥补的痛楚。

其实，我错了。自从家里添了小孙子，母亲便把原来给儿子的爱分给孙子一部分。我忽略了身旁小馋猫的存在，他再不用熬到28岁才能尝到荔枝，他还不懂得什么叫珍贵，什么叫舍不得，只知道想吃便张开嘴巴。母亲去世很久，我才知道母亲临终前一直舍不得吃一颗荔枝，都给了她心爱的太馋嘴的小孙子吃了。

而今，荔枝依旧年年红。

1991 年 1 月于北京

最后的海菲兹

　　说来有些惭愧，一直活到四十来岁，才知道世界上有个海菲兹（J.Heifetz）。

　　去年夏天一开始就那样闷热，一直延续了整整一个夏季。就在那个夏季快要熬过去的一天夜晚，没有一丝风，只剩下汗津津如虫子爬满一身一样的感觉。我随便打开音响，中央人民广播电台的立体声音乐节目正介绍海菲兹，播放着他演奏的贝多芬D大调小提琴协奏曲。那乐声一下子吸引了我。我不能说曲子美，那是不够的，浅薄的，只有历尽世事沧桑，饱尝人生况味的人，才会拉出这样的琴声。那有力的揉弦，坚韧的跳弓，强烈的节奏，飞快的速度，如此气势磅礴，飞流直下三千尺般冲撞着我的身心，进入第二乐章，一段飘然而至的抒情柔板，真给人一种荡气回肠之感，像是河水从万丈悬崖上急遽跌落，流进一片无比宽阔深邃的湖面，那湖面映着无云的蓝得叫人心醉的天空。悠扬的琴声立刻侵入我的骨髓，我禁不住全身心为之颤动，浑身血液都融化进那无与伦比的琴声之中。虽然是抒情，他拉得依然沉稳，决不泛滥自己的情感，让人格外感到深沉，犹如地火深藏在岿然不动、冷峻无比的岩石之中。

　　这就是海菲兹！这就是贝多芬！是海菲兹把贝多芬那宽厚而博大的气势表现出来。虽然我知道这是贝多芬所作的唯一一首小提琴协奏曲，为了纪念一位名叫丹叶莎·勃伦斯威克的伯爵小姐的爱恋之情，但绝非只是恋人浪漫曲。我从海菲兹的琴声中顽固地听出是对一种刻骨铭心的理想历尽磨折而终不可得又毕生不悔孜孜以求的复杂心音，这样的琴声不能不让我的心滤就如水晶般澄清透明，锤打得更坚强一些而能够理解人生、洞悉人生。最后一缕乐声消失了，我还愣愣地站在音响旁，望着闷热无雨的夜空发呆，只是一下子觉得天清气爽起来，星星一颗颗可触可摸，晶亮而冰洁。

我第一次认识了海菲兹，便永远忘不了他！我忽然涌出一种相见恨晚、他乡遇故知的感情，浓浓的，竟一时搅不开。

我找到有关海菲兹的传记材料，才知道早在我第一次听他演奏这首贝多芬小提琴曲的两年前，他便死在美国洛杉矶的一家医院里——8月10日，也是这样一个闷热的夏夜，他走完了人生84年的旅程，而我却以为他一定还活在人世，还会为我们演奏他和我一样喜欢的贝多芬！

这位出生于俄国，有着犹太血统的美国小提琴演奏家，是当今最伟大的小提琴家。萧伯纳曾这样写信给他说："爱嫉妒的上帝每晚上床都要拉点什么！"音乐界则众口一词："海菲兹成了小提琴登峰造极的同义词。"所有这一切评价，他都受之无愧！听完他演奏的贝多芬这首小提琴协奏曲，我曾特意找到其他几位小提琴家演奏的同样曲目，结果我固执而绝对排他地觉得没有一位能够赶上他，没有谁能够将乐曲那内在的深情，磅礴的气势，以及作曲家那特有的宽厚脑门中深邃的思索，一并演奏得如此淋漓尽致！无论是思特恩、祖克曼、帕尔曼，还有大卫·奥依斯特拉斯！这位11岁便开始以独奏家身份巡回演出的天才，一生足迹遍布全球，总共行程20万英里，演奏10万小时，光看这两个数字，就是多么的了不起呀！他所向无敌，征服了全世界小提琴爱好者的心！这不仅因为海菲兹有着旁人难以企及的演奏技巧，更重要的是他有着一颗与贝多芬一样坚强而博大的心灵。他在世八十余年中，经历了两次世界大战，可谓阅尽春秋演义，无论日本地震后，还是爪哇暴动后，天津被日本入侵后，他都赶赴现场演出，以他宽厚的人道主义的琴声与那里的人民交融在一起。二次世界大战中，他上前线为战士演出三百余场。他对战士们讲："我不知道你们需要什么？我将演奏舒伯特的《圣母颂》！"他赢得战士们的掌声。《圣母颂》成为他为战士们演奏次数最多的曲子。1959年，虽然他已经宣布退出舞台，而且刚刚摔伤不久行走不便，为了参加庆祝人权宣言八周年的活动，他仍一手拄着拐杖，一手抱着小提琴，走进联合国大厅演出。正因为海菲兹有着如此举世无双的技艺和人格，才赢得人民对他长达半个多世纪的经久不衰的爱戴。当他重返苏联演出时，那里的音乐爱好者不惜变卖家具等贵重物品，凑钱买票观赏他的演出，演出结束后，年轻人伫立街头久久不肯散去，等待他从剧场出来，向他高声欢呼致意！

我对海菲兹越发崇拜。我注意搜索广播节目报上海菲兹的名字。终于有一天，我见到了预报中有他演奏的贝多芬 D 大调小提琴协奏曲，托斯卡尼尼指挥。我提前半小时便将调频台对出，把准备录音的空白镀铬的金属带装好，像坐在音乐厅中一样，静静地等待海菲兹的出场。非常遗憾，那一天天不助我，噪音比往常严重得多，无论我是怎样变换天线的角度和方位都无济于事。但我还是将这长达 40 分钟的曲子录下音来，反复播放，一遍遍沉浸在海菲兹那炉火纯青的琴声中，即使杂音也无法遮挡海菲兹的光芒。不过，毕竟有杂音。我希望能够买到一盘真正海菲兹的磁带或一张唱片，原版的。我竟像现在年轻人迷恋他们心目中的歌星一样，开始跑音像商店，寻找海菲兹的踪影。不过，我知道，我寻找的是一位足可以跨世纪的音乐巨星，不敢说是恒星，但绝非年轻人心中常变易的流星。可惜，王府井、西单、灯市口、北新桥的"华夏"门市部、琉璃厂的"华彩"销售点……都没有海菲兹……海菲兹哪里去了？他的琴声曾传遍世界，仅在美国胜利唱片公司一家便出版过他的长达 26 小时的乐曲录音，还只是他全部演奏乐曲录音的三分之一。这该有多少不同品种的磁带或唱片！为什么偏偏我就寻找不到呢？莫非我们果真如此淡漠海菲兹？

我不甘心，仍在寻找。去年底，北京农展馆举办的第三届国际音像制品展销会的目录上，我见到了海菲兹的名字。不仅有他演奏的贝多芬，还有莫扎特、勃拉姆斯、布鲁赫……我真高兴，跑到农展馆，却是扫兴：海菲兹尚在迢迢旅途中，他的唱片尚在海上运输轮船的船舱里没有到达。毕竟有了希望。那船即便半路遇到风雨，即便沿途意外抛锚，它总会到来。那是我的红帆船！

我实在没有想到它竟然这样慢。一直到了今年春天，我在灯市口音像制品商店琳琅满目良莠不齐的激光唱片的橱窗里，才看见了 J. Heifetz 几个字母，黑色唱片封面上醒目的白色手写体，是海菲兹的亲手签名。盛名旁便是海菲兹的黑白照片剪影。这是我第一次见到他的照片：苍白的头发，宽阔的前额，高耸的鼻梁，左手抱着或许便是那把 1814 年产的跟随他一生的小提琴，右手持长长的琴弓，面部表情冷峻，俨然花岗岩石一般。但我知道就在这近似冷酷无情之中蕴含着他的深邃与真情，他将自己炽热的性格不是燃起火，而是凝结成玉骨晶晶的冰。他拉琴时身体几乎纹丝不动，绝不像有些琴手那样动作幅度大，或故意甩动自己潇洒的长发，更不会如我们有些浅薄的歌手那样搔首弄姿。我懂得，这是只有阅尽历史兴衰，饱经沧桑之后才会出现的疏枝横斜、瘦骨嶙峋。他不会为一时的掌声而动容，也不会为些许的挫折而蹙眉。望着他那双冷漠得几乎没有光彩和眼神的眼睛，我心中涌动着对他的一份理解和崇敬。

非常可惜，这是一张西贝柳斯 D 小调小提琴协奏曲的激光唱片，而不是我与他都那样喜欢的贝多芬的 D 大调小提琴协奏曲。我还从未听过西贝柳斯这支协奏曲，不敢断定自己是否喜欢。我仔细将橱窗里每一张唱片又看了一遍，依然没有海菲兹的第二张唱片。我决定还是买下，毕竟这是海菲兹的西贝柳斯。爱屋及乌嘛，海菲兹一定不会让我失望的。更何况唱片上还有海菲兹的照片和手迹。

我对服务员小姐讲要买这张唱片。她风摆柳枝般摇到店铺找了好半天，居然空手而出。"对不起！唱片只剩下这一张，其余都卖光了。你如果要这一张，我就从橱窗里取出来！"她这样对我说，我只好点点头，看来还有比我幸运的捷足先登者。她从橱窗里取出这张唱片，上面落着尘土，灰蒙蒙地遮着海菲兹瘦削的面容和他那把心爱的小提琴。我拂去尘土，海菲兹无动于衷，依然凝神地望着不知什么地方。我买下这最后一张海菲兹唱片。无论怎么说，它是我自己拥有的海菲兹。

回到家，听听海菲兹琴声中的西贝柳斯。啊！一样令人感动。一开始小提琴中庸的快板头一句柔和的抒情中蕴含着力度，就立刻把我吸引。随后，低音的沉稳，高音的跳跃，与浑厚大提琴伴奏的谐和，让人感到芬兰海湾海浪苍苍、海风拂拂、一派天高海阔的画面。第二章的柔板演奏得绝非像有的琴手那样仅剩下缠绵如同软软的甜面酱，而是略带忧郁和神秘低音区与高音区的起伏变幻，像静静立在海边礁石上，对着浩瀚的包容一切的大海诉说着悠悠无尽的心事。让人遐思翩翩，能够忆起自己许多难以言说如梦如烟的往事。虽然，明显的北欧的韵味与贝多芬的小提琴协奏曲日耳曼风格不尽相同，但依然是海菲兹！他不过重宣泄个人缠绵的情感，而是更看重浑厚人生的理解和追求。他不屑于大红大紫的艺术效果，而把琴弦拨动在内心深处一隅，静静地与你交流、沟通。这在第三乐章快板中可以明显触摸到。我感谢海菲兹又给了我一个大圆脑袋秃顶的西贝柳斯！

一天，朋友来访，我请她听新买的这张海菲兹唱片。我向她推崇备至地诉说海菲兹，对她讲以前没听过西贝柳斯这支小提琴协奏曲，买了这张唱片第一次才听到，才知道其妙不可言……其实，这些话都是多余的，她是我童年的朋友，我们是街坊，那时，她的弟弟是个狂热的小提琴迷，靠着灵性和刻苦拉一手好琴，几乎是无师自通。他唯一的最好的老师便是唱片。只是那时我们都是一群渴望太多胃口太大却又实在太穷的孩子。她弟弟一直盼望能买到几张当时的密纹唱片，永远据为己有而不用向别人借用，却苦于手头无钱。是她这个当姐姐的省下住校的饭费，为弟弟买了一张旧唱片。那一年暑假，院子里便整日响着这张唱片放出的小提琴曲。她弟弟一遍又一遍不知疲倦地学着唱片拉他的小提琴。在弟弟的熏陶下，她也成了音乐迷，比我懂音乐，用不着我絮叨，她一定会和我一样喜欢海菲兹的。

没错！她立刻听入了迷。渐渐的，我竟发现她的眼睛里蓄满晶亮的泪水，映着眼镜片上一闪一闪的。西贝柳斯这首 D 小调小提琴协奏曲结束时，她半天没有讲话，然后突然抬起头来问我："这首曲子你以前没听过吗？"我点点头。她又问："小时候？忘了？"我皱皱眉头，怎么也想不起来。她接着说："那年暑假我给我弟弟从委托商店买了张旧唱片，我弟弟学着天天拉琴，你怎么忘了呢？就是海菲兹演奏的西贝柳斯这支曲子呀！"

我好悔！对音乐爱好来得太迟！那时，我只迷文学，不怎么喜欢音乐。天天单调地听一支曲子，心里还有些腻烦。谁料到呢，那时海菲兹便神不知鬼不觉地来到我的身边，我却如此漫不经心地与他失之交臂！那时，我不懂人生！不懂世界！更不懂历史！我未尝过艰辛，未受过坎坷，未见过各式各样的嘴脸！自然，我便不会懂海菲兹！他没有责备我年轻时的幼稚与浅薄，今天，在我迈过不惑之年的门槛时，他重新向我走来。这是命中割舍不断的缘分？还是冥冥中幽幽主宰的命运？

是的，只有在今天我才稍稍听懂了海菲兹。

童年，是听不懂海菲兹的！

1990 年 7 月 12 日于北京

常熟小镇上
低尔泰古街
乙丑五月潘国□

母亲

　　十年来，我写过许多篇有关普通人的报告文学。我自认为与他们血脉相连，心不能不像磁针样指向他们。可是，我却从来没有想到我可以，也应该写写她老人家。为什么？为什么？

　　是的，她比我写的报告文学中那些普通人更普通、更平凡，就像一滴雨、一片雪、一粒灰尘，渗进泥土里，飘在空气中，看不见，不会引人注意。人啊，总是容易把眼睛盯在别处，而忽视眼前的、身边的。于是，便也最容易失去弥足珍贵的。

　　我常责备自己：为什么现在才想起来写写她老人家呢？前些日子，她那样突然地离开人世，竟没有留下一句话！人的一生中可以有爱、恨、金钱、地位与名声，但对比死来讲，一切都不足道。一生中可以有内疚、悔恨和种种闪失，都可以重新弥补，唯独死不能重来第二次。现在，再来写写对比生命来说苍白无力的文字，又有什么用呢？

　　我仍然想写。因为她老人家总浮现在我的面前，在好几个月白风清的夜晚托梦给我。面对冥冥世界中她老人家的在天之灵，我愈发觉得我以往写的所有普通人的报告文学，渊源都来自她老人家。没有她，便没有我的一切。对比她，我所写的那些东西，都可以毫不足惜地付之一炬。

　　她就是我的母亲。

一

　　她不是我的亲生母亲。

　　1952 年，我的生母也是突然去世。死时，才 37 岁。爸爸办完丧事，让姐姐照料我和弟弟，自己回了一趟老家。我不到 5 岁，弟弟才 1 岁多一点儿。我们俩朝姐姐哭着闹着要妈妈！

爸爸回来的时候，给我们带回来了她。爸爸指着她，对我和弟弟说："快，叫妈妈！"

弟弟吓得躲在姐姐身后，我噘着小嘴，任爸爸怎么说，就是不吭声。

"不叫就不叫吧！"她说着，伸出手要摸摸我的头，我拧着脖子闪开，就是不让她摸。

我偷偷打量着她：缠着小脚，没有我妈漂亮、个高，而且年龄显得也大。现在算一算，那一年，她已经 49 岁。她有两个闺女，老大已经出嫁，小的带在身边，一起住进了我们拥挤的家。

后妈，这就是我们的后妈？

弟弟小，还不懂事，我却已经懂事了，首先想起了那无数人唱过的凄凉小调："小白菜呀，地里黄呀，两三岁呀，没有娘呀……"我弄不清鼓胀着一种什么心绪，总是用一种异样的，忐忑不安的眼光偷偷看她和她的那个女儿。

不久，姐姐去内蒙古修京包线了。她还不满 17 岁。临走前，她带我和弟弟在劝业场里的照相馆照了张相片。我们还穿着孝，穿着姐姐新为我们买的白力士鞋。姐姐走了，我和弟弟都哭了。我们把失去母亲后越发对母亲依恋的那份感情都涌向姐姐。唯一的亲姐姐走了，为了减轻家中添丁进口的负担。她来了。我们又有妈妈了。

姐姐走后，她要搂着我和弟弟睡觉。我们谁也不干，仿佛怕她的手上、胳膊上长着刺。爸爸说我太不懂事，她不说什么。在我的印象中，她进我家来一直很少讲话，像个扎嘴的葫芦。出出进进大院，对街坊总是和和气气，从不对街坊们投来的芒刺般好奇或挑剔的目光表示任何不快。"唉！后娘呀……"隐隐听到街坊们传来的感叹，我心里系着沉沉的石头。我真恨爸爸，为什么非要给我和弟弟找一个后娘来！

对门街坊毕大妈在胡同口摆着一个小摊，卖些泥人呀、糖豆呀、酸枣面之类的。一次路过小摊，她和毕大妈打个招呼，便问我："你想买什么？"

我瞟瞟小摊，又瞟瞟她，还没说话，身边跟着她的亲生女儿伸出手指着小摊先说了："妈！我要买这个！"

她打下女儿的手，冲我说："复兴，你要买什么？"

我指着摊上的铁蚕豆，她便从毕大妈手中接过一小包铁蚕豆；我又指着摊上的酸枣面，她便又从毕大妈手中接过一小包酸枣面；我再指着小泥人、指着风车、指着羊羹……我越指越多。我是存心。那时，我小小的心眼竟像筛子眼儿一样多，用这故意的刁难试探一位新当后娘的心。

她为难地冲毕大妈摇摇头："我没带这么多钱！"

我却嚷着，非要买不成。这么一闹，招来好多人看着我们。她非常尴尬。我却莫名其妙地得意，似乎小试锋芒，我以胜利而告终。

过了些日子，她的大女儿，我叫大姐，从天津来了。大姐长得很像她，待我和弟弟很好。我们一起玩时有说有笑也很热闹，大姐挺高兴。临走前整理东西，她往大姐包袱卷里放进几支彩线，让我一眼看见了。这是我娘的线！我娘活着的时候绣花用的，凭什么拿走？第二天，大姐要走时找这几支彩线，怎么也找不着了。"怪了！我昨儿个傍晌明明把线塞进去了呀！咋没了呢？"她翻遍包袱，一阵阵皱眉头。她不知道，彩线是我故意藏起来了。

送完大姐回天津，爸爸从床铺褥子下面发现了彩线，一猜就是我干的好事，生气地说我："你真不懂事，藏线干什么？"

我不知怎么搞的，委屈地哭起来："是我娘的嘛！就不给！就不给！……"

她哄着我，劝着爸爸："别数落孩子了！兴是我糊涂了，忘了把线放在这儿了……"我越发得理似的哭得更凶了。

咳！小时候，我是多么不懂事啊！

二

几年过去了。我家里屋的墙上，依然挂着我亲娘的照片。那是我娘死后，姐姐特意放大了两张 12 寸的照片，一张她带到内蒙古，一张挂在这里。我和弟弟都先后上学了，同学们常来家里玩。爸爸的同事和院里的街坊有时也会光顾，进屋首先都会望见这张照片。因为照片确实很大，在并不大的墙上很显眼。同学们小，常好奇地问："这是谁呀？"大人们从来不问，眼睛却总要瞅瞅我们，再瞅瞅她。我很讨厌那目光。那目光里的含义让人闹不清。

随着年龄的一天天增长，我的心态变得盛满过多复杂的情感。我对自己的亲姐姐越发依恋，也常常望着墙上亲娘的照片发呆，想念着妈妈，幻想着妈妈又活过来同我们重新在一起的情景。有时对她会莫名其妙地发脾气。她从不在意，更不曾打过我和弟弟一个手指头，任我们向她耍着性子，拉扯着她的衣角，街坊四邻都看在眼里。

许多次，爸爸和她商量："要么，把相片摘下来吧？"

她眯缝着眼睛瞧瞧那比真人头还大的照片，摇摇头。

于是，我娘的照片便一直挂在墙上，瞧着我们，也瞧着她。她显得很慈祥。头一次，我对她产生一种说不出的好感。但叫她妈妈一时还叫不出口。

那时候，没有现在变形金刚之类花样翻新的玩具，陪伴我和弟弟度过整个童年的只有大院里两棵枣树，我们可以在秋天枣红的时候爬上树摘枣，顺便可以跳上房顶，追跑着玩耍。再有便只是弹玻璃球、拍洋片了。我不大爱拍洋片，拍得手怪疼的；爱玩弹球，将球弹进挖好的一个个小坑里，很有点儿像现在的高尔夫球、门球的味道。玩得高兴了，便入迷得什么都不顾了，仿佛世界都融进小小透明的玻璃球里了。一次，我竟忘乎所以将球搁进嘴里，看到旁的小孩子没我弹得准时兴奋地叫起来，"咕噜"一下把球吞进肚子里。孩子们惊呆了，一个孩子恐惧地说："球吃进肚皮里要死人的！"我一听吓坏了，哇哇哭起来。哭声把她拽出屋，一见我惊慌失措的样子，忙问："怎么啦？"我说："我把球吃进肚子里了！"一边说着，我又哭了起来。她很镇静，没再讲话，只是快步走到我身边，蹲下身子一把解开我的裤带，然后用一种我从未听过的、带有命令的口吻说："快屙屎，把球屙出来就没事了！"我吓得已经没魂了，提着裤子刚要往厕所跑，被她一把拽住："别上茅房，赶紧就在这儿屙！"我头一次乖乖地听了她的话，顺从地脱下裤子，蹲下来屙屎。小孩们看见了，不住地笑。她一扬手，像赶小鸡一样把他们赶走："都家去，有啥好笑的！"

这一刻，她不慌不乱，很有主意。我一下子有了主心骨，觉得死已经被她推走了，便憋足劲屙屎。谁知，偏偏没屎。任凭憋得满脸通红就是屙不出来。她也蹲着，一边看看我的屁股，一边看看我："别急！"说着，用手帮我揉着肚子；"这会儿球也不能那么快就到了屁股这儿，刚进肚儿，它得慢慢走。我帮你擀擀肚子！"我不知道她为什么一直把揉肚子叫擀肚子？但她擀得确实舒服，以后我一肚子疼就愿意叫她擀。她不光擀肚子这块，还非得叫我翻过身擀后背。她说就像烙饼得翻个儿一样，只有两面擀才管用。这时候，我第一次感受到她那骨节粗大的手的温暖和力量。不知擀了多半天，屎终于屙出来了。多臭的屎啊！她就那样一直蹲在我的旁边，不错眼珠望着那屎，直到看见屎里果真出现了那颗冒着热气圆鼓鼓的小球时，她高兴地站起来，走回家拿来张纸递给我："没事了，擦擦屁股吧！"然后，她用土簸箕撮来炉灰撒在屎上，再一起撮走倒了。

孩子没有一盏是省油的灯，大人的心操不完。我们大院门口对面是一家叫泰丰粮栈的大院。它气派大，门前有块挺平坦宽敞的水泥空场。那是我们孩子的乐园。我们没事便到那儿踢球、抖空竹，或者漫无目的地疯跑。一天上午，它那儿摆着个大车轱辘，两支胶皮轮子中间连着一根大铁轴。我们在公园玩过踏水车的玩具，便也一样双脚踩在铁轴上，双手扶着墙，踩着轱辘不住地转，玩得好开心。我忘了我们小孩能有多大劲呢？那大轱辘怎么会听我们摆布呢？它转着转着就不听话，开始往后滚。这一滚动，其他几个孩子都跳下去了，唯独我笨得脚一踩空，一个倒栽葱摔到地上，后脑勺着着实实砸在水泥地上，立刻晕了过去。

等我醒来时已经躺在医院里，身旁是她和同院的张大叔。张大叔告诉我："多亏了你妈呀！是她背着你往医院跑呀！我怕她背不动你，跟着来搭把手，她不让，就这么一直背着你。怕你得后遗症，求完大夫求护士的。你妈可真是个好人啊……"

她站在一边不说话，看我醒过来，伏下身来摸摸我的后脑勺，又摸摸我的脸。我不知怎么搞的，眼泪怎么也控制不住流了下来。

"还疼？"她立刻紧张地问我。

我摇摇头，眼泪却止不住。

"你刚才的样子真吓死人了！"张大叔说。

回家的时候，天早已黑了。从医院到家的路很长，还要穿过一条漆黑的小胡同，我一直伏在她的背上。我知道刚才她就是这样背着我，踩着小脚，跑了这么长的路往医院赶的。

以后许多天，她不管见爸爸还是见街坊，总是一个劲埋怨自己："都赖我，没看好孩子！千万可别落下病根儿呀……"好像一切过错不在那大车轱辘，不在那硬邦邦的水泥地，不在我那样调皮，而全在于她。一直到我活蹦乱跳一点儿事没有了，她才舒了一口气。

这就是我的童年、我的少年。除了上学，我们没有什么可玩的。爸爸忙，每天骑着那辆像侯宝林在相声里说的除铃不响哪儿都响的破自行车，从我家住的前门赶到西四牌楼上班，几乎每天两头不见太阳。她也忙，缝缝补补，做饭洗衣，在我的印象中，她一直像鸵鸟一样埋头在我家那个大瓦盆里洗衣服，似乎我们有永远洗不完的破衣烂衫。谁也顾不上我们，我们只有自己想办法玩，打发那些寂寞的光阴。

一次，我和弟弟捉到几只萤火虫，装进玻璃瓶里，晚上当灯玩。玩得正痛快呢，院里几个比我大的男孩子拦住我们，非要那萤火灯。他们仗着自己人高马大，常常蛮不讲理欺侮我和弟弟这没娘的孩子。说实在的，那时我们怕他们，受了欺侮又不敢回家说，只好忍气吞声。这一次非要我们的萤火虫灯，而我们真舍不得。他们毫不客气一把夺走，弟弟上前抢，被他们一拳打在脸上，鼻子顿时流出血来。我和弟弟一见血都吓坏了。回家路过大院的自来水龙头，我接了点儿凉水，替弟弟把脸上的血擦净，悄悄嘱咐："回家别说这事！"

弟弟点点头，回家就忘了。我知道他委屈。爸爸是个息事宁人的老实人，这回也急了，拉着弟弟要找人家告状。她拦住了爸爸："算了！"

我挺奇怪，为什么算了？白白挨人家欺侮？

她不说话。弟弟哭。我噘着嘴。

晚上睡觉时，我听见她对爸爸说："街坊四邻都看着呢。我带好孩子，街坊们说不出话来，就没人敢欺侮咱孩子！"

当时，我能理解一个当后娘的心理吗？她就是这样一个人，一直到去世也没和任何人红过一次脸。她总是用她那善良而忠厚的心，去证明一切，去赢得大家的心。以后，院里大孩子再欺侮我们，用不着她发话，那些好心的街坊大婶大娘便会毫不留情地替我们出气，把那些孩子的屁股揍得"啪啪"山响。

这样一件事发生后，街坊们更是感叹地说："就是亲娘又怎么样呢？"

那是她的小闺女长到十八岁的时候。

她一直怕人家说自己是后娘待孩子不好，凡事都紧着我和弟弟。哪怕家里有点好吃的，也要留给我们而不给自己的闺女。我们的小姐姐老实、听话，就像她自己一样。小姐姐上学上得晚，十八岁这一年初中刚毕业。她叫她别再上学了，让她到内蒙古找我姐姐去，让我姐姐给介绍了个对象，闪电式便结了婚。一纸现在越发金贵的北京户口，就这样让她毫不犹豫地抛到内蒙古京包线上一个风沙弥漫的小站。那一年，我近十岁了，我知道她这样做为的是免去家庭的负担，为的是我和弟弟。

"早点儿寻个人家好！"她这样对女儿说，也这样对街坊们解释。

小姐姐临走时，她把闺女唯一一件像点儿样的棉大衣留下来："留给弟弟吧，你自己可以挣钱了，再买！"那是一件粗线呢的厚厚大衣，有个翻毛大领子，很暖和。它一直跟着我们，从我身上又穿到弟弟身上，一直到我们都长大了，再也用不着穿它了，她还是不舍得丢，留着它盖院子里冬天储存的大白菜。以后，她送自己的闺女去内蒙古。她没讲什么话，只是挥挥手，然后一只手牵着弟弟，一只手领着我。当时，我懂得街坊们讲的话吗？"就是亲娘又怎么样呢？"我理解作为一个母亲所做的牺牲吗？那是她身边唯一的财富啊！她送走了自己亲生的女儿，为的是两个并非亲生的儿子啊！

记得有一次，爸爸领我们全家到鲜鱼口的大众剧场看评戏。那戏名叫《芦花记》，是出讲后娘的戏。我不大明白爸爸为什么选择这出戏带我们来看。我一边看戏，一边偷偷地看坐在身旁的她。她并不那么喜欢看戏，也看不大懂，总得需要爸爸不时悄悄对她讲述一番情节才行。我不清楚她看了这出演的后娘的戏会有什么感触，我自己心里却倒海翻江，一下子滋味浓浓得搅不开。那后娘给孩子穿用芦花假充棉花却不能遮寒的棉衣，使我对后娘充满恐惧和厌恶。但坐在我身边的她是这样的人吗？不是！她不是！她是一位好人！她是宁肯自己穿芦花做的棉衣，也决不会让我和弟弟穿的。我给我自己的回答是那样肯定。

我不爱听评戏。从那出《芦花记》后，我再也没看过第二场评戏。

妈妈！我忘记了是从哪一天开始叫她妈妈了。但我肯定在看了那出评戏之后。

三

童年和少年，是永远回忆不完的，像是永远挖不平的大山。那时，我们因节节拔高而常常看不起目不识丁的母亲，常常会在不知不觉中忘记了她的存在。当一切过去了，才会看清楚过去的一切，如同潮水退后的石粒一般，格外清晰地闪着光彩显露出来。

小学高年级，我的自尊心其实是虚荣心突然胀胀的，像爱面子的小姑娘。

妈妈没文化，针线活做得也不拿手，针脚粗粗拉拉的。从她来以后，我和弟弟的衣服、鞋都是她来做。衣服做得像农村孩子穿的，洗得干干净净。这时候，我开始嫌那对襟小褂土；嫌那前面没有开口的抿裆裤太寒碜；嫌那踢死牛的棉鞋没有五眼可以系带……我开始磨妈妈磨爸爸给我买商店里卖的衣服穿。这居然没有伤了她的心，她反倒高兴地说："孩子长大了，长大了！"然后，她带我们到前门外的大栅栏去买衣服。上了中学以后，她总是把钱给我，由我自己去挑着买。而她只是在衣服的扣子掉了的时候帮我补上；衣服脏的时候埋头在那大瓦盆里洗不完地洗。

我甚至开始害怕学校开家长会，怕妈妈踩着小脚去，怕别人笑话我。我会千方百计地不要她去，让爸爸参加。如果实在没有办法，她必须去，我会在开会前羞得很，会后又会臊不答答的，仿佛很丢人。前后几天，心都紧张得很，皱巴巴的，怎么也熨不平。其实，她去学校开家长会的机会很少，但我仍然害怕，我实在不愿意她出现在我们学校里。反正，那时我真够浑的。

一年暑假，我磨着要到内蒙古看姐姐。爸爸被我折磨得没办法，只好答应了。听说学校开张证明，便可以买张半费的学生火车票。爸爸去了趟学校，碰壁而归。校长说学生只有去探望父母才可以买半费学生票，看姐姐不行。我知道那位脸总是像刷着糨糊一样绷得紧紧的校长，他说出的话从来都是钉天的星。我们谁见了他都像耗子见了猫一样，躲得远远的。

妈妈说我去试试！

我不抱什么希望。果然她也是碰壁而归。不过她不是就此罢休，接着再去，接着碰壁。我记不清她究竟几进几出学校了。总之，一天晚上，她去学校很晚没回家，爸爸着急了，让我去找。我跑到学校，所有办公室都黑洞洞的，只有校长室里亮着灯。我走近校长室门，没敢进去。平日，我从不敢进过一次校长室。只有那些违反校规、犯了错误的同学才会被叫进去挨训。我趴在门口听听里面有什么动静没有。什么动静也没有。莫非没人？妈妈不在这里？再听听，还是没有一点儿声响。我趴在窗户缝瞅了瞅，校长在，妈妈也在。两人演的是什么哑剧？

我不敢进去，也不敢走，坐在门口的石阶上等。不知过了多半天，校长的声音吓了我一跳："大妈！我算服了您了！给您，证明！我可是还没吃饭呢！"接着就听见椅子响和脚步声，吓得我赶紧兔子一样跑走，一直跑出学校大门。我站在离校门口不远的一盏路灯下，等妈妈出来。我老远就看见她手里攥着一张纸，不用说，那就是证明。

她走过来，我叫了一声："妈！"愣愣的，吓了她一跳，一见是我，把证明递给我："明儿赶紧买火车票去吧！"

回家的路上，我问她："您用什么法子开的证明呀？"我觉得她能把那么厉害的校长磨得好说话了，一定有高招。

她微微一笑："哪儿有啥法子！我磨姜捣蒜就是一句话：复兴就这么一个亲姐姐，除了姐姐还探啥亲？不给开探亲证明哪个理？校长不给开，我就不走。他学问大，拿我一个老婆子有啥法子！"

"妈！您还真行！"

说这话时，我的脸好红。我不是最怕妈妈去学校吗？好像她会给我丢多大脸一样。可是，今天要不是她去学校，证明能开回来吗？

虚荣心伴我长大。当浅薄的虚荣一天天减少，我才像虫子蜕皮一样渐渐长大成人。而那时候，我懂得多少呢？在我心里的天平上，一头是妈妈，一头却是姐姐。尽管妈妈为我付出了那样多，我依然有时忘记了妈妈的情意，而把天平倾斜在姐姐一边。莫非是血脉中种种遗传因子在作怪吗？还是心中藏有太多的自私？

大约六年级那一年，我做了一件错事。姐姐逢年过节都要往家里寄点儿钱。那一次，姐姐寄来30元。爸爸把钱放进一个牛皮小箱里。那箱是我家最宝贵的东西，所有的金银细软都装在里面。那时所谓的金银细软，无非是爸爸每月领来的70元工资、全家的粮票、油票、布票之类。我一直顽固地认为：姐姐寄来的钱就是给我和弟弟的。如果没有我和弟弟，她是不会寄钱来的。爸爸上班后，我趁妈妈不在家的时候，走近那棕色的小牛皮箱。箱子上只有一个铜钉锦儿，没有锁头，轻轻一掀，箱盖就打开了。我记得挺清楚，5元一张的票子六张躺在箱里，我抽走一张跑出了屋。那时，我迷上了文学，尤其是古典诗词。我从同学手里借了一本《千家诗》，全都抄了下来，觉得不过瘾，想再看看新的才解气。手中有5元钱一张"咔咔"直响的票子，我径直跑往大栅栏的新华书店。那时5元钱真经花，我买了一本宋词选，一本杜甫诗选，一本李白诗选，还剩一块多零钱。捧着这三本书，我像个得胜回朝的将军一样得意扬扬回到家，一看家里没人，把书放下便跑到出租小人书的书铺，用剩下的钱美美地借了一摞书。我忘记了，那时 5 元钱对于一个每月只有 70 元收入的全家意味着什么。那并不是一个小数字。

我正读得津津有味，爸爸突然走进书铺。我这才意识到天已经暗了下来。我这才发现爸爸一脸怒气，叫我立刻跟他回家。一路上，他走在前面，我跟在后面，活像犯了错的小狗，耷拉着耳朵垂着尾巴。我知道大事不好。果然，刚进家门，爸爸便忍不住，把我一把按在床上，抄起鞋底子狠狠地打在我的屁股上。爸爸什么话也不讲。我不哭，也没有叫。我和爸爸都心照不宣，我心里却在喊："姐姐！姐姐！你寄来的钱是给谁的？是给我的！我的！"

我生平头一次挨打。也是唯一一次。

妈妈就站在旁边。她一句话也没说，就那么看着，不上来劝一劝，一直看着爸爸打完了我为止。

吃饭时，谁也不讲话，默默地吃，只听见嚼饭的声音，显得很响。妈妈先吃完饭，给爸爸准备明天上班带的饭，其实我天天看得见，但仿佛这一天才看清楚：只是两个窝头，一点儿炒土豆片而已。爸爸每天就吃这个。大冬天，刮多大风、下多大雪，也要骑车去，不肯花 5 分钱坐车，我却像大爷一样 5 元钱大把大把地花。我忽然感到很对不起爸爸，觉得是我错了，我活该挨打。妈妈不劝也是对的，为的是我长个记性。

饭后，爸爸叮嘱妈妈："明儿买把锁，把小箱子锁上！"

第二天，那个棕色小皮箱没有上锁。

第三天，妈妈仍然没有锁上它。

在以后的岁月里，那箱子对我始终没有上锁。为此，我永远感谢妈妈。那是一位母亲对一个犯错误孩子的信任。对于儿子，只有母亲才会把自己的一切向儿子敞开着……

四

我上初中的时候，正赶上三年自然灾害。那时，弟弟上小学三年级。我们正在长身体、要饭量的根节儿。一下子，家里月月粮食出奇的紧张，我们的肚子出奇的大，像是无底洞，塞进多少东西也没有饱的感觉。

星期天，爸爸对我们说："今天带你们去个好地方！"

爸爸妈妈领着我们兄弟俩来到天坛城根底下。妈妈一下神采焕发，蹲下来挖了两棵野菜。原来是挖野菜来了！爸爸口中念念有词："野菜更有营养！"我和弟弟谁也不信，都觉得那玩意儿很苦。挖野菜，妈妈是行家。她在农村待过好多年，逃过荒、要过饭，闹饥荒的岁月就是靠吃野菜过来的。她很得意地告诉我和弟弟这叫什么菜、那叫什么菜，那样子很像老师指着黑板告诉我们什么是正确答案。以后，我写小说时要写一段有关野菜的具体名字时问她，她依然眼睛一亮，得意地告诉我什么是茴菜、马齿苋、曲公菜、苦苦菜、老瓜筋、洋狗子菜、牛舌头棵……

就是这些名目繁多味道却一样苦涩的野菜，充饥在妈妈和爸爸的肚子里。那时，从天坛城根挖来的野菜，被妈妈做成菜团子（用玉米面包着野菜做馅的食品），大多咽进她和爸爸的肚子里，而把馒头和米饭让给我和弟弟吃。野菜到底是野菜，就在灾荒眼瞅着快要过去的时候，爸爸妈妈却病倒了。

先是爸爸，患上高血压，由于饥饿，全身浮肿，脚面像被水泡过发酵一般，连鞋都穿不进去。他上不了班，只好提前退休，每月拿60%的工资，全家只有靠爸爸的42元钱过日子了。紧接着，妈妈病了，那么硬朗的身子骨也倒下了。

我永远不会忘记那一夜。

那时，我正要初三毕业，弟弟小学毕业，正要毕业考试之际。一天半夜里，我被里屋妈妈一阵咳嗽刺醒，睁眼一看见里屋的灯亮着。爸爸和妈妈正悄悄说着话。我听出来是妈妈吐血了。我再也睡不着，用被子捂着脸偷偷地哭了，又不敢哭出声，怕惊动弟弟和他们。我知道，这一切是为了我们。我们这些孩子有什么用！我们就像趴在他们身上的蚂蟥，在不停吸吮着他们的血呀！我们快长大了，他们的血也快被吸干了。

第二天上午，我对他们讲："爸！妈！我不想上高中了，想报中专！"上中专吃饭不用花钱，每月还能有点助学金。

爸爸一听挺吃惊："为什么？你一定得上高中，家里砸锅卖铁也要供你！"爸爸知道我初中几年都是优良奖章获得者，盼我上高中、上大学。

妈妈坐在一旁不说话，只是不断地咳。她每咳一声，都像鞭子抽打在我的心上。那一刻，我真想扑在她的怀里大哭一场。

爸爸又说："你听见吗？一定要上高中！"他见我不答话，生气地一再逼我答应。

我急了，流着泪嚷了句："妈都吐血了，我不上！"

这话让他们都一惊。妈妈把我叫到她身边，说："你听谁瞎嘞嘞？我没——！"

"您甭骗我了！昨夜里你们的话，我都听见了！"

她本来就不会讲瞎话，让我这么一说更不会遮掩了："妈妈是没事！我以前身子骨好，你放心！上学可是一辈子的事。妈妈一辈子没文化，你可要……"她说着有生以来最多的一次话。她说得不连贯，讲不出什么道理，但我都明白。

"你快别惹你爸生气，你爸有高血压。听见不？就点点头说你上高中！"

她说着，望着我。我望着她蜡黄的脸上皱纹一道道的，心里不禁一阵阵抽搐。

"你快答应吧！"她急得掉出眼泪。

我不忍心她这样悲伤近乎哀求一样地对我说话，只好点了点头。

当天，爸爸把这事写信告诉了姐姐。就是从那个月起，姐姐每月寄来 30 元钱，一直寄到我到北大荒插队。我知道我只能上高中，只能好好学习，比别人下更大的苦功夫学！

爸爸一辈子留下两件值钱的东西：一是那辆破自行车；另是一块比他年纪还要老的老怀表。他卖掉了这两样东西，给妈妈抓来中药。我卖掉了集起来的一本邮集，又卖掉几本书，换来一些钱，交到妈妈的手中。我想让妈妈的病快点儿好起来，心想妈妈会为我这孝顺高兴的。谁知她听说我卖了书，什么话也没说，眼泪落了下来。弄得我不知怎么回事，一个劲问："妈，您怎么啦？……"

"你真不懂事啊！真不懂事！我为了什么？你说！你怎么能卖书呢？"

我讲不出一句话。妈妈，你病成这样子，想的还是要我读书！

"你答应我以后再也不干这傻事了！"

我只好点点头。

我升入高中，就在高一这一年下乡劳动中，我上吐下泻病倒了。同学赶着小驴车连夜把我送到长途汽车站。我回到家后几天高烧不退，昏迷不醒，可吓坏了爸爸妈妈。一位邻居对妈妈说："孩子是魂儿丢了。你得快替孩子招招魂！"妈妈赶紧脱下鞋，用鞋底子拍着门槛，嘴里大声反复叫着："复兴，我的儿呀，你快回来吧！复兴，我的儿呀，你快回来吧！……"然后不住叫我的名字："你答应啊！复兴，你答应啊！……"

躺在床头迷迷糊糊听见她在叫我，我不应声。我当时刚刚入团，又是学校堂堂的学生会主席，自以为很革命，怎么能信招魂这迷信的一套呢？我不应声，妈妈便越发用鞋底子使劲拍门槛，越发大声叫："复兴，你答应啊……"那声音越发充满着紧张和急迫，直到后来嗓子哑了、带着哭声了。她是那样虔诚地想相信我的魂还未被她招回。我的性子可真拧，或者说我的革命性可真坚定，妈妈就这样叫了我半宿，我硬是不应声。

弟弟在一旁急了，撺掇我："你快答应一声吧！"没办法，我只好有气无力地应了一声："呃！"妈妈长舒一口气，穿上鞋站起来走到我身边，说："总算把魂招回来了！没事了，你病快好了。"

病好之后，我说她："妈！大半夜的叫魂，多让人难为情。您可真迷信！"

她一笑："什么迷信不迷信！你病好了，我就信！"这就是我的母亲！在所有人面前，我从来不讲她是后娘，也绝不允许别人讲。

我忽然想起这样一件事。那时，我在学校食堂吃一顿午饭，负责打饭、分饭。我们班有个眼皮有块疤瘌的同学，有一次非说我分给他的饭少了，横横地对我说："怎么给我这么点儿？你后娘待你也这样吧？"我气得浑身发抖，扔下盛馒头的簸箩，和他扭打了起来。我从来没和别人打过架，自小力气便弱。疤瘌眼儿是个嘎杂子琉璃球的"个别生"，很会打架。我知道我打不过他，可还是要打。结果，吃亏的当然是我，我被他打得鼻青脸肿。但他也没占什么便宜，开始起，他毫无准备被我朝他的小肚子上结结实实打了好几拳。

回到家，见我狼狈的样子，妈妈吓坏了，忙问："小祖宗，你这是怎么啦？"

"没什么！"我没告诉妈妈。但我觉得我值得。我为妈妈做了点什么。虽然，也付出了点儿什么。

五

我是用爸爸的一条命从北大荒换回来的。

"文化大革命"中，我和弟弟分别到了北大荒和青海。那时，我们热血沸腾，挥斥方遒，一心只顾指点江山，而把两个老人那样毅然决然、毫无情义地抛在家里，像抛在孤寂沙滩的断楫残桨。我们只顾自己年轻，却忘记了老人的年龄。1973年秋天，我和弟弟回北京探亲，我刚刚返回北大荒不几日，而弟弟还在途中，电报便从家中拍出：父亲脑溢血突然病故在同仁医院。我们匆匆往家中赶，三个姐姐先赶到家。我进门第一眼便看见妈妈臂上带着黑箍，异常刺目。死亡，是那样突然、那样无情、又是那样真实。我的心一下子紧缩起来。

妈妈很冷静。听到爸爸去世的消息，她孤零零一个人赶到同仁医院。我们都是她的儿女啊，却没有一个人在她的身边。在她最需要我们的时候，我们却远在天涯，只顾各奔自己的前程。

好心的街坊问她："肖大妈，有没有孩子们的地址？找出来，我们帮您打电报！"她从床铺褥子底下找出放好的一封封信。那是我们几个孩子这几年给家中寄来的所有的信。她看不懂一个字，却完完整整保存完好；虽目不识丁，却能从笔迹中准确无误辨认出哪封是我、是弟弟、是姐姐们寄来的。街坊们告诉我："你妈这老太太真是刚强的人，一滴眼泪都没掉，等着你们回来！"街坊就是按这些信封上的地址给我们几个孩子分别拍来电报。

清冷的家，便只剩下妈妈一个人。我这时才发现，她已经老了，头发花白了，皱纹像菊花瓣布满在瘦削的脸上。我算算她的年龄，这一年，她整整七十岁了。年轻和壮年的时光一去不返，我们却以为她还不老，还可以奔波。我的心中可曾装有几多老人的位置？我感到很内疚。父亲丧事料理妥当，姐姐、弟弟分别回去了，我留下没走。我决心一定要办回北京，决不让妈妈一个人茕茕孑立，守着孤灯冷壁、残月寒星地生活！

我回到北京，开始了待业的生涯。姐姐又开始每月寄来 30 元，弟弟也往家寄来钱。我和妈妈真正相依为命的日子是从这时候开始的。以往，我觉得并没有像这时候一样感到心贴得如此近，感到彼此是个依靠，是不可分离的。

当我像家中的男子汉一样，要支撑这个家过日子了，才发现家里过冬的煤炉是一个小小圆孔小肚的炉子，早已经落后了十年甚至二十年。它无法封火，又无烟道，极易煤气中毒。院里没有一家再用这种老式简易炉子了。而妈妈却还在用！而我几次探亲，居然视而不见！我真是个不孝的子孙！我骂自己。我想起刚刚到北大荒正赶上大雨收割小麦，双腿陷入深深的沼泽中，便写信让家里给我买双高腰雨靴寄来。买新的，没那么多钱；买旧的，得到天桥旧货市场，妈妈走不了那么远的道。那时候我怎么就没有想到呢？是妈妈托街坊毕大妈的儿子到天桥旧货市场帮我买的。我连想也没想，接到雨靴便穿在脚上去战天斗地了。这年冬天，又写信向家里要条围脖，好抵御北大荒朔风如刀的"大烟泡儿"。这一回，毕大妈的儿子到吉林插队了，妈妈没有了"拐棍"，只好自己到王府井，爬上百货大楼，替我买了一条蓝围巾。我怎么就没有想到呢？她是踩着小脚走去的呀！这已经是她力不胜任的事情了。我接到围巾时，发现那是条女式围巾，连围都没围便送给了别人。我怎么就没想到那是妈妈眯缝着昏花的老眼挑了又挑，觉得这条围巾又长又厚，才特意买下的，为的是怕我冷呀！当时，我什么都没想，随手将围巾送了人，只顾嚼着那围巾里包裹的一块块奶糖……

我实在不知道人生的滋味，不知道妈妈的心。妈妈细致的爱如同润物无声的春雨，却只打在我那粗糙、梆硬如同水泥板的心上，没有渗进，只是悄无声息地流走了……

我望着那已经铁锈斑斑、残破不全的煤炉，一股酸楚和歉疚拱上嗓子眼。我对妈妈说："妈，咱买个炉子去吧！"

"买什么呀！还能用！"

"不！买个吧！这炉子容易中煤气！"

大概是后一句话打动了妈妈，同意去买个炉子。实际上，她是怕我中煤气。莫非我的命就比她金贵吗？

我不知道那年头买炉子还要票，我也不知道妈妈找到街道办事处是怎样磨到了一张票。她和我从前门转到花市，就像如今买冰箱彩电一样，挑了这家又挑那家。那时，炉子确实是家中一个大物件。最后终于买到一个煤球、蜂窝煤两用炉。我家中有史以来第一次冬天生起这样正规的炉子。那是我家第一件现代化的东西。红红的炉火苗冒起来，映着妈妈已经苍老的脸庞，她那样高兴，身旁有了我，她像是有了底气。我回家为妈妈做的第一件事便是买这个炉子。且以新火试新茶，我和妈妈新的生活就是从这炉子开始的。

我的待业生涯并不长，大约半年过后，我在郊区一所中学教书，每月可以拿到薪水42元5角。我将这第一个月工资交给妈妈，她把钱放进那棕色牛皮箱里，就像当年爸爸每月将工资交给她由她放好一样。节省是一门学问，是一项只有在人生苦难中才会磨炼出来的本领。妈妈就有这种本领和学问。每月42元5角，两个人过日子并不富裕。她料理得有理有条，中午自己从不起火做饭，只是用开水泡泡干馒头和米饭，就几根咸菜吃；每天只买2角钱肉，都是留到晚上我下班回家吃。而我当时却偏偏还在迷恋文学，还要从这紧巴巴的日子里挤出钱来买书、买稿纸。每次妈妈从那小皮箱里拿钱，她从不说什么。每次我问："还有钱吗？"她总是说："有！有！拿去买你的书吧！"仿佛那箱子是她的万宝箱，钱是取之不尽的。

我清楚：我的书一天天增多，家里的日子一天天紧巴巴，妈妈脸上的皱纹一天天加深。

一天傍晚下班回家，还没进家门，听见一阵婴儿的啼哭声从屋里传出。谁的小孩？我们家任何亲戚都不曾有这样小的孩子呀！家里出了什么事？我心里很不安，走进家门，看见妈妈正给躺在床上的一个婴儿换褥子。

"妈！这是谁家的孩子？"

"我给人家看的。"

妈妈抱起正在啼哭的孩子，一边拍着、哄着，一边对我说。

"谁叫您给人家看孩子？"

"每月 30 元钱，好不容易托人才找到这活的！"妈妈说着，显得挺激动。那时，每月增加 30 元，对我家来说差不多等于生活水平翻一番呢。她抱着孩子，像抱着一面旗，很有些自豪，"这孩子挺听话，不闹人！孩子他妈还挺愿意我给看……"

"不行！您把孩子送回去！"我粗暴地打断妈妈兴头上的话。生平头一次，我冲妈妈发这么大火，"现在就送回去！"

妈妈也急了，泥人还有个土性呢，冲我也叫道："你还要吃人呀？"

"不行，您现在就把孩子送回去！"我不听妈妈那一套，铁嘴钢牙咬紧这一句话。我只觉得让年纪这么大的妈妈还在为生计操劳，太伤一个男子汉的尊严，让街坊四邻知道该多笑话我没出息、没能耐！

争吵之中，孩子哭得更响了。妈妈和我都在悄悄地擦眼角。最后，妈妈拧不过我，只好抱着孩子送回去了。她回来后，我们谁也不讲话。整整一晚上，小屋静得出奇。我心里很难受，很想找碴儿对妈妈讲几句什么，却一句也说不出。

第二天清早，妈妈为我准备好早饭，指着我鼻子说了句："你这孩子呀，性子太犟！"昨天的事过去了。妈妈终归是妈妈。

傍晚下班回家，一进门，好家伙，家里简直变了样。床上、地上全是五颜六色的线团和绒布。本来不大的屋子，一下子被这些东西挤得更窄巴了。妈妈被这些彩色的线簇拥着，只露出半年身子，头发上沾满了线毛。

这一回，妈妈见我进屋就站起来拦落一舀的线毛，先发制人："这回你甭管！我一定得干！拆一斤线毛有 X 角钱（我忘记具体是几角钱了，只记得拆的线毛是为工厂擦机器的棉纱）。这点钱不多，每天也能添个菜！再说你爸一死，我也闷得慌，干点儿活也散散心。你不能不让我干！"

我还能说什么呢？妈妈的性子也够犟的！她从没上过一天班，没拿过一分钱工资。她一无所有，没有财富没有文化也没有了青春，正如现在那首歌里唱的："脚下这地在走，身边那水在流，可我却总是一无所有。"她所有的只是一颗慈爱的心和一双永远勤劳不知累的大手。即使如今她老了，还将她那最后一缕绿荫遮挡我，将她最后一抹光辉洒向我。那些个小屋里弥漫着彩色棉纱的夜晚，给我们的家注满了温馨和愉悦。我就是这样坐在妈妈身旁，帮妈妈用废钢锯条拆着那彩色线毛。妈妈常笑我笨，拆得不如她快、她利索……

一次参加朋友的婚礼，招待我喜糖，里面有金纸包装的蛋形巧克力。说起来脸红，那时我还从未尝过巧克力。小时候，只有在过年时才能吃到硬块水果糖，最好的也只是牛奶糖。嚼着另一种味道的巧克力，我忽然想起还在灯下拆线毛的妈妈，她也从来没吃过这种糖呀！我偷偷拿了两块金纸巧克力，装进衣兜里。婚礼结束后回到家，我掏出那两块巧克力对妈妈说："妈！我给您带来两块巧克力，您尝尝！"谁知衣兜紧靠身体，暖乎乎的身子早把巧克力暖化了，打开金纸只是一团黑乎乎、黏糊糊的东西了。我好扫兴，妈妈用舌头舔了舔，却安慰说："恶苦！我不爱吃这营生……"

我一把揉烂这两块带金纸的巧克力，心里不住地发誓：我一定让妈妈过上一个幸福的晚年。

六

妈妈病了。

谁也不会想到身体一直那么结实、心地那么宽敞的妈妈会突然发病，而且是精神病。

起初，我没有一点儿思想准备，一直不相信这残酷的现实。有时半夜，她蹑手蹑脚地走到我的床头，伏在我的耳边悄悄地说话，生怕别人听见："你听见了吗？隔壁有人在嘀咕咱娘俩，要害咱娘俩！"我坐起来仔细听，哪有什么声响！我劝她快睡觉："没有的事！"越说不信她的话，她越着急。一连几夜如此，弄得我心烦得很："妈！您耳朵有毛病了吧？没人嘀咕，咱又没招人家，没人要害咱们，也没人敢害咱们！"她一听就急了，先压低嗓门："我的小祖宗，你小点儿声，不怕人家听见！"然后生气地伸手捂住我的嘴。

"没有的事，您自个尽胡思乱想！"我也急，不知该怎么向她解释才好。越解释，她越生气："怎么，我的话你都不信？我这么大年纪了还能胡说八道？你呀，你甭不信，你就等着人家来害你吧！"

我不知该怎么办才好。

突然，一天夜里，正飘着秋天凄苦的细雨。她又走到我床头，把我摇醒，说："快走！有人来害咱娘俩！"我把她扶到自己的床上，让她躺下，耐着性子说："妈！外面下雨了，您听差了吧！快睡吧！别想别的！"她不再说什么，我也就放心回屋睡去了。

没过一会儿，我听见房门悄悄打开了。我以为她是看看窗外屋檐下的火炉，怕炉子被雨浇灭了。可是，过了许久，再听不见门开的声音，我的心陡然紧张起来，忙爬起身来跑到屋外。夜色茫茫，冷雨霏霏，没有一个人影。妈妈到哪儿去了？我的心一下沉落进冰窖里，从来没有那么紧张。我这才意识到事情比我原来想得要坏。我没了主心骨，慌忙拍响街坊张大叔的家门，他的两个孩子一听立刻打着手电筒跑出来，和我兵分三路去寻找。"妈！"我冲着秋雨飘洒的夜空不住大声呼喊。在北京城住了这么多年，我还从来没有这样可劲儿响亮开嗓门这样喊过。可是，除了细雨和微风掠过树叶的飒飒声外，没有妈妈的回声。我的心像秋雨一样凉，眼泪顺着雨水一起从脸上流下来。

就在我已经毫无希望往回家走时，半路上忽然望见有个人影坐在一个地坡上。走近一看，竟是妈妈！她的屁股底下坐着一个包袱卷。这显然是她早准备好的。我拉她回家，她不回。两位街坊赶来，说死说活，好不容易把她拽回了家。

街坊对我说："肖大妈这样子像是得了精神病呀！你得带她去医院看看呀！"

　　那是我第一次来到安定医院这家北京唯一一家精神病院。诊断结果：幻听式精神分裂。

　　我怎么也接受不了这残酷的现实。妈妈！您从不闹灾闹病，平日常说："你呀，身子骨还不抵我呢！"怎么会闹下这样的病呢？我开始苦苦寻找着答案，夜夜同妈妈一样睡不安稳。父亲去世后，谁能理解妈妈的心呢？她又从来不对任何人诉说自己的苦处，总是默默地忍着，将所有的苦嚼碎了，吞咽进肚里淤积着，直到淤积不了而喷发。老伴、老伴，人老了失去了患难与共的伴该是什么滋味？我才明白老伴这词的含义。而那一阵子，我光顾着忙，有时感到苦闷、孤独，常常跑到朋友家聊天，一聊聊到深夜才回家。有几次为了创作还跑到外地一去几个星期，把妈妈一个人甩在家中。她呢？她的苦闷、孤独，向谁诉说？我没有想到应该好好和她聊聊，让她把淤积在心里的苦楚倒出来。没有。她从不爱讲话，我便以为她没什么话要讲。我只顾自己了，像蚕一样只钻在自己织的茧里。我太自私了！我不知道她心里装的究竟是什么，才使她神经再也承受不了重荷，像绷得太紧的琴弦一样断了……

　　我第一次感到自己并不了解妈妈。即使再老、再没文化、再忠厚老实的老人，也有自己的思想、情感。仅仅吃饱穿暖，并不是对老人最为挚切重要的关心和爱。

　　每天三次让妈妈吃药，成了我最挠头的难事。她一直不承认自己有病，尤其反感说她是精神病，最反对我那次带她去安定医院。再让她去说死说活也不去，弄得我没辙，只好自己去医院挂号，把情况讲给大夫听，求人家把药开出，拿回家。见到药，她的话就是："吃哪家子药，没事乱花钱！"我递给她药，她一把扔到地上："我一辈子也没吃过什么药，身子骨不是好好的？"没办法，我把药碾成末儿放进糖水里，可她一喝还是能喝出来药味，便把杯子往旁边一放，再不喝一口。我只好再想新招，把药放在粥里，再加大量的糖，一定盖过药的苦味，在吃饭时让她把粥喝进去。她喝了。她还从来没喝过这么甜的粥，指着我鼻子说："你把卖糖的打死了？"

　　吃完这药，她总是昏昏欲睡，有时口水止不住流。大夫讲这都是服药后正常反应。我望着她那样子，揪心一样难受。她老了，确实老了。她像快耗完油的灯盏，摇曳着那样微弱的光，一切都是为了我们啊！在那些难熬的夜晚，我弄不清她究竟在想什么？她总是昏昏睡过之后，睁着被密密皱纹紧紧包围的昏花老眼瞅着我，一言不发地瞅着我……

这是她有生以来第二次吃药。第一次是那年吐血后。药力还真起作用，我见她的脸渐渐又红润起来。我以为她的身体又会像那次吐血后迅速恢复过来一样。我忽略了人已经老了十二三岁了呀，而且病也不一样：一个是累的病，一个却是心病呀！

一天下午，我正带着学生下厂劳动，校长突然给我挂来电话，要我立即回家，校长在家等我有要紧的事。我的心一下子提到嗓子眼。校长亲自找我，说明事情的严重性。又是要我立即回家，我马上想到了妈妈！我骑着自行车从郊外赶到家，屋里挤满了人，一时竟看不到妈妈在哪儿。校长迎了出来安慰我："刚才电话里没敢对你说，你妈妈刚才要跳河，你千万不要着急……"下面的话，我什么也听不清了，脑袋立刻炸开。我赶紧拨开人群，见到妈妈钻进被子躺在床上，脱下来放在地上的棉裤已经湿到腰。"妈！"我叫着，她睁开眼看看我，不讲话。街坊们开导她说："肖大妈！您看您儿子不是好好的没事？您甭胡思乱想！"然后对我说："你快给肖大妈找衣服换换吧！"

好心的街坊告诉我，我才知道妈妈的病复发了。依然幻听，依然是恐惧，依然是有人要害我，这一次是听见有人已经在半路上把我害了，她一下失去依靠，觉得无路可走，竟想寻短见。她走到河边，正是初冬，河水瘦得清浅，离岸上有长长一段河堤。她穿着笨重的棉裤没有那么大气力走下去，而是坐在堤上一点点蹭下去的。河边上遛弯的人不知她要干什么，待她蹭到河里时，才意识到不好，赶紧跳下去把她救了上来……

我帮妈妈换上一条新棉裤，看见她的腿那样细，细得像麻秆，骨骼都凸凸地显出，格外明显。这么多年，我是第一次看见她的腿，居然这样瘦削得刺目，心里万箭穿透。妈妈！您为什么要这样！小屋里散发着湿棉裤带有河水的土腥味。那一夜，我总想着妈妈蹭到河水中的那一幕。那一刻，她的脑子里想的是什么？她是否已经万念俱灰？是否觉得另一个世界父亲的召唤？我至今不得而知。我再次责备自己的无能、自己对妈妈缺少理解和关心，自己太大意了！以为病好转了，可这并不是一般的头疼脑热呀！谁能够妙手回春，替妈妈把病治好？我愿意献出自己的一切。

我再次把妈妈送到安定医院。

这次病好转后，我们娘俩谁也再不提这件事。那是一块伤疤，烙印在彼此的心上。每逢路过那条小河，我对它充满恐惧。我十分担心她病情再次复发，曾对妈妈说："要不送您到天津大姐家住一阵日子吧！换换环境有好处！"她不说话，却果断而坚决地把手一摆：不同意。我便再也不提。我知道这是妈妈对我的信赖。我对她说："那您得听我的，还得接着好好吃药！"她点点头。每次吃药，皱着眉头也吞下去，只是她要喝好多好多的水，那药就是在嗓子眼里转，迟迟才肯下去，那样子，让我感到像个小孩子。人老了，有时跟孩子一个样。

1978年11月，我考入中央戏剧学院。报到日期到了，我拖到最后一天。那天，我很晚才离开家。妈妈不说话，默默看着我收拾被褥、脸盆和书籍。她不大明白戏剧学院是怎么一回事，反正上大学总是件大事，打我小时候起上大学一直便是她和爸爸唯一的梦。我是吃完晚饭离开家的，她送我到家门口，倚在门旁冲我挥挥手。我驮上行李，骑上自行车便走了。天刚擦黑，新月升起，晚雾飘散，四周朦朦胧胧。风迎面打来，很冷，小刀片般直往脖领里钻。我骑了一会儿，不知是下意识，还是第六感的提醒，回头看了看，竟一眼看见妈妈也走出家门和院子，拐到了马路上，向我迈紧了步子。我立刻涌出一股难以言说的感情。我知道，这一夜，我住进学院，她将孤零零守着两间小屋，听着冷风像走得太疲倦的旅人一样拍打着门窗，她会是一种什么心情？儿子再次为自己的前程去挤上大学的末班车，妈妈怎么办？我又像十年前为了自己的前程跑到北大荒一样，把妈妈又甩在一边。只不过那次是知识不值钱这次知识又值了钱，我像被风吹转的陀螺旋转着奔波，妈妈呢？她却一样孤寂地守候着，望着我这个陀螺旋转着。这一次，她将要熬四年，四年苦苦地等待。等待什么？等待的是自己头发更花白、皱纹更深、身体更瘦削。我立刻跳下车，推着自行车回向她走去。这一刻，我真想不上什么劳什子大学！她却向我摆着手，不让我折回。我走到她身边，她仍然不停地摆着手。她不说一句话，只是摆着手，那手背像枯树枝在寒冷的晚风中抖动。

到学院报到之后，在宿舍里安置妥当。我睡在上层铺，天花板是那样近，似乎随时都有压下来的危险。我的心怎么也静不下来，像是被风吹得急速旋转的风车。望着窗外高高的白杨树枝不住摇动，我知道风越来越大了，便越发睡不安稳，赶紧跳下床跑出宿舍，骑上自行车一路飞快朝家中奔去。当我敲响房门时，听见妈妈叫了声："谁呀？"我应了声："是我。"屋里没开灯，只听见鞋拖地的声音，然后看见妈妈掀开窗帘的一角，露出皱纹密布像核桃皮一样的脸，仔细瞧瞧外面，认准确实是我，才将门打开。这时，我发现门被一根粗大木头死死顶着。这一刻，我真想哭。我知道，她怕。人老了，最怕的是什么？不是吃，不是穿，不是钱，不是病……是孤独。

这一宿，我没有回学院去住，而是和妈妈又守了一夜。我的心再也放不下，那根粗木头时时像顶在我的胸口上。我经常隔三岔五地从学院跑回家，生怕出什么万一的差错。妈妈看出我的担心，劝我不要这样三天打鱼两天晒网地上课，说她没事，让我放心。我知道，总这样，我和她都得身心交瘁。我想把她送到天津大姐家，又怕她不去。再说人家也是一大家子人，对妈妈又是陌生的地方，她不愿去是可以理解的。但我实在怕我不在家时出什么意外。犹豫再三，我还是试探着对妈妈讲了。这一次出乎意料，她爽快地点点头，就像上次果断地摇头一样。我知道这都是为了我：在母亲的心中，只有儿子的事最重要，尤其是儿子的学业，是寄托她同父亲一并的期望。为了儿子，母亲能够做出一切牺牲。为了儿子，母亲她七十五岁高龄时又开始奔波，客居他方……

小屋锁上了门。我再回家时，小屋里是冰冷，是灰尘，是扑面而来的潮气。只要妈妈在，小屋便绝不是这样，小屋便充满生气、充满温暖、充满家的气息。哪怕我再晚回家，小屋里也总会亮着灯，远远就能望见，它摇曳着橘黄色的灯光，像一颗小小跳跃的心脏……

七

世上有一部书是永远写不完的，那便是母亲。

我不能再写下去了，那些喃喃自语，只能留给自己听，留给母亲听。

四年后大学毕业，到天津去接妈妈，我同妻子做的第一件事是给她老人家买了件毛衣，订了一瓶牛奶。生活不会亏待善良的人，妈妈的病好了，好得那样彻底，以后再也没有犯过，大姐和我们一样为妈妈高兴。虽然她喝牛奶像喝药一样艰难，总嫌它味儿太冲，但那牛奶毕竟使她的脸色渐渐红润、光泽起来。生活，像一只历尽艰辛的小船，重新张起曾经扑满风雨的风帆，家中重新亮起那盏橘黄色如同心脏跳动着的灯光。

这几年，我能写几本小书了。那里大都写的是像我母亲一样的普通人。

我知道这是为他们，为自己，也为母亲。当街坊或朋友指着新出版书上我的名字和照片高兴地向她夸赞让她辨认时，她会一扬头："这不是复兴嘛！"然后又说："写这些行子有什么用，怪费脑子的，一天一天坐在那儿不动地方地写！他身子骨还不抵我呢……"

谁能想到呢？就是这样一个硬朗的身子骨，再没犯过其他什么病的妈妈，竟会突然倒下去，再也没有起来呢？

她已经八十六岁，毕竟上年纪了。她不是铁打的金刚，身体内各个零件一天天老化、锈损。我知道这一天迟早要来，却绝没想到会这样早，这样突然！头一天，她还把自己所有的衣服洗了，连袜子和脚巾都洗得干干净净，然后择好新买的小白菜和一捆大葱，傍晚时站在窗前看着孙子练自行车，待我回家时高兴地告诉我："小铁学会骑车了，骑得呼呼往前跑……"谁会想到呢？这竟会是她留给我最后的话语。第二天傍晚，她却突然倒在床上，任我再怎么呼喊"妈妈"，却再也答应不了……

母亲去世的第二天清早，我走进她的房间，一眼看见床中间放着四个红香蕉苹果。那是妻子放上的。我不大明白为什么要放上这红苹果，却知道那床再不会有妈妈睡，再不会传来妈妈的鼾声了。我也知道那苹果是前两天我刚刚买来的，新上市的还挂着绿叶，妈妈还来不及尝上一口。我打开她的柜门，看见里面她的衣服一件件都洗得干干净净、叠得整整齐齐。仿佛她只是出去买菜，只是出一趟远门。她没有给孩子留下一点儿麻烦，哪怕是一件脏衣服、一条脏手绢都没有！在她人生灯盏的油将要耗尽之时，她想的依然是孩子们！孩子们！什么是母亲？这便是母亲！母亲！

而我们呢？我们做儿女的呢？我们是如何对待自己的父母老人呢？尤其是如何对待像母亲一样忠厚、善良、从来不会讲话又从不多讲话的人呢？每个人的内心都是自己灵魂的审判官。我为此常常内疚，常常想想儿时种种不懂事、少年时虚荣对母亲看不起、长大成人后只顾奔自己的前程而把老人孤零零甩在家中，以及自己的自私和种种闪失……我知道，什么事情都会很快地过去，很快地被人遗忘。即使鲜血也会被岁月冲洗干净不留一丝痕迹，在死亡的废墟上会重新长出青草，开出花朵，而忘记以往曾经发生过的一切。我也会吗？会忘记陪我度过三十七个年头，为我们尝尽酸甜苦辣的人生况味的母亲吗？不，我永远不会！我会永远记住她老人家的！

　　我将那些红香蕉苹果供奉在她的遗像前，一直没有动，一直到它们全部烂掉。

　　我的老家在河北沧县东花园村。三十七年前，妈妈便是从那来到北京，来到我们身边，把我们抚养成人，与我们相依为命的。在乡亲们的关怀和帮助下，我将她的骨灰连同父亲和我亲娘的一并下葬在家乡的祖辈中间。在坟前，我和弟弟跪在那充满黏性的黄土地上，一起将我们俩人合写的一本刚刚出版不久的新书《啊，老三届》点燃着。纷飞的纸灰黑蝴蝶一般在坟前缭绕着、缭绕着……

1989 年 12 月 2 日写毕于北京和平里